获救之舌

Die gerettete Zunge

卡内蒂作品集

Elias Canetti

〔英〕埃利亚斯·卡内蒂 著
陈恕林 宁瑛 蔡鸿君 译

人民文学出版社
PEOPLE'S LITERATURE PUBLISHING HOUSE

著作权合同登记号　图字 01-2019-3059

Elias Canetti
Die gerettete Zunge

Copyright © by Elias Canetti 1977, by the heirs of Elias Canetti 1994
Published by kind permission of Carl Hanser Verlag München Wien
Chinese language edition arranged through Hercules Business &
Culture GmbH, Germany
Simplified Chinese edition copyright ©
2020 Shanghai 99 Culture Consulting Co., Ltd.
All rights reserved.

图书在版编目(CIP)数据

获救之舌/(英)埃利亚斯·卡内蒂著;陈恕林,宁瑛,蔡鸿君译. —北京:人民文学出版社,2020
(卡内蒂作品集)
ISBN 978-7-02-015361-9

Ⅰ.①获… Ⅱ.①埃…②陈…③宁…④蔡… Ⅲ.①自传体小说-英国-现代 Ⅳ.①I561.45

中国版本图书馆 CIP 数据核字(2019)第 112098 号

责任编辑　卜艳冰　欧雪勤
装帧设计　汪佳诗

出版发行　人民文学出版社
社　　址　北京市朝内大街 166 号
邮政编码　100705
网　　址　http://www.rw-cn.com

印　　制　杭州钱江彩色印务有限公司
经　　销　全国新华书店等

字　　数　269 千字
开　　本　635 毫米×965 毫米　1/16
印　　张　22.75
版　　次　2020 年 6 月北京第 1 版
印　　次　2020 年 6 月第 1 次印刷

书　　号　978-7-02-015361-9
定　　价　65.00 元

如有印装质量问题,请与本社图书销售中心调换。电话:010-65233595

献给格奥尔格·卡内蒂

(1911—1971)

目　录

第一部　鲁斯丘克（1905—1911）

我幼年时期的回忆 ...3
为家族而自豪 ...5
"卡科小母鸡" / 狼群与狼形人妖 ...9
亚美尼亚人的斧 / 吉卜赛人 ...15
弟弟的出世 ...20
土耳其人之家 / 爷爷与外公 ...23
普珥节 / 彗星 ...27
有魔力的语言 / 火灾 ...31
蝮蛇和字母 ...36
谋杀 ...39
诅咒旅行 ...42

第二部　曼彻斯特（1911—1913）

糊墙纸和书籍 / 在默西河畔散步 ...49
小玛丽 / 泰坦尼克号沉没 / 斯科特船长 ...58
拿破仑 / 吃人的客人 / 星期日的乐趣 ...67
父亲之死 / 最后的说法 ...74
天上的耶路撒冷 ...82
日内瓦湖畔学德语 ...89

第三部　维也纳（1913—1916）

墨西拿地震／家中的城堡剧院 ...103
不知疲倦的人 ...110
战争的爆发 ...118
美狄亚和奥德修斯 ...123
保加利亚之行 ...128
恶的发现／维也纳要塞 ...138
阿丽克·阿斯利尔 ...146
诺伊瓦尔德格的草地 ...153
母亲的病／讲师先生 ...157
大胡子在博登湖中 ...163

第四部　苏黎世—绍伊希策大街（1916—1919）

誓言 ...173
一间装满礼物的房间 ...177
间谍活动 ...183
希腊的诱惑／认识人类的学校 ...187
大脑壳／与一个军官辩论 ...196
日课与夜读／馈赠 ...200
催眠术和嫉妒心／重伤员 ...209
戈特弗里德·凯勒庆祝会 ...216
维也纳在危难中／来自米兰的奴隶 ...220

第五部　苏黎世—蒂芬布鲁伦（1919—1921）

雅尔塔公寓心地善良的老处女／魏德金德博士 ...231

菠菜的种系／尤尼乌斯·布鲁图 ...247

在伟人们中间 ...253

食人怪物的迷惑 ...258

遭人憎恨 ...265

申请书 ...271

禁令 ...281

老鼠疗法 ...287

有标记的人 ...292

动物的出现 ...295

卡尼特弗斯坦／金丝雀 ...303

醉心者 ...308

历史和忧郁 ...319

募捐 ...325

巫师的登场 ...329

黑蜘蛛 ...333

米开朗琪罗 ...340

堕落的天堂 ...346

第 一 部

鲁斯丘克
（1905—1911）

我幼年时期的回忆

我幼年时期的回忆淹没于一片红色之中。一位姑娘抱着我走出家门，我面前的地板是红色的，从左边走下去的楼梯也是红色的。我们家对面，一扇门打开了，一个男人笑眯眯地走出来，他友好地向我走来。他走到我的身旁，站立着对我说："伸出舌头来！"我把舌头伸出来，他把手伸进他的衣袋，取出一把折刀，把它打开，将刀口伸到贴近我的舌头的地方。他说道："现在我们把他的舌头割下来。"我不敢将舌头缩回去，他靠拢得越来越近，他的刀口马上就要碰到我的舌头了，就在最后一瞬间，他将小刀抽回去，说："今天先不割，明天才割。"他把小刀折好，塞进他的衣袋里。

每天早上我们走出家门来到红色的走廊里，对过的那扇门开了，那个笑眯眯的男人也出现了。我知道他要说什么，就等待着他发布伸舌头的命令。我知道他将会割掉我的舌头，一次比一次害怕。一天就是这样开始，这样的事情遇到过多次。

此事我铭记在心里，好久以后我才向母亲询问此事。从地板和楼梯都是红色的这点看来，她断定是卡罗维发利①城那所供膳宿的公寓，在那里她和父亲与我一起度过了一九〇七年的夏天。为了照

---

① 捷克西捷克州温泉城市。

管我这个两岁的幼儿,父母从保加利亚带来了一个小保姆,她还不满十五岁。她惯于一清早就抱着孩子外出,她只说保加利亚语,却在热闹的卡罗维发利处处都认识路,并且总是准时带孩子回来。有一次,有人看见她跟一位不熟悉的年轻男子在街上走着,关于他的情况,她一无所知,可谓偶然相识。几个星期以后终于弄清了,原来这个年轻男子住在我们正对面的房间,在走廊的另一边。有时候,姑娘夜晚迅速走到他那里去。父母亲觉得自己对她负有责任,便马上送她回保加利亚去了。

他们俩——姑娘和那年轻男子,很早就离开公寓外出,他们起初必定是这样会面的,他们相好也必定是这样开始的。小刀的恐吓产生了它的作用,小孩为此沉默了十年。

为家族而自豪

坐落在多瑙河下游、我在那儿出生的鲁斯丘克，对一个孩子来说是个极美的城市。如果我说它是在保加利亚，那我关于它所做的介绍是不充分的。因为那里生活着来自五湖四海的人，一天就可以听到七八种语言。除了保加利亚人外——他们常常来自农村，还有许多土耳其人，他们有自己的住宅区，与之毗邻的是从西班牙被逐的犹太人后裔[①]的住宅区，即我们的住宅区。还有希腊人、阿尔巴尼亚人、亚美尼亚人、吉卜赛人。从多瑙河对岸来的罗马尼亚人，我的乳母——但我想不起她来了——就是一个罗马尼亚人。还有个别俄罗斯人。

当时我还是一个孩子，对民族的多样性还缺乏全面的了解，但我不断地察觉到其影响。某些人能留在我的记忆里，因为他们属于一个特别的宗族，服装也与他人不同。我们在鲁斯丘克家里度过的六年中，曾雇用了一些仆人，他们中有一个塞加西亚人，后来又有一个亚美尼亚人。我母亲最好的女友奥尔加，是一位俄罗斯人。吉卜赛人每周都来我们大院一次，来的人那么多，我觉得他们仿佛是整个民族似的。他们使我感到恐惧不安，这我后面还要谈到。

---

① 指一四九二年被驱逐出西班牙，移居北非、地中海各国（特别是巴尔干的一些城市）和北莱茵的犹太人后裔。

鲁斯丘克是一个古老的多瑙河港口，作为这样的港口有过某些意义。它曾吸引过四面八方的来客，多瑙河成了经常被谈论的话题。有许多故事讲述多瑙河冰冻的特殊岁月，讲述乘坐雪橇越过冰层到罗马尼亚那边去，讲述饿狼跟在拉雪橇的马后。

狼是我最初听人讲述的野兽。在保加利亚农村姑娘给我讲的童话里，有狼形人妖出现。一天夜晚，我的父亲戴着狼形面具来吓我。

要我对早年鲁斯丘克的勃勃生机、对它的苦难和灾祸做个介绍，那简直是不可能的。我后来所经历的一切，都曾在鲁斯丘克发生过。在鲁斯丘克，其余的世界都被称作欧洲，要是某人乘船在多瑙河上逆流而上，开往维也纳，人家就说他搭船去欧洲，欧洲从那里即从土耳其帝国终结的地方开始。从西班牙被逐的犹太人后裔中，大部分仍是土耳其公民，对他们来说，在土耳其人统治下生活总是好的，胜过基督教派的巴尔干斯拉夫人。他们中的许多人都是富有商人，因此新的保加利亚政权同他们保持着良好的关系。并且，长期执政的沙皇斐迪南①，是犹太人的朋友。

那些犹太人后裔的忠诚就有几分复杂了。他们都是虔诚的犹太人，教区里教徒的团体活动对他们来说有点重要。这成了——并非狂热——他们生活的中心内容。但他们认为自己是特种犹太人，这同他们的西班牙传统有关。被驱逐以来的几个世纪中，他们彼此交谈的西班牙语很少变化。一些土耳其语的词虽被吸收进他们的语言中来，但仍可以认得出它们是土耳其语，并且人们几乎总是以西班牙语的词来顶替它们。我最先听到的儿童歌曲是西班牙语的，我听到过古老的西班牙叙事歌谣，而影响最强烈、对一个孩子来说颇具

---

① 指斐迪南一世（1861—1948），为保加利亚大公（1887—1908）并自称保加利亚的沙皇（1908—1918）。

魅力的是西班牙的思想信念。人们头脑简单，骄傲自大，看不起其他犹太人，一个总是带有蔑视意思的词叫作"Todesco"，这意味着一个德国的或阿什肯纳①犹太人。同这样的人结婚，那是不可思议的，在我作为孩子在鲁斯丘克听人谈论过或者我熟悉的许多家庭中间，我想不起有异教、异族男女通婚的情况。我还未满六岁的时候，我的祖父就已告诫我将来不要同社会地位不相匹配的女人结婚。但是人们并不以这种对社会地位低下的人的一般性蔑视为满足。在被逐犹太人后裔中间也有"上流家庭"，所指的是一些长期以来已富有的人家。人们可以听到关于一个人的最自豪的话，就是"es de buena famiglia"——他出身于上流家庭。我常听母亲谈论家庭出身，都听腻了，当她热情洋溢地谈论城堡剧院②，同我一起阅读莎士比亚作品的时候，甚至后来，当她谈论斯特林堡——他成了她最喜爱的作家——的时候，亏她还好意思表白自己，说她出身高贵的家庭，没有比她更高贵的了。她掌握了多种文明民族的语言，这些民族的文学成了她的生活的本来内容。在这热情追求的广博知识与她不断滋长的傲慢的家庭自豪感之间，她并没有感到存在矛盾。

还在完全沉醉于她的时候——她为我打开精神世界的一切门户，我盲目而热情地听从她——我就已注意到这一矛盾，它使我痛苦难受，心烦意乱，因此在无数次谈话中，在我青年时代的每个时期里，我跟她都谈论此事，并指责过她，但我的责备对她毫无影响，她的高傲早就获得了表现的机会。她的这种狭隘性——这点我不理解她——使我很早就对任何由于出身而感到高傲的人怀有恶感、偏见。我无法太认真地看待有狭隘自豪感的人们，我把他们看

---

① 保持自己的语言与习惯的中欧、东欧犹太人，有别于西班牙、葡萄牙犹太人及其后裔。
② 指维也纳国家剧院，建于一七四一年，在十九世纪成了享有国际声誉的戏剧舞台。

作好像是异国他乡的有点可笑的动物。我突然发觉自己对那些以自己的高贵出身而自豪的人反倒有了成见，少数几个跟我相好的贵族，我得首先原谅他们谈论自己的出身，要是他们预料到这要耗费我不知多少力气的话，那他们就会放弃与我友好了。一切偏见都是由其他偏见决定的，而最常见的偏见都是来自它们的矛盾。

加之，我母亲所属的特权阶层，除了其祖籍是西班牙外，就是一个有钱的阶层。在我的家庭，特别是在她的家庭里，我看到人们为钱而发生的一些事情。我觉得那些完全乐意为金钱而卖命的人是最坏的。我熟悉从贪财到迫害狂的一切途径，我看到兄弟间由于贪钱而在长年的诉讼中互相搞垮，并在没有钱时仍继续提起诉讼，他们都出身于同一"高贵的"家庭并且都以自己的母亲为自豪。母亲本人也看到了兄弟反目，我们常常议论此事。她的理解力是敏锐、深刻的，她对人的鉴别力是经过世界文学的伟大作品的教育提高的，但也是经过她本人的生活经验培养出来的。她清楚地看到人们荒唐地同室操戈的动机，她的家庭正处于这种状况之中；她可以不费力气地就此写一部长篇小说，但她那为这个家庭而自豪的情感是不可动摇的。家族中的许多头面人物她根本就不喜欢，她对某些人感到气愤，对另一些人非常鄙视，对于作为整体的家族却感到骄傲。

后来我认识到，如果把家族情况套用到人类社会情况上，我完全像她一样。我把自己生命的最好年华用于识破一个人的诡计，看他在历史文明中如何粉墨登场。我毫不留情地探索与分析了权势，就像我的母亲对待她家中的诉讼事件一样。

"卡科小母鸡" / 狼群与狼形人妖

我常听到一个热情而温柔的词,就是"la butica"。人们这样称呼我的爷爷和他的儿子们白天在那里度过的那家商店。因为我年纪太小,很少被带到那里去。这爿店铺坐落在一条从鲁斯丘克富人生活区的高处径直向下通到港口的陡峭街道上,较大的铺子都设立在这条街道旁。我祖父的店铺在一幢有三层楼的房子里,我觉得房子很高大,因为丘陵上面的住宅都是两层楼的房屋。店里整批出售殖民地生产的商品,那是一爿宽敞的店铺,里边有极美的香味。地板上放着许多个敞着口、里边装有各种谷物的大口袋,有装着小米的口袋,有装着大麦的口袋,还有装着大米的口袋。倘若我的双手干净,我可以伸手进去摸摸谷粒,这有一种舒服的感觉。我用手抓起一把谷粒来闻一闻,又让谷粒慢慢地流下去,虽然铺子里有许多其他稀奇的东西,我却常常这样做,并且最喜欢这样做,很难使我离开那些口袋。店里还有茶和咖啡,特别是有巧克力。一切东西都是大包大包地包装起来的,装潢很讲究,跟普通商店不同,这儿货物不零售。我之所以格外喜欢那些摆放在地板上、袋口开着的口袋,也是因为它们对我来说不太高,一伸手进去就可以摸到许多我喜欢的谷粒。

店铺里的东西,大多是可食用的,但并非一切都可以食用。店里也有火柴、肥皂和蜡烛,还有小刀、剪刀磨刀石、短把镰刀和长柄镰刀。从农村前来购买东西的农夫们久久地站在商品跟前，用手指来检验刀刃的锋利程度。我兴致勃勃但又有点害怕地看着他们，我要触摸小刀是不被允许的。有一次，有位农夫——大概我的样子讨他喜欢——用手抓起我的大拇指，跟他的大拇指并靠在一起，给我看看他的皮肤多么硬。从没有人赠送给我一块巧克力。爷爷坐在后面的一间办公室里，他管理非常严格，所有商品都是批发的。在家里，他经常表示疼爱我，因为我取了他的全名。在铺子里，他不大乐意见到我，从来不允许我在那里久留。倘若他发出一个指示，接受指示的职员就会火速去执行，有时一个职员会带着包裹离开铺子。我最喜欢一个衣衫褴褛、年岁较大的瘦削男人，他总是心不在焉地微笑。他动作不灵活，每当祖父说什么事情的时候，他都会吓一跳。他仿佛在做梦，跟我在店里看见的其他人截然不同。他遇见我时总要说句友好的话，可他的话含糊不清，我不知道他要说什么，但我觉察到，他对我怀有好意。他叫切勒邦，是个最没有能耐的穷亲戚，祖父出于同情雇用了他。我老是听见人们呼叫切勒邦，仿佛他是个仆人，他就是这样留在我的记忆里。后来我才获悉，他是我祖父的一个兄弟。

　　我们院子大门前的街道，遍地尘土，非常荒凉，令人讨厌。下大雨的时候，它成了泥泞路，出租马车在路上留下深深的辙印。我不能在街上玩耍，我们的院子里有的是玩儿的地方，而且安全。有时我听见外边一阵咯咯的狂叫声，不久叫声变得更加响亮和激动，随后一个身穿黑色褴褛衣服的男子，咯咯地叫着，害怕得哆哆嗦嗦地冲进大门来，他是在逃避街上那些游荡的少年。他们尾随着他，高喊"卡科！卡科！"并像母鸡那样咯咯地叫个不停。他害怕母鸡，因此他们追逐他。他比他们领先几步，在我看来，他把自己变成了一只母鸡，使劲地咯咯叫，怀着绝望的恐惧，并用双臂做扑扑振翅的动作。他上气不接下气地冲上楼向祖父的房子走去，却从不敢进去，只是从另一边楼梯跑下去，动也不动地躺着。孩子们站在院子大门口咯咯地叫着，他们不能进入院内，见他像死了一样躺着，他们有点害怕，于是就跑开了。但不久他们便在外边唱起了他们的凯旋曲："kako la gallinica！ kako la gallinica！"——"卡科小母鸡！卡科小母鸡！"——只要听见他们叫嚷，卡科就一动不动地躺着；刚刚听不到他们的声音，他便站立起来，用手摸摸自己的身体，小心翼翼地环视四周，仍惊恐不安地倾听一会儿，随后便弯着背悄悄地溜出院子。现在他已不再是母鸡，不再扑扑振翅和咯咯地叫了，他又是住宅区里精疲力竭、四肢无力的白痴了。

有时候，当孩子们在街上不远的地方窥伺着他的时候，可怕的恶作剧又重新开始了。这种恶作剧多半移至另一条街上，我无法再见到。也许我同情他，当他跳跃的时候，我总是担惊受怕，但是没出什么大事。我每次以同样激动心情见到的，都是他把自己变为一只庞大的母鸡。我不明白，孩子们为什么要追踪他，每当他跳跃后静静地躺在地上的时候，我都担心他起不来，再也变不成母鸡了。

多瑙河在保加利亚境内一段的下游，非常宽阔。河对面的城市久尔久属于罗马尼亚，据说，我的奶妈是从那里来的。她是个强壮的农民，给我喂过她的奶，同时也给她自己的孩子喂奶，她将孩子也带来了。我常常听她讲述扣人心弦的事情，虽然我想不起她来了。为了她的缘故，"罗马尼亚的"一词在我的记忆中保留着亲切的声调。

多瑙河冬天冰冻是罕见的，关于这条河流的冰冻情况，人们讲了诸多激动人心的故事。母亲年轻时候有时乘坐雪橇到罗马尼亚那边去，她给我看了她当年坐雪橇时穿过的暖烘烘的皮大衣。天寒地冻、寒气袭人的时候，饥肠辘辘的狼群就下山来，向雪橇前的马猛扑过去，橇夫挥舞鞭子，试图把它们赶跑，但这无济于事，得要向它们开枪射击。有一次在行驶中发现没有携带射击的东西，一个携带武器的吉尔吉斯人——他是家里的佣人——本应一起走的，但橇夫没有带上他就驾车走了。对付这些饿狼颇为费劲，母亲陷入了很大的危险，要不是有两位男子乘着一架雪橇迎面过来，结局可能是很糟糕的。他们开枪打死一只狼，把其余的赶跑了。母亲当时心惊胆战，她叙述了这些狼的红色舌头，这些狼当时靠得那么近，以致她过了好些年后还梦见它们。

我常央求她讲狼的故事，她也喜欢讲，这样，狼就成了最先萦回于我的幻想中的野兽。我从保加利亚农村姑娘们那里听到的童话，加剧了我对狼的恐惧。她们中有五六个总是生活在我们家里，她们非常年轻，也许十岁或者十二岁，已被她们的家人从农村送到城市来了。在城市里，她们被雇用到市民家里去当佣人，她们光着脚在家里来回跑动，一直是心情愉快、情绪饱满的，她们没有很多事可做，什么事情她们都通力合作，一起去完成，她们成了我幼年时代的游戏伙伴。

晚上，当父母离家外出的时候，我跟她们待在家里。大客厅的墙角摆放着几张低矮的土耳其沙发，除了地毯和几张小桌子外，我记得这些沙发就是客厅里仅有的固定陈设。夜幕降临的时候，小姑娘们都心惊肉跳，我们大家紧紧地瑟缩在紧挨窗子的一张沙发上，她们把我夹在中央，开始讲述狼形人妖和民间传说中关于吸血鬼的故事。一个故事刚刚结束，第二个故事就开始了，故事虽令人魂飞魄散，但是因为姑娘们把我紧紧围在中间，我却感到很愉快。我们是那么害怕，谁也不敢站立起来，父母回家来的时候，看见我们大家哆哆嗦嗦地蜷缩成一团。

我听过的童话故事中，只有一些关于狼形人妖和吸血鬼的故事留在我的记忆里,也许是由于没有听过其他故事。巴尔干的童话书,要是不能马上看出其中有某些是关于狼形人妖和吸血鬼故事的,那我是不关心的。那些故事的细枝末节我都想得起来,但不是用我当年听故事的语言。那些故事,我曾听人用保加利亚语讲过,但后来我读的是德文读本,这一神秘的转变也许就是我在自己的青少年时代中所要报道的令人惊奇的事情。由于大多数孩子在语言上的经历不尽相同,我也许应该谈一点这方面的情况。

父母彼此间讲德语(我一点都听不懂),而对我们孩子和所有亲戚朋友,他们则讲西班牙语。那是真正的口语,当然是古代西班牙语,后来我也常常听,从没有把它荒疏。家中的农村姑娘们只会说保加利亚语,主要是因为跟她们在一起,我也学了保加利亚语。但由于我从未进过一所保加利亚学校,并且六岁就离开了鲁斯丘克,因此我很快就把保加利亚语忘得干干净净了。那幼年时代的所有事件,都是在西班牙语或者保加利亚语环境中发生的,后来,对我来说它们中的绝大多数却都变成了德语事件。只有特殊的戏剧性事件,所谓的激烈争吵和最令人讨厌的恐怖事件,才在我的脑海里留下了西班牙语的原话。这些事件记得非常清楚,不可磨灭。其他所有的事件,特别是保加利亚语讲的一切事件,如一些童话故事,我都是用德语记住的。

这种事情是怎样发生的,我无法讲清。我不知道,在什么时候和怎样的情况下,这些事件变成了德语留在我的记忆中。我从未探究过这种事,也许我担心通过一种按照特定方法和严格原则进行的探索,会把留在我记忆中的最宝贵的事物毁掉。只有一点我可以肯定地说:那些年代经历的事件,我记忆犹新——六十多年中,我不断从中汲取营养——但绝大多数事件都是同我当时不熟悉的文字联结在一起的。现在把它们写下来,我以为是理所当然的,我不觉

13

得我在记述时对事情有所改动或者歪曲。这不像一部书的文学翻译，从一种语言译成另一种语言，这是一种不知不觉的自我完成的翻译。由于我通常像避开瘟疫那样回避这个由于滥用而成了毫无意义的词，读者大概会原谅我在这种——并且是仅有的——情况下使用它。

亚美尼亚人的斧／吉卜赛人

　　司汤达在他的《亨利·勃吕拉传》中非常灵巧地描绘地形图，我却没有这方面的兴趣，而且很遗憾，我总是一个笨拙的绘图者。这样我就得简略地描述一下在鲁斯丘克我们的庭园四周的住宅是如何布局的。

　　从街上经大门进入院子里，可以见到爷爷的房子就在右手边。看样子，它比其他房子高大，实际上确实也高些。它是否不同于其他两层的房子，还有上一层楼，我就无法说清了。无论如何，它给人较高的印象，因为通往它上面的阶梯较多。爷爷的房子也比其他房子明亮，也许是它油漆得光亮吧。

　　爷爷房子的对过，院子大门的左手边，是我父亲的大姐——索菲姑姑同她的丈夫——纳坦姑父居住的房子。姑父叫埃尔雅墓姆，这个名字从不合我的意，也许因为它听起来不像其他所有的名字那样有西班牙味。他们有三个孩子：雷吉娜、雅克和劳里卡。劳里卡是三人中年纪最小的，但比我还大四岁，这一年龄上的差别引起的后果是灾难性的。

　　我家的住宅在姑父的房子旁边，看起来跟姑父的房子一模一样，两者排成一行，也是在院子的左边。有一些石级通向这两幢房子，石级的尽头是一个平台。

　　这三幢住宅之间的庭园非常大。我们家对面，并非中央，而是稍稍靠边，有一口用吊桶打水的水井。此井供水不足，绝大部分的生活用水都是取自多瑙河。河水装在大桶里靠骡子拉回来，多瑙河的水如不事先煮沸消毒就无法使用。水煮沸后，盛在大水锅里，置于屋前的平台上冷却。

水井后面是果园，通过一道围篱同院子隔开。它并不特别漂亮，布置过于讲究，规则匀称，或许也不够古老。母亲方面的亲戚有许多更漂亮的果园。

从庭园进入我们的住宅，要经过房子狭窄的一面。我们的住房远远地向后面延伸，虽然它只有底层，在我的记忆里却是非常宽敞的。从庭园较远的一边，可以沿着庭园最长的小路，绕着我们的房子走，走到后面就来到一个小后院，厨房门与之相对。后院里放着待劈的木柴，母鸡和鹅四处乱跑，房门敞开的厨房里，总是熙来攘往，女厨师送东西出去又拿东西进来，六个小姑娘蹦来跳去，忙忙碌碌。

厨房前面的这个后院里，经常有个佣人在劈柴。他是我的朋友，一个悲伤的亚美尼亚人，我可以清清楚楚地想起他来。他一边劈柴一边唱歌，所唱的歌曲我虽然听不懂，却使我心碎欲裂。我询问母亲，他为什么如此悲伤，母亲说，坏蛋企图把施坦波尔的亚美尼亚人斩尽杀绝，他失去了在那里的全部家人。他从一个隐蔽处窥见他的妹妹被人杀害，随后他就逃到保加利亚，出于同情，我的父亲把他带到家里。现在，当他劈柴的时候，他总是想起他的小妹妹，因此他唱了这些哀伤的歌曲。

我对他怀有深深的爱。当他劈柴的时候，我就站在客厅尽头的沙发上，这儿客厅的窗子朝着厨房后院。这时，我探头往窗外看他，而当他唱歌的时候，我就想到他的妹妹，于是我总希望自己有个小妹妹。他留着黑色的长胡须，一头乌黑的头发，我觉得他特别高大，也许因为我看见他时，他正挥动臂膀，高高扬起斧头。我对他的爱还胜过管跑业务的佣人切勒邦，后者我难得见到。我们彼此交谈几句，但只是几句，我不知道是用什么语言交谈的。他在着手劈柴前等候我，一见到我，便微微一笑，随即扬起斧子，他怀着怎样的怒火猛劈木柴，那是令人吃惊的。接着他的脸变得阴沉了，他唱起他的歌来。当他放下斧头的时候，又对我微微笑了，我期待着他的微笑，正如他——我一生中遇到的头一个逃难者，期望着我的微笑一样。

吉卜赛人每周星期五来。星期五，犹太人家家户户都为安息日①做好一切准备，从上到下打扫房子，保加利亚姑娘急匆匆地来来往往，厨房里熙熙攘攘，非常繁忙，谁也没工夫管我。我独自一人待着，脸紧贴宽大客厅那朝着花园的窗子，等待着吉卜赛人。他们使我感到不寒而栗，我想，姑娘们在那些漫长的夜晚，在黑暗中蹲坐在沙发上的时候，大概也向我讲过吉卜赛人的事。我想到他们会盗窃小孩子，并相信他们在打我的主意。

我虽然惊恐不安，却不放过看看他们的时机。看起来，他们的模样很好看。院子大门为他们大大敞开了，因为他们需要地方。他们像一整个家族那样来了，中心是一个高高挺直身子、双目失明的族长，据说是曾祖父，是位好看的白发苍苍的老人。他身披五颜六色的布片，慢悠悠地走动，左右两侧由两个成年的孙女搀扶着。各个年龄段的吉卜赛人簇拥着他，男人很少，几乎全是妇女和无数的小孩子，幼儿由他们的母亲抱着，其他孩子欢蹦乱跳，但都没有远离自豪的长老，他老是处于中心。整个队伍非常拥挤，那么多人摩

---

① 犹太教徒以星期六作为休息日。

肩接踵地行进，平常我从未见过。这是这个热闹非凡的城市中最热闹的景象。那些用来拼凑成衣服的布片，五光十色，光彩夺目，而各种颜色中最耀眼的是红色。他们许多人肩头上挎着的口袋晃动着，如果不是想到口袋里装着偷来的小孩子，我是不会注视它们的。

我当时觉得这些吉卜赛人多得不得了，但要是我现在试图估计一下他们的人数，我会认为，那不超过三四十人。无论如何，我当时在大院里还从来没有见过那么多人，由于他们为了这位长老的缘故而那样慢慢腾腾地行进，我觉得他们挤满了院子，队伍无限长。他们并没有待在这里，而是绕着房子东游西荡，进入厨房前边的小院子里，那儿堆放着木柴，他们在那儿坐下来了。

我惯于等待他们最初在院门前出现的片刻，刚刚一瞥见那位双目失明的长老，我就一边尖声呼叫："Zinganas！Zinganas！"（西班牙语：吉卜赛人！吉卜赛人！）一边经过长长的客厅和更加长的同厨房衔接的走廊，跑到后面。母亲正站在厨房里指点人们做安息日的菜，某些美食她亲自制作。我在半路上时常遇见小姑娘们，但我不注意她们，我不停地尖叫，直到我来到母亲身旁，她安慰了我几句。我没有待在她身边，而是沿着这条长长的路又跑了回去。我从窗口朝行进着的吉卜赛人看了一眼，这时他们向前移动了一点点，我又跑去厨房马上报告。我想见到他们，一心想着他们，但刚刚一看见他们，我又被恐惧攫住了，我担心他们打我的主意，于是我一边呼喊一边跑开。这样来来回回奔跑了好一阵子，我相信，我因此对坐落在前后两院间的住宅的大小有着深刻的感受。

他们一到达厨房前面的目的地，长老就席地而坐，其他人都围着他，妇女们打开随身携带的口袋，接受一切赠品，并不为此发生争吵。他们得到大堆他们仿佛特别渴求的木块，还得到许多食物；所有已烹调好的菜肴，他们也都得到一些，供给他们吃的东西绝不是残羹冷炙。看见他们没有把小孩子装进口袋里，我的心情轻松了，在母亲的保护下，我在他们中间转来转去，仔细地打量他们，但又提防自己过于靠近那些想要抚摩我的妇女。那失明的老人慢条斯理地吃一个碗里的东西，安然歇息一下。其他人一点也没有碰菜肴，什么东西都装进大口袋里，只有小孩子可以享用送给他们的甜食。他们对自己的孩子很亲热，根本不像抢劫小孩的强盗，这使我感到惊奇。但是这丝毫也没有削弱我对他们的恐惧。过了一些时候——可我觉得时间很长——他们就动身了，队伍行进的速度比来时快，绕着房子走，穿过庭园回去。我从同一窗口注视着他们经由大门离开。于是我最后一次奔回厨房里报告："吉卜赛人走了。"我们的佣人拉着我的手，把我带到大门处，把门锁上，说："现在他们不再回来了。"院子的大门通常白天敞开，但星期五关闭，这样其他也许随后而来的吉卜赛人的队伍就知道他们的人已经来过了，于是他们便继续往前走。

弟弟的出世

幼年时代,当我还待在一把为幼儿准备的高椅里的时候,我觉得仿佛椅子离地板非常远,担心从椅子上掉落下来。布科大伯父——我父亲的长兄来访,把我抱出来放在地上。随后他装出一本正经的样子,把张开的手放在我的头上,说:"Yo ti bendigo, Eliachicu, Amen!"("我为你祝福,小伊利斯,阿门[①]!")这话他说得很有力,我喜欢他那严肃的声调,我以为,倘若他替我祝福,我仿佛就长大了。但他是个爱开玩笑的人,笑得太早,我觉察到他在拿我开心,我屡次三番轻信祝福的重要时刻,但最终总使自己感到难为情。

这位大伯父无数次地重复他所做过的一切。他教我唱许多歌曲,孜孜不倦地教唱,直到我自己能独立唱为止。当他再来的时候,他便查问我,耐心地训练我在大人面前显示一下自己的才能。虽然他老是马上毁灭自己作的祝福,但我仍然期待着他的祝福。要是他能较好地克制自己,说不定他会成为我最亲爱的伯父。他住在瓦尔纳,在那里掌管着祖父商行的一个分店,只是在节日和遇到特殊时机才来鲁斯丘克。人们怀着敬意谈论他,因为他是"布科",那是每个家庭中长子的光荣称号。我早就懂得当长子多么重要,要是我留在鲁斯丘克,我也成了一位"布科"了。

[①] 犹太教徒和基督教徒祈祷结束时的常用语,表示"诚心所愿"。

长长四年里我是家里唯一的孩子。在这期间，我像一个小姑娘一样穿着裙子，我要求像个男孩那样穿上裤子，但总是被用空话敷衍，答应以后解决。后来我的弟弟尼西姆呱呱落地了，趁此时机，我头一次穿上了裤子。我怀着能穿上裤子的巨大自豪感，经历了所发生的一切，出于这种原因，我记住了事情的每个细枝末节。

家里有许多人，人们露出忧虑不安的神色。我的儿童床通常也在卧室里，可是我不可进房到母亲那里，便在门前走来走去，以便在某人开门进去时看她一眼。但是人们随即把门关上，我无法瞥见她。我听到大声痛哭的声音，我不熟悉这声音，便打听谁在哭，人家对我说：滚开！我还从未见过大人们如此忧心忡忡，没人顾得上我，这使我感到不习惯。（后来我才知道，那是一次延续时间较长的难产，人们担心我母亲的生命。）梅纳赫莫夫大夫，一位留着长长的黑胡子的医生，也在场。他平日非常和蔼可亲，让我演唱歌曲，并为之夸奖我，可是此时也不理睬我，不跟我说话，并且在我不离开房门的时候，还恶狠狠地看看我。哭声大了，我听见"madre mia querida！ madre mia querida！"（西班牙语：我亲爱的母亲！我亲爱的母亲！）我把头紧贴在房门，当门打开的时候，呻吟声非常大，我感到害怕。我恍然大悟，原来是母亲的呻吟声。我不能再看见她，那是非常可怕的。

我终于可以进入卧室了，人人喜笑颜开，父亲笑了，人们给我看看小弟弟。母亲静静地躺在床上，脸色苍白。梅纳赫莫夫大夫说："她需要安静！"但此时房内并不安静，外来的妇女们在房间里来来去去，现在大家又喜欢我了，我受到鼓励。很少来我们家的祖母说："她已好些了。"母亲什么话也没有说。我怕她，便跑了出去，不再待在门旁。过了好长时间，我对母亲还感到陌生，经过好几个月，我对母亲才又寄予信任。

紧接着，我所遇见的是割礼①。家里来了更多的人。我可以观看行割礼。我得到的印象就是人们有意拉我来观看，所有门户都打开了，住宅大门也敞开了，大客厅里为来客们摆放着一张铺上桌布的长桌，割礼在卧室对面的另一间房间里进行着。在场的只有男人，大家都站着，一丁点大的弟弟被托举在一个碗上面，我看见了小刀，尤其见到许多血滴进碗里。

弟弟以外祖父的名字尼西姆命名，人们向我解释说，我是老大，因此取了祖父的名字。长子的地位被抬得非常高，我从割礼的时候起就意识到这点，并从此永远不丧失长子的自豪感。

宴席间充满了欢声笑语，我穿着裤子散步。我要让每个客人都注意到我的裤子，否则决不罢休，当新的客人到来时，我就从门口向他们迎面走去，满怀希望地在他们面前站着。来来往往的人很多，客人都已到齐了，这时人们惦念着邻屋的表兄雅克。"他骑他的自行车去了。"有人说。他的这种态度受到指责。他在饭后来到，满身尘土，我看见他在房前从自行车上下来，他比我大八岁，穿着文科中学生的服装。他得意地告诉我，人家刚刚送给他这辆自行车，接着他试图悄悄地走进屋里来到客人中间，我脱口而出，表示也想得到一辆自行车，索菲姑姑冲过去指责他，他用手指点着恐吓我，随即又无影无踪了。

这一天，我也知道必须闭口吃饭。雅克的姐姐雷吉娜，把果仁塞进嘴里，我站在她跟前，像着魔似的仰视着她，看她如何闭嘴咀嚼。她嚼了很长时间，嚼完时说，现在我也得这样做，否则我又要穿上裙子。我必须迅速学会，因为无论如何我不想又失掉我的裤子了。

---

① 犹太教对初生男婴举行的一种宗教仪式。行礼时，用石刀割损阴茎包皮，作为神和人缔约的象征。

土耳其人之家／爷爷与外公

卡内蒂爷爷忙的时候,我被送到他家里去向奶奶请安。她坐在土耳其沙发上抽烟,或者喝不加牛奶的咖啡。她老是在家里,从不外出,我想不起当时曾经在住宅外边看见过她。她叫努拉,和爷爷一样都是阿德里安堡人。爷爷叫她欧罗,本来是金子的意思,我一直不理解她的名字。在所有亲戚中,土耳其的生活习惯她保留得最多。她向来不从沙发上站立起来,我压根就不清楚她怎样坐到沙发上去的,因为我从未看见过她走动。她偶尔唉声叹气,喝一杯咖啡,抽抽烟,她用一种哭诉的声调迎接我,什么话都没有对我说,就抱怨着打发我离开。对陪送我去的人,她说了几句令人同情的话,也许她认为自己疾病缠身,也许她真的有病,但她肯定是按东方方式生活,非常之懒,必定受生龙活虎、精力充沛的爷爷的折磨。

我当时还不知道,爷爷不论到哪里,马上就会成为中心人物。在家里他是一位暴虐者,很可怕,如果他高兴,他可以流出热泪,在以他的名字命名的孙子们中间,他感到洋洋得意。在亲朋好友中,甚至在整个教区里,他因为有一副好嗓子而备受欢迎,他的嗓子特别令妇女们叹服。倘若他被邀请去做客,他不带奶奶一起去,她的愚昧无知,她那没完没了的悲叹,令他讨厌。在他应邀前去的地方,他总是很快就被一大群人包围,他讲那些他在其中起了很大作用的故事，碰到特殊场合，他会应邀唱起歌来。

在鲁斯丘克，除了卡内蒂奶奶外，还有许多土耳其的事情。我学的第一首儿歌《红通通的苹果来自施坦波尔》，歌词以施坦波尔城的名字结束，我听说过这个城市，说它非常大，我很快就把它同我们这里看见的土耳其人挂起钩来。"埃迪尔内"——在土耳其语里叫作阿德里安堡，这个卡内蒂爷爷和奶奶出生的城市，常常被提到。爷爷唱土耳其歌曲，向来不把歌曲唱完，问题在于他把某些高音拖得特别长。我比较喜欢感情强烈、节奏明快的西班牙歌曲。

富有的土耳其人的房子离我们家不远，从窗前网格稠密的栅栏就可以看出是这些人的住宅。这些栅栏是用来监视妇女的。我头一次听人们讲到的谋杀，是一个土耳其人出于妒忌干的。在去阿尔迪蒂外公家的路上，母亲带我从一幢房子旁边经过，指给我看山丘上的一个栅栏，并说上边曾有个土耳其女人，站着打量一个路过的保加利亚男子，随后，她的丈夫，一个土耳其人，把她刺死了。想当初，我并未真正理解一个死人是什么样子的，但在这次散步中，经母亲的讲解，我才明白了。当时我问妈妈，人们在地上的一片血泊中发现的那个土耳其女人，是否再没有站立起来。"再没有。"她说，"再没有！她死了，你懂吗？"我还是不明白，于是又询问，我就是这样逼迫她多次重复她的话，直到她不耐烦地改变话题为止。这桩事情给我留下的印象不仅有倒在血泊中的死人，还有那个丈夫的忌妒心，正是这种妒忌心导致了谋杀。我颇有点喜欢这妒忌心，尽管我很不希望那女人断送了生命，但我无法排除妒忌心理。

在这次散步结束，我们到了外公那里的时候，我亲身体验到妒忌是怎样一回事了。外公住在一幢略呈红色的宽敞的房子里。经过房子左边的一扇小侧门，我们走进一个年代久远的花园，它比我们家的花园漂亮。花园里有一棵大桑树，树枝低矮，轻易就可以爬上去，但当时还不允许我爬树。每次从树旁经过时，母亲总是指给我看高处的一条树枝，那是她当年还是年轻姑娘时隐藏的地方，当她想要排除干扰，安安静静地看书的时候，惯于躲到那里。她带上她的书钻到那里，一声不吭地读起来，她隐藏得非常巧妙，从树下无法看得见她，她也听不见别人叫她，因为她被自己喜爱的书迷住了，她在树上读完了她所有的书。离这棵桑树不远的地方，有石阶通往住房，这儿住房的地势高于我们家的住房，但是通道阴暗。我们经过许多房间来到最后一间，外公坐在房内的一把靠背椅上，他是一个矮小的脸色苍白的人，体弱多病，老是围着围巾，披着方格花呢的斗篷，总是穿得暖暖和和的。

"Li beso las manos, Señor Padre！"母亲说——"我吻您的手，父亲！"接着她推我向前，我虽不喜欢他，却不得不吻他的手。他从不乐呵呵的，也从不气鼓鼓的，也向来不像我以其名字命名的爷爷那样严厉，他老是那个样子。他一动不动地坐在他的靠背椅上，不对我说话，不赠送我东西，只是跟母亲交谈几句，然后拜访就结束了。每次访问的结局都是同样的，我很讨厌。外公常常带着一丝狡猾的微笑看看我，低声问道："你更喜欢阿尔迪蒂外公，还是卡内蒂爷爷？"他知道我要怎么答复，因为无论大人或小孩，人人都沉醉于卡内蒂爷爷，而无人喜欢他。他想逼迫我说实话，使得我不知所措，极其狼狈——这他很欣赏——这种情况每个星期六都要重演。起初我什么话也不说，束手无策地看着他，于是他又提出他的问题，直到我获得撒谎的力量，说了声"两位都喜欢！"才停止追问。他当即威吓地扬起手指叫喊道（这是我从他那里曾经听到的唯一的一声噪音）："Fàlsu！"（"更加虚伪！"）他把要强调的"虚伪"一词拉得长长的，听起来既带有威吓，同时又有悲叹的声调，他的话现在仍在我的耳际萦绕，仿佛我昨天去登门拜访过他似的。

在经过许多房间和通道出去的途中,我深感自己犯了错误,因为我撒了谎,心里非常压抑。母亲虽然坚定不移地依恋着她的娘家,从未放弃过对她父亲的这种礼节性拜访,但这时她也感到自己的一些过失,因为她使我屡次三番遭到外公那样的责备,这种责难本来是针对爷爷的,却使我独个承受了。为了安慰我,她领我到房后的水果玫瑰园,指给我看她黄花闺女时最爱的一切花卉。她深深吸进它们的芳香,她的鼻孔宽大,鼻翼总是颤动的,她把我抱起来,以便我凑近玫瑰闻闻。假如水果有点成熟,她就为我采摘一些(这事不能让外公知道,因为当天是安息日)。我记得,那是一座令人惊异的花园,但管理不善,有点杂草丛生的现象。外公大概一点也不知道安息日采摘水果的事,为了讨我喜欢,母亲干了这件不允许的事情,这毕竟消除了我的压抑感,因为在回家途中我已经非常活泼愉快,又向母亲提出了一连串问题。

在家里,我从劳里卡表姐处获悉爷爷吃了醋,说他的所有孙子对外公的喜爱都胜过他,她把爷爷妒忌的原因作为最重大的秘密给我吐露了:他是"mizquin"("贪婪"),但她不让我把这话告诉我的母亲。

普珥节① / 彗星

虽然我们当时非常幼小,还没有真正参加彗星节活动,但我们孩子对这个节日感受极为深刻,那是一个纪念犹太人从凶恶的迫害者哈曼的追捕中获得解救的欢乐节日。哈曼是一个臭名昭著的人物,他的名字已进入了口语,在我获悉他是个男人,在世间生存过并策划过恐怖事件之前,我知道他的名字是骂人的话。当我以诸多问题太长时间地纠缠成年人,或者不愿去睡觉,或者不干人家要求我干的事情,这时人家就会重重地、深深地叹一口气:"哈曼!"于是我意识到人家见怪了,我的法宝都已使出,再无法可想了。"哈曼"是谈话末尾时说的一个词,是一声重重的和深深的叹气,但也是一个骂人的话。后来人们对我作了解释,哈曼曾是个恶人,曾经企图把犹太人统统杀害,多亏末底改和以斯帖②王后,他的阴谋才未能得逞。

成年的人们化了装,走出家门,可以听见街上的喧闹声,一些人戴着假面具在住宅里出现,我不知道他们是谁,仿佛置身于童话世界中。夜晚,父母亲离家外出,很久不回来,普遍的兴奋情绪也感染了我们小孩子,我躺在儿童床上没有入睡,倾听着。有时候,

---

① 普珥节系每年三月一日举行的犹太人节日,纪念哈曼谋杀犹太人失败的日子。
② 以斯帖,《圣经·旧约》中的女英雄。

父母亲戴着假面具出现，随后又揭掉了面具，这是一次特殊的玩笑，但我宁愿不知道戴面具的是谁。

一天夜里，我确实睡着了，一只巨狼向我的儿童床俯下身来，把我唤醒，一条长长的红色舌头从它的嘴里垂吊下来，它发出令人毛骨悚然的呼噜声。我拼命呼喊："一只狼！一只狼！"没有人听见我呼叫，没有人到来，我的呼叫声越来越尖锐，我急得哭了。就在这个时候有一只手伸出来去抓狼的耳朵，把它的头扯下来，父亲站在后面笑了起来。我继续呼喊："一只狼！一只狼！"我希望父亲把它赶跑，他给我看看手中狼的面具，我不相信他，他只好耐心地说："你没有看见吗，那是我，并非是真狼。"虽然这么解释，但也无法使我平静下来，我不停地抽噎和哭泣，我相信狼形人妖的故事变成了真的。父亲并不知道，当我和那几个保加利亚小姑娘在黑夜里孤零零地瑟缩成一团的时候，她们老是给我讲述些什么。母亲责备自己讲了那乘坐雪橇的故事，但也指责了父亲对化装那种无法克制的兴趣，他最喜欢做的事是演戏，当他在维也纳上学的时候，他的唯一希望是当演员，但在鲁斯丘克，他却被无情安插进他父亲的商店里了。这儿虽有个业余剧团，他同母亲一起登台表演过，但哪能跟他早先在维也纳上学时候的梦想相提并论呢！母亲说，在普珥节期间，他真的是情不自禁了，那时，他多次地接连变换他的面具，在最奇特的场面中，他使所有的熟人都感到惊异，都吓了一跳。

我对狼的恐惧持续了很久。我整夜整夜地做噩梦，经常把父母亲唤醒（我在他们的房间里睡觉），父亲设法让我平静下来，直到我又入睡，但随后狼又在梦中出现了，我难以很快就驱散狼的梦幻。从这个时候起，我被看作受惊吓的孩子，不能过分刺激我的幻想，结果，在好几个月里，我只听到一些乏味无聊的故事。这些故事，我已统统忘光了。

接踵而来的事件是巨大彗星的出现。我相信，彗星的出现把我从对狼的恐惧中解救了出来，我那幻想中存在的可怕事物，溶化进了那些日子普遍存在的恐惧中，因为我从未看见人们像彗星出现时那样惊恐不安，惶惶不可终日。狼与彗星，两者都是在夜间出现，这就更有理由把它们放在一起追忆了。

在我看见和听见彗星之前，人人都在谈论它，说世界末日已来临。我无法想象世界末日的情景，但我觉察到：当我来到人们身边的时候，他们就变了样，开始窃窃私语，并满怀同情地看看我。保加利亚姑娘们没有说悄悄话，她们以其粗鲁的方式，把话统统说出来，我从她们那里获悉世界末日已经到来，这是城市里普遍的信念。这件事给我留下了如此深刻难忘的印象，父母是有教养的人，他们在多大程度受这信念的影响，我无法说清，但是我确信他们没有抵制这普遍的信念，不然，根据早年的经验，他们就会对我做些解释，但是他们没有做。

一个夜晚，有人说现在彗星出现了，它将要落到地球上。我没有被打发去睡觉，我听见有人说，现在睡觉没有意义，小孩子们也应该到花园里来。大花园里闲站着许多人，这里还从来没有过这么多人，我们院内几家和邻居家的所有孩子都混杂在成年人中间，大家全都抬头仰望苍天，只见彗星高挂天际，硕大无比，光芒四射，盖住了半个天空。我全神贯注，试图追踪彗星的整个长度。也许它在我的记忆中延长了，也许并没有占据半个天空，而是小半个天空，我得听凭其他当时已经成年并且没有担惊受怕的人来断定这个问题。但那时候天非常亮，几乎如同白天，我知道得非常清楚，那的的确确是夜晚，因为我头一次在这个时候没上床睡觉，这对我来说是一次难忘的经历。大家都站在庭园里，成年人没有来回走动,四周鸦雀无声,最先走动的还是小孩子们,此时人们很少照管他们。在等待的时候我感到有点害怕(人人心里也都充满了恐惧),有人给了我一条挂着樱桃的树枝,用来解除我的恐惧,我嘴里嚼着一个樱桃,把头高高扬起来。我竭力用眼睛跟踪这无比巨大的彗星,在紧张的追踪中,也许在对彗星那神奇美丽的沉醉中,忘记了自己嘴里吃着樱桃,连核也吞下肚里了。

观看了很久,没有人疲倦,人们继续紧挨在一起,我既没有看见父亲,也没有看见母亲。那些和我的生活有重大关系的人,没有谁孤零零地单个站着。我只看见大家在一起,如果说我现在如此频繁地使用"在一起"这个词,那我是想说:我把他们看作群体——一个惊愕的期待着的群体。

有魔力的语言 / 火灾

复活节前家里进行大扫除。一切东西都挪动了,乱七八糟。

扫除提前开始,持续了近两个星期,那是乱糟糟的日子。人人都无暇顾及我,我经常妨碍了他人的行动,因而或者被推到一边,或者被打发走开,甚至在厨房里——这儿准备着最令人感兴趣的东西——顶多也只能看一眼。我最喜欢那些褐色的鸡蛋,这些蛋在咖啡里煮了好多天。

为了逾越节①晚会,客厅里摆放了一张长桌,作为晚会的场所,桌子能容纳许多客人。在逾越节晚会上,全家人聚首一堂,另外,我们还把两三位陌生人从街上请进来,让他们坐到宴会餐桌旁,并参与一切庆祝活动,这是风俗习惯。

爷爷坐在首席位上宣讲 Haggadah——犹太人从埃及迁出的故事。那是他最骄傲自豪的时刻:他不仅高踞于他的儿子们和女婿们——他们对他表示尊敬,遵从他的指令——之上,而且也是性情最暴烈的人。这位年龄最大的长者,目光锐利,什么东西都逃脱不了他的目光,在以枯燥的吟唱似的语调宣讲时,他能察觉到餐桌旁最微小的动作,每个最细小的事情,哪怕只是一个眼神或者一个轻微的手势他都能立刻察觉出。古老的故事造成一种非常温暖、亲密

---

① 犹太人的一个节日。

的气氛，在故事中，一切都做了精细的安排，都有它的位置。在逾越节晚会上，我非常钦佩爷爷，也赞赏他的儿子们（他们和爷爷不能很好相处），他们情绪高涨，轻松愉快。

我是年纪最小的，我也有自己的并非不重要的职责：我必须讲Ma-nischtanah，即配合讲述犹太人从埃及迁出的故事，是趁举办节日的时机讲的。晚会一开始，出席者中年纪最小的就询问宴席上备办各种东西的含义：没有变酸的面包、带苦味的卷心菜和其他风味独特的食品。故事讲述人，这种场合就是爷爷，用犹太人从埃及迁出的详细故事来回答年纪最小的人所提出的问题。我的问题，我背得滚瓜烂熟，提问时我手里拿着书，装出读书的样子，没有我的提问，就不能开始讲故事。故事的细枝末节，我都如数家珍，非常熟悉，因为以前人们常常给我讲，但在这次讲故事的整个过程中，我都没有失去这种感觉，即爷爷在回答我的问题，因此，对我来说，那也是一次盛大的晚会。我觉得自己重要，甚至不可缺少，庆幸的是，没有比我年纪更小的堂弟把我的职位挤掉。

我虽然倾听爷爷的每句话，留意他的每个动作，但也盼望故事尽快结束。因为讲完故事后会有最精彩的节目，男子们突然全都站起来跳舞，四下里跳来跳去，大伙一起边跳边唱"Had gadja, had gadja（"一只羔羊，一只羔羊"）。那是一首有趣的歌曲，我很熟悉，这与此有关，就是一唱完歌，一位叔叔就招手叫我到他那里去，他给我把每行歌词都翻译成西班牙语。

父亲从商店一回到家里，就立刻跟母亲攀谈起来，在这个时期里，他俩相亲相爱，亲密无间。他们有自己的语言，但我听不懂，他们说德语，那是他们在维也纳度过的幸福的学生年代的语言。他们最喜欢谈论城堡剧院，在那里，还在他们相识之前，他们观看同样的戏剧，见到同样的演员，回忆起这方面的情况时，他们谈个没完。后来我获悉，他们是在这种交谈中互相爱上的，他们渴望当演员，但未能如愿，而由于他们通力合作，却使其遇到许多阻力的婚姻获得成功。

出身于保加利亚一个最古老和最富有的西班牙被逐之犹太人后裔家庭的阿尔迪蒂外公，反对他最宠爱的小女儿同一个阿德里安堡暴发户的儿子成婚。卡内蒂爷爷年轻时流落街头，从一个希望落空的孤儿艰难地爬了上来，他虽已发家致富，但在外公眼里，依然是个江湖骗子、伪善者、说谎者。"Es mentiroso."（"他是个说谎者。"）我有一次还亲自听他这样说，那时他不知道我在注意听他说话。阿尔迪蒂一家的蔑视，使卡内蒂爷爷指责他们态度高傲，他的儿子可以娶任何一个姑娘做妻子，而要是他偏偏跟这个阿尔迪蒂的闺女结婚，他卡内蒂就感到自己深受侮辱。因此，我的父母亲起初隐瞒了他们之间的联系，他们靠着坚韧不拔的精神，在年岁较大的兄弟姐妹和心地善良的亲戚的积极帮助下，才使得自己的愿望渐渐地接近实现。两位老人终于让步了，但他们之间总是保持紧张的关系，彼此相恨，永不和睦。在秘密联系的岁月里，这对年轻人通过德语交谈不断地加深了他们的感情，可以设想，不知有多少对登台献艺的情侣从中起了促进作用。

当父母开始谈话的时候，我有充分理由感到他们的话不可思议，交谈中他们非常活泼，兴高采烈，我觉察到这个变化，便以德语声调与它联系起来。我聚精会神地倾听他们谈话，听完后便询问他们，这是什么意思，那是什么意思。他们咧口笑了，说要了解我所问的事情，对我来说为时太早，这些事情我以后才能明白。他们把"维也纳"一词（仅此一词）告诉我，已是过分的了。我想，他们用这种语言交谈的必定是一些奇妙的事情，我久久地徒劳地恳求后，便愤然跑开，跑到另一间很少利用的房间里，以完全像咒语那样的语调背诵几句我从他们那里听来的话。我常常独自一个人练习说这几句话，单独一人的时候，就把我已背熟的所有句子或者个别词连续不断地说出来，说得非常快，肯定无人能听明白，但我小心从事，谨防父母觉察到，我以自己掌握的秘密来报答他们的秘密。

我发现，父亲给母亲起了个名字，只有当他们说德语的时候，他才使用这个名字，她叫玛蒂尔德，他则称她梅迪。有一次，我站在花园里，尽可能出色地伪装自己的声音，向屋里高声呼叫"梅迪！梅迪！"父亲回家的时候就是这样从花园里呼叫她的。呼叫后，我就迅速绕着住宅奔跑，过了一会儿，我又带着清白无辜的神情抛头露面了。只见母亲无可奈何地站着，问我是否看见了父亲，她把我的声音听作是父亲的，这对我来说是一次胜利。她在他回家后马上就给他讲了这件事，说它是无法理解的，此事我守口如瓶，不告诉他人。

他们哪里想到是我干的，在这个时期众多的强烈愿望中，我最强烈的愿望是想掌握他们的秘密语言。我无法解释，在这件事情上，为什么我对父亲没有愠色，却对母亲怀恨在心，多年以后，在父亲去世之后，她亲自教我学德语，我的怨恨才消除了。

一天，庭园浓烟滚滚，我们的女仆中有几个跑到街上去，很快便激动地带着一个消息跑回来，说邻近有一家着火了，房子在熊熊燃烧，整个房子都烧毁了。除奶奶外——她向来不从她的沙发站立起来——院子周围三家人，都走出了家门，所有居民都朝着着火的方向奔去，行动非常迅速，以致人们把我忘了。我孑然一身，有点害怕，也许我也想去看看火灾，也许更想朝着大家奔跑的方向跑去，于是我就走出敞开着的院子大门，来到大街上——我被禁止到街上去——卷进了仓促奔跑的人的洪流之中。幸亏我很快就见到了我家的两个年纪较大的女仆,由于她们无论如何不改变方向,她们便把我夹在中间,拉着我匆匆快跑。在离大火有一些距离的地方,她们站住了,这时我头一次见到一幢熊熊燃烧着的房子。它已大体烧光了,横梁倒塌下来,火花飞溅。已经临近傍晚,天色渐渐昏暗,而大火仿佛越烧越旺,但是所留给我的远比熊熊燃烧着的房子还要深刻的印象,就是围绕着房子奔跑的人们。从我们站立的地方看去,他们又小又细,某些人站在房子的近处,另一些则从那里离开,他们个个背上都驮着东西。"盗贼!"女仆们说,"这些人是盗贼!他们在被逮住之前,从房子里背走东西!"她们对盗窃行为比对火灾更感到激动不安,她们屡次三番地呼喊"盗贼",我也跟着激动起来了。那些远远看去又小又黑的人们不知什么是劳累,他们低低地弯着腰,向四面八方散开,一些人肩上扛着包裹,另一些人在多角形东西的重压下弯着腰走路,我不知道所背的是什么东西,我问:"他们背的是什么?"女仆们总是重复道:"盗贼!他们是盗贼!"

此情此景,我难以忘怀,后来我发现在一位画家的画里反映出来了,我无法再说清本来是怎样的,画里又添加些什么。我在维也纳观看勃鲁盖尔[①]的绘画时,已经十九岁了,我马上认出了童年时代发生的那次火灾中出现的许多卑贱的人物。这些绘画,我非常熟悉,仿佛我老是在它们中间活动似的,我感到它们对我具有巨大的吸引力,我每天都去观看。以那次大火为开端,我的生活一直是在对这些绘画的观赏中度过的,仿佛其间并没有相隔十五年。勃鲁盖尔成了对我来说最重要的画家,但是我并非通过观察后的思考明白他,我遇见他,就好像他已盼望我好久,肯定无疑,我必须到他那里去。

---

① 此处指老彼得·勃鲁盖尔,历史上有五位姓勃鲁盖尔的荷兰画家。

蝮蛇和字母

一个湖勾起了我对遥远年代的回忆。我看见湖,它很宽阔,我透过泪珠看见它。我们——父母和我,还有一个拉着我的手的小保姆,站在岸边的一叶小舟旁。父母亲说,他们想要乘坐这条小船。我竭力挣脱开,以便登上小船,我表示:我也要去,我也要去。但是父母亲说,我不可以同去,我必须同牵着我的手的小保姆留下来。我纠缠了好久,父母亲仍不顾情面,小保姆没有放开我,我便咬她的手。父母亲很生气,让我跟她留下来,以示惩罚。他们消失于小船里,我在他们后面对他们拼命呼喊,现在他们远去了,湖变得越来越大,在我泪汪汪的眼睛里,一切东西都变得模模糊糊了。

那是沃特湖,我当时只有三岁,过了好久我才听说此事。从特兰西瓦尼亚的喀琅施塔德,即从我们第二年度过夏天的地方,我看见森林和一座山,看见山丘上的城堡和四面八方的一些房屋。那景色我已没有印象了,但是父亲当时讲的一些关于蛇的故事仍留在我的记忆之中。在赴维也纳之前,他住在喀琅施塔德的一所寄宿学校里,学校附近有许多蝮蛇,农民们希望清除蝮蛇,因此少年们都学习抓蝮蛇的本领,一袋死蛇可得到两个十字币[①]。父亲教我如何抓

[①] 一三〇〇至一九〇〇年间德、奥、匈的辅币。

蝮蛇，说就在蛇头后抓，这样蛇就无法伤人，又教我如何把蝮蛇打死，他说，如果懂得如何抓了，那是轻而易举的事，并且根本没有危险。我非常佩服他，想要知道蝮蛇在袋里是否真的全都死了，我担心它们装死，会突然从袋里窜出来。口袋是牢牢地扎紧的，他说蝮蛇必定死了，不然就得不到两个十字币了。我不相信蛇全都死光了。

这样，我们就接连三年在奥匈帝国的卡罗维发利、沃特湖和喀琅施塔德度过了暑假。如果要把这三个地点连成一个三角形，那么这三个相隔很远的地点之间，就占了古老帝国相当一部分地方。

关于奥地利对我们的影响，在这个鲁斯丘克度过的时期有许多事情可讲，不仅仅是父母亲都在维也纳上学，也不仅仅是他们之间都说德语。父亲每天都读《新自由报》，当他慢慢地打开报纸的时候，那是一个伟大的时刻。一旦他开始读报，就看都不看我一眼，无论如何不搭理我，这个时候母亲也不向他询问事情，甚至也不用德语跟他交谈。报纸上有什么东西使他如此沉迷呢？我设法要弄个水落石出。起初我以为是气味，便在我独自一人无人看见我的时候登上椅子，好奇地闻一闻报纸。接着，当我在他背后的地板上玩耍的时候，我又在观察，看他如何沿着报纸移动他的头颅，并且在他背后模仿起他来，当然我的眼前没有报纸，那报纸父亲放在桌子上双手拿着。有一次，一位来访者进来找他，他转过身来，发现我在做虚构的读报动作，这时，还在他招呼来客之前，他跟我说话，向我作了解释，说问题在于字母，在于许多小不点儿的字母。他用手指点一点字母，说我很快也要学习字母了。父亲的话在我的心中唤起了学习字母的巨大渴望。

我知道，报纸是从维也纳来的，路途遥远，从多瑙河乘船去那里要四天。人们常常提起一些亲戚，他们到维也纳去向名医请教。

37

那些大专家都是头等的名流,这些名人,我小时候就听说过了。后来我来到维也纳,获知洛伦茨、施勒辛格尔、施尼茨勒、诺伊曼、哈耶克、哈尔班,所有这些名字都是真有其人时,我感到惊奇。我从未试图亲自去见他们,他们坚持自己的格言,这些格言有那么大的影响,到他们那儿去的路途又是那么遥远,人们从他们那里归来,只可以吃特定的东西,而其他东西是禁止吃的。我原以为他们操一种独特的语言,这种语言无人通晓,只能猜测。我没想到,它跟我从父母亲那里听到的、虽然不懂也偷偷地练习的那种语言是一样的。

人们常常谈论语言,光是我们的城市里就有七八种语言,这些语言每个人都懂一点,只有从农村来的那些小丫头才只会保加利亚语,因而被看作是愚蠢的。每个人都列举自己所熟悉的语言,多掌握一些语言是重要的,掌握了语言知识,就可以解救自己,甚至可以拯救他人的生命。

早年,商人们出门旅行时把他们全部的金钱都放在围在腹部的腰包里,他们也这样乘坐多瑙河上的轮船,这是很危险的。我母亲的爷爷在甲板上装着睡觉,倾听两个男人在用希腊语讨论一个谋杀计划:他们打算轮船一靠近下一个城市,就突然袭击一个舱房里的商人,把他弄死,抢走他那沉甸甸的钱袋,将其尸体从舱房的一个窗口扔进多瑙河里,轮船一停泊,就马上离开船只。我的外曾祖父跑到船长那里,向他讲了自己听到的情况。那位商人受到警告,一位乘务员偷偷地隐藏在舱房内,其他人在房外站岗,当那两个凶手去执行他们的计划时,就被抓住了。码头上,在他们企图带着他们抢来的财物逃之夭夭的地方,他们被戴上手铐,送交了警察。这是因为,譬如说,懂得了希腊语的缘故。除此之外还有许多有趣的语言故事。

谋　杀

我的表姐劳里卡和我是形影不离的游戏伙伴,她是邻舍索菲姑姑年纪最小的闺女,但比我年长四岁。庭园是我们的活动范围,她照管我不要跑到街上去。庭园很大,我可以到处去,只是不可以到水井边缘,因为有个小孩曾掉进去淹死了。我们玩许多游戏,相处得很好,我们之间仿佛不存在年龄差别似的。我们有很多个共同的藏匿处,我们不向任何人泄露这些地方,一起把小东西存放在那里。我们总是互通有无,一个人有的东西也属于另一个人,倘若我得到了一件礼物,我就马上带着礼品跑开,说:"我得给劳里卡看看!"随后我们便商量把礼物存放到哪个藏匿处。我们从不争吵,我干她所希望的事情,她也干我所希望的事情。我们彼此非常友爱,以致我们总是有同一的愿望。我不让她感到,她毕竟是个女孩,是家里年纪最小的孩子。自从我的弟弟出生以来,自从我穿上长裤之后,我非常清楚我作为长子的地位,这也许有助于平衡我们之间的年龄差别。

后来,劳里卡上学读书,上午不露面了。她的不在使我感到很孤寂,我独自一人玩耍,等候她,她放学回家,我就在大门处拦截她,盘问她在学校里都干了些什么。她对我讲了这方面的情况,我也设想学校的情景,我渴望上学,跟她在一起。过了一些时候,她带了一个练习本回来,庄重地在我的眼前把本子打开,本子里有蓝墨水写的字母,这些字母对我的吸引胜过我曾经见到的一切东西。

但是当我想要摸一摸练习本的时候,她突然严肃起来,她说我不可以摸,她不可以让本子离开她的手。头一次遭到拒绝,我十分惊愕,经过温情的恳求,我得到允许可以用手指指着字母,问它们是什么意思,但不许碰它们。这一回她回答了我的问题,虽然给了我答复,但我察觉她没有把握,她的话自相矛盾,由于我对她收回本子很生气,便说:"你根本就不懂!你是个坏学生!"

从此以后,她总是防备着我看她的本子。不久她有了许多本子,我为她的每个本子而羡慕她,这事她心里非常明白,于是一场可怕的游戏便开始了。她完完全全改变了对我的态度,让我知道自己气量小。她日复一日地让我乞求看她的本子,却每天都拒绝我看。她会让我久久地等候她,以延长对我的折磨。一场灾难的发生,我并不感到惊奇,尽管无人预见到它会采取什么形式。

家里谁都不曾忘记,我跟通常一样白天站在大门口等候她。她刚一露面,我就乞求道:"让我看看笔迹。"她一声不吭,我意识到,现在她又要耍花招了,此刻无人能把我们分隔开。她慢腾腾地把书包放下来,又慢悠悠地从书包里取出本子,接着又慢条斯理地翻阅本子,随即闪电般迅速将本子伸到我的鼻子前面,我伸手去抓,她抽回手,跑开了。她从远处把一个打开的本子递给我,叫喊道:"你太小!你太小!你还不能读!"

我试图抓到她的本子,便四处追赶她,我乞求她,恳求看看本子。有时候,她让我接近她,靠得非常近,以致我以为可以抓住本子,却在最后一瞬间把本子抽回,逃跑了。凭借巧妙的花招,我成功地把她赶到一堵不太高的墙的阴影里,她从这里无法再逃脱了。这时我捉住了她,极其激动地呼叫:"把它给我!把它给我!把它给我!"我指的当然是本子,也是指笔迹,对我来说,两者是一回事。她把拿着本子的手高举于头上(她远比我高大),接着便把本子放在围墙上面。我个子太小，上不去，跳了又跳，结果白费力气，她站在旁边，幸灾乐祸地哈哈大笑。突然我让她站着，绕着房子走了很长的路来到与厨房毗邻的后院，去拿那位亚美尼亚人的斧头，想要砍死她。

后院里堆放着已劈碎的木柴，斧头放在木柴旁边，那位亚美尼亚人不在那里，我拿起斧子，把它举到自己跟前，沿着那段长长的路回庭园去，嘴里唱着一首杀气腾腾的歌曲，不停地唱，反复地唱："Agora vo matar a Laurica！ Agora vo matar a Laurica！"（"现在我要宰掉劳里卡！现在我要宰掉劳里卡！"）

她看见我回来，双手高举着斧头，便尖声着大叫跑开了。她如此高声尖叫，仿佛我已经用斧子砍中了她。她不停地尖叫，她的叫声毫不费劲地盖过了我那好斗的叫喊，我不停地、坚决地、但并非特别高声地将歌曲顺口背诵出来："Agora vo matar a Laurica！"

爷爷手执拐杖，从他的房里冲出来，从我手里夺走了斧头，怒气冲冲地严词训斥我。庭园周围所有的三幢房子这时都热闹起来，人们走出家门，父亲已外出旅行，但母亲在家里，于是召集了家族会议，讨论我这个凶残孩子的问题。我长时间地保证说，劳里卡残酷地折磨了我。我五岁就抡起斧头要砍死她，大家都无法理解，是的，我也只能把沉甸甸的斧头搬到自己面前来。我以为，人们能理解我非常热衷于文字，犹太人都是这样，"文字"对他们所有人来说非常重要。我的心灵中必定有些非常不好和危险的东西，这些东西驱使我企图谋杀我的游戏伙伴。

我受到了重罚，但是本身也深受惊吓的母亲却安慰我说："你很快就要学习读书写字了。你不必等到上学的年龄，你可以事先学习。"

无人看出我那行凶的图谋同那位亚美尼亚人的遭遇的联系，我喜爱他，喜爱他悲伤的歌曲和他的话，我爱那把他用来劈柴的斧头。

诅咒旅行

同劳里卡的关系并没有彻底破裂。她不信任我，放学回来就躲避我，留心不当着我的面取书包里的东西。我对她的作业根本不再感兴趣，作了谋杀的尝试之后，我坚信她是个坏学生，为她写的错误字母感到脸红。我暗自这样说，也许这样我方可挽救自己的自尊心。

她对我做了可怕的报复，虽然她事后矢口否认。我所能做到的有利于她的一切让步，或许就是让她没有意识到自己所干过的事情。

各家使用的水，大部分是盛在大桶里从多瑙河拉上来的。一头骡子拖着木桶，桶装入一特种车辆里，一个什么也没有运送的"送水者"，手持皮鞭走在车前。拉来的水在大院门前卖掉，非常便宜，水从车上卸下，倒进大铁锅里，然后煮沸。盛着热水的几口铁锅被置于房前，放在稍呈长形的平台上，让它们冷却一段适当的时间。

劳里卡与我又能相处了，起码我们有时候在一起做捉人游戏。有一次，盛着滚烫开水的几口铁锅放在平台上，我们在铁锅之间跑来跑去，太挨近铁锅了，劳里卡就在一口锅旁抓住了我，推了我一把，于是我便跌进了沸水中。除头以外，我的全身都烫伤了。索菲姑姑听见了可怕的叫喊，把我从锅里抱出来，替我脱掉衣服，我周身的皮肤也随之脱落了。人们为我的生命担惊受怕，我带着剧烈难忍的疼痛卧床数周之久。

父亲当时在英国，这对我来说是最倒霉的事情。我想，我必定要去见上帝了，我便高声呼叫他，哭诉说，我再也见不到他了，这比疼痛还难受。那疼痛我一点也记不起来了，我已不再感觉到疼痛了，但我依然感到对父亲那绝望的思念。我想，他不知道我出了什么事，可人们断言他知道，这时我便叫喊道："为什么他不回来？为什么他不回来？我想要见他！"也许他真的迟疑不决，拖延回来，几天前他才抵达曼彻斯特，他要在那里筹备我们的搬迁事宜，也许他想我的状况会自然而然地好转，他不必马上回来。但是即使他立刻获悉我的情况，毫无迟疑地踏上归途，那么遥远的路，他哪里能够马上到家呢？我的健康状况一小时一小时地恶化，人们安慰我，总说父亲今天不到明天就到，让我一天天地等下去。一天夜里，人们以为我终于入睡了，我却霍地从床上跳起来，扯下身上的一切衣服，我没有因疼痛而呻吟，而是呼叫他："Cuando viene？Cuando viene？"（"为什么他不来？为什么他不来？"）母亲、医生、其他所有服侍我的人，我都漠不关心，不看他们，他们干什么事我也不清楚，毫不理会他们的细心周到，我只有一个念头，其实那是一个伤口，一切都汇进这伤口里，那就是父亲。

后来我听见他的声音，他从后边走到我身边来，我趴着躺在床上，他轻声呼唤我的名字，他绕着床走，我看着他，他把手轻轻地放在我的头发上，他就是我的父亲，我没有疼痛了。

从这一时刻起所发生的一切，我是从他人的讲述中了解到的。伤口变成了一个奇迹，开始痊愈了，他答应不再离开，此后数周，他都待在家里。医生确信，倘若父亲不回来见我并且留在我身边，我就活不成了。他认为我已没有指望了，却坚持等待父亲的归来，这是他的唯一的、并不太有把握的希望。他就是那位帮助我们兄弟三人出生的大夫。后来他习惯说,我的这次再生是他经历的所有分娩中最艰难的一次。

我出事前几个月,即一九一一年一月,我最小的弟弟出生了。分娩是轻松的,母亲感到自己足够强壮有力,能够自己给他喂奶。这次分娩同上一次截然不同,也许因为事情进展得如此顺利,因而并未把它看得太重要,仅仅在短时间内是人们注意的中心。

但是我清清楚楚地觉察到,重大的事情正在进行中。父母亲谈话的语调变了,听起来又坚决又严肃,他们当着我的面没有老是讲德语了,而且常常谈论英国。我获悉,我的小弟弟以英国的新国王的名字命名,叫格奥尔格。我喜欢这个叫法,因为它有点出人意料,爷爷却不大中意,他希望并坚持起一个《圣经》里的名字。我听见父母亲说,他们不让步,孩子是他们的,他们爱怎样起名就怎样起名。

造爷爷的反已经进行一段时间了,格奥尔格这个名字的选择,乃是对他的一次公开宣战。母亲的两位兄弟在曼彻斯特创办了一个商行,生意迅速兴隆起来。他们两人中的一个溘然去世,另一个建议我父亲到英国去同他合伙经营。对父母亲来说,这是一次摆脱他们觉得太狭小并且过于东方化的鲁斯丘克,摆脱爷爷那太令人憋闷的专横的求之不得的机会。他们马上答应了,可是事情说起来容易做起来难,因为从现在起在他们与爷爷之间展开了一场激烈的斗争,爷爷无论如何不愿意把他的一个儿子交出来。我不熟悉这场持续了半年的斗争的详细情况,但我觉察出家中,特别是庭园里——亲戚们必然在这里相遇——气氛已变化了。

爷爷在大院里一有机会就抓住我,使劲地亲吻我,并且当有人可能看见我们的时候,他还流出热泪。虽然他再三声称,我是他最亲爱的孙子，没有我他就无法活下去，但我根本不喜欢我面颊上这许多的泪水。他试图激起我对英国的反感，这一点父母亲看出来了，便对我讲，那里多么美好，以抵消爷爷的影响。"在那里，所有人都诚实，"父亲说，"人们言而有信，说到做到，根本用不着跟他人握手言定某事。"我站在他的一边，怎能不站在他一边呢？他根本用不着向我保证，说我到英国后马上进学校学习读书写字。

爷爷对父亲，特别是对母亲的态度同对我的态度截然不同，他把她看作移居外国一事的主要策划者。有一次，她对他说："是啊！我们无法再忍受鲁斯丘克这里的生活，我们俩想要离开这里。"他背向着她，不再跟她说话。此后好几个月，我们还在这里，他都不理睬她。他对仍然必须去上班的父亲发脾气，他的脾气令人吃惊，而且一周比一周更可怕。启程前几天，他看见他一无所获，便在花园大院里，当着在场的亲戚们的面，严肃地咒骂他的儿子，众亲戚惊恐不安地在旁倾听着。我听见他们相互之间谈论此事，他们说，一个父亲诅咒他的儿子，再没有比这更可怕的事了。

第 二 部

曼彻斯特
（1911—1913）

糊墙纸和书籍／在默西河畔散步

父亲去世后的几个月里,我睡他的床,让母亲独自一人待着是危险的。我不知道指定我为她的生活的守护人是谁的主意。她老是流泪,我倾听她哭泣,却无法安慰她,她哭得非常伤心。她起来站到窗口去,我一跃而起,站到她身旁,用手臂搂住她,不让她脱开,我们默默不语,此情此景不是用语言所能描绘的。我紧紧地搂抱住她,要是她从窗口跳出去,势必把我一起拽下去,她没有力气使我跟她同归于尽。当她的紧张心情过去,并从绝望中转过身来对着我,这时候我发觉她的身体松弛了。她把我的头紧紧搂在怀里,大声啜泣起来。原来她以为我睡着了,便努力尽量低声哭泣,以免哭声把我唤醒,但她没有注意到我暗地里醒着,她悄悄地起来,蹑手蹑脚地走到窗旁,这时她确信我已熟睡了。多年后,当我们谈起这些日子的时候,她承认:她感到惊异的是,她每次悄悄溜到窗口旁边,我就马上站到她身旁用双臂搂抱住她。她无法逃脱我,她被我拦住了,但我觉察到,我的警惕性使她厌烦。每个夜晚她都不止一次地试图逃脱我,兴奋激动之后,我们母子俩都精疲力竭,很快就睡着了。她对我渐渐地表示出佩服,开始像对待一个成年人那样对待我。

几个月后,我们从伯顿路的住宅——我的父亲在这里死去——迁到帕拉迪诺路她的哥哥那里。那是一幢大房子,住着许多人,迫在眉睫的危险过去了。

以前在伯顿路的时候,不仅是夜里出现可怕的情景,而且白天也冷冷清清,令人憋闷。傍晚,母亲和我坐在黄色客厅里的一张供玩牌用的小桌旁吃晚饭。这张小桌本来不是客厅里的,后来被特意搬进来供吃饭用,现在桌上已为我们两人摆好了餐具!还有一些冷的小吃:白色的羊奶酪,黄瓜和橄榄,就像在保加利亚吃的那样。当时我七岁,母亲二十七岁,我们进行了一次文明的严肃认真的谈话。四周万籁俱寂,犹如在儿童寝室里一样。母亲对我说:"你是我的大儿子。"这话使我心里充满了责任感,夜里我感到自己对她应该负的责任。我整天想念着晚餐,我自取食物,跟她一样只取一点放在自己的碟子里,一切都是在慢条斯理、经周密思考的动作中进行的。尽管我还能记得当时自己手指的动作,但我们谈了些什么,却记不起来,除了那句经常重复的"你是我的大儿子"的话外,其余的全忘得一干二净了。母亲对我露出一丝微弱的微笑,说话时嘴的活动,不像平常那样热情奔放,而是拘谨的、克制的。在这次晚餐中,我没有察觉出她有什么痛苦,也许因为我在她身旁,她的痛苦解除了。有一次,她给我讲了点关于橄榄的情况。

以前,对我来说,母亲并不太重要。我从未看见她独自一人待着。我和弟弟受一位家庭女教师的保护,经常在楼上儿童室里玩。我的两个弟弟分别比我小四岁和五岁半,最小的格奥尔格单独有个"小笼",二弟尼西姆因为爱胡闹而声名狼藉。人家刚刚让他一人待着,他就要干点坏事,他打开浴室的水龙头,在人们发现之前,水就经过楼梯流到底层下面来了,或者他展开卫生纸,直到上面过道全被手纸覆盖为止。他经常想出新的和更加糟糕的恶作剧来,他由于恶习难改只能依然叫"the naughty boy"(英语:"顽童")。

我是唯一去上学的孩子,去巴洛莫路兰开夏小姐那里。关于这所学校的情况,我想以后再讲。

在家里的儿童室里,我多半独自一人玩耍。其实我很少玩,我对糊墙纸说话,在我看来,糊墙纸图案上许多模糊的圈子仿佛是人。这些人在我虚构的若干故事里出现,有时我对他们讲话,有时他们也参加玩耍,我对糊墙纸上的人从不厌烦,我可以跟他们聊数小时之久。家庭女教师跟两个弟弟离家外出的时候,我想独自留在糊墙纸旁。我最喜欢糊墙纸陪伴我,跟两个小弟弟的陪伴比,我更喜欢前者的陪伴,这两个人总要干些像尼西姆的恶作剧那样令人恼火的蠢事,令人讨厌地捣乱。倘若两个小弟弟在近旁,我对糊墙纸上的人就只说悄悄话;假如家庭女教师在场,那么我只暗自杜撰我的故事,对他们我连嘴唇也没有动一动。随后他们三人都离开了房间,我稍等片刻,便不受干扰地开始说话了,不久我就高声说话,情绪激动。我只记得,我试图说服糊墙纸上的人采取勇敢的行动,倘若他们拒绝我的劝说,我就让他们知道我在鄙视他们。我使他们高兴起来,我辱骂他们,我一人待着总有点害怕,我自己所感受的都记在他们的名下。他们是无花果,但他们也一起玩,他们说出自己的话语。在最引人注目的地方,有一伙人用自己的辩才反驳我,倘若我能说服这一伙人,那是个不小的胜利。我正在跟这伙人辩论,家庭女教师突如其来地提早回来,并听见了儿童室里的说话声。她迅速步入室内,我的秘密被发现了,从此我总是被带去一起散步,人们认为,如此经常地让我独自一人待着是有害健康的。好景不长,高声跟糊墙纸说话的美事过去了,但我个性顽强,惯于静悄悄地叙述我的故事,即使两个小弟弟在房间里也一样。我能够做到一边跟他们玩,而同时把自己同糊墙纸上的人联系起来。家庭女教师把使我完全戒掉这不利于健康的不良癖好当作自己的使命,只有她才使我丧失了活动能力,在她面前,糊墙纸噤若寒蝉。

在这个时期里,我跟我的真正的父亲进行了最令人愉快的谈话。早上,在他去办事处之前,他来到我们儿童室里,对我们每人都讲几句独特而贴切的话。他性格开朗,快乐,经常编造出新的笑话。早上同父亲谈话时间不长,那是在早餐之前,他同母亲一起在楼下餐室里吃早餐,其时他还未阅读报纸。晚上,他带礼物回来,给每人捎来一点东西,他每天都给我们带礼物回来。此后他在家里待的时间较长,跟我们一起做操。他最高兴的事,就是将我们三人置于他已伸开的胳臂上,这时他抓住两个弟弟,而我得学习在他臂上自由站立。我虽然爱他胜过任何人,但对这样的活动总感到有点害怕。

我上学几个月之后,发生了一件感人的、激动人心的事情,它支配着我此后的全部生活。父亲为我带了一部书回来,领我一人到我们孩子的卧室里,给我讲解这部书。那是一本少儿版的 *The Arabian Nights*,即《一千零一夜》。封皮上有一幅五光十色的画,我想那是阿拉丁和神灯。父亲激励我,一本正经地对我讲话,说读这部书多么让人开心,他给我朗读了一个故事,说书中的其他所有故事也跟这个故事一样有趣。他要求我现在试试阅读这些故事,把我读过的故事晚上讲给他听,说我读完这部书,他将给我带来另一部。我二话不说,立刻行动,虽然我在学校里才刚刚学习读书认字,可我还是马上读起这部令人赞叹的书来。每天晚上我都向父亲讲一点读过的故事,他遵守自己的诺言,经常带一本新书回来,我整天都沉醉在我的阅读中。

家里有一套儿童读物,都是同样的正方形规格,它们的区别只在于封皮上的彩色图画。所有书里的印刷字母大小完全相同,仿佛老是读同一本书似的。但这是怎样的一套书呀!与它相似的书从未有过，我能够记起每部书的书名。继《一千零一夜》之后还有《格林童话》、《鲁滨孙漂流记》、《格列佛游记》、《莎士比亚故事》、《堂·吉诃德》、《但丁》和《威廉·退尔》①。我不太清楚，怎样把但丁的作品改编成儿童读物呢？每一部书里都附有多幅彩色图画，可是我不喜欢这些画，觉得故事要有趣得多，我根本就不知道，今天我是否还认得出这些插图。可能很容易看出来，我后来成长所需要的几乎一切，都包含在我七岁时为了讨父亲高兴而阅读的那些书里。那些后来不断萦回于我的脑际、使我永不能忘记的人物中，仅缺了奥德赛。

读完每一部书后，我都跟父亲议论一下书中的内容，有时候我激动得要命，他得安慰我一番。他从不以成人的方式对我说，童话是不真实的，对此我特别感激他，我也许今天还以为童话是真实的。我清楚地觉察出鲁滨孙不同于航海家辛伯达②，但是我并不认为这些故事中的一个故事低于另一个故事。看了但丁写的地狱，我做了一场噩梦。我听见母亲对父亲说："雅克，你不该把这本书给他，这对他来说太早了。"听见了母亲的话，我担心父亲不再给我带书回来，于是我学会隐瞒我的梦幻。我也相信——这点我没有完全的把握——母亲把我经常与糊墙纸上小人的谈话，同书籍挂起钩来了。这个时期我最不喜欢母亲。我很机灵，能觉察出危险。要不是那书籍和同父亲关于这书籍的交谈对我来说是世界上头等重要的事，我也许不会如此顺从和假惺惺地放弃跟糊墙纸的高声交谈。

父亲毫不动摇地开导我，继但丁的作品之后，他试以《威廉·退尔》诱导我，看是否奏效。趁这个机会，我头一次听到"自

---

① 席勒的名剧，以瑞士传奇英雄威廉·退尔为主人公。
② 《一千零一夜》中的人物。

由"一词。他对我讲的一些关于此书的情况，我已忘记了，但他又补充了一些有关英国的情况，说我们迁居英国，是因为这里自由。我知道他多么热爱英国，而母亲的心却放在维也纳上。他努力准确地掌握语言，一位女教员每周来家一次，给他上课。我觉察出他说英语句子不同于德语，他从青年起就已熟悉德语，他跟母亲也多半说这种语言。我听见他有时候反复说个别句子，他把句子慢慢地说出来，仿佛是很悦耳的东西，它们给他带来享受。对我们孩子，他总是说英语，西班牙语——直到那时为止它是我的语言——则退居次要地位，我只从其他特别老的亲戚们那里听到这种语言。

父亲只想听我用英语作关于我读过的那些书籍的报告。我以为，通过这些我偏爱的读物，我取得了非常迅速的进步。我很流利地用英语讲给他听，对此他感到高兴。他所要说的话有特殊的分量，因为他很好地思考过，以免说错，而且他说得仿佛是在向我朗读一样。我满怀激情地回忆这些时刻，这跟他在儿童室里与我们一起玩耍、不断地编造新的笑话时的情形截然不同。

我从他那里得到的最后一部书是关于拿破仑的。那是站在英国立场撰写的，拿破仑以凶恶暴君的面目出现，他企图把所有国家，特别是英国置于他的统治之下。父亲去世的时候我仍在读这部书。从那以后，我对拿破仑的反感是不可动摇的。给我《威廉·退尔》之后，他马上把这部书给了我。我已经开始向父亲讲述这部关于拿破仑的书，但是还没有讲多少；关于自由的谈话之后，它对我来说是一次小实验。不久我非常生气地对他谈论起拿破仑来，这时他说："宁可等待，现在为时太早。你必须首先继续读下去，后面的情况完全不同。"我确切知道，拿破仑当时还未当上皇帝。也许这是一次考验，也许他想要看看我是否经得住皇帝豪华的诱惑。父亲死后，我继续把这部书读完，我反复阅读它，读了无数遍，就像读所有我从他那里得到的图书一样。我对拿破仑的头一个印象是从这部书得来的,不把他跟父亲的溘然逝世挂起钩来,我就再听不得拿破仑这个名字。对我来说,在拿破仑的所有牺牲者中,我父亲是最大的和最可怕的牺牲。

有时候,父亲星期天带我一人去散步。默西河在我们家不近的地方流过,小河左边由一堵淡红色的墙围绕着,右边有一条小径蜿蜒地穿过一块鲜花遍地、高草丛生的草地。他对我说了草地一词,此词叫"meadow"(英语)。每次散步的时候他都考问我这个词,他觉得此词特别悦耳。对我来说,它是英语中最优美的词。另一个他喜爱的词是"island"(英语:岛屿)。英国是个岛屿,这对他来说有着独特的意义,也许他觉得它是个幸福的岛屿。即使我早已知道英国是个岛屿,他还三番五次地向我说明,这使我感到奇怪。在我们最后一次散步经过默西河畔草地的时候,他跟我说的话与我听惯的话截然不同。他非常恳切地问我将来想干什么,我不假思索地说:"当个博士!""凡是你想要干的事,你将来都能干成。"他温情地说,如此之温情,以致我们两人都站住了,"你不必像我和两个舅舅那样当商人。你将要深造,凡是你最喜欢的事,你都会成功。"

我总是把这次谈话看作是他的遗愿。但是当时我不懂得,为什么他说这番话时样子变了。当我对他的生活有了更多的了解时,我才明白了,原来他说那番话时联想起他自己来。在维也纳求学的年代里,他曾是城堡剧院的一位热情观众,而当演员则是他的最大愿望。宗南塔尔是他的偶像,经过努力,他成功地到达他的偶像那里,向他表达了自己的愿望。宗南塔尔对他说,他的身材太小,不合乎舞台需要,演员的个子不能如此矮小。爷爷在生活中的一举一动都表现出他是个演员,父亲继承了爷爷这方面的天赋,但是宗南塔尔的论断对他是毁灭性的打击,于是他放弃了自己的梦想。他喜爱音乐,而且有一副好嗓子,他爱他的小提琴胜过一切。爷爷以不讲情面的家长身份统治他的孩子们,老早就把他的每个儿子派到商店里,保加利亚每个较大的城市都要有一个分店,各个分店都置于他一个儿子的监管之下。父亲在他的小提琴上消磨了太多的时光,结果他的琴被拿走了,他只好违背自己的意愿,马上去上班。但他根本就不喜欢这一行,对于商店的利益,他更是丝毫不感兴趣。不过他远比爷爷软弱,因而顺从了。当他借助于母亲,终于成功地逃出保加利亚,迁居曼彻斯特的时候,他已经二十九岁了。这时他已有家小,有三个孩子,得要照料他们,这样依然当了商人。他摆脱了父亲的专制统治,离开了保加利亚,这就是他的一次胜利。他虽然忍受着父亲的咒骂,含怒地同他分手了,但他在英国自由了。他决心以不同的态度对待他的儿子们。

  我并不认为父亲是个非常博学的人,他把音乐和戏剧看得重于读物。楼下餐室里放着一架钢琴,每逢星期六和星期日,当父亲不在办事处的时候,父母亲惯于到那里奏乐。父亲唱歌,母亲用钢琴给他伴奏,经常演唱德国歌曲,多半是舒伯特[①]和勒韦[②]的歌曲。有一首歌叫《原野上的坟墓》,我不知道是谁写的,我完全沉醉于这首歌曲了。如果我听见演唱这首歌曲,我就打开楼上儿童室的门,蹑手蹑脚地下楼,置身于餐室门后。当时我还不懂德语,但这首歌很哀伤,叫人肝肠寸断。我躲在门后被发现了,从此我获得了在餐室里旁听的权利。我为这首歌被特意从楼上请下来,再也不必悄悄地溜下来了。有人给我讲解这首歌,虽然我早在保加利亚时就常听

[①] 舒伯特(1797—1828),奥地利作曲家。
[②] 勒韦(1796—1869),德国早期浪漫派作曲家。

到德语，并且悄悄地不懂也暗自跟着说，但人家给我翻译，这还是头一回。我最初学到的数句德语，是从《原野上的坟墓》学到的。这首歌说一个逃兵被抓住了，他站在同伴们面前，他们要枪毙他，他唱出了诱使他逃跑的原因。我想，那是一首他家乡的歌，它以这样的词句终结："再会，兄弟们，这儿是胸膛！"随即一声枪响，原野的坟墓上终于长出了玫瑰。

我战战兢兢地等待开枪。这首歌令人激动，永不过时。我一再想听这首歌，老是缠着父亲，他接连为我唱了两三遍。每星期六父亲回家时，还在他从提包里取出分送给我们的礼物之前，我就问他是否唱《原野上的坟墓》。他说："也许吧。"但确切地说，他还未下决心，因为我热衷于听这首歌，使他开始感到不安。我不愿相信那个逃兵真的死了，我希望他获得援救，如果他们唱了几遍还救不了他，我就垂头丧气，怅然若失。夜里想起他来，我反复地考虑他的事。我不理解同伴们为什么枪毙他，实际上他把一切都解释得清清楚楚。我肯定不向他开枪。他的死我无法理解，他是我哀悼的头一个死者。

小玛丽／泰坦尼克号沉没／斯科特船长

我们抵达曼彻斯特不久，我便上学了。学校坐落在巴洛莫路，离我们的住处大约十分钟路。校长叫兰开夏小姐，由于曼彻斯特坐落其中的伯爵领地也叫兰开夏，我对这个名字感到很惊异。那是一所有男孩和女孩的学校，我处于地地道道的英国孩子们中间。兰开夏小姐为人公正，对待所有孩子都一样友好。我用英语说话稍有点流畅，她就鼓励我，因为我的英语始初不如其他孩子们好。但是我很快就学会了读和写，而当我开始在家里阅读父亲带回来的书籍的时候，我察觉兰开夏小姐一点也没有想听一听我朗读的意思。她的奋斗目标，就是让所有孩子都心情舒畅。她从不采取紧急步骤，我从未看见过她被激怒或者生气了，她非常精通她那一行，在孩子们中从未遇到过麻烦。她步履稳定，却没有运动员的风度，她的声音均匀，从不紧迫，咄咄逼人。我想不起她发过号令。学校里有些事是不允许做的，由于再三讲明了，人们也乐于遵守。从头一天起我就喜爱这所学校。兰开夏小姐没有我们的家庭女教师那种尖酸刻薄的话，特别是没长一个尖削的鼻子。她个子矮小，身材窈窕，有一张圆圆的漂亮面孔。她那褐色的工作外套直拖地面，因为我看不见她的鞋，便问父母亲，她是否穿鞋。我对讥笑非常敏感，母亲听到我的询问后捧腹大笑，这使我决心要发现兰开夏小姐那双看不见的鞋。我敏锐地注意着，终于发现了，我回家讲了此事，心里感到委屈。

凡是我当时在英国所经历的事情，都因为它的制度而博得我的好感。在鲁斯丘克度过的生活曾是令人激动不安的，充斥着喧闹声，并且屡屡发生悲痛的不幸事件，这里的学校却有点使我感到像在家里一样。学校的教室都在地面上，就像我们在保加利亚的住宅那样，这里没有楼层，如同新盖的曼彻斯特住宅那样。学校后边通向一座大花园，教室的门窗总是敞开的，随时都可以到花园去。体育是最重要的科目，从头一天起其他男孩子们就已熟悉体育的规则，仿佛他们从娘胎呱呱落地就会打板球似的。我的朋友唐纳德过了一些时候承认，他起初以为我笨，因为人家得要给我讲解打球的规则，并且要反复讲解，直到我弄懂为止。他坐在我旁边，只是出于同情才对我说话，但他后来有一次给我看邮票，我马上认出每一张邮票是哪个国家的，随后我甚至拿出了一些他还没有见过的保加利亚邮票，并且随即把这些邮票赠送给他，而不是同他交换。"因为这种邮票我还有那么多。"这时我就开始引起他的兴趣，我们便成了朋友。我并不以为我这样做是想要讨他喜欢，我是个很高傲的孩子，肯定想要给他留下深刻的印象，因为我察觉他态度高傲。

我们的邮票友谊发展如此迅速，以致我们在上课时候偷偷地在长凳下玩起邮票的小游戏来。别人没有对我们说什么，我们以极友好的方式分隔开来，只是在回家的路上玩我们的游戏。

一个名叫玛丽·汉德松的小姑娘坐到他的座位上，在我旁边，我马上像喜爱邮票那样喜爱她。她的名字意谓"漂亮"，令我惊奇，我不知道名字还可能有某种意义。

她的身材比我矮小，头发浅色，但她最好看的地方是她那红艳艳的脸颊，"宛如小苹果"。我们马上攀谈起来，她回答我提出的一切问题，即使在我们不交谈的时候，在上课时，我也不由得老是用眼瞟她。我完全被她那红润的脸蛋迷住了，不再注意听兰开夏小姐讲课，没有听见她提出的问题，糊里糊涂地回答她的提问。我想要吻她的红脸蛋，但不得不控制自己这样做。放学后我陪送她，她住的地方与我家的方向相反。唐纳德平日总是跟我一起走，几乎一起走到家，现在我没有做出说明，就丢下他不管了。我护送小玛丽——我这样称呼她——到街角，她住在那里，我迅速地亲吻她的脸颊，就匆匆地回家去，不对任何人提及此事。

在一段时间内，这种事情重复了多次，只要我仅仅在街角告别时亲吻她，就什么事情都不会发生，也许她在家里对此事也默不作声。可是我的接吻兴趣在增长，课程已不再引起我的兴趣，因为我在她旁边走，我等待着亲吻的时刻，不久我就觉得走到街角的路太长了，我试图来到街角之前就吻她那红艳艳的脸蛋。她制止我吻她，说："你在街角告别时才可以吻我，否则我要把事情告诉妈妈。"她一边生气地转过身，一边说了"good-bye kiss"（英语：吻别）一词，这给我留下深刻的印象。我于是快马加鞭，更迅速地走到街角，她站立着，仿佛这期间什么事也没发生过，我像早先那样亲吻她。翌日，我失去了耐性，在大街上就吻起她来。我抢先发火，威胁说："我等不到街角，不管什么时候，想吻你就吻你。"她竭力想跑掉，我紧紧拉住她，我们继续走了几步，我又吻她，再三吻她，直到街角。我终于放了她，她没有说声再见，只是说："现在我就要将此事告诉妈妈！"

我并不害怕她的母亲，我对她的红润脸蛋如此心醉神迷，以致我在家里高声唱道："小玛丽是 my sweetheart（英语：我喜爱的人）！小玛丽是 my sweetheart！小玛丽是 my sweetheart！"这引起我们的家庭女教师的惊讶。"sweetheart"这个词是我从家庭女教师本人那里学来的，她在吻我的小弟弟格奥尔格的时候就使用这个词。格奥尔格刚一岁，她推着童车带他去散步，"You are my sweetheart"（英语：你是我的宝贝），这位脸部瘦骨嶙峋、鼻子尖削的女教师这样说着，又再三亲吻孩子。我问，"sweetheart"一词是什么意思，我所能知道的一切，就是我们的女佣人伊迪丝有个"sweetheart"，有个宝贝。她怎么办呢？她吻他，就像女教师吻小格奥尔格一样。这使我受到鼓舞，我在家庭女教师面前开始唱我那首凯旋之歌的时候，我并未意识到自己有什么过错。

第二天，汉德松太太来到学校。她突然出现在学校里，她是一位身材魁梧的女人，我喜欢她更甚于她的女儿，而这就是我的运气。她先同兰开夏小姐交谈，随后向我走来，非常坚决地说："你不要再陪送小玛丽回家了。你走另一条路回家。你们不要再并排地坐在一起，并且你不要再跟她说话了。"她的声音听起来没有发怒，她仿佛没有生气，可是她的话非常明确，同我母亲谈论这样的事情时的情形截然不同。我不抱怨汉德松太太，她犹如她的女儿——她站在母亲背后，我根本看不见她——我喜欢她的一切，不仅喜欢她的脸颊，而且喜欢她的语言。在我开始阅读的这个时期，英语对于我来说具有一种令人倾倒的魅力，还从没有人用英语对我说过一番我在其中起了如此重要作用的讲话。

这桩事就这样了结了，后来有人对我讲，事情的了结可并不如此简单。兰开夏小姐请我的父母亲到她那里去磋商，我是否要留在学校里。她还从未听见过小孩子有如此强烈的热情，她有点糊涂了，她在考虑，事情是否会与此有关，就是"东方的"孩子们发育成熟远比英国孩子们早。父亲安慰她，并保证那是一桩清白的事情，说事情也许与小姑娘那引人注目的红润脸蛋有关系。他请求兰开夏小姐再试验一周，他说对了。我相信，小玛丽不值得我再瞧一眼，就像她站在她母亲后面一样，她对我来说已同她的母亲融为一

61

体了。在家里,我常常钦佩地谈起汉德松太太,我不知道玛丽后来在学校里怎么样,待了多久,是否让她退学,转到别的学校去,我的追忆仅到我亲吻她那个时候。

父亲认为,我的热情同姑娘那红润的脸有关,他自己大概不清楚,他的猜想多么正确啊。后来我思考过这段我永远忘却不了的孩提时代的爱情,有一天,我想起了我在保加利亚听到的第一首西班牙儿歌。那时我还被抱在怀里,一个女人向我走近,唱了起来:"Manzanicas colorados, las que vienen de Stambol."("小苹果,红通通,都是来自施坦波尔。")她一边唱,一边用食指越来越接近我的脸颊,突然把它牢牢插进我的脸颊里。我高兴得尖声高叫起来,她拥抱我,又吻我。在我自己学这首歌之前,这样的情况是常常发生的。后来我也参加唱这首歌,这是我学会的第一首歌,所有想方设法引导我唱歌的人,都跟我玩这种游戏。四年后,我从玛丽那里又重新找到了我自己的小苹果,她比我矮小,我总是叫她"小矮个",我感到惊奇的仅仅是,我在吻她之前没有把手指插进她的脸颊里。

我最小的弟弟格奥尔格,是个非常漂亮的孩子,长着一双黑眼睛,一头乌黑的头发。父亲教他学说话,早晨,当他走进儿童室的时候,他们之间的一番总是千篇一律的对话便开始了,我好奇地倾听着。"格奥尔格?"父亲说道,声音中带有一种紧迫的探询口气。接着小弟弟答道:"卡内蒂。""two?"(英语:二)父亲说道。"three."(英语:三)弟弟说。"four?"(英语:四)父亲说道。"Burton."(英语:伯顿,城市名)弟弟说。"Road."(英语:路)父亲说。原先,我们的地址保持这样的叫法。但渐渐地它就完善了,现在加上了(用不同的声音说):"西""迪茨伯里""曼彻斯特",还有"英国"。我说最后一词,非要添上"欧洲"不可。

地理对我来说已变得非常重要了,获得地理知识的途径有两种。我收到一种当作礼物赠送的拼图游戏玩具：贴在木板上的彩色的欧洲地图，已分国家锯开，把全部木片弄成一堆，然后迅速又拼合成欧洲，因此，每个国家都有自己特有的形状，我的手指都摸熟了。一天，我这样说，使父亲感到惊讶："我可以闭着眼睛拼合起来！""你做不到。"他说道。我紧闭双眼，盲目地把欧洲拼合起来了。"你弄虚作假，浑水摸鱼。"他说道，"你透过手指间缝隙看见了。"我生气了，坚持要他捂住我的眼睛。"捂紧！捂紧！"我激动地喊道，转眼间已把欧洲拼合了。"你真行！"他这样夸奖我说，过去我还没有受到过如此宝贵的赞扬。

另一种学会认知各个国家的途径是集邮。已不再是仅仅搜集欧洲的，而且也要搜集全世界的邮票，在这点上英国侨民发挥了最重要的作用。集邮册，也是父亲送给我的礼物，我在每页的左上方贴上了一张邮票。《鲁滨孙漂流记》《航海家辛伯达》《格列佛游记》是我喜爱的故事，此外，我也很喜欢有美丽景色的邮票。集邮册上也有毛里求斯邮票，这些邮票非常珍贵，我却不大懂得，在我同其他男孩子们交换邮票时，人家一开口就问我："你有毛里求斯（邮票）交换吗？"这个问题常常是正正经经地被提出来，我自己也经常提出这样的问题。

在这期间发生的两起灾难同船只和地理有关。第一起灾难是"泰坦尼克"号的沉没，第二起灾难是 captain（英语：船长）斯科特在南极遇难。今天，我把这两起灾祸看作为我生活中最早的群众性悲痛事件。

谁最初谈起"泰坦尼克"号的沉没，我已经记不起来，不过我见到我们的家庭女教师在吃早餐时哭了，这以前我还从未见过她流泪。侍女伊迪丝来到我们的儿童室——平日我们从未见她到这里——也跟着哇哇地哭起来。我听到谈论冰山，获悉许许多多人淹

63

死了，而给我留下最深刻难忘印象的是乐队，它在船沉没时还继续演奏。我想知道他们演奏了什么，得到的却是粗暴的回答，我意识到自己问了一些不该问的事情，于是我跟着放声哭起来。我们三人真的一起痛哭，这时母亲从下面呼叫伊迪丝，也许她现在才听到这不幸的消息。随后我们——家庭女教师和我，也来到下面，这时母亲和伊迪丝站在一起痛哭流涕。

我们走出家门，我看见街上有许多人，一切情况都变了。人们三五成群站在一起，情绪激动地交谈着，另一些人走过来，想要说些什么。我那个躺在童车里的小弟，因为他漂亮，平日博得一切过往行人的赞赏，此时却无人顾及他。我们孩子被人遗忘了，人们谈论的是船上的孩子们，他们和妇女们如何首先被搭救。大家屡次三番地谈论船长，他拒绝离开船。我听得最多的词是"iceberg"（英语：冰山）。它像"meadow"（英语：牧场、草地）和"island"（英语：岛屿）那样铭刻在我的心中，它虽然不是我从父亲那里学来的，却是留在我的记忆中的第三个英语单词，第四个单词是"captain"。

我不知道"泰坦尼克"号确切地说是什么时候沉没的，在那些不能很快停息下的激动日子里，我徒然地寻找我的父亲，他本该对我谈谈海难情况，对我说些安慰的话，他应该保护我，使我免遭竭力降落在我头上的灾难。他的任何表情对我来说都是宝贵的，但每当我想到"泰坦尼克"号的时候，我都看不见他，听不见他说话，我感到一阵无法掩饰的恐惧，仿佛船在深更半夜撞着冰山，在冰冷的海水中沉没，其时乐队还在演奏。

他不是在英国吗？有时候他外出旅行，这些日子我也没有上学，也许事情发生在假期里，或许人们给我们短时间的假，或许无人想到送孩子们上学。母亲当时肯定没有安慰过我，她对灾难不够关切。替我们料理家务的英国人伊迪丝和布雷小姐，使我感到非常亲近，仿佛她们是我真正的家庭成员。我以为，驱使我投身第一次世界大战的英国观念，是在这些悲痛与激动的日子里产生的。

这个时期发生的另一桩事，虽然"captain"一词在这儿也起巨大的作用，但是性质截然不同。这一次并非一艘船的船长遇难，而是一位南极驾驶员遇难。不幸事件发生在一片冰天雪地中，而不是因为与冰山相碰撞，冰山已变成为一个洲了。根本没有惊慌失措、乱作一团的现象，也并非悲观绝望的人群从船上跳入海里，而是斯科特船长同他的三位伙伴在冰雪覆盖的荒野上冻死了。可以说，那是一桩按一定仪式进行的英国事件，男子们虽然到达了南极，但不是首先到达。当他们克服了无法形容的种种困难和劳累抵达目的地的时候，发现挪威的旗帜已插在那里了，阿蒙森①捷足先登，先于他们到达。他们在归途中死亡。有一段时间他们失踪了，后来才被找到，人们在他们的日记里读到他们临终时留下的话。

在学校里，兰开夏小姐把我们召集在一起。我们意识到，发生了可怕的事情，没有任何一个孩子发笑。她发表了演说，讲述斯科特船长的业绩，她不害怕向我们描绘那几个男子在冰雪覆盖的荒野上的惨状。事情的某些细枝末节我仍记忆犹新，但由于我后来极其仔细地读到了有关的报道，我不相信自己能把当时听到的和读到的加以区分。兰开夏小姐并没有诉说他们的遭遇，她说得又坚决又自豪，我还从未见过她说话的这种神态。倘若她的意图是将这些极地探险家树立为我们的榜样，那么这在某种情况下，尤其对我来说，她肯定是成功的。我当即决心要当一名科学考察旅行者，并且坚持

---

① 罗阿尔德·阿蒙森（1872—1928），挪威探险家，一九一一年十二月十四日头一个来到南极。后来献身于北极探险事业，一九二八年救助意大利人时失踪。

了这一目标几年之久。她的演说以此告终：斯科特和他的朋友们是作为真正的英国人死去的。我听到如此开诚布公和直言不讳地表明作为一个英国人的自豪感，这在曼彻斯特几年间是唯一的一次。这种自豪感，后来我在其他国家里听到很多，人们厚颜无耻地谈论，当我想到兰开夏小姐的镇静和尊严的时候，人们这种态度使我感到愤慨。

拿破仑／吃人的客人／星期日的乐趣

我们居住在伯顿路时好交际，生活轻松愉快，周末总有来客。有时候我被叫进房里，客人渴望见到我，我在客人面前有很多机会可以表现自己。这样，我就认识他们所有的人，家族的成员和他们的朋友们。从西班牙被逐的犹太人后裔在曼彻斯特的侨民迅速增多，他们相隔并不太远，都在外面的住宅区：迪茨伯里西区和威辛顿区。在曼彻斯特，向巴尔干出口兰开夏的棉纺织品是一桩有利可图的买卖，母亲的长兄布科和萨洛蒙先于我们几年来到曼彻斯特，在这里创办了一个公司。被认为是明智的布科，到这里不久，年纪很轻就死了，冷酷无情、长着一双冷冰冰眼睛的萨洛蒙孑然一身地留了下来，想寻找一位合伙经营者。父亲把英国想象得很好，这对他来说是一次机会。进入了公司，他和蔼可亲，随和，能理解他人，对他的大舅子构成有益的调节。我无法友好和公正地看待这位舅舅，他成了我青年时代的可憎敌人，我所憎恶的一切，他都为之辩护，大概他根本不大关心我，但对家庭来说，他是有成就的人物，而所谓成就就是金钱。在曼彻斯特，我很少见到他，他经常出差，因此对他谈论得就更多。在英国，他已经很习惯了，在商人中间，他备受尊敬，他的英语说得很地道，家庭中的晚辈，但也不仅仅是他们，都很佩服他。兰开夏小姐有时候在学校里也提到他的名字，"阿尔迪蒂先生是位绅士。"她说道。她的意思大概是说，他富有，举止丝毫没有外地人的特点。他居住在一幢高大的房子里，比我们的房子更高更宽敞，坐落在帕拉迪诺①路，跟我们的大街平行，由于它是白色的，闪烁着明亮的光，不同于我在附近见到的略呈红色的房子，并且也许是因为街道也起了这样的名字，我觉得他的住宅仿佛是一座宫殿。但是我老早就把他看作是一个吃人怪物，虽然他的样子根本不是这样。左一声阿尔迪蒂先生，右一声阿尔迪蒂先生，我们的家庭女教师称呼他的时候，毕恭毕敬地扭歪着脸；他是最高禁令的发布者。我同糊墙纸上小人的谈话被发现后，便试图求助于允许我做许多事情的父亲为自己辩护，这时有人就说，阿尔迪蒂先生会知道此事，后果极其可怕。一提到他的名字，我立刻就让步，答应切断我同糊墙纸上小人的关系。在我周围的所有成人中间，他是至高无上的权威。当我阅读关于拿破仑的书籍的时候，我觉得他完全像这位舅舅，我归咎于舅舅的恶行，都记在拿破仑的账上。星期天上午，我们可以到父母的卧室去拜访他们。有一次，我在走进他们卧室的时候，听到父亲用缓慢的英语说："他为达目的，肆无忌惮。"母亲察觉到我来了，迅速用德语回答了些什么，她似乎很愤怒，他们的谈话还进行了一会儿，我却不明白他们谈些什么。

倘若父亲的评论是针对舅舅而发的，那么这必定涉及业务生产事宜，对其他事他难以找到机会评论。我当时还不懂得这种事情，但虽然我不太熟悉拿破仑的生活，但通过书本，我对他那肆无忌惮的行径，还是有足够的了解。

母亲的娘家有三位表兄弟到曼彻斯特来，他们是三兄弟，年龄最大的萨姆，看起来真的像个英国人，他在这儿生活的时间也最

---

① 帕拉迪诺，英语中的一个意思是宫殿。

长。他耷拉着嘴角,鼓励我学会一些困难单词的正确发音,我模仿他用嘴作怪相,他却友好相待,由衷地笑了,并没有以讽刺来伤害我。我从不承认兰开夏小姐关于那位吃人怪物舅父的评论。有一次,为了证实我的态度,我站在萨姆舅舅跟前,说:"你是一位绅士,萨姆舅舅!"也许他乐意听到我这恭维的话,无论如何他听明白了,大家也听明白了,因为所有在我们餐室里聚会的人都默默无言。

母亲的所有这些亲戚,除了唯一的特殊情况外,都在曼彻斯特建立了家庭,都与他们的妻子一起来做客,唯有萨洛蒙舅舅没有来,他的时间太宝贵了,在他看来,有妇女在场的交谈,甚至奏乐,都是没有意义的。他把这称作"轻浮",他的脑子里总有新的商业上的联想,他也因为这样的"思维活动"而受人钦佩。

其他友好家庭也来参加这些晚会,如:弗洛伦蒂先生,我喜欢他,因为他有优雅的名字。卡尔德隆先生蓄着长长的小胡子,总是笑嘻嘻的。英尼先生头一次出现时,我觉得他是最神秘的人,他的肤色比其他人深,有人说,他是一个阿拉伯人,意思是说,他是一个阿拉伯犹太人,不久前才从巴格达来。我的脑子里还记得《一千零一夜》,我一听到"巴格达"这个词,就联想到乔装的哈里发何鲁纳。但英尼先生乔装得太不像样子,他穿了一双非同寻常的巨鞋,这我不喜欢。我问他,为什么他穿这么大的鞋。"因为我有两只这么大的脚。"他说道,"要我给你看看我的脚吗?"我相信他真的会把鞋子脱掉,吓了我一跳。因为糊墙纸上的人物中有一个以脚大而出名的,他拒绝参加我号召的一切活动,便成了我的特殊敌人。我不愿意见到英尼先生的大脚,因此不辞而别,匆匆地跑到儿童室里。我不再相信他拖着这样一双脚从巴格达来,我在父母亲面前否认此事,并称他是一个撒谎者。

69

父母亲的客人们兴高采烈地谈笑风生，又是奏乐，又是玩牌，也许因为餐室里设有钢琴，人们通常团聚在这里。在由过厅与过道隔开的黄色客厅里则很少有客人，在这里，我忍气吞声，这同法语有关系，母亲坚持要我也学法语，来同父亲如此喜爱的英语抗衡。一位女教师来了，她是法国人，我和她一起在客厅念书。她的皮肤深色，身体瘦削，她有某些令人羡慕的地方，但是她的容貌比不上其他法国女人的容貌，今天我无法再想起她的样子来了。她来去准时，没有花费特别大的力气，只给我讲一个青年的故事，这个青年独自一人在家里，想要偷吃东西。"Paul était seul à la maison"（法语：保尔一个人在家），故事开始是这样说的。我很快就熟悉了这个故事，把它背诵给父母听。这个青年人在偷吃东西时碰到种种倒霉的事情，我把故事尽可能讲得紧张动人，扣人心弦。父母亲听得似乎很开心，不久他们放声大笑起来，我感到格外愉快，因为我从未听见过他们笑得那么久，那么和睦融洽。故事结束时，我察觉他们只是假装夸奖我，我生气地走进楼上儿童室，独自再三练习讲故事，以免说话结结巴巴，又犯错误。

下一次客人们光临的时候，他们都坐到黄色客厅里，犹如观看一场演出一样，听我背诵法国故事。我开始说"Paul était seul à la maison"，大家便笑得扭歪着脸，我想在他们面前露一手，努力不受他们的迷惑，继续把故事讲完。故事讲完了，大家捧腹大笑，卡尔德隆先生总是高声大笑的，他鼓掌欢呼："好啊！妙啊！"萨姆舅舅，那位绅士，龇牙咧嘴，嘴也合不拢了。甚至那些平日对我很多情、喜欢亲吻我的头的女士，也张开嘴大笑，仿佛她们马上就要把我吞吃掉似的。这是一个野蛮的社交圈子，我很害怕，终于哭了起来。

这种场面经常出现，倘若有客人来访，我便被人用许多恭维的话请来背诵我那关于保尔的故事。我没有拒绝，每次都尽力而为，希望制服那些惹我讨厌的人。事情总是以同一方式结束，如果我过早地哭泣，不愿把故事讲完，就有一些人一起劝说我，如此强迫我讲下去。从来没有人告诉我，我的背诵有什么滑稽可笑的地方，人们为什么发笑。我百思不得其解，长久以来，这对我来说都是一个没有揭开的谜。

后来我在洛桑听人说法语，才意识到我讲的"保尔的故事"对聚在一起的客人们所产生的影响。女教师没有花费丝毫的力气把正确的法语发音教给我；我能记住她念给我听的句子，并以英国人的方式模仿着说，她就心满意足了。这帮聚在一起的鲁斯丘克人，过去在本地的"同盟"学校里学会了音调正确的法语，现在要为英语花费一些力气，他们听见我那英国式的法语，无法按捺自己，总觉得滑稽可笑，他们这一群无耻之徒，竟取笑一个还不满七岁的孩子的发音，以补偿他们自身的弱点。我把当时耳闻目睹的一切，都同我阅读过的图书联系起来，我觉得这群放肆地嬉笑的成年歹徒，是我在《一千零一夜》和《格林童话》里见到的令我害怕的吃人妖怪，这样说根本不是很大的失误。恐惧的滋生力最强，本来，人就有听凭恐惧摆布的癖好，恐惧是丢失不了的，但其隐藏处是令人困惑不解的。回忆起以前的岁月，我首先认出这些年代的恐惧，那时恐惧多得不可胜数。许多恐惧，我现在才发现，其他我将永发现不了的恐惧，必定成为给我的生活带来无穷无尽乐趣的秘密。

星期天上午是最美好的，这时候我们孩子可以进父母的卧室。父母亲仍然躺在床上，父亲躺在靠门的地方，母亲靠近窗边。我可以立刻上床坐到父亲身旁，小弟弟们则坐到母亲旁边。父亲同我嬉闹玩耍，查问我的功课，给我讲故事，所有这些事都耽搁了很长时间，我对此感到格外高兴，并且总是希望无限期地耽搁下去。其他时间都已作了安排，家里有各种各样的规矩、规则，都归家庭女教师管理执行。我不能说这些规矩、规则都令我苦恼，因为父亲每天都带礼物回家，给我们送到儿童室来，并且每个星期都有礼拜天，我们可以在父母亲的床上玩耍和交谈。我只要和父亲玩，至于母亲跟小弟弟们在那边做什么，我却漠不关心，也许甚至还有一点轻视。自从我阅读父亲带给我的图书以来，弟弟们总令我厌烦，或许是他们打扰我，母亲为我们把他们带走，让我同父亲单独在一起，这是最幸福的。倘若父亲仍在床上躺着，他就格外快乐，爱做鬼脸，唱滑稽的歌曲，他为我装扮各种动物，我得猜中是什么动物，倘若猜对了，他便答应再带我去动物园作为报答。他的床下放着一个便壶，内有许多黄色的尿，我感到惊讶。这可根本算不了什么，因为有一次他站在床边撒尿，我看见射出一道强大的水柱，从他身上流出那么多的尿，我难以理解，对他的钦佩到了极点。"现在你是一匹马。"我说道，我曾在街上观看过马撒尿，我觉得马的阴茎和射出的水柱大得惊人。他承认了："现在我是一匹马。"他装扮的所有动物中，马给我留下最深刻难忘的印象。

　　使欢乐结束的总是母亲。"雅克，是时候了，"她说，"孩子们会变任性的。"父亲并没有马上结束同我的玩耍，告别时不讲一个我仍未熟悉的新故事，就从不打发我走开。"好好想一想！"他说道，这时我已站在门口，母亲已拉过铃，家庭女教师已来接我们，我觉得气氛严肃，因为我应该好好思索一点什么事。有时虽过去了几天，他却从不忘记向我问起此事，他一本正经地注意听着，终于同意了我所说的，也许他真的同意我的话，也许只是为了鼓起我的勇气。我在他嘱咐我考虑一些问题时所怀有的感情，我只能称之为早先的一种责任感。

我常问自己，假如他多活一些时候，我们之间的关系能否继续这样发展，我会终于像叛逆母亲那样叛逆他吗？这点我不敢设想，他在我心目中的形象是纯净的，未曾损害的，我希望它保持原状。我相信，他曾备受他父亲专横的折磨，在英国的短暂期间，还蒙受他的诅咒，因此，凡是涉及我的一切，他都谨慎、友好和明智地考虑。他没有怨恨，因为他逃脱了，如果他留在保加利亚，留在他的父亲那令他压抑的商行里，则会变成另一个人。

父亲之死／最后的说法

母亲患病的时候，我们到英国大约一年了。据说她不适应英国的空气，她被安排到巴特赖兴哈尔去疗养，那是夏天，可能是一九一二年八月，她乘车到那里去了。此事我不大关心，她不在我并不感到孤寂，但是父亲向我问起她，我不得不说点什么。也许他担心她不在家对我们孩子不利，想要在我们身上马上觉察出某种变化的最初迹象。几个星期后他询问我，母亲更长久地待在外面对我要紧不要紧。他说，要是我们有耐心，她的健康会越来越好，并将完全康复回来见我们。头几回我假装思念她，我注意到，这是他对我的期望，我就更真诚地表示同意她有较长时间的疗养。有时候他拿着她的一封信来儿童室，指指这封信，说是她写的，但是他这时候已不是老样子了，他在为她操心。她回来前的几个星期，他沉默寡言，不在我面前提及她，他愁容满面，不爱说笑，不再那么长久地倾听我说话了。我想再向他谈谈他最后给我的那本关于拿破仑生平的书，他却心不在焉，还不耐烦地打断我的话，我想自己干了件蠢事，不由得感到害臊。刚到第二天，他就像从前那样兴高采烈，他高兴得忘乎所以地来到我们身边，预告母亲明天回到家里。我为此感到高兴，因为他高兴了。布雷小姐对伊迪丝说了些话，我可没有听懂：那女士归来是对的。"究竟为什么是对的呢？"我问道，但她们摇摇头。"这个你不懂，她回来是对的。"后来我向母亲仔细地询问全部情况——许多事情捉摸不透,令我感到不安——获知她离家外出已六个星期,想要更久地待下去,可是父亲失去了耐心,打电报要求她火速回家。她到达那天,我没看见他,晚上他也没有到我们的儿童室里来。但第二天早晨他就露面了,他叫小弟弟开口说话。父亲说:"格奥尔格。"弟弟说:"卡内蒂。"父亲:"two."弟弟:"three."父亲:"four."弟弟:"Burton."父亲:"Road."弟弟:"West."父亲:"Didsbury."弟弟:"Manchester."父亲:"England."最后我不必要地高声说:"Europe."我们的地址又这样组合起来了。这是我的父亲临终时留下的话,我终生难忘。

像通常一样,他下来吃早餐。过了不久,我们听见尖锐刺耳的叫声,家庭女教师从楼梯上冲下来,我跟在她后面。餐室的门敞开着,我从门外看到父亲躺在地上。他直挺挺地躺着,躺在桌子与壁炉之间,紧靠壁炉;他脸色苍白,嘴边有泡沫。母亲跪在他身边呼喊:"雅克,对我说话!对我说话!雅克,雅克,对我说话!"她屡次三番呼喊,人们来了,邻居布洛克班克夫妇(一对贵格会教徒),还有陌生人从街上赶来。我站在门旁,母亲抓脑袋,扯头发,不停地喊叫。我向房间跨进一步,朝父亲走去,这时我听见有人说:"孩子得离开。"布洛克班克夫妇轻轻地抓住我的胳臂,把我带到街上,领进他们屋前的花园里。

他们的儿子艾伦在那里迎接我,他比我年龄大得多,他对我说话,好像什么事情也没有发生似的。他向我询问学校里最后一场板球比赛的情况,我回答他,他想详细知道全部情况,一直问到我无话可说为止。随后,他想知道我是否擅长爬树,我说是的,他指指那棵对着我们的屋前花园、稍稍有点倾斜的树。"但是这棵树你可上不去。"他说道,"肯定上不去。它对你来说,太难爬了,谅你不敢。"我接受挑战,看看这棵树,有点没有把握,却不表露出来,

75

说："敢,敢,我能爬!"我向这棵树走去,抓住树皮,抱着树,想向上腾跃。这时我们餐室的一扇窗子打开了,母亲的上身远远地探出窗外,她见我同艾伦站在树旁,尖声高叫道:"我的儿子,你在玩,你的父亲死了!你在玩,你在玩,你的父亲死了!你的父亲死了!你的父亲死了!你在玩,你的父亲死了!"

她向大街外面喊叫,声音越来越大。人们强行把她拉回房间里,她进行抵抗。我虽然看不见她了,却仍听见她喊叫,听见她喊叫了好久。随着她的喊叫,父亲之死铭记在我的心中,永远铭记着。

人们不再让我去母亲那里。我到弗洛伦蒂家去,他们居住在巴洛莫路,在去学校的途中。他们的儿子阿尔图同我已有点交情,在未来的日子里,我们的友谊变得牢不可破。弗洛伦蒂先生和他的太太内利都是心地善良的人,他们时刻盯着我,担心我跑到母亲那里。人们说,她病得很厉害,谁都不可以见她,她很快就会痊愈,到那时我就可以去她那里。可是他们误解了,我根本就不想去她那里,我只想去父亲那里。人们不愿对我隐瞒父亲葬礼的日子,那一天,我坚决要去墓地。阿尔图有一些带图画的外国书,有邮票,还有许多游戏。他日夜同我一起活动,夜晚我与他同房睡觉,他是那样热心而又那样富有创造力,那样严肃而又那样快乐,每当想到他,我心里还是热乎乎的。但是葬礼那天,一切都无济于事。我注意到他想拦住我去参加葬礼,我勃然大怒,突然向他挥舞拳头。全家人都照管着我,为了确保安全,所有门户都锁上了。我大吵大闹,威胁要破门而出,这在那一天也许不是我的力量所能及的。他们终于想出了渐渐安慰我的主意,他们答应让我看送葬队伍,他们说,要是躬身向前,从儿童室就可以看到送葬队伍,当然只能从远处看。

我相信他们，于是开始考虑距离有多远。时候到了，我远远地把身子探出儿童室的窗外，伸出那么远，别人得从后面牢牢抓住我。人们说，送葬队伍刚刚从伯顿路街角拐进巴洛莫路，然后朝着同我们相反的方向向墓地移动，我望眼欲穿，却什么也没看见。他们虽然讲得很清楚，什么东西都可以看得见，但是末了我朝着人家告诉我的方向只看见一片薄雾。这就是送葬队伍，他们说，这就是它。经过长时间的斗争，我已精疲力竭，只好表示满意。

父亲去世时我七岁，他还未满三十一岁。关于父亲之死，人们谈论得很多，他被认为是十分健康的，只是烟抽得很多，这就是对他突然心力衰竭所能引证的全部根据。那位在他死后检验他的英国医生没有发现什么，在家中，我们对英国医生的评价并不太高。那是维也纳医学的伟大时代，每个人一有机会就向维也纳教授请教。所有这些说法对我都没有多大的影响，我找不出他的死因，对我来说，找不到更好。

此后多年，我老是向母亲详细打听这方面的情况。我从母亲那里所获悉的情况，每几年就改变一次。我渐渐成长的时候，又增添新的说法，早先的一种说法证实是对我青年时代的"爱护"。由于没有任何事情像父亲之死这样令我伤脑筋，我对不同阶段的说法都深信不疑，更加确信母亲最后的说法。我尊重任何细节，仿佛它出自《圣经》；我把一切都同自己周围发生的事情联系起来，也包括我所阅读和思考过的东西。我存在的每个世界的中心，都是父亲之死。当我几年后获悉一些新情况时，早先的世界便犹如我周围的陷阱一样倒塌了。没有什么再是正常的了，一切结论都是错误的，当时的情形就好像某人猛烈地改变我的一种信仰，但这个人现在证实和粉碎了的谎言，曾被他心安理得地用来欺骗我，声称是为了保卫我的青春。母亲突然说话时，总是微笑着："你当时年纪太小，我只能那样对你说。事情你还无法明白。"我害怕这样的微笑，它不同于她平日的微笑，为了她的骄傲，也为了她的明智，我喜欢她平日的微笑。假如我说了点关于父亲之死的新情况，她会把我打死。她很残忍，爱干残忍的事，为嫉妒——我以此使她的日子不好过——而报仇。

我牢牢记住各种各样的说法，我不知道哪种说法更可信赖。也许有朝一日我可以把它们统统记下来，以此为根据写成一部书，一部完整的书，现在我跟踪其他迹象。

我情愿把当时我已经听到的写下来，还有最后的说法，这我今天依然相信。

弗洛伦蒂家里的人说，战争，即巴尔干战争爆发了。对英国人来说，这场战争不是那么要紧，但我生活在全部来自巴尔干国家的人之中，对这些人来说，这是家里的一场战争。弗洛伦蒂先生是一位严肃的爱动脑筋的人，避免跟我谈论父亲，但当我同他单独在一起的时候，他确实对我说了一点情况。他故作姿态，仿佛他要说的是非常重要的事，我有这样的感觉，就是他之所以把事情向我吐露，是因为妇女——其中一些是他家里的——不在场。他说，父亲在那最后一次早餐时读报，上面有门的内哥罗[①]向土耳其宣战的标题。他知道，这意味着巴尔干战争的爆发，许多人必定要死去，这一消息把他毁了。我记得我见到《曼彻斯特卫报》落在他身旁的地上。我在家里某个地方发现一张报纸，他允许我把标题念给他听，有些地方，要是不太难的话，他就给我讲解是什么意思。

弗洛伦蒂先生说，没有比战争更糟糕的东西了，父亲跟他一样，也是这样认为，他们时常谈论战争，说在英国，人人都反对战

---

① 即黑山共和国。

争,这里将永远不会发生战争。

他的话说到我的心坎里,仿佛这番话是父亲亲自说的。我牢记这番话,犹如在我们之间单独说的,仿佛这些话就是一个危险的秘密。如果在后来的岁月再三地谈论此事,说父亲年纪轻轻,十分健康,没有任何疾病,犹如为雷电击中,突然丧生,那么我就知道,雷电正是那可怕的消息,即战争爆发的消息,不论什么事情都无法改变我的看法。自那时以来,世界有了战争,每一场战争,不管是哪里爆发的,在我周围的人的意识里也许几乎想不起了,但它都以那早先损失的力量打击我,我都将其作为我可能遇到的"纯属私人事情"来考虑。

对母亲来说,事情看起来截然不同。她的最终不可更改的说法,二十三年后在我的第一部书的压力下放弃了。我从这一说法中获悉,父亲在头一天晚上没有跟她交谈。她在赖兴哈尔心情非常舒畅,在那里,她生活在她这一类人中间,怀着对文学艺术的兴趣,以认真的态度从事活动。她的医生跟她谈论斯特林堡[①],她在那里开始阅读他的作品,自那以后,她读斯特林堡的书从不间断。医生向她提出作品中的问题,这样他们之间的交谈越来越热烈。她开始懂得,在曼彻斯特那些未受充分教育的从西班牙被逐的犹太人后裔中间生活,无法令她满意,这也许就是她的病。她向医生承认这点,而医生则向她表白爱情,他建议她同父亲分道扬镳,当他的太太。他们之间除了交谈外,没有发生什么事情,他们没有什么可指责的。真的,她任何时候都没有想过同我的父亲脱离关系,但是同医生的交谈对她来说越来越重要,因而她渴望延长在赖兴哈尔的时间。她觉得自己的健康状况迅速好转,因此她向父亲请求延长她疗

[①] 斯特林堡(1849—1912),瑞典戏剧家、小说家。

养的时间并非没有正当理由。但由于她非常自豪,并且不愿意对他撒谎,因此她在信中也提到她同医生那引人入胜的交谈。毕竟她感激父亲,因为如果不是他拍电报强迫她火速归来,也许她自身不再有力量离开赖兴哈尔。她满面春风,幸福地回到曼彻斯特,为了和我的父亲和解,言归于好,也许也有一点虚荣心,她把事情的始末一一向他讲了,并讲了她如何拒绝了医生要她留在身边的建议。父亲不理解怎么会出现如此的建议,他追问她,他的嫉妒随着他得到的每次回答而增强:他坚持认为她有过失,不相信她,认为她的回答是谎言。末了他怒气冲冲,威胁说,在她坦白全部实情之前,他将不跟她说话。整个晚上和整个夜里他都默默无言,没有睡觉。她打心眼里为他感到难过,虽然他折磨她,但她——与他相反——相信,她通过自己的归来表明了她对他的爱情,她问心无愧。她根本没有允许医生在离别时亲吻她。她竭力使父亲开口说话,由于经过数小时努力而未能成功,她生气了,放弃努力,她也沉默了。

早晨下楼吃早饭的时候,他默默不语地就位,拿起一张报纸。他中风倒地时,一句话都没有对她说。起初她想,他想吓她,还要更严厉地惩罚她。她在他身边的地上跪下,再三地祈求,绝望地恳求他对她说话。当她意识到他死了时,她想,他是因为对她失望而死去。

我知道,母亲最后一次把实情——她认为它是实情——告诉了我。我们母子之间曾有过持久而艰苦的斗争,她常常差点儿把我永远摒弃。但是现在她理解了(她是这么说的)这场我为个人自由而进行的斗争,并且承认我对这自由的权利,虽然这场斗争给她带来了很大的不幸。这部她读过的书,是她的亲骨肉。她从我的书里认出了自己,她经常见到的人,完完全全像我描写的那样。她想亲自写,完全这样写。她说她请求原谅是不够的,她向我屈服,加倍承认我是她的儿子，说我成了她最希望得到的孩子。这个时候她生活在巴黎，在我访问她之前，她给我写了一封内容相似的信寄往维也纳。我对这封信感到非常吃惊，就是在我们结下不共戴天之仇的时期里，我也最惊叹于她的自豪。她因为这部长篇小说——虽然我觉得它很重要——而在我面前屈服，这种想法我是难以忍受的（这就消除了我对她的这一看法，即她不向任何东西低头）。我见到她的时候，她可能察觉到我的窘迫和羞怯的失望，为了使我相信她的想法多么严肃认真，她终于不由自主地向我讲了关于父亲之死的全部真相。

我不顾她早先的说法，有时这样猜测，但后来老是责备自己，我认为从她那里继承的猜疑迷惑了自己。我重温我的父亲在儿童室里最后留下来的话，以便使自己冷静下来。那并非是一个怒发冲冠或者悲观绝望的人所说的话，也许从这些话可以推论出：经过一个难熬的不眠之夜，他几乎心软下来，在他由于战争爆发而在精神上意外地受到重大打击并且倒在地上的时候，也许他确实还会在餐室里对她说话。

天上的耶路撒冷

几个星期后,我从弗洛伦蒂家来到伯顿路母亲那里。夜晚我睡在父亲的床上,靠近她的床边,照管着她的生活。只要听见她轻微的哭泣声,我就睡不着,她稍稍睡了一会儿后又醒了,她轻轻的哭声把我唤醒。这个时期我接近她,我们的关系改变了,我已不仅仅是名义上的长子了。她这样称呼和对待我。我觉得她似乎信赖我,对我说话不同于任何其他人。虽然她从未对我谈过一点点这方面的情况,但我察觉到她悲观绝望,处于危险之中。我承担起通宵达旦陪伴她的义务,当她无法再忍受痛苦想要轻生的时候,我就死抱住她,成了悬挂在她身上的平衡重块。这是非常奇怪的事:我以这样的方式接连经历了死亡,经受了受到死亡威胁的生活的恐惧。

白天,她能克制自己,有许多事要做,她习惯了,什么事都做。晚上,我们有按一定仪式进行的小型晚餐,晚餐时,我们彼此以具有骑士风度的默默无言的方式相待。我注意她的一举一动,并将其记录下来,她小心谨慎地给我解释,这样的事在进餐中是有的。早先我认为她性急、专横、盛气凌人、好冲动,当时我记得最清楚的举动,就是她按铃呼叫家庭女教师,以便摆脱我们。我曾用各种方式让她察觉到,我更加喜欢父亲,当出现如此残酷地使孩子们陷入狼狈境地的问题:"你更喜欢谁,父亲还是母亲?"我就不想以"两个都喜欢"这样的回答来摆脱这使人左右为难的困境,而是毫不胆怯和毫不迟疑地指指父亲。可现在我们每个人对另一个来说都是父亲遗留下来的，都不自觉地为另一个人扮演父亲的角色。他的体贴温存是使我们俩亲密相处的原因。

在这些时刻里，我学习安静，在安静中聚集一切精神力量。当时，我比我生活中的其他任何时间都更加需要精神力量，因为尾随这些日子而来的夜晚，充满了令人恐惧不安的危险，假如我能像当时那样很好地经受考验，那我就可以自我满意了。

在我们的不幸事件发生后的一个月纪念日里，人们聚集在家里开纪念会。男性的亲戚朋友们站在餐室的墙边，头戴帽子，手捧祈祷书。从保加利亚来的卡内蒂爷爷和奶奶，坐在窗子对面房间较窄一面的一张沙发上。当时，我还不知道爷爷对自己的过错有什么感想，在父亲离开他和保加利亚时，他曾严厉诅咒他。一个虔诚的犹太人诅咒他的儿子，这种事是不多见的，没有比这咒骂更有危害的了，没有比这诅咒更可怕的了。父亲并没有因此被拦阻，可到英国仅仅一年多就死了。我清楚地看见爷爷在祈祷时大声啜泣，他不停地哭，一看见我，就使劲地把我紧紧搂在怀里，几乎不放我走开。他痛哭流涕，让我浸泡在他的泪水之中。我把这看作是悲伤，很晚才获悉，这不仅仅是悲痛，而且也是他悔罪的感情流露，他相信，他的诅咒害死了我的父亲。在哀悼的过程中，我非常恐惧，因为父亲不在场。我老是期待着他突然站在我们中间，像其他男人一样祷告。我清清楚楚地知道，他并没有把自己隐藏起来。现在，正当所有男人为他作纪念祷告时，他却没有来，他待在哪里呢？这我不想懂得。参加追悼的来客中也有卡尔德隆先生，一位蓄着长长的胡子的男人，他是以老是笑而出名的。我从他那里等到的，却是最糟糕的东西。他一到来，就无拘无束地对站在他左右两边的男人说话，忽然，他干出了我最害怕的事情：他笑了。我怒冲冲地向他走去，问道:"你为什么笑?"他并不收敛,还冲着我笑。我为此憎恨他,希望他滚开。我真想揍他一顿,但是我够不着这张笑吟吟的脸,我太小,得要登上一把椅子,所以我没有揍他。哀悼会结束了,所有男人都离开了房间,这时他企图抚摸我的头,我把他的手打回去,气得哭了,不理睬他。

爷爷对我解释说,作为长子,我得要为父亲祷告。每个周年纪念日,我都要祷告,倘若我不做祷告,父亲就会觉得自己被遗忘,仿佛他没有儿子似的。他认为一个犹太人可能犯的最大罪行,就是不为父亲作祷告。他一边抽噎、叹气,一边对我讲解,在这次来我们这里做客的日子里,他总是这副样子。母亲虽然吻吻他的手——这是我们这儿的习惯——并且恭敬地对他道声"Señor Padre"(西班牙语:父亲先生),然而她在我们压抑的晚间交谈中没有提及他。我觉得,向她打听他的情况是不妥的。他那持续不断的悲痛给我留下深刻的印象。我曾耳闻目睹母亲感情的可怕爆发,现在又亲眼见到她一夜接一夜地哭泣。我为母亲担忧,对于爷爷,我只是看着他。他向所有的人诉说他的不幸,他也抱怨我们,称我们为"孤儿"。他的话听起来仿佛他为有孤儿孙子而感到羞耻,我抵制这种羞耻感。我并非孤儿,我有母亲,她已托付我负责照管弟弟们。

我们在伯顿路住的时间不太长,同年冬天我们就迁进帕拉迪诺路舅舅的家。这儿有许多大房间,人也多,家庭女教师布雷小姐和侍女伊迪丝也一起来了。两个家庭合并了几个月,一切都倍增,来客也很多。晚上我不再跟母亲一起吃饭,夜里不陪她睡觉。不把她交给我一人照管,对她可能更好些,但也许人们认为这样更加明智。人们试着排解哀伤,朋友们来串门,或者邀请她去做客。她决定同我们孩子们一起迁往维也纳,把伯顿路的房子卖掉。还有一些搬迁的准备工作，她那精明能干、被她非常推崇的哥哥①给她出主意、想办法，我作为小孩不能参加这些有益的交谈。我又进学校，去兰开夏小姐那里，她根本没有把我当作孤儿看待，她让我感到一种类似受到尊重的感情。有一回她甚至对我说，现在我是家中的男子了，是求之不得的事情。

在帕拉迪诺路的住处，我又进了儿童室，它比早先那间有糊墙纸的儿童室大得多。现在见不到糊墙纸我也并不感到精神空虚，在新近发生的诸多事件的影响下，我已对糊墙纸失去了兴趣。这里我又有我的小弟弟们，还有家庭女教师和伊迪丝做伴，后者没有多少事情要干，通常也和我们在一起。儿童室太大，我们觉得室内缺少点什么，不知怎么的，总觉得它很空，也许应住进更多的人。出生于威尔士的家庭女教师布雷小姐同一帮人住进来了，她跟我们一起用英语唱圣歌，我们还未在儿童室内聚齐，就已开始唱了。布雷小姐迅速使我们习惯于唱歌，她的歌声不再微弱和尖锐，前后判若两人，她的热情感染了我们孩子，我们拼命唱，两岁的小弟弟格奥尔格也跟着大声唱。特别是一首歌，我们永远唱不够，那是一首关于天上的耶路撒冷的歌。布雷小姐使我们相信，我们的父亲现在在天上的耶路撒冷里，如果我们这首歌唱得正确，他就能听出我们的声音，并为我们而高兴。歌词中有一行很奇妙："Jerusalem, Jerusalem, hark how the angels sing！"（英语：耶路撒冷，耶路撒冷，听！天使怎么唱歌！）我们唱到这一行时，我就以为见到父亲在那里，就使劲地唱，以致我觉得唱破了嗓子。布雷小姐若有所思，她说我们唱歌也许会干扰房子里的其他人，于是她关上房门，以防他人打断我们唱歌。我主耶稣出现在许多歌曲里，女教师给我们讲述

---

① 指萨洛蒙。

85

他的故事，我想听关于他的叙述，可永远也不够，我不明白犹太人为什么要把他钉在十字架上。关于叛徒犹大①，我马上就听明白了，他蓄着长胡子，咧口哈哈大笑，而不是为他的卑劣行径而感到害臊。

尽管布雷小姐毫无恶意，也必须为她的传教活动选择好适当的时间，使我们不受干扰。如果我们留心地听关于我主耶稣的故事，我们就可以唱完这首我们不断地为之恳求的《耶路撒冷》。这首歌如此神圣，光芒四射，它是那样强烈地吸引着我们。唱圣歌的活动长久未被发现，它持续了一周又一周，甚至每天我还在学校上课时就想着它，没有什么东西使我如此高兴地盼望着，我甚至觉得读书也不再那样极端重要了。我对母亲又感到陌生了，因为她老是同拿破仑式的舅舅②晤谈，我则对她隐瞒耶稣故事课的秘密，以惩罚她钦佩地谈论他。

一天，忽然有人摇门，母亲出乎意料地回家，在门外仔细地听着。她后来说，她在门外听到非常悦耳动听的歌声，不得不仔细听听，她感到奇怪的是什么人进了儿童室，因为我们无法唱得那么好听。她终于想知道谁在里边唱《耶路撒冷》，设法把门打开，结果发现门已锁上，便生这些进了我们儿童室的陌生人的气，于是越来越使劲地摇着门。布雷小姐用双手作指挥，不让干扰到唱这首歌，于是我们把歌唱完了，随后她从容不迫地开门，而站在她面前的是"夫人"。她解释说，唱歌对孩子们有好处，不知"夫人"是否注意到了，我们近来感到很幸福。可怕的事情似乎终于过去了，现在我们知道在哪里可以再找到我们的父亲。家庭女教师的脑海萦回着同

---

① 犹大，出卖耶稣的信徒。
② 指他的萨洛蒙舅舅。

86

我们在一起的时刻,她勇敢地、毫不畏惧地试图马上向母亲做出解释。她向她谈起耶稣,说他也是为我们而死的。我也介入此事,我完全被女教师争取过去了。母亲怒火中烧,威胁地质问布雷小姐,她是否知道我们是犹太人,她怎么敢背着她诱骗她的孩子们?她对伊迪丝感到特别气愤,对她的情人也感到愤慨。她过去很喜欢伊迪丝,伊迪丝天天在她打扮时都帮她忙,跟她说很多话,但是关于我们在这些时间里所干的事情,她却故意默不作声。伊迪丝当即被解雇,布雷小姐也被解聘,两人都哭了,我们也哭了,最后母亲也哭了,不过是出于愤怒。

然而布雷小姐后来留了下来,小不点儿格奥尔格很离不开她,为了他起见,计划把她也带到维也纳去,但她得要发誓永不跟孩子们一起再唱宗教歌曲,并且永远不再讲我主耶稣的故事。因为我们不久就要动身,在动身之前,伊迪丝被解雇了,她的解雇通知没有收回。出于自尊心,母亲从不容忍一个她喜欢的人的蒙骗,她没有原谅伊迪丝。

当时母亲与我一起首次经历了可以表明我们永久关系特征的情感。她把我从儿童室带到她那里,我们刚刚单独在一起,她就以我们那几乎已忘记的两人一起度过的夜晚的口吻质问我,为什么要蒙骗她那么长时间。"我什么也不想说。"这就是我的回答。"可为什么不想说?为什么不想说?你毕竟是我的长子啊!我曾经信赖你。""你也是什么都不跟我说。"我无动于衷地说,"你跟萨洛蒙舅舅说话,什么也没有告诉我。""可他是我的长兄,我在跟他商量。""你为什么不跟我商量?""有些事情,你以后会明白,现在什么也不懂。"似乎她是白说了,我嫉妒她的哥哥,因为我不喜欢他,要是我喜欢他,我就不会嫉妒他了。但他是个"肆无忌惮"的人,一个像拿破仑那样的人,一个发动战争的凶手。

今天细想起来，我以为布雷小姐有可能因为我倾心于那些我们合唱的歌曲而受到了鼓舞。在这富有的舅舅家里，在这"吃人怪物的宫殿"——我独自这样称它——里，我们有个无人知道的秘密地点，不让母亲知道，这很可能就是我的最大愿望，因为她听命于那个吃人的怪物，她夸奖他的每句话，我都看作是她屈从于他的象征。在我们离开他的家并且终于出发的时候，我才又把母亲争取过来，并以一个孩子那不受迷惑的眼睛看管着她的忠实。

日内瓦湖畔学德语

一九一三年五月，迁往维也纳的一切准备工作都已经做好，我们便离开了曼彻斯特。旅行分阶段进行，我首次经过一些城市，它们后来都扩展为我生活的极大中心。我们在伦敦只待了几个钟头。我们乘车经过这个城市，从一个火车站到另一个火车站，我看见高大的红色公共汽车，欣喜若狂，恳求允许乘坐一辆。没有很多时间去坐车，我为拥挤的街道——这些街道给我留下的印象是无限长的黑色旋涡——感到内心激动，最后怀着这种心情来到维多利亚站，这里人山人海，来来往往，却没有互相碰撞。

运河上航行的事我想不起来了，到达巴黎时的印象则比较深刻。在车站等候我们的是一对新婚夫妇：我母亲最不显眼的和最小的弟弟达维德，一个温顺的人。在他身旁的是一位头发乌黑、脸颊涂了腮红的闪闪发光的少妇。她的双颊涂得非常红，母亲告诫我谨防她的做作。我不想吻这位新舅母的任何地方。她叫埃斯特，刚从萨罗尼加① 来，那里有最大的从西班牙被逐的犹太人后裔的团体，想要结婚的青年男子喜欢在那里寻找自己的未婚妻。舅舅、舅母住宅里的房间非常窄小，我无礼地称它们为玩具小房间。达维德舅舅并没有生气，他总是笑眯眯的，一句话也不说，跟他那曼彻斯特的

---

① 萨罗尼加，希腊北部城市名，从西班牙被逐的犹太人比较集中的一个地方。

有势力的哥哥正相反，后者蔑视地拒绝他做伙伴。他现在处于他的幸福的顶峰，他一个星期前才结婚，他为我马上沉醉于这位闪闪发光的舅母而感到自豪，并屡次三番鼓励我去亲吻她。他这个最可怜的人还不知道自己面临的情况，他的妻子很快就暴露出固执、贪得无厌的泼妇面目。

我们在那房间非常狭小的住宅里做了一些时候的客，这很合我的意。我非常好奇，可以仔细观看舅母打扮。她对我讲解说，巴黎的全部妇女都打扮，不然男子就不喜欢她们。"可舅舅喜欢你呀！"我说。她没有答话。她在自己身上洒香水，想要知道她的香水香不香。香水令我感到不舒服，我们的家庭女教师布雷小姐说，香水是"wicked"（英语：缺德的）。因此我避开她的问题，说道："你的头发散发的气味最好闻。"她坐了下来，让头发垂下，她的头发比我弟弟那特别令人惊羡的鬈发还要乌黑。她在打扮时我可以坐在她旁边欣赏她，所有这一切都是公开进行的，布雷小姐也见到了。就这点来说，布雷小姐是不幸的，我听见她对母亲说，巴黎对孩子们不利。

我们继续旅行，进了瑞士，到洛桑[①]去。在洛桑，母亲想停留一个夏天。她在城市的高处租了一套住宅，从这儿可以眺望湖上的景色和在湖上航行的帆船。我们时常到乌契[②]那里去，在湖畔散步，听小乐队在公园里演奏音乐。一切都非常明朗，一阵阵轻风从湖上吹来，我喜爱湖水和风，还有帆船。小乐队演奏时我感到非常幸福，不由得向母亲询问："这儿最美，为什么我们不待在这里？""你现在要学习德语，"她说道，"你要到维也纳上学。"虽然她总是满

---

① 洛桑，瑞士沃州首府。
② 乌契，洛桑的南郊和港口。

怀激情地说"维也纳"这个词,但只要我们仍在洛桑,维也纳就吸引不了我,因为我曾问她那里是否有湖,她说:"没有,但有多瑙河。"维也纳没有萨伏衣地区那样的山,而有森林和丘陵,既然我从小就已熟悉了多瑙河,又因为我曾被从多瑙河取回的水烫伤,我就很不情愿再谈论它了。而洛桑景色壮丽的湖和山都是新鲜的事物,我固执地反对去维也纳,也可能要归因于我们在洛桑待的时间比计划要长一点。

去维也纳的真正原因,就是我要学习德语。我已八岁了,应该在维也纳上小学,按照我的年龄在那里上三年级,但因为不懂德语,人家可能不接受我进入这样的年级。对母亲来说,这样的想法是不堪忍受的,因此她决定在最短时间内教会我德语。

来到洛桑不久,我们去一家书店,母亲探询英德语法,拿到了人家递给她的第一本书,火速领我回家开始上课。我该怎样叙述她的授课方式才能令人信服呢?想起她的授课,我本人也总是无法相信。

我们坐在餐室里的大桌旁,我坐在狭窄的一面,可以眺望湖水和帆船。母亲坐在我左边的桌角处,手持教科书,但我无法看到里面的内容,她拿着的书总是离我很远。"你确实用不着它。"她说道,"反正你什么也还不懂。"我不同意她提出的这个理由,觉得她不给我书看就仿佛保守一个秘密一样。她给我念一句德语,就让我跟着念,由于她不满我的发音,我就把句子反复念多遍,直到她觉得过得去为止。反反复复地念是常有的事,因为她讥笑我的发音,而我不堪忍受她的嘲弄,就下了功夫,很快纠正了发音。掌握正确的读音后她才把句子的英文意思告诉我,可是她从不复述自己的话,我得马上永远地记住。教完一句后迅即转到第二句,程序相同,只要我会发音了,她就翻译句子,发号施令地注视我,要我把它记住,紧接着就学下一句。我不知道她头一课指望我学会多少句子，我担心一次教得过多。她让我走了，说道："你单独复习所学的。你一句话都不能忘记，一句都不行！明天我们继续学习。"她保留着这本教科书，我无可奈何，束手无策。

我得不到帮助，布雷小姐只说英语，而课外时间母亲又不给我念句子。第二天我又坐到原来的地方，面对敞开的窗子、湖和帆船。她又提出头一天学的句子，让我复述，并查问我句子的意思。我的倒霉大概就是从我记住了句子的意思起，她表示满意："依我看，这样行！"但是灾难接踵而来，我什么也不再知道了，除了头一句话，其余的全忘记了。我复述所学的句子，母亲满怀希望地注视着我，我结结巴巴地说，随后就哑口无言了。继续复述其他一些句子，情形也如此，母亲怒不可遏，说道："你既然能记住头一句话，其他句子你也能记住。可你不想记，你想待在洛桑，我让你单独一人在洛桑留下来，我乘车去维也纳，把布雷小姐和小家伙们也带去，你可以单独待在洛桑！"

我想，我害怕她的讥讽更甚于她的这番指责，因为她在特别急躁不安时就在头上拍手并喊叫道："我有个白痴儿子！我不知道我有个白痴儿子！"或者："你的父亲毕竟也学会了德语，他会怎么说你呢！"

我陷入可怕的绝望之中。为了掩盖我的绝望表情，我朝着帆船看去，希望从它们那里获得援助，其实它们无法援助我。随后发生的新情况，直到今天我仍然不理解，我学习时专心致志，学会并马上记住各个句子的意思。如果我学会了四个句子中的三句，她并不夸奖我，而是希望我每次把全部句子都记住。由于这永远实现不了，这几个星期里她没有一次称赞我，让我离开时总是板着脸，很不满意的样子。

我生活在对讥讽的恐惧之中。白天,我复习句子,在同家庭女教师散步时,沉默寡言,闷闷不乐,再也感觉不到和风,听不到音乐,脑子里总是充满了德语句子及其英语意思。一有时机,我就躲到一边,独自高声朗读句子。练习中也发生这样的事情,就是我同样着迷地像练会正确句子那样练熟一个曾经读错的字句。我没有可供检查的书,母亲顽固地、冷酷无情地拒绝把书给我,虽然她知道我喜爱书籍,并且有一本书我的学习会轻松得多,但她认为,学习上丝毫不可轻松,书籍对学习语言不利,必须口头学习语言,只有懂得了一点语言,书才无害。她没有注意到我忧虑得吃不下饭,我生活在恐怖的统治之中,而她认为这种统治是一种教授方法。

某些天,除一两句外,我记住了全部句子及其意义,于是我试图在她脸上寻找到满意的表示,但我从来也没有找到。不过对我来说最重要的是,她没有再嘲弄我。有时候,情况不太妙,我害怕得发抖,等待她骂我是白痴——白痴也是她生的,这样的讥讽对我的打击最沉重,只要一讥讽我是白痴,我就被毁掉了,只有在她用父亲所说过的话来教育我时,她才抵消了自己的影响。父亲对我的好感安慰了我,我从未听见他说一句不友好的话,不管我对他说什么,他都高兴,随我的便。

我几乎不再对小弟弟们说话,而是像母亲那样粗暴地打发他们走开。布雷小姐的宠儿是年纪最小的格奥尔格,但我们三兄弟她都很喜欢,她察觉到我处于怎样危险的境地,在突然发现我练习了全部德语句子时,她不高兴了,说现在够了,我该停止练习了,对我这样年龄的男孩来说,我知道的东西本来就太多,她还从未学过另一门外语,生活也过得很不错。她说世界各地都有人懂英语。她的同情令我愉快,但她的话的内容对我没有什么意义,把我拘禁在催眠状态之中的是母亲,能把我从中解救出来的也只有她本人。

我偷听布雷小姐跟母亲的谈话,布雷小姐说:"小家伙很悲伤,夫人把他看作是白痴。""他就是白痴嘛!"母亲这样答道,"不然我就不会这样说他!"母亲的话非常辛辣,对我来说,一切都取决于这番话了。我想起我那住在帕拉迪诺路的表姐妹埃尔西,她智力迟钝,不能正确说话,成年人曾遗憾地这样谈论她:"她仍将是个白痴。"

布雷小姐必定有一颗善良的、坚韧不拔的心,因为最终是她挽救了我。一天下午,我们刚刚坐下上课,母亲忽然说道:"布雷小姐说,你想要读德国文学,真的吗?"也许我这样说过,也许她自己有这个想法。由于母亲说话时看着她手中拿着的那本书,我马上抓住时机,说道:"是的,我想读。我在维也纳上学时将需要这本书。"就这样我终于得到了这本书,为了从中学习有棱角的字母。母亲根本没有耐心教我字母,她放弃了自己的原则,我为此得到了这本书。

令人最不舒服的烦恼大概延续了一个月就过去了。"只供你学字体用。"母亲把书交给我时说,"平常,我们继续口头练习句子。"她无法阻止我查阅句子,我已向她学到了许多东西,这与那种她给我朗读句子时采用的坚决的强迫方式有点关系。凡是新的东西,我一如既往,继续向她学习,凡是我从她那里听到的,后来我都可以借助阅读加以巩固,并因此经得起她考问,她无法再说我是"白痴",为此她本人也感到轻松愉快。事后她讲,她曾非常为我担心,也许我是这个分支多而广的家族中唯一的一个不擅于学习语言的人。现在她完全改变了对我的看法,这天下午我们过得真愉快。以后,甚至出现了这样的事:我使她惊得目瞪口呆,有时她脱口说出夸奖的话:"你毕竟是我的儿子。"

接着一个非凡的时期开始了。在上课之外母亲开始跟我说德语，我觉察到，我使她又感到亲近了，就像父亲死后那几个星期一样。后来我才明白，她以讥讽和折磨人的方式教我德语，不仅是为了我的缘故，她本人也急切需要同我说德语，它是吐露衷情的语言。她在二十七岁时失去了说这种语言的伴侣，这时她生活中的可怕创伤最敏感地表现在：她用德语跟父亲的谈情说爱沉寂下来了，他们的婚姻本来是在这种语言中进行的。她手足无措，觉得没有他自己也完了，因此她竭力想尽快以我取代他的位置。她对我寄予厚望，当我在她的计划开始时威胁着拒绝执行的时候，她难以忍受，这样她就强迫我在最短时间内做出超越每个孩子能力的成绩，而她的成功表明，她的深刻个性决定了我的德语。对我来说，德语是一种在忍受着痛苦的情况下较晚地培植的母语。痛苦过去了，随即而来的是一个幸福的时期，幸福使我同这种语言结下了不解之缘。这必定很早就培养了我对写作的爱好，因为我为了学会书写的缘故而得到了母亲那本书，而我突然向好的方面转变恰恰是以我学习德文字母开始的。母亲决不容忍我放弃其他语言，对她来说，教育是以她懂得各种语言的文学为内容的，而我们的爱情——是怎样的爱情呢！——的语言就是德语。

她单独带我去洛桑的朋友和亲戚处做客，我所记得的两次访问都同她作为年轻寡妇的处境有关，这不足为奇。她的一位兄弟早在我们迁往曼彻斯特之前就已去世，他的遗孀林达和他们的两个孩子现在生活在洛桑，母亲在洛桑停留也有可能是为了她的缘故。母亲被邀请到她那里去吃饭，我也被带去了，理由是：林达舅母在维也纳出生和长大，说一口特别流利的德语。母亲说我的水平足以表达我所掌握的知识，我欣然同意，渴望永远磨灭遭受讥讽的一切痕迹。我非常激动，头一天夜里无法入睡，同自己进行了长时间的德语会话，会话都以胜利结束。到了去做客时，母亲向我解释说，一位每天来舅母家吃饭的先生将要出席，他叫科蒂尔先生，是一位年纪不轻、名声显赫、值得尊敬的官员。我询问道，他是否就是舅母的丈夫，母亲迟疑不决地、有点心不在焉地答道："也许有朝一日是。现在舅母还想着她的两个孩子，虽然结婚是对她的一个巨大支援，但她不想因为匆忙结婚而伤害他们。"我立刻预感到危险，说："你有三个孩子，我就是你的支柱。"她咧嘴笑了。"你想到哪里去了。"她自豪地说，"我不像林达舅母。我没有科蒂尔先生。"

如此说来，德语根本不再是那么重要，我要经受双重的考验。科蒂尔先生是一位身材魁梧、肥胖、蓄着山羊胡、大腹便便的人，他觉得舅母家的饭很好吃，他说话慢慢腾腾，每句话都经过思考。他满心欢喜地看着母亲，他年纪大，我觉得他像孩子一样对待母亲，他只面向母亲，对舅母什么也不说。席间，舅母屡次三番往他的碟子里添菜，他装作没有看见的样子，继续从容不迫地吃。

"舅母真漂亮！"我在归途中热情地说。她皮肤黝黑，有一双很大的黑眼睛。"她散发出一股好闻的香气。"我还说，"她吻了我，她散发的香气比那位巴黎的舅母还好闻。""断无此理。"母亲说道，"她有大鼻子，有大象般的粗腿，但是美味生爱情①。"这话她在吃饭时已说过，一边说一边嘲笑地看看科蒂尔先生，现在她把这句话又重说一遍。我觉得奇怪，便问她是什么意思，她向我解释，说得非常冷酷无情：科蒂尔先生嗜吃，而舅母又擅长烹饪，因此他天天来。我问道，她是否因此而散发出好闻的香气。"那是她的香水。"母亲说，"她在自己身上总是洒很多香水，气味太浓。"我觉察到，母亲不赞成她的做法，虽然她过去同科蒂尔先生很友好，并逗他发笑，但她对他的评价仿佛也并不太高。

---

① 美味生爱情，这是一句德国谚语。

"谁也不会到我们家里吃饭。"我忽然说,似乎我已长大成人。母亲微笑着鼓励我说:"你不可以这样做,不是吗,你要注意。"

第二次做客是在阿夫塔利翁先生家,情况截然不同。在我母亲认识的所有从西班牙被逐的犹太人后裔中,他是最富有的。"他是一位百万富翁,"母亲说,"并且还年轻。"她针对我提出的问题保证说,他比萨洛蒙舅舅富有得多,这样他马上博得了我的好感。据说,他仪表堂堂,是一位优秀的舞蹈家,一位彬彬有礼的人,人人都竭力攀附他;他举止高尚,可以在宫廷中生活。"现在我们中再没有这样的人了。"母亲说道,"早先我们还在西班牙生活的时候,我们就是这样。"接着她向我吐露真情,说阿夫塔利翁曾想娶她,但她当时已同我的父亲秘密订婚。"否则我也就嫁给他了。"她说。于是他很悲伤,许多年都不想娶老婆,不久前他才结了婚,现在同他的太太弗里达——一位著名的美人在洛桑旅行结婚,他住在最高雅的旅馆里,我们将在那里拜访他。

我对他感兴趣,因为母亲使他凌驾于萨洛蒙舅舅之上,我非常讨厌这位舅舅,以致阿夫塔利翁先生的求婚没有给我留下特别的印象。我渴望见到他,仅仅是为了看看那个"拿破仑"在他面前如何相形见绌。"真可惜,"我说,"萨洛蒙舅舅没有一起来。""他在英国,"母亲说,"他根本无法来。""要是他也来,就会见到一个真正的从西班牙被逐的犹太人后裔应该是什么样。"母亲对我憎恨她的哥哥一事并没有生气,虽然她佩服他的才能,却又同意我反对他。也许她懂得,我没有以他代替父亲做榜样对于我是多么重要,也许她把我这幼年时期无法理解的仇恨看作为"性格",而在她看来,"性格"是高于一切的。

我们步入一家像宫殿似的旅馆,我还从未见过这样的房子,它好像叫"洛桑宫"。阿夫塔利翁先生居住在一排陈设豪华宽敞的房间里，我觉得自己好像是置身于《一千零一夜》里，我抱着鄙视的态度想起舅舅在帕拉迪诺路的房子，一年来那幢房子仍留给我那么深刻的印象。门开了，阿夫塔利翁先生露面了，他身穿一套深蓝色的西服，裹着白色的绑腿，笑容可掬地向母亲迎上去，吻她的手，"玛蒂尔德，你更加漂亮了。"他说道。母亲穿着丧服。"你有最漂亮的太太。"母亲对答如流，口齿伶俐。"她在哪里？弗里达不在这里吗？自从在维也纳学院之后我再没有见过她，我对我的儿子讲了她的许多情况，我把他带来了，因为他非见她不可。""她马上就来，梳妆打扮还没有完全结束。布置得不大雅致，请你们俩将就一点。"其实，这里陈设十分讲究，令人舒畅，同宽敞的房间是相称的。阿夫塔利翁先生探询母亲的来意，专心致志地、总是笑眯眯地倾听着，并用美妙的话语表示同意母亲迁到维也纳来。"玛蒂尔德，你属于维也纳。"他说道，"这个城市喜爱你，你过去在维也纳总是最活泼、最漂亮。"听了他的话，我丝毫没有忌妒心，不忌妒他，不忌妒维也纳，我获悉从前我所不知道的和任何一部书都没有写到的事情：一座城市可能爱一个人。我喜欢这样的话。随后弗里达来了，我还从未见过一个如此漂亮的女人，她穿着鲜艳、华丽，把母亲当作一位侯爵夫人看待。她从一些花瓶搜集艳丽的玫瑰交给阿夫塔利翁先生，后者向母亲鞠躬致意，把花送给她。拜访的时间不太久，他们所说的我并没有全都听懂，他们变换着使用德语和法语交谈，我对这两门语言，特别是法语还没有那么精通。我觉得好像有某些我不该知道的事是用法语说的，平日我对成人们这样的秘密交谈感到恼火，然而这时我却被这位"拿破仑"的战胜者和他那非常美丽的太太吸引住了。

我们离开宫殿的时候，母亲有点迷惘。"当时我差点嫁给了他。"她说道，突然她看着我，又补充了一句使我吃惊的话："那样世界上就根本没有你！"我走在她身旁，无法设想世界上没有我。"我毕竟是你的儿子嘛。"我不服气地说。母亲看着我，似乎后悔说出那样的话，因为她站立着，使劲地拥抱我，连同她拿着的玫瑰一起拥抱我，末了还夸奖了弗里达。我很高兴她也喜欢弗里达。我们后来谈起这次访问时，她说，当时她是怀着这样的心情离开的：我们在那里所见到的一切，阿夫塔利翁先生的全部财富，本应是属于她的，但令她感到奇怪的是，她对弗里达根本没有怀恨在心，对她丝毫不忌妒，如果对其他女人她也许就不会这样大度了。

我们在洛桑度过了三个月，有时候我想，影响如此之大的时期在我生活中不会再有了，每当我认真地考虑这个时期时，我就常常这样想。这大概是可能的，人生的每个时期都极端重要，都有丰富多彩的内容。在洛桑，我周围处处都讲法语，我顺带也学习这种语言，没有戏剧性的纠葛。在这里，在母亲的影响下，我发奋学习德语，这种在学习的忙乱中产生的热情，把我同德语和母亲联系起来。其实，两者是一回事，没有这两者，我此后的生活是没有意义的，是不可理解的。

八月，我们踏上了赴维也纳的旅途，在苏黎世逗留了几个小时。母亲把小弟弟们留在候车厅里，由布雷小姐照管，带我乘空中索道上苏黎世山。我们下车的地方叫里基勃利克。那天阳光灿烂，宽广的城市在我眼前展现，我不明白，一座城市怎能这样大，这对我来说是完全新鲜的，也有一点可怕。我问母亲是否维也纳也这样大，母亲说还要大得多，我不相信，以为母亲愚弄我。这里湖和山都在侧面，不像洛桑，那里的湖与山我总是记忆犹新，它们在市中心，是我们站在住宅里眺望的内容。那里房子没有这么多，而这里房子多得不可胜数。我惊奇地观看它们，这些房子沿着苏黎世山的山坡向上延伸到我站立的地方，我竟然没有试一试数那不可计算的房子，要是平日我是喜欢这样做的。我很惊奇，也许吓了一跳，我责备地对母亲说："我们将再找不到他们了。"我觉得，我们不该让"孩子们"——我这样称呼他们——同不懂他人一句话的家庭女教师单独在一起。由于这种心情，使我对一座城市的首次远眺带有一种茫然若失的感情色彩，而对这第一次眺望苏黎世——它后来成为我青年时代的天堂——的回忆，则永远铭记在我的心中。

我们肯定把孩子们和布雷小姐找回来了，因为我们第二天即八月十八日一起乘车经过奥地利。沿途各地，旗帜飘扬，悬挂的旗帜连绵不断，母亲开玩笑说，那是欢迎我们光临，其实她自己也不知道是怎么一回事。看惯了她的英联邦国旗的布雷小姐为此越来越激动，老是安静不下来，直到母亲向同车的旅客打听此事为止。原来这一天是皇帝的诞辰。这位弗兰茨·约瑟夫，母亲早在二十年前她在维也纳度过的青年时代里就知道他是年迈的皇帝，现在他仍健在，所有城市和乡村似乎都为皇帝的生日而高兴。"维多利亚女皇怎样呢？"布雷小姐说道。在到维也纳的许多个小时的旅途中，我都在听她讲这位早已亡故的女皇的故事，已经有点厌烦了，为了调剂一下，母亲给我们讲了关于这位仍然在世的弗兰茨·约瑟夫的故事。

第 三 部

维也纳
（1913—1916）

墨西拿地震／家中的城堡剧院

在岩洞车站①外边，车还没开，地狱就张开了血盆大口，露出牙齿，小鬼用叉子把人叉起来送进嘴里，大嘴又缓慢地、无情地合上了。可是过一会儿它又张开了。它贪婪得要命，不知疲倦，总吃个没够。保姆范妮说，这个地狱要把整个维也纳城和所有的人都吞下去。她说这话不是要吓唬人，她知道我不相信，地狱的大嘴更主要是让我的弟弟们看的。她紧紧牵着他们的手，一刻也不放开，尽管她非常希望孩子们看到地狱就会老实一点。

我赶忙坐到车里，紧挨着范妮，这样可以给小家伙们挤出位置来。岩洞车站有好多车，但只有这一辆运行，我舒舒服服地望着迎面过来的那些穿着五颜六色服装的童话人物：白雪公主、小红帽和穿靴子的猫。但这只是看着花哨，所有童话都是读起来更美，扮演出来的童话引不起我的兴趣。可是后来出现了自我们从家里出来一直盼望的东西。每次出门，假如范妮不立即拐弯走向伍尔斯特公园，我就会用手拽她，提好多问题缠她，直到她屈服了，对我说："你又缠我了，那好，去岩洞车站吧。"这时我才松开她，围着她跳，往前跑一段，不耐烦地等她把买入场券的十字币拿给我看，因

---

① 指游乐场的游戏火车。火车进入的隧道口修成地狱的样子，在里边可以看到童话人物，经历可怕的事件。

103

为曾出过这样的事：我们已经到了岩洞车站，可她却把钱忘在家里了。

这次我们可是坐在车里了。车从童话图片旁边开过，在每幅画前停一会儿，我对这么走马观花地看很不满意，说了些关于童话的愚蠢笑话，扫了弟弟们的兴，这样，等到主要的东西——墨西拿①地震来临时，他们根本无动于衷。那是蔚蓝色海边的一座城市，山坡上排列着许多白色的房子，一切都静静地、牢固地耸立着，沐浴着和煦的阳光。火车停了，海滨城市近在身边。就在这一刹那我跳了起来，范妮受了我的惊骇的感染，从身后拉住了我，突然，雷声隆隆，天昏地暗，响起了可怕的哀号和呼啸，大地在颤抖，我们也摇晃起来；又是雷鸣，又是闪电，墨西拿所有房屋都陷入刺眼的火光中。

火车又开了，我们离开了废墟。后来又过来了什么，我没看见，我跟跟跄跄地离开了岩洞车站，心想，现在一切都毁了：伍尔斯特公园、木棚、对面那株硕大的栗树。我抓住一棵树的树皮，想让自己镇静下来。我碰到它，感觉出一种阻力。这棵树牢牢地挺立着，纹丝不动，没有一点变化，我放心了。当时我把希望寄托在树上。

我们的房子是约瑟夫-嘉尔巷5号那幢拐角楼，我们住在三楼，左侧有一个不大的广场，把我们的房子和已经属于公园的王子林荫大道隔开。房间有一面对着约瑟夫-嘉尔巷，另一面朝西，对着广场和公园里的树林。拐角的地方有一个连接两侧的圆形阳台。我们从阳台上眺望日落，红彤彤的太阳使我们觉得那么亲切。它尤其吸

---

① 意大利的一个城市，一九〇八年经历了一次大地震，百分之九十五的建筑物遭到破坏。

引了我的小弟弟格奥尔格,每当阳台被映成红色,他都立刻飞快地跑到阳台上。有一次,格奥尔格只单独在那儿待了一会儿,就在那儿撒了尿,他解释说,他必须把太阳浇灭。

从阳台上往外看,广场对面拐角的地方,有一扇小门通向雕刻家约瑟夫·黑根巴特的画室,旁边堆着从画室里清理出来的瓦砾、石块、木头等各种杂物。一个肤色黝黑的小姑娘总在那里转来转去,每当范妮领我们去公园时,小姑娘总是好奇地瞧着我们,多半是想跟我们一起玩。她站在路上,站在我们面前,一根手指伸到嘴里,做出微笑的模样。范妮自己梳洗得干干净净,也不忍我们一副脏样子,因此她从不放过一次把小姑娘赶走的机会。"走开,小脏丫头!"她粗暴地对小姑娘说,而且禁止我们和她讲话,更不许和她玩。对我的弟弟们来说,这个称呼就成了那个女孩的名字,"小脏丫头"成了他们交谈的重要话题,代表了不允许他们干的一切。有时他们从阳台上往下大叫:"小脏丫头!"他们觉得这事挺有趣,可小姑娘却在下边哭。母亲来到阳台上,严厉责骂他们。可是她认为,这种隔离是对的,而且即使是这么喊叫和喊叫的结果也是和那个女孩有了过多的联系。

多瑙河运河两岸是徐特尔区,沿着运河可以走到索菲桥,学校就在那里。我操着用强制办法学到的新语言来到维也纳。母亲送我上了国民小学三年级,在泰格尔先生的班里。泰格尔先生脸红红的,胖胖的,没有多少表情,简直像一张面具。这是一个大班,有四十多人,我一个也不认识。一个美国孩子也是新生,和我同一天到校,我们一块考的试,考前我俩还用英语交谈了三句话。老师问我在哪儿学的德语,我说:"从妈妈那儿学的。""学了多长时间?""三个月。"我发觉他感到惊讶。不是在一位老师那里,而是跟母亲学的，而且只学了三个月！他摇摇头说："那你的能力对我们来说是不够的。"他让我听写几句话，句子不多，真正要考的是："钟响了。"然后是："所有的人们。"他想用"响"和"人们"①这两个读音相近的词使我出错。可是我知道两者的区别在哪儿，毫不迟疑地把两个词都写对了。他把本子拿在手上，又摇了摇头——他多半懂得洛桑的恐吓反应教学法。在我流利地回答了他的问题之后，他说："我只是想试试你。"他说这句话时也和先前一样毫无表情。

当我把这些讲给母亲听时，她一点也不惊讶，她觉得，"她的儿子"不仅能把德语学得和维也纳的孩子一样好，而且不言而喻也是能超过他们的。学校有五个年级。她说："上完四年级后，也就是两年后，你就去念文科中学，那里学拉丁文，这对你来说不会这么无聊。"

在维也纳的第一年，凡是有关学校的事，我几乎都记不起来了。这一学年末发生了皇储被刺事件②。泰格尔老师在他的讲台上放了一张镶了黑框的号外，我们大家都得起立，他给我们讲述了事件的经过，我们唱了《皇帝之歌》之后，他才让我们回家。可以想象，我们是多么高兴啊！

和我同路回家的一个男孩叫保尔·科恩费尔德，他也住在徐特尔区。他是个瘦高个儿，动作不怎么灵活，两只脚是外八字，长长的脸上总挂着友善的痴笑。"你和这个人一起走？你伤了老师的心。"泰格尔老师在学校门前看见我们俩时对我说。保尔·科恩费尔德是个很差的学生，他回答问题时，一道都答不对，由于他不会别的表情，答错了还总傻笑，老师特别不喜欢他。有一次，在回家

---

① "响"（Lautew）和"人们"（Leute）在德语中读音相近，但拼写不同。
② 即一九一四年六月二十八日奥匈帝国皇储在萨拉热窝被刺。

的路上，一个少年对着我们轻蔑地大叫："犹太佬傻笑！"我不知道是什么意思。"你当然不知道。"保尔·科恩费尔德说。他常听到这样的话，也许是因为他走路的怪样子。我还从未被人骂作犹太佬，不论在保加利亚还是在英国。我把这事告诉母亲，她用她那高傲的方式对待此事："这是说科恩费尔德，不是说你。"她倒并不是想用这句话来安慰我，而是不接受这句骂人的话。她觉得，我们——被从西班牙逐出的犹太人后裔——是更优秀的人。母亲不像泰格尔老师那样，希望我离开科恩费尔德，恰好相反，她说："你必须总跟他一道走，别让人打他。"对她来说，有谁胆敢打我，是不可想象的。我们两个不算结实，但是我的个子小得多。对于泰格尔老师的意见，她什么也没说，也许她认为老师在我们俩之间这样区分是对的。她不想让我和科恩费尔德绑在一起，但是她认为，作为一个没有受到攻击的人，我应该像骑士那样保护自己的同伴。

我喜欢这样做，因为这和我所读过的书里的教导是一致的。我读从曼彻斯特带来的英文书，而且反复地读，这是我的骄傲。我准确地知道，每一本书我读了多少遍。其中有些超过了四十遍，因为我已经能背出来了，再读不过是提高纪录。母亲发现了这个情况，就给我另外一些书，她发觉儿童读物对我来说已嫌太浅，就想办法用别的东西来吸引我。因为《鲁滨孙漂流记》是我最心爱的书，她就送给我斯文·赫定[①]的《从南极到北极》。这部书一共分三册，我在不同的场合一本一本地得到了这三册书。第一册就令人大开眼界，写的是到凡是可能去的国家的考察旅行，如利文斯敦[②]和斯坦

[①] 斯文·赫定（1865—1952），瑞典探险家，曾多次穿越亚洲中部探险。
[②] 利文斯敦（1813—1875），英国传教士，在非洲南部、中部和东部旅行并进行传教活动达三十年。

利①在非洲，马可·波罗在中国。借助这些冒险家的探险旅行，我认识了地球和地球上的各个民族。母亲用这种方式把父亲开始的事业继续下去。当她看到探险旅行排挤了我对其他一切东西的兴趣时，她便回到文学上，而且为了使我产生兴趣，她开始用德语和我一起读席勒，用英语读莎士比亚。

她就这样回到了她过去的爱好——戏剧，并以这种方式保持着对父亲的回忆，从前她总是和父亲谈论戏剧。她尽力不影响我，每念一场之后她都想知道，我是怎么理解的。在她自己说什么见解之前，我总是先说。但是有时候太晚了，她忘了时间，我们就读呀，读呀，一直读下去，我发觉，她完全沉浸在亢奋中，多半不会停下来了。是不是读这么久，也有点取决于我，我越是显得懂得多，能说出的东西越多，过去的经历就越强烈地浮现在她的脑海里。只要她一开始谈起那些令人欢欣鼓舞的经历中的一件——这些已成为她生活中最珍贵的回忆——我就知道，谈话还会延续很长时间，那时我去不去睡觉就无关紧要了。她自己很难和我分开，就像我离不开她一样，后来她和我说话就像和一个成年人说话一样。她热情地称赞饰演某一个角色的演员，也批评某个使她失望的演员，但是这种情况极少，她最喜欢谈的是她毫不反感、从心眼里乐于接受的东西。她的鼻孔很大，鼻翼急剧地翕动，那双灰色的大眼睛不再望着我，她的话也不再是对我说的了。每当她这样激动时，我就觉得她是在跟父亲讲话，也许慢慢地我自己也不知不觉地进入了父亲的角色。我不用孩子的问题使她清醒过来，我懂得激发她的热忱。

每当她默不作声时，就变得那么严肃，弄得我再不敢说一句

---

① 斯坦利（1841—1904），英国探险家，以勘探刚果地理和深入非洲中部救出探险家利文斯敦而闻名。

话。她用手抚摩着高高的前额，周围一片寂静，我屏住呼吸。她不把书合上，而是让它打开放在那儿，然后我们去睡觉了，书就这么放着，一直放到天亮。她没有再说一句通常在这种时候该说的话，比如："已经很晚了""你早该上床了""明天早晨还得上学"，所有这些别人母亲常说的话统统没有。显然这是因为她仿佛停留在她所谈到的角色的心境中了。在莎士比亚所有的人物中，她最喜欢科里奥兰纳斯①。

我不相信当时我就读懂了我们一起读的剧本。其中有许多肯定进入了我的大脑，但科里奥兰纳斯是留在我记忆中的唯一的人物，这实际上也是我们一起演的唯一的一出戏。她的讲解从回避最可怕的事件和冲突开始，她的话开始是解说，最后则把我完全吸引住了。

五六年后，当我独自读莎士比亚的作品时——这次读的是德语译本——一切对我都是新鲜的，我很惊讶，我的感受不同了，仿佛心中涌起一股热流。在这段时间里，德语成了我更重要的语言，这可能与此有关。但是对我来说没有什么像从前的保加利亚童话那样，是用那种神秘的方法翻译出来的。我在德文书中每次碰到那些童话，当场就认得出来，并且能正确地把它讲完。

---

① 莎士比亚同名悲剧的主人公。

不知疲倦的人

魏因施托克大夫是我们的家庭医生，他个子矮矮的，长了一张猴子脸，还不停地眨眼睛。他看上去老相，虽然他并没有那么老，也许是他脸上的褶子使他显得苍老。他常来给我们看通常流行的儿科病，我们小孩子不怕他，他一点也不厉害，就他总眨眼睛和傻笑也把人们的恐惧心理赶跑了。他特别喜欢和母亲谈话，总是挨得挺近，母亲悄悄地从他身边退开一点，可他立刻把搭在肩上或胳膊上表示抚慰和追求的手向前移一点。他管母亲叫"孩子"，这使我非常反感，而且他希望永远不离开母亲，他那黏糊糊的目光一直盯着母亲，仿佛要用目光感动她似的。我不喜欢他来，但因为他是个好医生，再说他对我们其他任何人也没做什么坏事，我没有反对他的理由。我数着他管母亲叫"孩子"的次数，等他刚一离开，就向母亲报告统计结果："今天他管你叫了九次'孩子'。"或是"今天叫了十五次。"母亲对我计数感到奇怪，可也没责备我，因为医生对她来说无所谓，她没觉得我的"监视"是累赘。我肯定他是把这种称呼当成一种试图接近的表示，虽然我对这类事还没有一点预感，但无疑是如此。他的形象因此留在我脑子里，再也抹不掉了。十五年后，当他早已从我们的生活中消失以后，我找了一位年纪很大的医生代替他，八十岁的博克大夫。

当时卡内蒂爷爷实际上已经很老了，他常到维也纳来看我们，母亲亲自为他烧菜,平时她是不常下厨房的。爷爷总爱吃那一个菜:"烤小牛肉"。德语中的重叠辅音给他那西班牙舌头造成了困难,他把"小牛肉"[①]读成卡利伯。吃中饭时他来了,先亲吻我们,这时我面颊上总流着热泪,第一声问候刚一说出,他就哭了,因为我正像他称呼我的那样是一个孤儿。他不正眼看我,免得想起我父亲。我悄悄抹去脸上湿漉漉的泪水,尽管我对他十分眷恋,可每次我都希望他最好别再吻我了。午饭的气氛很愉快,老人和儿媳两人都是活跃分子,有许多话说。但是我知道这种欢快的背后隐藏着什么,而且接下去就会完全变样了。每一次,只要饭一吃完,旧的矛盾就爆发了,爷爷叹着气说:"你们本来就不应该离开保加利亚,那他也不会死!可你总觉得鲁斯丘克这地方对你不好,非得去英国,这下可好,现在他在哪儿?英国的气候杀了他。"这话深深地刺伤了母亲,因为的确是她要离开保加利亚的,在这件事上是她给了父亲抗拒他父亲的力量。"您使他太难过了,父亲。"她总是像称呼自己的父亲那样称呼我祖父,"要是您让他安心地离开,他就会适应英国的气候的。可是您总是诅咒他!诅咒他!哪儿听见过一个父亲诅咒儿子的,他的亲生儿子!"然后两人吵得不可开交。爷爷火冒三丈,跳起来,话越说越难听,最后,他冲出屋子,抓起手杖离开了这所房子,既没有为他先前吃饭时赞不绝口的烤小牛肉表示感谢,也没有和我们这几个孩子告别。母亲则哭着留在屋里,没法平静下来,就像爷爷忍受着使他永远不能原谅自己的那些诅咒一样,父亲临终之际的情景则始终出现在她眼前,这使她终生感到内疚。

爷爷住在花园街奥斯特里亚旅馆,有时他带奶奶一起来。在老

[①] 德语中"小牛肉"(Kalb)一词的发音为"卡尔伯"。

家鲁斯丘克,奶奶从未离开过她的沙发床,爷爷是怎么说动奶奶出来旅行,并把她带到多瑙河的船上——这对我一直是个谜。在旅馆里,他自己或和奶奶一起住一个房间,总是住同一间,里面除了两张床外还有一张沙发,我从星期六到星期日的夜里,就睡在那上边。他要求,当他在维也纳时,这一夜和星期天的早餐时我属于他。我根本不高兴去旅馆,那儿很黑,又有一股霉味,而在花园附近我们的家里,房间又敞亮又通风。但是星期天那顿早餐可是一件隆重的事。因为爷爷这时带我去咖啡厅,我能得到一份牛奶咖啡,最重要的是能得到一只新鲜的小面包。

十一点,位于诺瓦拉巷27号的塔尔穆德-托拉学校开始上课,学生们在那里学习希伯来文。爷爷很重视我上犹太学校,他相信,母亲在这件事上不会太热心,在旅馆里和他一起过夜是他想出来的一个监督办法,他要保证我每星期日上午都在那所学校里,咖啡厅加上小面包应该能引起我对学校的兴趣。这比在母亲身边稍稍自由一点,因为他想争取我,希望得到我的爱和好感,此外,没有什么人是他不想施加影响的,哪怕是世界上一个这么小的小孩子。

在这所学校更让人苦恼,这是因为老师非常滑稽,他生就一副可怜的乌鸦嗓子,冻得缩起一条腿,看上去好像在做金鸡独立。他对学生根本没有影响,学生们爱干什么就干什么,多半是一边学着读希伯来文,一边像和尚念经似的把书上的祈祷文背下来。可是我们并不知道念的那些字是什么意思,没人想到给我们讲解一下,就连圣经故事也没有详细给我们讲过。学校唯一的目的是让我们能流畅地读祈祷书,好让寺院里的父亲和爷爷们为我们感到荣耀。我在母亲面前抱怨这个课上得愚蠢,她赞同我的意见,我和母亲一起读书多有意思啊!但是她向我解释说,她让我去学,是为了让我学会正确地为父亲念祭祀祷文。在整个宗教仪式中,这是最重要的,也许除了赎罪日再没什么其他大事了。作为一个必须自始至终坐在一旁的妇女,母亲不大看重会堂里的仪式,祈祷对她来说没有任何意义,只有当她懂得自己念的是什么意思时,阅读对她才会是最重要的。莎士比亚在她心中燃起的热情,她在自己的信仰中从来没体验过。

她还是个孩子时就进了维也纳的学校,这样她就脱离了她的教区,而且完全被城堡剧院迷住了。要不是她与爷爷之间存在的紧张关系迫使她在这种男人的事情上对他做出让步,她也许会给我免去那种对她来说已无生命的宗教礼仪,甚至赦免我不去上那根本就学不到什么的主日学校[①]。她从不想知道那所主日学校里发生的事情,每当我星期日回家吃午饭时,我们就谈起当晚将一起阅读的剧本。只要范妮一给我打开门,昏暗的奥斯特里亚旅馆,黑洞洞的诺瓦拉小巷,就全都忘到脑后了。母亲一反常态地、迟疑地询问的只有一件事,即爷爷跟我说了什么,她担心的是爷爷说了她什么没有。爷爷从没说过,可是母亲担心爷爷可能会想办法挑唆我反对她。其实她用不着担心,因为假如爷爷有这样的意图(也许是为了保护自己),那我就会再也不去旅馆,不到他那儿去了。

爷爷最令人注意的特点是他永不疲倦,这个在其他方面挺有东方味道的人总是不停地跑来跑去。我们刚刚听说他在保加利亚,他已经又在维也纳露面了,不久又接着去了纽伦堡,他把它叫作纽利姆堡[②]。他也去其他城市,我已经记不住是哪些地方了,因为他没有把那些城市的名字念错,因而没引起我的注意。我偶尔在公园街碰到他,或是在利奥波德[③]城的另一条街上看到他,他总是急匆匆地

[①] 星期日举办的讲授宗教课程的学校。
[②] 德国城市纽伦堡的德文为 Nürnberg,爷爷却念成 Nürimberg。
[③] 奥地利城市。

走着，手中拿着他那柄镶银手杖，没有手杖他哪儿也去不了。他的目光那么急速地射向四方，仿佛是一头鹰的眼睛，没有什么东西能逃过这双眼睛。所有碰到他的西班牙犹太后裔——他们当中有许多人住在维也纳的这个区，这里的马戏团巷有他们的寺院——都尊敬地向他问候。他有钱，但不高傲，他和他认识的所有人谈话，而且总讲些新奇、惊人的故事。他的故事到处流传，因为他到处旅行，观察除了人类之外一切他认为有意义的东西，而且因为他对同一些人从不讲同样的故事，一直到年纪很大时都还清楚地知道他对每个人说了些什么。对于与他一类型的人来说，他总是很有趣的，对妇女来说，他是个危险人物，只要他一眼看上的人，就绝不会遗忘，他很会献殷勤——他为各种美人找到新的、独特的献媚方式——他的殷勤被人们记在心里，而且继续产生影响。他这么老了，却几乎没有变，他对于一切新奇和引人注目的东西的热情，他那迅速的反应，他那盛气凌人然而讨人喜欢的举止，他那会欣赏女人的眼睛，一切一切都一直清晰地留在我的记忆中。

他很想和所有人用他们各自的语言谈话。因为他只是在旅行中顺带学的这些语言，他的语言知识——除了巴尔干的语言之外，他的西班牙语也算在内——是很欠缺的。他喜欢扳着手指，十分自信地算他一共能说多少种语言，他有时数出十七种，有时数出十九种，天知道他怎么数的。对大多数人来说，虽然他的发音滑稽透了，可对他那可笑的自信劲儿却不能不认可，每当我面前出现这样的场面，我都觉得害臊，因为他一说就错误百出，要是他自己在我那所小学，泰格尔老师那里就通不过。就像当初在我们家一样，母亲总是毫不留情地批评我们最小的错误，因此我们在家中只限说四种语言，我问母亲一个人是不是能说十七种语言，她就说："不能，要说能，那就什么语言都不会说了！"这时她没有提爷爷的名字。

虽然母亲的思想是在一个爷爷完全陌生的世界里活动，可他对母亲的文化修养极为尊重，特别是母亲对我们的严格要求。母亲正是靠了这种高度文化修养诱使父亲离开了保加利亚，虽然这件事曾经深深激怒了爷爷，但他很重视今天母亲以同样的文化知识培养我们。我相信，促使他这样做的不仅是因为想到实用性和今后在社会上的继续发展，还有他自己的、从未真正充分发挥的天赋的作用。在他自己狭窄的生活圈子里，他已经有了很大权力，他本来也许一点都不会放弃他对那个分支很广的家族的控制，但是他觉得此外还有许多事他控制不了。他只掌握记载古代西班牙历史的阿拉米文字①，只读这种语言的报纸，这些报纸有西班牙名字，像《时代报》(*El Tiempo*)、《真理之声》(*La Boz de la Verdad*)，是用希伯来字母印刷出版的，我记得每周只出一期。他读拉丁文报纸觉得没把握，于是他在漫长的一生中——他活了九十多岁——在他旅行的许多国家里，从不用当地的语言读什么东西（更别提读书了）。他的知识，除去他独立掌握的生意之外，只同他自己对人们的观察和研究有关。他能模仿这些人，能像一个演员那样表演，有些我自己认识的人被他演得那么有趣，以致后来他们真实的样子则使我大失所望，而他扮演的他们却越来越吸引我。那时，他的那些讽刺表演在我面前还有点放不开，只有在以他为中心的成年人聚会时他才完全进入角色，那些人可以几个小时几个小时地谈论他的故事。当我在马拉喀什②，在讲故事的人中又找到属于爷爷一个类型的人时，他早已去世了。尽管马拉喀什讲故事人的语言我一个字也不懂，但通过对爷爷的回忆，比起我在那儿碰到的无数其他人来，我更熟悉他们。

---

① 闪米特语族西北语支，其中包括犹太教阿拉米语。
② 摩洛哥城市。

爷爷的好奇心一直很强，正像我前边提到的那样，我从没有一次看见他疲倦过，甚至我和他单独在一起时，我觉得他也没有一刻停止过对我的观察和研究。在和他一起在奥斯特里亚旅馆度过的那些夜晚，我入睡前最后想到的是，他没真正睡着，不管这听起来多么不可信，我从没有一刻看见过他睡觉。早晨，他比我先醒来，而且洗漱完毕，穿好衣服，大多数时候，他也已经做完了持续相当长时间的晨祷。夜里，我出于某种原因醒了，看见他正笔直地坐在他的床上，仿佛他早就知道我这会儿会醒来，只等着我对他说，我现在要什么。他不是总抱怨失眠的那种人，相反，他总是精力充沛，由于他精力过于充沛，虽然很多人敬佩他，但也觉得他有点不可思议。

为那些想结婚但没有嫁妆的可怜姑娘筹款是他的嗜好之一。我常看见他在花园街拦住什么人，为了这个目的募捐。他拿出他的红皮笔记本，上面记着捐款人的名字和款项。他收下纸币，放进他的皮夹子里。他从没遭到过拒绝，对卡内蒂先生说"不"，简直是耻辱。在教区内，人们的威望取决于他身边是否总有一笔为数不少的捐款，拒绝捐钱意味着自己也属于穷人之列，没有人愿意让别人这么说自己。但是我相信，这些商人中也有真正的富翁。我常常抑制住自豪的心情听人们议论某某人是善人，这是指他慷慨地为穷人解囊，爷爷之所以出名，人们之所以特别愿意给他钱，肯定是因为他自己的名字是用他那圆圆的阿拉米字母写在捐款簿上的头一名。因为他开了这么一个好头，没有人愿意落在他后边。他很快就募捐到一笔款子购置了十分体面的嫁妆。

在对爷爷的描述中，我把有些事集中起来了，其中也有我后来经历或听说的事。这样，在维也纳的这个最初阶段里，他占了比他实际应占的要多的篇幅。

在这段时间里，最最重要的激动人心的和别有特色的事情，是晚上和母亲一起读书及与每次阅读有关的谈话。我无法再在个别细节上复述这些谈话，因为这是我生活中最主要的内容。如果说存在一个我在幼年时接受，并一直与我紧密相连从不分离的精神实体的话，那就是这些阅读和谈话。我对母亲怀着一种盲目的信任，她向我提出的问题以及后来又给我讲解的那些人物，简直成了我生活中的一部分，使我再也不能把他们分开。我从每一个人物的身上都能找出对我后来的影响，我和这些人物构成了一个不可分割的统一体。从这时起，也就是从我十岁起，这成了我的一种信条，我不自觉地受这些人物的影响，我想，是他们决定了我对后来所遇到的人的态度，哪些品质能吸引我，哪些品质使我厌恶。他们是我早年须臾不可缺少的，是本质的东西，是我精神中潜在的生命。

战争的爆发

一九一四年的夏天,我们是在维也纳附近的巴登度过的。我们住在一幢两层楼的房子里,我不知道在什么街上。有一位退役的高级军官,一位将军和我们合住,他和他夫人住在一楼。那时候人们经常都可以见到军官。

一天中有一段时间我们在疗养地公园度过,是母亲带我们到那儿去的。公园中央的一个圆亭里有疗养地的小型乐队演奏,乐队指挥是个瘦高个,叫康拉特,我们几个男孩子私下里用英语管他叫"胡萝卜"①。我和弟弟们用英语讲话可以不受约束,他俩一个三岁,一个五岁,他们的德语有点没把握。布雷小姐几个月前回英国去了。我们之间不用英语交谈,这对我们本来是一种外力的强制,否则在公园里人们会把我们当成英国孩子。

由于有音乐,公园里总是有好多人,但是七月底战争已迫在眉睫了,拥到疗养地公园的人越来越多。人们的情绪越来越不安,我也不明白为什么。母亲告诉我,玩的时候不可以这么大声用英语叫喊,我没怎么在意,弟弟们更没放在心上。

有一天,我想是八月一日,开始宣战了。"胡萝卜"正在指挥乐队演奏,有人给他递上一张条子,他打开一看,就中止了演奏,

---

① "康拉特"(Karotte)与英文"胡萝卜"(Carrot)的发音一样。

用指挥棒用力敲着，并大叫："德国向俄国宣战了！"乐队开始奏起《奥地利皇帝颂》。大家都站着，坐在长凳上的人也都起立，一起唱："上帝保佑我们，上帝保佑我们的皇帝和国家。"我在学校里就知道了这首颂歌，也犹犹豫豫地跟着唱。这首刚一唱完，又接着唱《德意志颂》，"保佑你戴上胜利者的桂冠"。如果换另外的词，用英文唱，就是我很熟悉的《国王万岁》。我觉得这实际上是对着英国的，我不知道是不是出于习惯，还是为了表示一种抗拒，我用最大的声音跟着唱英文词，弟弟们也糊里糊涂地用尖细的嗓音学着我唱。因为我们被紧紧地挤在人群中，所以很容易听出来，突然，我看见周围都是气得变了形的脸，胳膊和拳头都向我打来，连我的两个弟弟，包括最小的格奥尔格也挨了几下本来是朝着我这个九岁孩子打来的拳头。母亲被挤得离开了我们一点，还没等她发现，大家就向我们乱打起来，但是给我留下更深刻印象的是那些恨得走了形的脸。一定是有人告诉母亲了，因为她大喊起来："可这是些孩子啊！"她朝我们这儿挤过来，把我们三个人拢到一起，气愤地和那些人讲理。人们根本没有碰她一下，因为她话讲得和一个维也纳妇女一模一样，最后她终于把我们从挤得要死的人群中拉了出来。

我不完全理解我所做的事，难以忘怀的是，这是我第一次与一群怀有敌意的人遭遇的经历。它影响了我在整个战争期间的立场，直至一九一六年在维也纳和后来在苏黎世，我思想上都倾向于英国。但是从挨打中我也学会：只要我还在维也纳，就得提防别人发觉我们的思想观点。除了在家里，我们被严格禁止讲英语，我控制着自己，而且更努力念我的英文读物。

小学四年级时——这是我在维也纳念的第二所小学——战争打起来了，我对这一时期生活的回忆是与战争联系在一起的。我们得到一个黄颜色的歌本，这些歌都与战争有这样那样的关系。开头是我们每天作为第一首和最后一首必唱的《皇帝颂》。黄歌本中有两首歌我比较喜欢："曙光，曙光，你照耀着我年轻的生命走向死亡。"但我最喜欢的那首开头是这样的："在草地那边，蹲着两只寒鸦。"我想，下一句该是："我死在敌国的土地上，在波兰倒下。"这本黄歌本中的歌我们唱得太多了，但是歌的调子想必要比那些可怕的充满仇恨的简短口号听起来还好忍受一点，那些口号一直深入到我们小学生的心里。"完蛋就完蛋！""一枪一个俄国佬！""一拳一个法国鬼！""一脚一头英国猪！"当我第一次，也是唯一的一次把这样的话带回家，对范妮学说"一枪一个俄国佬"时，她向母亲告了我的状。也许这是她的一种捷克式的敏感，她绝不是爱国主义者，也从不和我们几个孩子一起唱我在学校学的战争歌曲，可是也许她是一个明智的人，觉得那句粗话"一枪一个俄国佬"从一个九岁孩子口中说出来特别有伤风化。这一点深深刺伤了她，她没有直接责备我，而是悄悄地到母亲那儿对她说，如果她从我们这些孩子的嘴里听到这样的话，她就不能再在我们家待下去了。母亲私下训斥了我，非常严厉地问我那句话是什么意思。我说，什么意思也没有，学校里的男孩子们一直都这么说，我受不了。我没撒谎，因为正像我已经说过的，我思想上倾向英国。"那你为什么还鹦鹉学舌呢？范妮不喜欢听这话，你说这样的粗话会伤害她的。俄国人是和你我一样的人。我在鲁斯丘克最好的女友就是俄国人，你不记得奥尔加吗？"我把她忘了，现在又想起来了。这唯一的一次斥责已经足够了，我再也没重复过这样的话，因为母亲对此明确地表现出她的厌恶，我感到了她对每一句充满兽性的战争叫嚣的憎恶。这种叫嚣我后来在学校还听到过，而且每天都能听到。不是全体人都胡说，只是个别人，但他们一说再说，也许正因为他们是少数，他们才想以此显露自己。

范妮来自波希米亚乡下,她身强力壮,全身哪儿都长得挺结实。她的看法也很固执,新年时,虔诚的犹太人站在多瑙河运河边,把他们的罪过抛向水中,范妮和我们一道从那儿路过时就指责他们。她心里一直有她自己的看法,而且直言不讳。"他们更应该不犯罪,"她说,"扔掉,那我也会。""罪过"这个词她听来不舒服,她不喜欢装模作样。她最讨厌乞丐和吉卜赛人。她觉得乞丐和小偷是一路货色。她不受欺骗,讨厌戏剧场面,她嗅出在激动的言语后边有一种坏的意图,她觉得最坏的就是戏剧,而这在我们家太多了。只有唯一的一次她不由自主地演了一场戏,那是那么残酷,我永远也不能忘怀。

我们的房门铃响了,她开门时,我站在她旁边。门前站着一个乞丐,年纪不大,也不是残废,他跪在范妮面前,绞着双手。他说,他的妻子躺在停尸床上,家里有八个孩子,他们是饥饿的小老鼠,无辜的可怜虫。"发发善心吧,夫人!那些无辜的孩子有什么罪啊!"他跪在地上激动地重复他的请求,好像在唱一支歌,而且他一再管范妮叫"夫人"。这使范妮气得说不出话来。她不是夫人,也根本不想当夫人,而且每当她称母亲"夫人"时,一点也不低三下四。她默默地看了一会跪着的那个人,他那故作可怜的乞讨歌发出很大的回声。突然,范妮自己也跪倒在地学他,那人听到自己说的每句话又都由范妮口中用波希米亚口音说了出来。这首二重唱那么富有表现力,使我也开始跟着念叨起来。范妮和乞丐谁都不受干扰,但是最后范妮站起来,把他关在大门外。他还一直跪在那儿,透过关紧的大门仍在念着:"发发善心吧,夫人!无辜的小可怜虫有什么罪呢!"

"骗子!"范妮说,"他没有死在床上的老婆,没有孩子,他把一切都自己吃了。懒蛋!年纪轻轻的,什么时候生的八个孩子!"

她对骗子那么恼火，等母亲一回家，就把整个场面给母亲表演了一遍。我帮她跪下，我们一块表演了这一场面，我给她演她是怎么干的，想惩罚她的残酷，但是我也想比她演得好。于是她从我嘴里听到乞丐的话，然后是用她的声调重复同样的话，当我用"发发善心吧，夫人！"开始时，她生气了，就强迫自己不再跪下，尽管我下跪引得她也想跪下。这对她是一种折磨，因为她感到在自己的语言中受到了责备，这个坚强、固执的人突然变得不知所措了，她一下子控制不住自己，给了我一记耳光，这本来是她要给那个乞丐的。

现在范妮对戏剧真的产生了一种恐惧感。晚上，她在厨房就能听见我和母亲一起朗读，这深深地刺激了她的神经。如果我第二天跟她说起来或者只是自言自语，她就连忙摇着头说："这么激动！叫孩子怎么睡觉啊？"随着家中戏剧生活的加强，范妮越来越受到刺激，有一天，她表示要辞掉工作，母亲说："范妮以为我们发疯了，她不懂。这一回也许她还会留下，但我相信，我们很快就将失去她。"我很依恋她，弟弟们也是。母亲没费劲就说服了她。可后来她有一次忘乎所以，直截了当地提出最后通牒：她不能再看着孩子睡这么少的觉，要是晚上装腔作势的表演再不停止，她就只能一走了之。于是她真的走了。我们都很伤心。常常收到她寄来的明信片，我这个她所讨厌的小家伙被允许保留这些明信片。

美狄亚① 和奥德修斯②

我在维也纳才接触到奥德修斯，这完全是出于偶然的。我父亲在英国时给我的第一批书中没有奥德修斯的故事。在那套为儿童改写的世界文学丛书中当然应该有《奥德赛》，但是可能我父亲不喜欢，也可能他有意剔出来为了让我以后再读，反正我当时没看到。这样，直到我十岁，母亲把斯威布的《希腊的神话和传说》当作礼物送给我时，我才通过德文本知道了这个故事。我们晚间读剧本时常常碰到希腊神和人的名字，她就会给我解释，她不能容忍我有不明白的地方，这有时占去我们很长时间。也许我问的问题比她能回答的要多，她是通过第二手资料了解这些事情的，通过英国的、法国的，特别是德国的戏剧文学。我得到一本施瓦伯的书，主要是把它当作理解希腊文学的工具，用它去理解我应该自己接受的东西，以免因为总是打岔破坏了晚间读书的真正高潮。

我第一个知道的是普罗米修斯③，他给我留下了极深的印象：一个为人类造福的人——还有什么能比这更吸引人呢！然后是惩罚，宙斯的可怕的报复，最后碰到的是解救者赫拉克勒斯④，那会儿我还

---

① 希腊神话中的人物，神通最大的女巫师。
② 希腊神话中的人物，《伊利亚特》和《奥德赛》两大史诗的主人公。
③ 希腊神话中的提坦神之一，曾为人类盗火。
④ 希腊神话中的民间英雄，他释放了普罗米修斯。

不知道他别的事。后来又知道了珀尔修斯和女妖戈耳工①，她的目光能使人变成石头；法厄同②，他在太阳车中被烧死；代达罗斯和伊卡洛斯③，这已经涉及战争和常常提起的在这里可能起作用的翅膀；卡德摩斯④和龙齿，我把它们也和战争联系起来了。

我对一切神奇的事情保持沉默，我接受下来，不对旁人讲。晚上我才能显示出我知道些什么，但也只是偶尔才有机会。我仿佛也能对读的内容做一点解释，朗读基本上是我的任务，每逢我简短地说出点意见，而不是被新问题缠住转不出来时，就会觉出母亲似乎挺高兴。有些问题我没有加以解释，留给了自己，也许我觉得在这种全部优势在另一方的对话中自己变强了，如果母亲不是觉得很有把握的话，我可以通过提到这个或那个细节的办法引起她的兴趣，我为这一点而感到骄傲。

没过多久，我接触到了"阿戈尔船英雄传说"⑤。《美狄亚》⑥则用一种我还不完全理解的力量抓住了我，而当我把美狄亚和母亲相比时，我就更不理解了，母亲讲起城堡剧院中的伟大英雄时，我在她身上感到的是一种激情吗？我模模糊糊觉得像是一种谋杀的感觉，难道是死亡的恐惧吗？她和爷爷之间粗野的对话——每次爷爷来访都以此告终——使她的力量削弱了，她哭泣着留在屋里。爷爷

---

① 珀尔修斯是希腊神话阿耳戈斯传说中的英雄，曾受命去取女妖戈耳工之一美杜莎的头。戈耳工是蛇发女妖，任何人看见她的眼睛都会被化成石头。
② 在希腊荷马史诗中是赫利俄斯的别号，后来的作家则说是赫利俄斯之子，驾驶太阳车引起大火。
③ 希腊传说中的建筑师和艺术家代达罗斯和儿子伊卡洛斯被送进迷宫，代达罗斯用蜂蜡把羽毛黏结起来，做成翅膀，飞离克里特岛。
④ 玻俄提亚神话里的英雄，忒拜城的建造者，他同巨龙战斗，拔下龙齿，播种在地里，从地里长出武士——地生人，武士又相互残杀。
⑤ 希腊神话中英雄们乘阿戈尔船远航科尔喀斯，寻取金羊毛的故事。
⑥ 古希腊悲剧作家欧里庇得斯所写的著名悲剧。

像是被打败了似的走了，他发火是因为他无能为力，而不是胜利者的愤怒，但是母亲也没能取胜。她陷入一种毫无办法的绝望之中，这种绝望折磨着她，我真不忍心看，我非常希望她有一种神灵的力量，一个女魔法师的力量。这是我现在才不由得产生的一种推测：我希望看到她是更强大的，是所有人中最强大的，拥有一种不能左右、不可战胜的力量。

我没有隐瞒我关于美狄亚的想法，我不愿意保持沉默。我一旦把话题引到这上边，整个晚上就完了。母亲不让我看出她对这样的类比如何感到吃惊，我是到后来才知道的。她讲格里尔帕策①的《金羊毛》②，讲城堡剧院里的美狄亚，她通过双重折射来减弱原始传说对我的强烈影响。我迫使她承认，她也会为伊阿宋的背叛向他复仇，但只是向他和他年轻的妻子复仇，而不是向孩子。她会把他们带上魔车，到哪儿去，她不会说出来。虽然孩子们看起来长得酷似父亲，她也不会杀死他们，她应该比美狄亚更坚强，能够忍受他们的目光。这样，母亲最后就是最最坚强的，在我心中战胜了美狄亚。

在这个过程中可能是奥德修斯帮了母亲的忙，因为当我后来知道了奥德修斯时，他就把以前的一切都赶跑了，并且成了我青年时代的真正偶像。我读《伊利亚特》有些反感，因为它是从伊菲格涅亚③的人祭开始，阿伽门农④在这件事上屈服了，这使我对他极为反感，因此我一开始就不站在希腊人一边。我怀疑海伦⑤的美，我觉得墨涅拉

---

① 弗朗茨·格里尔帕策（1791—1872），奥地利作家。
② 根据关于阿耳戈船英雄寻找金羊毛的神话写成的文学作品。美狄亚帮助伊阿宋夺取了金羊毛，不惜杀死前来追赶自己的兄弟，自己也被逐出国土。但她与伊阿宋生了二子后，伊阿宋背叛了她，另娶新娘，美狄亚为了复仇将新娘和自己的两个儿子杀死。
③ 希腊神话中阿伽门农的女儿，阿伽门农曾将女儿作为祭品奉献给神。
④ 特洛伊战争中希腊军队的统帅。
⑤ 海伦是古希腊史诗中最为驰名的女主人公，以美丽非凡著称于世。

俄斯①和帕里斯②的名字同样可笑,我一般来说看重名字,有的人只是因为名字就让我讨厌,另一些人我则为了名字而喜欢他们,虽然我还没读过他们的故事。属于后者的有埃阿斯③和卡珊德拉④。什么时候产生的这种对名字的好恶,我也说不清楚。在我对希腊人的态度中,这种好恶不可克服地存在着,他们的神对我来说分成两组,主要是因为他们的名字,较少根据他们的性格。我喜欢珀耳塞福涅⑤、阿佛罗狄特⑥和赫拉⑦,我认为赫拉做的事没有什么玷污她的名字的。我喜欢波塞冬⑧和赫淮斯托斯⑨,反对宙斯,还有对阿瑞斯⑩和哈德斯⑪也很反感。雅典娜⑫的身世迷住了我。我永远也不原谅阿波罗⑬剥了玛耳诸阿斯⑭的皮。对我来说,他的残酷亵渎了他的名字,我本来违背我的信念暗暗喜欢上这个名字。名字和行为的冲突成了我的一个基本矛盾,我一直强迫自己把这二者统一起来。一些人物形象,我由于名字喜欢他们,而对他们行为的失望促使我尽一切努力去改变他们,使之不愧于他们的名字。对另一些人,我不得不想出令人反感的故事好和他们丑恶的名字相配。我不知道我什么地方可能做得不太合理,对于一个把公正看成他最赞赏的品行的人来说,这种什么也无法改变的对

---

① 阿伽门农的兄弟,斯巴达国王,娶海伦为妻。
② 特洛伊王子,他拐走墨涅拉俄斯的妻子海伦,引起了特洛伊战争。
③ 特洛伊战争的参加者,曾与赫克托耳对阵,把这位特洛伊英雄打翻在地。
④ 特洛伊国王的女儿,曾预言特洛伊城的毁灭。
⑤ 地狱的女统治者,司土地丰收和谷物生长的女神。
⑥ 宙斯的女儿,肉欲爱情、美和恋爱女神。
⑦ 宙斯的妻子。
⑧ 海神。
⑨ 火神和锻冶之神。
⑩ 战神。
⑪ 地狱和冥国的统治者。
⑫ 希腊的主要神祇之一,雅典城的守护神,传说从宙斯的头中生出。
⑬ 太阳神。
⑭ 河神,他和阿波罗比赛吹笛输了,被剥了皮。

名字的看重使他有一种实实在在的痛苦，而我仅仅感到这是一种命运。

当时我还不认识有希腊名字的人，因此这些名字对我来说都是新的，以全部力量震撼了我。我可以非常自由地和他们接触，他们不会使我想起什么熟悉的东西，不会与别的东西相混淆，他们作为纯粹的人物形象出现，而且一直是人物形象，除了把我搞糊涂的美狄亚之外，我自己决定对他们每一个人的爱憎，他们一直保持着永不衰竭的影响。随着这些人物开始了一种生活，我有意识地就此为自己做出解释，在这个问题上我不依附于任何人。

这样，当时对我来说一切希腊的东西都归结到了奥德修斯身上，他成了真正的典范，第一个我完完全全能够理解的典范，第一个我从他身上比从一个现实的人身上获得更多知识的典范。这是一个充实、丰富的典型，它表现为许多变形，每一个变形都有自己的意义和位置，在许多个别细节上他都征服了我，而且随着时间的推移，他身上仍毫无任何对我没有意义的东西。他影响我的时间与他航行的时间相等。最后，没有人看出来，他完全进入了我的《迷惘》[1]，这指的已经不只是一种内心深处的依恋。这个形象如此完美，而且指出关于他的全部细节即使在今天对我来说仍然是那么轻而易举——我也依然十分清楚，他是用什么影响了一个十岁的孩子，是哪些新奇的东西抓住了这个孩子的心，使他心中不安。那就是当奥德修斯在菲阿克斯人中还没有被认出来之前，听盲歌手德摩多科斯讲他自己的故事并暗暗为此流泪的时刻；是他在波吕斐摩斯面前自报"无人"来解救自己和同伴性命的计策；是他不肯放过听塞壬女妖的歌声和他装扮成乞丐忍受求婚者辱骂的耐性；是他借以使自己缩小的变形和在塞壬女妖那里他那抑制不住的好奇心。

---

[1] 卡内蒂的长篇小说，其中有一章专门谈到这个内容。

保加利亚之行

一九一五年夏，我们到保加利亚去探亲，母亲的族人大部分在那里，她想再看看她的故乡，看看她和父亲一起幸福生活了七年的地方。几周前她就处于我弄不明白的、和我经常看到的完全不同的兴奋状态之中。她讲了很多童年时在鲁斯丘克的事，那块我从未想过的地方一下子因为她讲的故事变得有意义了。我在英国和维也纳认识的那些被逐出西班牙的犹太人后裔提起鲁斯丘克来都是瞧不起的，把它当成没有文化的穷乡僻壤，说那儿的人甚至不知道"欧洲"是什么样。所有人似乎都为他们脱离那块地方而高兴，自认为自己是开化而优秀的人，因为他们现在生活在别的什么地方。只有从不为任何事感到羞愧的爷爷，说起那个城市的名字来满怀激情。那里有他的产业，他的世界的中心，那里有他用不断增长的财富建造的房屋，但是他发现，自己对那些引起我极大兴趣的东西却懂得如此之少。有一次我给他讲马可波罗和中国，他说那都是童话，我应该只相信自己亲眼看到的东西，他了解这些骗子。我知道，他从没读过一本书，当他只是带着可笑的错误说他自鸣得意的那种语言时，我觉得他对鲁斯丘克的忠诚根本不值得宣扬，我瞧不起他由鲁斯丘克到那些用不着再去发现的国家的旅行。可是他的记性极好，从不出错。有一次他到我们这儿来吃晚饭时，问了母亲一大堆关于马可波罗的问题，这叫我大吃一惊，他不只问母亲这个人是谁，是否真有此人，他还打听我给他讲过的每一件神奇的具体事件，一件也不落。当母亲告诉他马可波罗的报告在后来发现美洲新大陆时起了什么作用时，他差点发火，但是当提到哥伦布把美洲当成印度的错误时，他又平静下来，骄傲地说："这是因为他相信了一个骗子！他们在那儿发现了美洲，却以为是印度！"

爷爷没能迫使我对我的出生地产生兴趣，母亲却轻易就做到了。在我们的晚间阅读时，当她讲起她特别喜欢的一本书，她会突然说："我是在我父亲的花园里坐在桑树上第一次读这本书的。"有一次她给我看一本旧的雨果的《悲惨世界》，上面还有她读书时吃桑葚染上的污迹。"桑葚已经熟了，"她说，"我爬得很高，这样好藏得更隐蔽些。到我该去吃饭时，他们就看不见我，我接着读了整整一个下午，忽然感到肚子饿极了，就填了满满一肚子桑葚。现在你好多了，我们允许你看书。""可是我也得吃饭。"我说着，同时开始对桑树产生了兴趣。

后来她答应我，以后会指给我看那棵树的。现在我们所有的谈话都落到计划这次旅行上了。我本来不大想去，因为我们的晚间阅读得因此中断一段时间，可是后来，当我对阿戈尔船英雄传说和美狄亚这个人物还保持着深刻印象时，母亲说："我们去瓦尔纳①，到黑海边上去。"这下我的抗拒心理被解除了武装。虽然科尔基斯② 在黑海的另一边，可不管怎么说，总是同一个海啊！在这一刻，我已经准备自愿牺牲我们的阅读了。

我们乘火车从喀琅施塔德旁驶过，穿过罗马尼亚。我对这个国家怀着一种柔情，因为人们十分赞赏把我从小带大的罗马尼亚保

---

① 保加利亚的一个城市。
② 黑海沿岸一个古代的地名。

姆，她待我像亲生孩子一样，以后只是为了看看我，竟不怕从久尔久①过多瑙河。后来听说她由于一次事故在一口很深的砖井里淹死了，父亲按照他一贯的做法，找到保姆的家，瞒着爷爷为他们做了些力所能及的事。

在鲁斯丘克我们没住在老房子里，那里离卡内蒂爷爷太近了。我们住在母亲的大姐贝莉娜姨妈家，她是三姐妹中长得最美的，仅仅因为这个缘故有点小名气。她去世之前一直追踪着她的不幸，当时还没有落在她和她的家庭头上，可是已经有点苗头了。我的记忆中总是保留着她当年的容貌，她最美的时候的形象，后来我又发现她像提香②笔下的《拉·贝拉》和《乌尔宾诺的维纳斯》，因此她的形象在我心中再不会改变了。

她住在一栋具有土耳其风格的宽敞的黄房子里，正对着她父亲的房子，阿尔迪蒂外公两年前在一次去维也纳的途中死了。大姨妈的财富可以和她的美貌媲美，她懂得不多，别人都认为她笨，因为她从来不为自己索取什么，总是赠予。因为大家对她那十分吝啬、懂得抓钱的父亲还记忆犹新，所以她似乎不像这个家里的人，大方得出奇。她只要看到一个人，就会想到如何给他带来特殊的快乐，除此之外她从不考虑别的什么事。她常常沉默不语，呆呆地望着面前，不注意别人的问题，有点心不在焉，脸上显出一种紧张的表情，但仍不失其美艳。这时，人们就知道，她是在考虑一件礼物，只是还没想出一件称心的。她送礼物送得别人深受感动，可她实际上并不十分高兴，因为她总觉得礼物太轻，总还要喋喋不休地加上许多道歉的话。这不是那种馈赠礼品的骄傲——我从西班牙人那

---

① 罗马尼亚地名。
② 提香（1488—1576），意大利文艺复兴时代的伟大画家。

里清楚地了解这种表明某种贵族身份的傲慢态度——而是纯朴自然的,就像呼吸的空气一样。

她嫁给了堂兄约瑟夫,一个脾气暴躁的人。他使大姨妈一生痛苦,她不得不忍气吞声,而又不让人察觉一丝一毫。屋后的果园里,当时果子正坠满枝头,我们像着了迷似的喜欢这里,如同看到姨妈的礼物一样。住宅里的房间明亮,但也很冷,比我们维也纳的房子大得多,有好多新奇东西。我忘了是怎样睡在土耳其长沙发上的,一切对我来说都是陌生的、新奇的,仿佛我确实是到一个陌生的国度作一次考察旅行似的,后来这成了我一生中最强烈的愿望。对面外公花园中的桑树则叫我失望,它根本没那么高,而且因为我把母亲的话想象得像她现在说的这样,我弄不明白,别人当时怎么没在她躲藏的地方发现她。但是在黄房子里,在姨妈身边,我觉得好舒服,并不急着去黑海,而黑海之行本来是计划的旅行中最精彩的部分。

约瑟夫·阿尔迪蒂姨夫长着一副圆圆的红脸膛,总眯缝着眼睛。他总盘问我,他知道各种各样的事,而且对我的回答十分满意,以致他总抚摸着我的面颊说:"记住我的话!这个孩子会有出息的。当个大律师,像他姨夫一样。"他是个商人,根本不是律师,但是他精通许多国家的法律,他可以详详细细、一字不差地引经据典,而且用不同的语言,然后再给我译成德语。他企图捉弄我,大约过十分钟后就把同一条条文再引证一遍,但稍稍加以改动,然后狡黠地看着我,等上一会儿。"刚才不是这样的,"我说,"本来是这样的。"我不能忍受这样的条文,它使我对一切与"法律"有关的东西极为反感,但是我也很得意,希望在这个问题上得到他的夸奖。"你注意到了,"他说,"你不像这里的其他人,不是笨蛋。"他用手指了指房间,别的人都坐在那儿,其中也有他妻子。他不只指她，他认为整个城市都很愚蠢，全国、巴尔干、欧洲、全世界，只有几个能和他较量的名律师例外。

人们私下议论他的火暴性子，警告我说，要是他发起火来，那是很可怕的，但我用不着害怕，一会儿就会过去。如果他盯着一个人，你必须静静地坐着，不说一句话，一直恭顺地点头。母亲警告我说，要是出了什么事，连她和姨妈也得保持沉默，姨夫就是这样，这时候别人什么都不能做。他发火主要是针对死去的外公，但是也针对还在世的寡居的外婆以及所有还在世的兄弟姐妹，母亲和姨妈也包括在内。

因为我老是听到这样的警告，我就已经好奇地等着了。有一天吃晚饭时真的出事了，情形是那么可怕，以致这件事成了这次旅行中真正的回忆。"Ladrones，"他突然喊了起来，"Ladrones，你们以为我不知道，你们都是小偷！"西班牙语的 Ladrones 比"小偷"厉害，像是小偷和强盗加在一起的意思。他指控家里的每一个成员偷了东西，首先是不在场的人，从已去世的外公、他的岳丈开始，外公为了外婆的缘故取消了他的一部分遗产。然后是还健在的外婆，还有在曼彻斯特的有权势的舅舅萨洛蒙。舅舅应该提防他，他会把舅舅置于死地。比起舅舅来，他更精通法律，会在世界各国控告舅舅，舅舅将没有能够解救自己的避难所！我对萨洛蒙舅舅根本就不同情，而且——我不能否认——高兴有人敢于跟这个可怕的人较量一番。可是姨父的攻击目标并不仅限于此，他接着攻击的是三个姐妹，甚至有我母亲，还有他的妻子，好心的贝莉娜姨妈，他认为姨妈在暗暗地和她的家庭密谋对付他。"这帮无赖！这帮罪犯！这帮恶棍！"他诅咒着要把所有人统统碾碎，把他们的黑心从胸膛里掏出来！喂狗！他要让他们一辈子记着他，让他们求饶！可是他不懂得宽恕，他只知道法律，他知道得很清楚。在这种情况下，应该有人和他较量。"这些疯子！这些笨蛋！"他这么歇斯底里地喊着。"你以为你自己聪明，是吗？"他突然转向我母亲，"但是你的小儿子胜过你。这家伙跟我一样！他总有一天会告你，你不得不交出最后一个铜板！人家说你是受过教育的，可你的光彩对你没一点用！法庭见！"他用手指骨节狠狠敲着前额，"法律就在这儿，在这儿！在这儿！你不懂这个！"他又对我说，"你母亲是个小偷！在她没有偷你——她的亲儿子之前，你就知道这一点更好。"

我望着母亲恳求的目光，可是现在再也没用了，我跳起来喊道："我妈妈不是小偷！姨妈也不是！"我气得哭了起来，可他根本无动于衷。他那肿得可怕的脸上露出一副假惺惺的和善样子，靠近我说："住口！我没问你！捣蛋鬼！傻瓜！你会看到的。我坐在这儿，你记住我，你的姨夫约瑟夫亲自告诉你。我同情你，你才十岁，因此我及时告诉你，你母亲是一个扒手。所有人，大家都是扒手！全家！全城！没有什么人不是小偷！"

说完最后一个词"小偷"，他停住了。他没打我，但是我不再讨他喜欢了。"你根本不值得我教你法律。"后来，当他平静下来时对我说，"你只能通过经验学习。你不配有更好的前程。"

姨妈使我最感到奇怪，她好像没事儿似的，当天下午又忙她的礼物去了。在姐妹之间的一次谈话中——我没让她知道我偷听了——她对我母亲说："他是我丈夫，早先他不这样，自从父亲死后他才变成了这样。他忍受不了任何不公平，他是个好人。他很敏感，为什么所有好人都这么敏感？"母亲认为这样不行。因为有孩子，孩子不能听这些关于家庭的事。母亲一直为家族感到骄傲，这是城里最好的家族，可是约瑟夫也是这个家的人，他自己的父亲就是外公的哥哥。"可他没说过一句反对他父亲的话。他没说过！从来没有！他宁可把舌头咬下来也不会说反对他父亲的话。""可是他为什么要这笔钱？他本人比我们有钱多了！""他忍受不了不公平。自打父亲死后，他就变了样，他过去不这样。"

不久后我们去了瓦尔纳。大海——我回忆不起再早一点的事了——根本不凶猛，不狂暴，为了对美狄亚表示敬意，我冒险地等待着，可是水中没有她的踪迹。我想，是在鲁斯丘克发生的争吵把一切关于美狄亚的念头挤掉了。一旦我最亲近的人中真的有什么可怕的事情发生，平时在我心中萦回的古代文学的人物形象就大为逊色了。自从我为母亲辩护，反对她姐夫的恶毒指控以来，对我来说，母亲不再是美狄亚了，相反，重要的是保护她的安全，和她在一起，用自己的眼睛看着，不让任何可恶的事情沾上她。

我们在海滩度过了好多时光，港湾的灯塔使我特别着迷。一艘驱逐舰驶进海港，也就是说，保加利亚将站在中欧列强一边参战。在母亲和熟人的谈话中常常听到人们断言这完全不可能。保加利亚本来决不会和俄国开战，多亏了俄国它才从土耳其的统治下解放出来，在许多次战争中俄国人和土耳其人打仗，什么时候保加利亚碰到困难，他们就依靠俄国人。在俄军服役的季米特里耶夫将军是全国最有名的人，他曾作为贵宾出席过我父母的婚礼。

母亲的一个年长的女友奥尔加是俄国人，我们在鲁斯丘克时去拜访过她和她丈夫，我觉得她比我认识的所有其他人都更热情、更开朗。两个朋友像年轻姑娘一样亲热地交谈，她们兴高采烈地用法语交谈，说得很快，还夹杂着高兴的呼叫，声音一会儿高一会儿低，说个不停，叽叽喳喳地像麻雀叫，不过是两只大麻雀。奥尔加的丈夫带着尊重的表情沉默不语，他那挺起的胸膛看起来有点像军人的姿态，他斟上俄国茶，用好吃的点心招待我们。他很注意让两个朋友的谈话顺利进行，不让她们浪费一分钟宝贵的时间，因为自她们上一次相聚分手后已过了好长时间，以后何时才能再见呢？我听到托尔斯泰的名字,他几年前才去世,人们提到他的名字时怀有的崇敬心情使我后来问母亲,托尔斯泰是不是比莎士比亚更伟大的作家,母亲迟疑又不十分情愿地否定了这一点。

"现在你懂了吧,为什么我不许别人诽谤俄国人,"她说,"那是些最奇妙的人。奥尔加一有空就读书,人们和她可以交谈。""和她丈夫呢?""也行。但是她更聪明。她对文学了解得更多,他敬重这一点,他最愿意听妻子讲话。"

对此我没有说一句话,但是我却有我的怀疑。我知道,我父亲认为我母亲更聪明,而且把她看得比自己高明,我也知道,母亲接受了这个看法。她当然同意父亲的意见,每当她说起我父亲时——她总是讲最美好的事情——也十分坦率地谈到,父亲多么看重她的灵气。"可他的音乐修养比你高。"我习惯于提出异议。"是的。"她说。"他戏也演得比你好,人家都说他是最好的演员。""也许是吧,也许是吧。他有一种天赋,是从你爷爷那儿继承来的。""他比你更风趣,比你风趣得多得多。"母亲不会不爱听这话,因为她看重真诚和尊严,城堡剧院庄严崇高的语气,她已经掌握了。接着我就更来劲儿了,说:"他还有一颗善良的心,他是世界上最好的人。"这回母亲既不怀疑,也没有犹豫,而是高兴地赞同:"你在全世界也找不出一个像他这么好的人,永远找不出第二个。""那奥尔加的丈夫呢?""他也是好人,是好人,但不能和你父亲相比。"然后她就讲了许多关于父亲行善的故事,我听了成百遍,可还愿意再听。他如何帮助了许多人,而且是背着他们干的,以致没有人知道是怎么回事。别人严肃地问他:"雅克,真是你干的吗?你不觉得做得太多了吗?""我根本不知道,"他答道,"我记不起来了。""你知道,"母亲最后总是这样结束,"他是真的忘了。他人这么好,以致忘了自己做过什么好事。你别以为他平时也总爱忘事。他在戏里演的角色几个月也忘不了。他也忘不了他父亲对他干了什么,他父亲从他手中夺走小提琴,强迫他去经商。他也不会忘记我喜欢什么,好多年后他还能弄来我顺嘴说过的想要的东西让我大吃一惊。可是他却瞒着自己做的好事,瞒得这么巧妙,以至于后来自己也忘了。"

"这我永远也做不到,"我既为父亲骄傲,也为自己感到悲哀,"但我会把它永远记在心上。""你比较像我,"母亲说,"这不是真正的善。"然后她向我解释,她太爱猜疑,所以不宽容,她总是立刻就想到别人在想什么,马上看透他们,猜出他们最隐秘的内心活动,趁此机会她对我提到一个跟她一样敏锐的作家的名字,那个作家像托尔斯泰一样在不久前去世了,他叫斯特林堡。她不大情愿地、吞吞吐吐地说出这个名字,她是在我父亲去世前几个星期才读到斯特林堡的书的,那个曾经热情地向她推荐斯特林堡的赖兴哈尔的医生,是使我父亲产生最后的嫉妒的原因。这种嫉妒也是母亲往往害怕的,当我们还在维也纳时,只要她不小心提到斯特林堡的名字,总是泪水盈眶,直到来到苏黎世,她才慢慢习惯了斯特林堡和他的书,能够不过分激动地说出他的名字。

我们做了一次从瓦尔纳到欧希诺格勒附近的莫纳斯蒂的远足,那里是皇宫所在地。我们只从远处看见那座宫殿,自从第二次巴尔干战争以后,它已经不在保加利亚境内,而划归罗马尼亚了。在已经开始了残酷战争的巴尔干穿过边界可不是一件美事,许多地方根本过不去,人们尽量避免越过边境。但是当我们坐在租来的马车里,一路上看见长势喜人的蔬菜水果:深紫色的茄子、青椒、西红柿、黄瓜、大南瓜和西瓜,我感到十分惊讶,这儿什么都有。"瞧!"母亲说,"这儿是一片富饶的土地。这也是一种文明,谁也不必为自己生在这里感到羞愧。"

后来在瓦尔纳下起了倾盆大雨，通向港口的斜街布满深坑，我们的马车陷住走不动了。我们只得下车，好多人来帮车夫的忙，大家拼命地拽，直到车又动了起来。母亲叹着气说："街道还像从前一样，这就是地中海以东的现状，这些人永远是什么也不学！"

她的看法就这么左右摇摆，最后终于很情愿地和我踏上回维也纳的归程。因为维也纳在过了第一个战争的冬季之后食品开始紧缺，她在上路前贮存了些干菜，各种各样的菜用线串起来，装了满满一箱子。后来在罗马尼亚通向匈牙利边境的普雷戴尔检查站，税务官把箱子里的东西一股脑儿地倒在月台上，令母亲勃然大怒。车开动了，母亲跳上车，可她的宝贝在税务官们的哄笑声中仍然摊在月台上，她连箱子也丢下了。仅仅为了这种和吃有关系的事而大发雷霆，我觉得好像有失她的身份。她从我这儿也没得到安慰，这使她更加懊丧。

她把罗马尼亚官员的态度归结于我们的土耳其护照。出于一种天生的对土耳其的忠诚，大多数被逐出西班牙的犹太人后裔一直都是土耳其公民，在那里他们总是得到很好的对待。母亲的家庭来自利沃尔诺[①]，那里受到意大利保护，人们外出旅行都是带着意大利护照。她认为，假如她还用当姑娘时姓阿尔迪蒂的护照，罗马尼亚人肯定不会这样，他们可能喜欢意大利人，因为他们的语言是从那里来的，他们多半也喜欢法国人。

我陷入我不愿承认的一场战争中间，但是直到这次旅行中我才开始通过亲身体验理解了某种普遍的广泛流传的民族仇恨情绪。

---

① 意大利中部的一个省会。

恶的发现／维也纳要塞

一九一五年秋，在那次保加利亚夏季旅行之后，我上了文科中学一年级。学校像国民小学一样，也是在一幢黄房子里，靠着索菲桥边。这所学校我喜欢多了，我们学拉丁语，还学好多新东西，我们有好多老师，而不再只是那个无聊的泰格尔先生，他总说同一句话，一开始我就看他笨头笨脑的。我们的班主任是特乌迪教授，一个留着长胡子、肩膀宽宽的小矮个儿。每当他坐到讲台后边，把胡子垂到台面上时，我们坐在教室的凳子上就只能看见他的头。没有人瞧不起他，虽然一开始我们看他那么滑稽——他将长胡子的姿势赢得了我们的尊敬，也许他是靠这个姿势培养耐心，他是公正的，很少发火。他教我们拉丁文变格，他的大多数学生在这上边运气不好，于是他不知疲倦地一再给他们重复 Silva（森林）、Silvae（许多森林）。

这个班里有许多我觉得有意思的同学，我记得他们。有史泰格马尔，一个男生，他画画好极了，我看他的作品总看不够。我眼看着他挥毫把鸟、花、马和其他动物画到纸上，他把一些刚刚画好的、最美的图画送给我。我印象最深的是，他把我非常赞赏的一张画一下子就撕了，因为画得不够好，然后又重新画。这种事发生过多次，可最后他终于觉得成功了，从各个角度打量一番，然后以谦虚而又比较郑重的姿势递给我。我钦佩他的才能、他的慷慨大方，但使我不安的是我无从比较，所有的画在我看来都一样。比起他的才能来，我更钦佩他对画的判断迅速果断，他撕掉的每一张画都使我惋惜，本来没有什么能让我毁掉一张画上画或印上字的纸，可他多么乐于这么干啊！那么快，毫不犹豫，看起来太迷人了。在家里我得知，艺术家们常常如此。

另一个同学是敦敦实实、黑黑胖胖的多伊奇贝格，他母亲在伍尔斯特公园开了一个小吃店，所以他住得离岩洞车站很近，不久前我还是那儿的常客。起初我对他很有好感，我想，他在那儿住，一定是个很有趣的人，但是，他并不像我想象的那样，他十一岁就已经成了一个畸形的玩世不恭的人了，这使我很快和他结了仇。

我另外一个同学马克斯·席伯尔是我真正的朋友，他是将军的儿子，我们三人从学校穿过王子林荫大道一同回家。多伊奇贝格常说大话，他好像知道一切成年人生活中的事，并且用不加掩饰的词汇告诉我们。对于他来说，公园不像我和席伯尔了解的那样，完全是另外一副样子。他偶然听到小吃店的客人之间的谈话，就哑巴着嘴在我们面前重复那些话。他还加上他母亲的评论，她什么都不对儿子隐瞒，多伊奇贝格好像没有父亲，而且是独子。席伯尔和我急着回家，多伊奇贝格却不立即动身，每当我们从维也纳体育俱乐部旁边走过，他就觉得自由了，打开了他的话匣子，我相信他需要一点时间瞎编，然后用来吓唬我们。他每次都用同一句话结束："人们没能尽量早一些明白生活是怎么回事，这是我母亲说的。"他很讲效果，每次都把他的故事升格，只要一讲到暴行、捅刀子、抢劫、谋杀，我们就让他讲下去。他反对战争，我喜欢这一点，可席伯尔不爱听，想办法提问题把他引到别的话题上去。我羞于把这些谈话在家里转述，有一段时间这一直是我们保守得很好的秘密，直到多伊奇贝格让胜利冲昏了头脑，敢于说出最出格的话，结果闹了一场乱子。

"我知道孩子是怎么来的,"一天,他忽然说,"我母亲告诉我的。"席伯尔比我大一岁,他已经开始想这个问题了,我则勉强跟得上他的好奇心。"这很简单,"多伊奇贝格说,"就像公鸡趴在母鸡身上一样,男人和女人也这样交媾。"我脑子里本来装满了和母亲一起进行的莎士比亚——更确切地说,席勒——剧作晚间朗读的内容,于是感到很气愤,喊道:"你撒谎!这不是真的!你是个骗子!"这是我第一次反抗他。他露出一副嘲讽的神色,又重复了一遍那句话。席伯尔默不作声,多伊奇贝格的轻蔑全都发泄到我头上。"你母亲什么都不跟你讲,她把你当小孩子。你没见过公鸡吗?就像公鸡以及其他动物那样。我母亲说了,人们没能尽量早一些明白生活是怎么回事。"

我差一点动手打他,我离开他们俩,穿过空荡荡的建筑广场跑回家去。我和家人围坐在一张圆桌旁,在弟弟们面前我努力控制住自己,才什么也没说出来,可是我一点也吃不下去,差点哭出来。刚一吃完饭我就把母亲拉到阳台上,这儿是我们白天进行严肃谈话的地方,我把一切都告诉了她。母亲自然早就看出我情绪激动,但是当她知道了原因后,她什么话也没有说。我母亲平时对一切事都有一个圆满而又明确的答案,她总使我感到,我有责任教育弟弟们,这回她没说话,第一次沉默了。她沉默了这么久,使得我都有点害怕了,然后她看着我的眼睛,用一种我在我们那些重大的时刻里熟悉的称呼严肃地对我说:"我的儿子,你相信你的母亲吗?""相信!相信!""那不是真的。他撒谎。他母亲没有对他说过。孩子是从别的地方来的,通过一种十分美好的方式,我以后会告诉你,你现在还根本不需要知道。"母亲的话使我的兴趣立刻消失了。假如多伊奇贝格的说法只是谎言的话,我还真的不想知道呢!现在我知道了，这是一种谎言，一种可怕的谎言，因为是他自己编出来的。他母亲绝没有对他说过！

　　从这一刻起我恨上了多伊奇贝格，对待他像对待人类的败类那样。在学校里，他是个坏学生，我再不跟他说话，课间，只要他想走到我跟前来，我就转过身，把脊背对着他，我再不跟他说一句话，也不和他同路回家了。我强迫席伯尔在他和我之间选择，我还干了更坏的事：有一回地理老师叫他在地图上指出罗马，他指的是那不勒斯，老师没看出来，我站起来说："他指的是那不勒斯，不是罗马。"结果他得了个坏分数。这种告发行为本来是我瞧不起的，我从前总是站在同学一边，帮他们的忙，只要我能够帮得上，哪怕是我喜欢的老师，我也帮同学对付他们。但是母亲的话使我对多伊奇贝格怀恨在心，好像对他我怎么干都行，这是我第一次知道什么叫盲从，我和母亲之间再没有谈到过他一个字。在我心中煽起了对他的敌意，我把他看成一个坏蛋，我在一次较长的谈话中对席伯尔讲述了理查三世①，说服他相信，多伊奇贝格就是理查三世，只不过他还年轻，必须让他停止他的恶劣行径。

　　我这么早就开始发现了恶。这种癖好长时间伴随我，直到后来我成了卡尔·克劳斯②恭顺的奴仆，相信凡是他讨厌的人都是坏蛋。对于多伊奇贝格来说，学校的生活变得无法忍受了，他失去了自信，为了取得和解，他那恳求的目光到处跟踪着我。本来他是不会这样干的。可是我不肯和解，而且奇怪的是，通过在他身上起的看得见的作用，这种仇恨越来越强，而不是缓和下来。终于他母亲到学校来了，在一次课间休息时和我谈话。"你为什么老盯住我儿

---

① 莎士比亚剧中一个代表恶的主人公。
② 卡尔·克劳斯（1874—1936），奥地利作家。

子?"她说,"他可没对你干什么啊!你们过去一向是朋友。"她是一个性格果断的女人,说话又快又有力。和她儿子相反,她脖子很长,讲话时嘴巴也不吧嗒吧嗒作响。我高兴她来求我,求我宽恕她儿子,我像她一样坦率地说出了我们敌对的原因。我在她面前毫不胆怯地重复了关于公鸡和母鸡的那句话,她急忙转向儿子,多伊奇贝格害怕地站在母亲身后,她问:"你说了吗?"他可怜兮兮地点点头,没有否认。于是整个事件对我来说就算结束了,也许我不能拒绝一个母亲的请求。她像我自己的母亲那样认真地对待我。我也确实发觉,儿子对于她来说是何等重要,于是多伊奇贝格又从理查三世变成了一个像我和席伯尔一样的学生。那句有争议的话找到了它所谓的出处,并且因此失去了力量。追踪结束了。我们也没有再成为朋友,可是我放过了他,以致后来我再没有关于他的回忆了。每当我回想在维也纳学校剩下的时光时——差不多还有半年——他在我的记忆中已然不存在了。

和席伯尔的友谊却日趋亲密。一开始我们之间的一切就很融洽,现在他更是成了我唯一的朋友。他住得很远,在徐特尔区上方,他们那幢房子跟我们的差不多。为了讨他喜欢,我也玩玩具兵,他有好多玩具兵,有装备各种武器的整个军队:骑兵、炮兵,所以我常到他家去玩打仗的游戏。他对输赢看得很重,败了就受不了,每当输了他就咬着嘴唇,做出一副闷闷不乐的样子。有时他想赖账,那我就会生气,但是这种时候不长,他是个受过良好教育的少年,身材魁梧,尽管他与他母亲像是一个模子刻出来的——我总是对母子如此相像感到十分惊讶——却完全不是妈妈的娇宝贝。他母亲是我认识的最漂亮的母亲,个子也最高,我看到她总是把腰挺得笔直,比我高出好多,每当她给我拿点心来时,总是朝我弯下身来,然后上身稍稍倾斜着把盘子放到桌上,还没叫我们吃,就立即又直起身来。她用那双暗蓝色的眼睛盯着我瞧,我在家中常常梦见这双眼睛,不过我从没告诉过她的儿子席伯尔。但我问过他,是不是所有蒂罗尔女人都有这么漂亮的眼睛,他干脆地回答:"是的。"而且补充说:"所有的蒂罗尔男人也是这样。"下一次我发现,他把这些话都告诉了他母亲,因为她给我们拿点心时似乎很高兴,有点像开玩笑似的望着我们——平时她是不这样的——而且打听我的母亲。她走开后,我严厉地问席伯尔:"你把什么都告诉了你母亲吗?"他脸红了,他保证说没有,而且也什么都没告诉他父亲。

　　他父亲长得很矮小、消瘦,根本没给我留下什么印象。他不仅个子小,而且长相也比妻子老,他是个退役将军,可是在战争中又因为一件特殊任务被重新任用。他是维也纳防御工事总监,一九一五年俄国人攻破了卡尔帕腾,谣传维也纳也受到威胁。席伯尔的父亲在学校没课的两天带我们俩去视察,我们乘车到诺伊瓦尔德格,脚步沉重地穿过树林,看到了各种小"堡垒"。没有士兵把守,我们走进去,席伯尔的父亲用手杖敲着厚厚的堡垒壁,我们则透过"堡垒"的缝隙往外眺望,荒无人烟的森林一片死寂。将军很少开口讲话,总是一副怏怏不快的脸色,可是每当对我讲解什么时,他总是向我们微笑,仿佛我们是什么特殊的人物。我在他面前从未感到不好意思,也许他在我们身上看到了未来的士兵,他曾经送给他儿子一大队的小锡兵,而且数量还在不断增加,他还询问我们玩的情形,比如谁赢了,这是席伯尔告诉我的。但是我对这么一个沉静的人感到不习惯,我无法想象他竟然是个将军,倒是席伯尔的母亲更像是一位英俊的将军,为了她的缘故,我甚至可以去上战场,而和他父亲一起去郊游视察,我并不怎么当回事。当将军用拐杖敲一个个"堡垒"的墙壁时,人们常常谈论的战争似乎离我还十分遥远。

　　整个在校学习期间和后来,父亲们都没给我留下什么印象,对我来说，他们都是些死气沉沉或者上了年纪的人。我自己的父亲还活在我心中，他和我谈过许多事，我听过他唱歌，他的形象永远和他年轻时一样，他永远是独一无二的父亲。可是我对母亲们总是很容易接受，我喜欢的母亲的数目多得惊人。

一九一五年到一九一六年冬，战争的影响在日常生活中已经可以看出来了，新兵们在王子林荫大道上雀跃唱歌的时刻已一去不复返，现在每当他们一队一队在我们放学回家的路上和我们相遇时，他们已不像过去那么快乐了。他们虽然还唱着："在故乡，在故乡，我们再相见！"但是这个再见似乎离他们并不近。他们不再那么相信能返回家园，他们高唱："我曾经有一个战友……"可是仿佛他们自己就是歌中唱的那个阵亡的战友。我发觉了这种变化，告诉我的朋友席伯尔。"这不是真正的蒂罗尔人，"他说，"你总有一天会看到蒂罗尔人的。"我不知道，在这个时候他在什么地方看得见进军的蒂罗尔人，也许他和父亲拜访过故乡的熟人，在他们那里听到过有信心的话。他对于战争胜利的信念是不可动摇的，从没想过要怀疑这一点，这信心不是由他父亲那儿来的，将军是个沉静的人，不爱说大话，在他带我们去远足时，他没说过一次"我们必胜"的话，要是他是我父亲，我早放弃一切对胜利的希望了。也许是席伯尔的母亲使他建立起信心的，也许她也什么都没说，但她的自豪感，她的不屈精神，她看人时的目光，使人觉得仿佛在她的保护下不会发生任何不幸——和这样的母亲在一起，我也绝不会怀疑。

有一次我们去徐特尔区，从多瑙河运河的铁路桥附近穿过，一列满载旅客的火车停在桥上，货车和客车接在一起，到处挤满了人，他们默默地、用询问的目光往下瞧着我们。"这是伽里奇的……"席伯尔把"犹太"这个词咽了下去，改成"难民"。莱奥波尔城挤满了为了躲避俄国人而逃来的犹太人，黑色长袍、睡衣和特别的帽子使他们与众不同，十分引人注目。现在他们到了维也纳，他们应该到哪儿去呢？他们必须吃东西，可维也纳的食品供应也已经不足了。

　　我还从来没见过这么多人在车厢里挤成一团，这种情景十分可怕，我们呆呆地往上瞧，车一直没动地方。"像牲口一样，"我说，"让他们像牲口一样地挤压在一起，而且连运牲口的车也用上了。""正因为有这么多人。"席伯尔说，他对他们的厌恶因为顾及我稍稍缓和了一点，也许他不愿意说出可能伤害我的话。我像生了根似的站在地上不动，他和我站在一起时，感觉到了我的恐惧。没有一个人朝我们招手，没有一个人说出一句话，他们知道这里的人是多么不愿意接纳他们，他们并不期待一句欢迎的话。这些挤着的人大都是些男人，其中也有长胡子的老头。"你知道吗？"席伯尔说，"我们的士兵也是用这种闷罐车送上前线的。战争就是战争，这是我父亲说的。"这是他在我面前引用的唯一一句他父亲的话，我明白，他这样说是为了把我从惊愕中拉回来。但是没有用，我呆呆地望着，望着，什么事也没发生。我希望火车开动，最可怕的就是火车停在桥上纹丝不动。"你不来吗？"席伯尔一边说，一边拉着我的袖子，"你不高兴了吗？"我们朝回他家的路走去，好再玩一会儿锡兵打仗。我的心情很不好，当我们走进门，他母亲给我们摆上点心时，这种坏心情更甚了。"你们在哪儿待了这么久？"她问。席伯尔指着我说："我们看见一火车伽里奇难民。火车停在弗兰茨桥上。""噢，是这么回事。"他母亲一边说，一边把点心向我们推过来，"现在你们一定饿了。"幸好她又走了，因为我根本没动点心。席伯尔这个有同情心的孩子，也没胃口了，他让那些锡兵站在那儿，我不想玩。当我离开时，他热情地握着我的手说："那么明天吧，要是你来的话，我拿给你看，我得到了新的炮兵。"

阿丽克·阿斯利尔

我母亲的女友中最有趣的是阿丽克·阿斯利尔。她的家族来自贝尔格莱德,她自己已经成了一个地地道道的维也纳人,说话、动作,不管干什么,对一切事的反应都像一个维也纳人。这个矮小的女人是母亲那些个子不高的女友中最矮的一个。她生活在当代维也纳的文学中,缺少母亲那种广泛的兴趣,她很容易谈到巴尔①,谈到施尼茨勒②,她的见解易变,从不固执己见,容易接受任何影响,谁只要和她谈话,就能够影响她,但必须是这个领域之内的内容,凡不属于当代文学的,她几乎不加注意。她的当代文学信息的来源肯定是些男人,她看重那些能说会道的男人,谈话、讨论、意见交锋是她的生活,每当文人们意见不同争论起来时,她总注意倾听。她已经是维也纳人了,因为她总能不费力就知道思想界有什么事情发生,她也同样喜欢谈论人,谈他们的爱情故事、纠葛和离异,她认为,为了爱情,一切都是允许的,不像母亲那样诅咒。要是母亲责备谁,她就反驳,总要为那些复杂的纠葛找到解释。人所干的一切,她都觉得是自然的,她对她自己碰到的事情也像她对生活的看法一样,仿佛恶的精灵就是要让她自己体验她允许别人做的事。她

---

① 赫尔曼·巴尔(1863—1934),奥地利作家。
② 阿图尔·施尼茨勒(1862—1931),奥地利作家。

喜欢把人们聚在一起，特别是异性，看他们如何交往，因为她总觉得生活的幸福主要在于伴侣的变换，她自己所希望的，也极乐于施与他人，所以看上去往往像是她在那人身上做试验。

她在我的生活中是起过作用的，关于她，我所讲的一切实际上是出自后来的经验。一九一五年我刚刚认识她时，最引起我注意的是她一点儿也不受战争的影响。她当着我的面从未提到过一次战争，但她不像母亲那样坚决反对战争，母亲在我面前闭口不谈，以免我在学校里遇到麻烦。阿丽克根本不知道拿战争怎么办，因为她不知道恨，她赞同每一件事、每一个人，不能使自己为之产生热情的事，就不去想它。

当她到约瑟夫-嘉尔巷来看我们时，已经和她的一个堂兄结了婚，那个人也出生于贝尔格莱德，也像她一样成了一个维也纳人。阿斯利尔先生是个蓝眼睛的小个子，以在实际生活中无能而著称。他在生意上懂得的正好够让他把所有的钱都赔光，还加上他妻子的陪嫁。当他作最后一次努力，试图立住脚时，他们还住在一所中产阶级的住宅里。他爱上了他的女佣人，一个漂亮、单纯、温顺的姑娘，她由于主人的垂青感到受了尊重。他们相互理解，她有他的精神，但与他相反，她有魅力，而且坚贞忠实，他那轻佻、不安分的妻子所不能给他的，他在这个姑娘身上找到了：执着、忠贞不贰。在他离开家之前的整个时间里，她是他的情人。认为一切都是允许的阿丽克一点也没有指责丈夫，她可能会不动声色地继续三个人一起管理家务。我听见她对母亲说，她什么都不限制他，他应该幸福，和阿丽克在一起他得不到幸福，因为没有什么东西使他们相互约束。他谈不了文学，一谈到书他就偏头疼，如果能不面对这样的谈话伙伴，不必参加谈话，他怎么都行。阿丽克不再跟他谈文学了，对他的偏头疼充满同情，也不为他们很快贫困下来向他发

147

火。"他天生不是一个做买卖的人,"她对母亲说,"难道每一个人都要是个商人吗?"谈到女佣时,我母亲严厉谴责那个姑娘,可阿丽克对那两个人总有充分理解的话说:"你看,她对他那么好,在她身边他一点不害羞,他失去了一切,在我面前总有愧色。""可他也有错,"我母亲说,"一个人怎么能这么软弱呢?他不是个男子汉,他什么本事也没有,他本来就不应该结婚。""他是根本不想结婚的,是父母让我们结婚的,为了把钱留在家中。我那时太年轻,而他太羞怯,太腼腆,不敢面对一个女人,你知道吗?我不得不强迫他看着我,而那时我们已经结了婚,一起过了一段时间了。""那他拿钱干什么了?""他什么也没干,只是把钱弄没了,难道钱如此重要吗?为什么不应该丢钱?难道你更喜欢你那些有钱的亲戚吗?和他相比他们却更没有人性!""你总是为他辩护,我相信,你还爱他。""他使我很难过,现在他找到了他的幸福。她把他当成一个伟大的主人,她跪在他面前,现在他们在一起那么久了。你知道吗?她吻他的手,总是称呼他'老爷'。她每天打扫整幢房子,那儿根本没什么可擦洗的,一切都那么洁净,可她擦呀扫呀,一边问我是不是还有什么要求。我说:'你歇一会儿吧,玛莉,现在够了。'可是她总觉得做得不够,只要他们不在一起,她就擦呀擦呀。""她可真不知羞耻,你没把他们赶出去!要在我这儿,她早就逃走了,立即逃走,一分钟都不会多待。""那他呢?我可不能对他怎么样,难道我应该破坏他生活中的幸福吗?"这段谈话本来我是根本不能听的,每当阿丽克带着她的三个孩子来我们家时,我们都在一起玩,母亲喝她的茶,阿丽克只顾一个劲地讲,母亲很好奇,想知道接下去会怎么样,她们俩虽然看着我和那几个孩子,却没想到我什么都听见了。后来,每当母亲审慎地暗示阿丽克家中的情况不大好时,我就尽量小心地不让她发觉,一切细节我都已经知道了。其实我不懂阿斯利尔先生实际上和女仆到底干了什么，我懂得的只是她们说出来的词，我想，他们很愿意在一起，不知道后边还有什么事，但是我明白，我捕捉到的全部细节都不是我该听的，我从没说过我知道关于他们的事情。我相信，对我来说这是了解母亲的另一种方式，她的每次谈话对我都是宝贵的，我不愿意漏掉任何一点她谈的内容。

阿丽克也不可怜她那些在这种不正常气氛下生活的孩子，老大瓦尔特智力低下，长着他父亲的那种风泪眼和尖鼻子，走路时也像他父亲一样往一边歪，他从来说不了一个完整句子，哪怕是短句。他不期待别人回答他的话，却懂得人家说的是什么，而且非常听话，别人叫他做什么，他就做什么，但是他做之前得犹豫一阵，弄得人家以为他没听懂，然后他突然一下子真的干了，原来他是理解的。他一般不给人造成什么麻烦，但是有时候会发火，别人从来不知道他什么时候发火，接着他很快就安静下来，但是别人不敢冒险让他一个人待着。

他的弟弟汉斯是个聪明的少年，和他一起玩"诗人四重奏"①是一种乐趣。我和汉斯玩得入迷时，小妹妹努妮也参加，尽管那些格言对她说来还没有意义。这是一种知识比赛的游戏，我们打出写着格言的纸牌来，如果谁开始说第一个字，另一个立即就接下去，没有一个人能把一句格言说到底，对于第二个人来说，插进来说完是一种荣耀的事。"一个好人……""驻足的地方落成了。""上帝帮助……""每一个想得到上帝帮助的人。""一个高贵的人……""吸引高贵的人。"这是我们真正的游戏，因为我们俩立刻就海阔天空地谈了起来，在这场比赛中谁也没赢，却产生了一种出于尊敬的友

---

①　一种纸牌游戏。

谊，而且只有当"诗人四重奏"玩完了，我们才改玩别的游戏。当懂文学的人赞赏他母亲时，汉斯也在场，他习惯于像他母亲那么迅速地谈话。他会对付他哥哥，他是唯一能预感到他哥哥什么时候会发作的人，而且会小心地与其周旋，有时能及时制止一次发作。"他比我能干。"阿斯利尔太太当着汉斯的面说，她在孩子面前没有秘密，这属于她的宽容原则。母亲有时批评她："你让这孩子太骄傲了，别那么夸奖他。"她就会说："为什么我不应该夸奖他？他碰上这样的父亲，已经够难为他的了，还有别的事。""他"指的是那个智力低下的哥哥。对这个孩子她是怎么想的，她从未说过，她的坦率还没到这一步，她对瓦尔特的体谅是靠为汉斯感到的自豪作为补偿的。

汉斯长着一颗瘦长的脑袋，也许是为了和他哥哥相反，总是身板挺得笔直。他解释什么事时总爱用手指着，如果他反对我的意见，就指着我，我有点害怕，因为如果手指一指起来，总是他有理。他这么成熟，这么聪明，以至于不易和别的孩子相处，但是他不粗野。每当他父亲说了什么特别愚蠢的话（我很少碰到这样的情况，因为我很少看见他父亲），他就装聋作哑，躲到一边去，仿佛他突然消失了似的。我知道，他是为父亲感到害臊。我知道这一点，虽然他从没说过他父亲什么，也许正因为这样，我才明白他的心思。他的小妹妹努妮可不一样，她崇拜她父亲，重复她父亲说过的每一句话。"卑鄙，善良，这是我父亲说的。"假如她同我们一起玩时因为什么事生气了，就突然插进来解释说："但是，现在这么卑鄙！"这是她的格言，她的性格是受这些影响形成的。特别是当我们玩"诗人四重奏"时，她觉得必须把自己的格言说出来。这是唯一一种我和汉斯从不打断的格言，尽管我们同样知道它，像对诗人的箴言一样了解。努妮可以把话说完，而且对于一个专心倾听的人来说，阿斯利尔先生的裁决在那些被断章取义的诗人的箴言中必然显得很特殊。努妮在她母亲面前挺老实，不爱开口，平时她谈吐举止很拘谨，人们觉察出她习惯于反对许多事情，她是一个有批判能力、但是受到压抑的孩子，她矢志不渝地、对父亲崇拜偶像般地热爱。

阿丽克带着她的孩子到我们家来玩对我来说是个双重节日，我为汉斯的到来高兴，我喜欢他那无所不知的态度，因为我已经完全沉浸在和他玩的游戏中，我必须格外小心才能不丢脸，他每次用他那伸出的手指尖都差点叫我出丑。比如在说出地理位置这件事上，即使我成功地把他逼进了角落，他也会顽强地搏斗到最后，从不屈服。我们关于地球上最大的岛屿的争论一直没有结果，格陵兰对于他来说不在竞赛范围之内，在一片冰雪之中怎么能知道格陵兰有多大？他不是指着我，而是指着地图得意洋洋地说："格陵兰到哪儿为止？"我比他更难，因为我得一再找出借口走进饭厅，母亲和阿斯利尔太太正在那儿喝茶，我得在那儿的书橱里寻找裁决我们的争论所需要的东西。为了尽量多听一些两个朋友的谈话，我找了好长时间，母亲了解我和汉斯之间进行竞赛的紧张程度，我怀着这样的决心向书橱跑去，一会儿翻翻这本书，一会儿翻翻那本书。如果没有找到什么，就发泄不满情绪，如果发现了我所希望的，就打个长长的呼哨，母亲从没制止过我，她怎么会想到我同时还能接受其他的一些东西，而且是在偷听她们的谈话呢！

我听到了婚变的全过程，直到最后一步。"他想出走，"阿丽克说，"他要跟她一起生活。""他在整个时间里已经这么干了呀，"母亲说，"现在他又要抛弃你们。""他说总这样下去不行，因为有孩子们在。他说得也对，瓦尔特已经发觉了什么，他偷听他们的谈话，另外两个孩子还一点也不知道。""只是你这么以为，孩子们什

151

么都知道。"母亲说。这时我悄悄听着,没被发现。"他想怎么生活呢?""他们俩开了一个自行车商店,他一直喜欢自行车,他从小就梦想生活在一个自行车商店中。你知道吗?她那么理解他,劝他实现孩提时代的梦想,她必须自己做一切事情,所有的活都落到她一个人身上。我办不到,我管这叫真正的爱情。""这么说你还佩服那个人啦……"我溜回去了,我回到汉斯和努妮身边时,他俩还在玩格言联句。"坏人没有歌声。这是我父亲说的。"我为我刚才听到的话感到惊愕,什么也没能说出来,这一次我明白了,这件事与他俩有多大关系。我在他们面前保持沉默,我合上了我为了对汉斯证明我的胜利而取来的书,让他保持他的优胜。

诺伊瓦尔德格的草地

范妮走了之后换了保拉,她正好与范妮反了一个个儿:高高的个子,修长的身材,长得很妩媚。对于一个维也纳女人来说,她很机智,但是更开朗一些,本来她最愿意开怀大笑,但因为在她的位置上大笑似乎不大得体,就只留下微笑了。她一说什么就微笑,沉默时也微笑,我猜想她一定是微笑着睡觉而且在梦中也微笑。

她不论是和母亲说话,还是和我们孩子们说话,不论是在街上回答陌生人的问题,还是和熟人打招呼,态度都一样,甚至那个一直在附近的肮脏的小姑娘和她在一起也很愉快。小姑娘在保拉面前毫不胆怯,对保拉说出友好的话,有时她给小姑娘剥开一颗糖,把小姑娘吓一跳,竟不敢接受。她就非常和蔼地劝她,很容易地把糖果塞进她嘴里。

她不大喜欢伍尔斯特公园,觉得那里太粗野。她虽然从来没说过,但每当我们在那里时,我都感觉出这一点,只要一听见什么不好听的话,她就气恼地摇头,并且小心地从一旁观察我,看我是不是听懂了。我就总做出什么也没发觉的样子,过一会儿她就又微笑了。我已经非常习惯做一些事,而这都是为了让她能重新微笑。

在我们的房子下面一层,住着作曲家卡尔·戈尔德马克,一个矮矮的温和的人。他那漂亮的中分的白发披在深色脸膛的两侧,他扶着女儿的手臂散步,走得不远,因为他已经很老了,但每天都在同一时刻散步。我把他和阿拉伯联系起来,他成名的歌剧叫《萨巴女王》,我想,他自己多半就是从那地方来的。在这里大家对他最不熟悉,因此他也最有吸引力。我从来没在楼梯上或是当他从家里出去时遇到过他,我只在他由王子林荫大道回来时看见他。他扶着女儿的手臂走过来,我恭敬地向他问候,他轻轻地点一下头,这是他那几乎看不出来的回答问候的方式。他的女儿什么样,我不知道,她的容貌没有给我留下印象。有一天他没出来,这就是说,他病了。快到傍晚时,在我们孩子住的房间里,我听见下面有很大的哭声,一直大哭不止。保拉不知道我听没听见,疑惑地望着我说:"戈尔德马克先生死了。他太衰弱了,他再也不能散步了。"哭声一阵阵传来,传到我的心中,我不由自主地听着,并且随着同一节拍晃动,只是没有哭。声音好像是由地底下传来的,保拉有点不安,她说:"现在他女儿不能再和他一起出门了,她会完全绝望的,可怜的人!"这时她是微笑的,也许是为了安慰我,因为我发现,她和那作曲家的女儿同病相怜,她父亲在伽里奇前线,她很长时间没有他的消息了。

下葬那天,约瑟夫-嘉尔巷挤满了黑压压的马车和人群。我们在楼上窗户往外看,下边好像再没有一点空地方了,可总还是有马车和人往这儿来。"那些人是从哪儿来的?""每当一个有名的人去世时,总是这样。"保拉说,"大家想给他送葬,他们这么喜爱他的音乐。"我从没听过他的音乐,觉得自己被排除在外了。下面拥挤的情景在我看来仿佛只是某种让人观看的东西,也许是因为从三层楼上看去人显得那么小。他们被挤得紧紧的,有些人还得脱下黑帽子相互打招呼,我们觉得这好像不大合适,可保拉对此也有令人平静的解释:"如果他们在人群中有认识的人,他们会高兴的,他们会重新得到勇气。"那女儿的哭声感染着我,葬礼后好几天我还听得见，而且总是在傍晚。后来哭的次数渐渐减少，终于不哭了，我倒觉得好像失去了什么不可缺少的东西。

不久以后，有一个人从约瑟夫-嘉尔巷邻近房子的四楼跳了下去，等到救护协会来救他时，他已经死了，石子路上留下一大摊血迹，好久都没有清除。每当我们从那儿走过时，保拉总牵着我的手，她自己走在我和血迹中间，我问她那个人为什么要这样做，她也没法解释。我想知道什么时候举行葬礼，可是根本没有举行，他是单身汉，没有亲属，也许正因为这样，他才不想再活下去了。

保拉看到我总想着这次自杀事件，为了把我的思想引开，她请求母亲允许她在下一个星期天外出时把我带到诺伊瓦尔德格去。她有一个熟人，我们一起乘电车去的，那是一个沉静的年轻人，他一直敬佩地望着保拉，不说一句话。他真安静极了，要是保拉不同时对我们两人说话的话，仿佛他就不存在似的。可她不管说什么，总是对着我们两人说，她一边讲着，一边等着我们的回答，我回答了她，那熟人只是点头。然后，我们穿过一片通往克诺德尔茅舍的树林，他说了些我听不懂的话："下星期，保拉小姐，现在只剩五天了。"我们来到一片闪闪发亮的草地，草地上到处都是人，草地很大，你会以为就是全世界的人都来这儿地方也足够了，但我们不得不转了好长时间才找到一块满意的地方。草地上坐着由妇女和儿童组成的一个个家庭，到处是青年男女，但更多的是一群熟识的或属于一个家族的人。他们在一起玩耍，全都那么兴高采烈，一些人在懒洋洋地晒太阳，他们仿佛也很快乐，许多人笑着。保拉在这里像在家中一样，她是属于这里的。对她很钦佩的那个朋友这会儿话也多起来了，赞美的话一句接一句，他是在休假，可是没穿军装，也许是因为他不愿让保拉联想到战争。他说，假如他不在保拉身边，他一定会更多地想着她。草地上男人比女人少得多，我没看见一个人穿着军装,要不是我最后终于知道保拉的爱慕者下个星期必须回前线,我就会忘记,战争已经开始了。

  这是我关于保拉最后的回忆。在诺伊瓦尔德格附近的草地,在太阳底下的人群中,我不知道,她为什么要离开我们,我不明白,她为什么突然走掉了。但愿她的微笑永不消失,但愿她的爱慕者能够平安归来,但是当我们乘电车出游时,她的父亲已不在人世了。

母亲的病／讲师先生

到了面包变黄、变黑的时候了。面粉里掺了玉米面和别的不太好的东西，人们不得不在食品店门前排队，我们孩子也被打发去排队，这样可以稍稍多买一点。母亲开始发现生活更困难了。冬末，她身体垮了。我不知道当时她生的什么病，她在一个疗养院躺了好几个星期，康复得很慢。开始一次都不让我去看她，但是后来渐渐好些了，我拿着鲜花来到伊丽莎白林荫道上她住的疗养院。在那里，第一次看到她的医生——疗养院院长在她身边，这是一个蓄着浓密的黑胡子，写过医学书籍，在维也纳大学任讲师的人。他带着甜蜜的友情，半眯缝着眼睛打量我，说："噢，这就是伟大的莎士比亚专家吧！他还收集水晶石。关于你，我已经听得很多了，你妈妈一直在谈你，你已经早就超过了你的年龄。"

母亲和他谈到我了！他知道一切关于我们在一起阅读的事情！他夸奖我。母亲从来不夸奖我。我不信任他的胡子，躲着他，我怕他用胡子扎我一下，我就会当场变成一个不得不给他驮东西的奴隶。他那有点像是从鼻子发出的声调，像鱼肝油那样滑腻腻的，他想把手放到我的头上，也许是表示对我的赞扬，我却迅速缩起身子，避开了他。他好像有点吃惊。"您有一个高傲的儿子，夫人，他只让您抚摸！""抚摸"这个词在我心里引起了对他的憎恨，一种我还从来不了解的恨。他没对我怎么样，可是他讨好我，想把我争取过去，从此他坚持不懈地想出各种办法来讨我喜欢。他想出送礼物给我的办法，给我来个突然袭击，但他怎么能估计到一个尚不满十一岁的孩子的意志不仅比得上他的意志，甚至比他还强。

　　因为他非常想得到我母亲，母亲在他心里唤起了深深的爱慕之情，正如他自己所说的，一生中最深的爱慕，不过这是我后来才知道的。他为了我母亲想与他妻子离婚，他要管三个孩子，在孩子受教育的问题上出点力。三个孩子本来都可以在维也纳大学读书，可是老大非想当医生，如果他高兴的话，以后也许会接管他的疗养院。母亲对我不再像过去那样坦率了，她隐瞒着什么，不把一切都告诉我，她知道，这会毁了我的。我有一种感觉，她在疗养院待得太久了，他不愿意放她回家。"你的确完全恢复了。"我每次看她时都对她说，"回家吧，我会照料你的。"她只是笑笑。我跟她说话时，就像是个成年人，像一个知道一切该做的事的医生。我最好是用自己的手臂把她从疗养院抱出去。"总有一天夜里我会把你抢走的。"我说。"可是下面门是锁着的，你进不来，你必须等到医生允许我回家，不会太久了。"

　　当她回家时，情况已经有了很大变化。讲师先生没有从我们生活中消失，他来探望母亲，来喝茶，他每次来都送我一件礼物，我等他刚一走出屋门，立即就扔掉，没有一件礼物在我手里停留的时间比他来拜访的时间长，其中也有我生活中本来很喜欢读的书和我的收藏中缺少的水晶石。他知道该送什么给我，因为我刚一说起吸引我的一本书，这本书就已经从他的手里放到我们儿童室的桌子上了。但是，这本书就像是落了粉霉病虫似的，我不仅马上把它扔掉，而且必须给它找一个合适的去处，虽然并不那么容易。并且，我以后决不再去读有这个标题的书。

　　当时我产生了终生折磨着我的嫉妒心理，它的力量一直在影响着我，它成了我特有的、与信念和知识完全没一点关系的狂热感情。

"今天讲师先生要来喝茶。"母亲中午吃饭时说，平时我们都简单地说吃点心，对他来说叫作"喝茶"。母亲煮的茶是全维也纳最好的，讲师这样对母亲说。她是因为在英国待的那段时间才擅长此道的。在战争期间她的其他存货已消耗殆尽，可是她在家里还有足够的茶叶，真像是一种奇迹。我问她要是茶叶喝光了怎么办？她说，且喝不完呢。"还能喝多久？多久？""够喝一两年的。"她明白我心中想什么，但她不允许我检查，也许她夸大其辞，以便要戒掉我总爱提问题的习惯，她生硬地拒绝把储存的茶拿给我看。

讲师先生始终坚持一到我们家就跟我打招呼，他刚刚吻完母亲的手，就被允许进儿童室，我在那里等他。他跟我打招呼时总带着迎合讨好的表情，然后他打开他的礼物。我坚定地看着，好立即产生憎恨，而且狡猾地说声："谢谢！"我们没有谈话，摆在隔壁房间阳台上的茶已在等着他，他也不愿意在我摆弄礼物时打扰我。他相信，他带对了东西，黑胡子上的每根胡须都发亮了。"我下次来时，你要什么呢？"因为我默不作声，他就自己回答说："我已经想出来了，我有自己的办法。"我知道他指的是什么，他会去问母亲，母亲会告诉他的，这是我最大的痛苦。我这时想的是一件最重要的事，因为行动的时候到了。他身后的门刚一关上，我就飞快地把礼物包上，而且是在桌子底下，我根本看不到它的地方干的。然后拖过一把椅子，拉到窗前，跪在座位的草垫上，尽量朝远处弯下身子，往窗外看。

在离我左边不远的地方可以看见讲师先生十分客气地在阳台上就座，他背对着我。拱形阳台最远的那另一边坐着母亲，但我只是知道这一点，却没法看见她，也看不见摆在他们之间的茶几，我不得不从他的动作来猜测在阳台上发生的事情。他以一种发誓的姿势俯身向前，由于阳台的弯度他很容易向左倾，然后我看见他的胡子——世界上我最恨的东西，我也看见他如何把左手抬高，手指优雅地叉开，以表示关切。我总能知道，他什么时候喝下一口茶，而且我厌恶地想到，现在他准会称赞一番这茶了，他赞美一切与母亲有关的东西。我怕他会用他的献媚使因疾病而处于软弱状态中的母亲迷恋上他，本来别人很难赢得母亲的心的。我把许多曾经在书里读到过的，在我生活中完全不适用的东西用到他和她的身上，像一个大人那样担心着。

我不知道，男女之间有什么事，但我警惕着别出事儿。每当他向前俯身扑得太靠前时，我就想，他要吻母亲了，尽管由于中间隔了茶桌而根本不可能。对他说的那些词句，我一点也不懂，我自以为听到的唯一难得听到的一个词是"最最尊敬的夫人"。声音拖得很长，而且有点反驳的意思，似乎是母亲对他不公平，我为此而感到高兴。假如他长时间地沉默，那我就明白，准是母亲在给他讲述什么。母亲讲了很长时间，我猜是在说我，这时我就盼望阳台塌掉，他掉在下面的石子路上摔得粉身碎骨。我没想到，母亲也会跟他一块掉下去的，也许这是因为我看不见她。我能看得见的是他，只有他应该摔下去。我想象，他怎样躺在下边，警察如何来询问我。"是我把他推下去的，"我将回答说，"他吻了我母亲的手。"

他待了大约一小时，我却觉得长得多，我坚持蹲在椅子上，不让他有一刻逃脱我的监视。他刚一站起身，我就立即从椅子上跳下来，把椅子重新放回到桌旁，从桌底下取出礼物，把它正好放在他一开始打开的地方，并且打开通往前屋的门。他已经站起来了，吻母亲的手，拿起手套、拐杖、帽子，向我挥手告别，有点沉思的样子，不像他来时那么殷勤。现在他毕竟是栽了跟头了，但他能够摆脱困境，总算运气还不错。他走出屋子，我跑到窗前，在那里目送他走向约瑟夫-嘉尔巷的尽头，在朝徐特尔区转弯的地方，他从我的视线中消失了。

母亲还需要休息，我们晚间朗读的次数减少了。她不给我表演什么，只是听我大声朗读，我尽力找出能引起她兴趣的问题，如果她给我一个较长的回答，如果她真的像从前那样讲解，我就感到有希望，也很幸福。但是她常常沉思，有时不说话，仿佛我不存在似的。"你没听我说。"我的话把她吓了一跳，觉得被人抓住了。我知道，她是在想别的她不跟我说的事呢。

她读讲师先生送给她的书，再三严格叮嘱我，那些书不是给我看的。餐厅里书橱的钥匙从前一直插在那儿，以便我可以随便地翻看，现在她拔下来了。她看得最多的是他的礼物——波德莱尔[①]的《恶之花》。自从我认识她以来，这是她第一次读诗，过去她不会想到读诗的。戏剧曾一直是她狂热喜爱的东西，而且还传染了我，现在她不再把《唐·卡洛斯》或《华伦斯坦》[②]拿在手上，而且我一提到它们，她就撇嘴。莎士比亚仍然很受欢迎，但是她不再阅读，而只是找书中的某些段落，如果没找到，就不高兴地摇头，或是满脸堆笑，同时鼻翼翕动，却又不对我说她为什么笑。小说过去已经引起了她的兴趣，但是她注意的是我一直没觉察的一些东西。我看到施尼茨勒的集子，她有一次不小心说出这个作家也住在维也纳，实际上是个医生，她还说讲师先生认识他，他妻子是一个西班牙犹太人，像我们一样，这时我完全绝望了。

"你希望我成为什么样的人？"有一次我问，心里很怕，仿佛我

---

① 波德莱尔（1821—1867），法国现代派诗人。
② 均为席勒的剧作。

知道会有一个可怕的答案似的。"最好同时是诗人和医生。"她说。"你这样说只是因为施尼茨勒!""医生总是做好事,医生才真正帮助别人。""像魏因施托克大夫,是不是?"这真是一个狡猾的回答,我知道,她不能忍受我们的家庭医生,因为他总企图拥抱她。"不,绝不要像魏因施托克大夫,你相信他是一个诗人吗?他什么都不思考,他只想自己享受。一个好医生懂得人,这样他才能是一个诗人,而不写出一些胡说八道的东西。""像讲师先生?"我明白这样问是很冒险的,他不是诗人,我要借此机会给他一次打击。"一定不要像讲师先生。"她说,"但是要像施尼茨勒。""那为什么我不能读他的书?"她没回答,但是她说了使我更激动的话。"你父亲也会愿意你当医生。""他对你说过吗?他对你说过吗?""是的,说过好多次。他常对我说,这会使他感到莫大的快乐。"自从父亲死后她从没提过此事,一次也没有。我记得父亲那次在默西河岸散步时对我说的话:"你愿意当什么就当什么,你不必像我一样当个商人,你要上大学,你最喜欢什么就干什么。"我把这话记在心里,没对任何人说过,也没对母亲说过。她现在第一次说起此事,只因为她喜欢施尼茨勒,喜欢讲师先生向她献殷勤,这把我气得要命。我从椅子上跳起来,生气地站到她面前,大喊:"我不想当医生!我不想当诗人!我要当自然科学家,我要走得远远的,谁也找不着!""利文斯敦也是医生,"她嘲讽地说,"斯坦利找到了他。""可是你找不到我!你找不到我!"我们之间爆发了冲突,而且一周比一周更加严重。

大胡子在博登湖中

这一时期就我们俩住在一起。小弟弟们不在，母亲生病时，爷爷把他俩带到瑞士去了。那里的亲戚接待了他们，把他们送进洛桑的一所儿童寄宿学校。家里缺了他们，从某些方面可以感觉出来，从前我们三个人共用的儿童室，现在是我一个人的了，我可以不受干扰地想出计谋，把屋子用来对付讲师先生，而没人会有反对意见。在我从窗前的椅子上监视讲师先生的来访时，不用担心在我背后会发生什么事情。我的不安的心情不受拘束，可以随时和母亲交谈，不用顾忌弟弟们，这种讨论本来肯定该回避他们。这样一切都更公开，更放任。阳台过去是进行严肃谈话的场所，如今性质完全变了，我不再喜欢它了，自从对喝茶的讲师先生的仇恨和这个地点联系起来，我就期待它会倒塌。没人看见时，我就悄悄溜到阳台上，检查石头牢固的程度，自然只看他通常坐的那一边。我希望它不结实，可是令我极为失望的是，它纹丝不动，一切看上去都那么结实，像往常一样，无论我怎么跳，它也一动不动，就连最轻微的摇晃也没有。

弟弟们不在，加强了我的地位，但我们一直和他们分开是不可想象的，于是常常考虑移居瑞士的事。为了加速实现这次迁居，我做了一切努力，使得母亲难以继续在维也纳生活。我斗争的坚决和残酷现在回忆起来还使我痛苦，我完全没有把握获胜，我对那些陌生的书籍对母亲生活的影响比对讲师本人更害怕。我瞧不起讲师先生,是因为我了解他,对他那些圆滑、奉承的话感到恶心,而在他背后却立着一位我不认识的作家,他的书我一行也没读过,我从没有对一个作家像当时对施尼茨勒那样害怕过。

那时从奥地利出境要得到批准,并不那么容易,也许是母亲把要克服的困难想得太过分了。她还没全好,还得做一段病后疗养,她还清楚地记得四年前在赖兴哈尔疗养地她康复得很快,因此她考虑从维也纳到赖兴哈尔去,和我一起在那儿待上几个星期。她认为从慕尼黑更容易弄到去瑞士的旅行护照,讲师先生乐于去慕尼黑走一趟,以便在办理手续时帮助她,他跟学术界的关系和他的胡子也许会给官方留下印象。我刚一得知他的真诚想法,就对这个计划表现出极大热情,而且突然全力支持母亲。在她知道了我抱有不可调和的敌意,而且这会使她一步步失去活动能力之后,她对我的变化大大地松了一口气。按计划,我们将单独在赖兴哈尔度过几周,我暗暗希望,我们能重新朗读我们的剧本,这样的晚间朗读已越来越少了,最后甚至由于她精力不支和极度虚弱被迫停止了。假如我能唤醒科里奥兰纳斯的话,我真盼望他能创造奇迹,但是我太骄傲,不愿对母亲说,我对重新开始我们的晚间朗读寄予多么大的希望。不管怎样,我们将可能从赖兴哈尔出发一起远足和散步。

维也纳的最后几天我已回忆不起来了。我记不起我们是怎样离开那幢熟悉的住宅和讨厌的阳台的,也回忆不起那些旅行了,我仅仅记得到了赖兴哈尔以后的情况。每天不太远的散步把我们带往诺恩,那儿有一个很小的静悄悄的教堂墓地,这片墓地四年前就曾经使母亲迷恋。我们在墓碑间走来走去,念出死者的名字,尽管这些名字我们很快就熟悉了,但我们还是一再念着。母亲说,她也愿意埋在这儿,她当时才三十一岁,但是我对她这样的墓葬要求并不觉得惊讶。每当只有我们两人在一起时,她想的、说的或做的都像十分自然的事情进入我的脑海,我就是在她在这种时刻对我说的话的影响下成长起来的。

我们也到周围较远的地方远足,去贝尔希特斯加登,到柯尼希①湖,但这些只是在通常的赞美影响下进行远足的去处,并没有诺恩那么令人感到亲切。诺恩是母亲的地方,也许正因为如此,它才给我留下如此之深的印象。这是她所有的想象和心境中最幽深、最隐秘的部分,她好像突然放弃了对三个儿子的极大期望,提前退隐到了五十年后养老的地方。我相信,她真正的病后疗养是定期前往诺恩的散步。每当她站在小小的墓地上,又一次吐露她的愿望时,我发觉,她的身体就好些。她突然看起来健康了,脸上有了血色,她做深呼吸,鼻翼起伏,而且终于又像在城堡剧院中那样说话了,即便是演一个不同往常的角色。

我并不那么遗憾我们没有再举行晚间朗读,代替晚间朗读的是,在傍晚同一时间我们按确定路线前往诺恩的散步。母亲在散步的路上和我讲话又是如此认真,如此完整,和她生病前的时候一样。我总觉得,她好像什么都说,毫无保留,根本没想到我才十一岁。她心中某种东西在膨胀,毫无顾忌地向四面八方蔓延,只有我是见证,只有我被笼罩在这种气氛之中。

但是,快到慕尼黑时,我又开始担心了。我没问我们将在那儿待多久,为了让我免得害怕,她对我说绝不会待得太久,讲师先生会来,有了他的帮助也许我们一个星期就能办完一切手续,没有他的话,我们的旅行就不那么有把握能被批准。我相信了她,因为这时还只是我们俩单独在一起。

---

① 在巴伐利亚州境内。

刚到慕尼黑，厄运就已经找上了我，讲师先生比我们先到，而且来车站接我们。我们怀着同样的念头从火车车厢里朝窗外瞧，是我先发现了月台上的黑胡子。他热情地欢迎我们，说要立即把我们送到"德意志皇帝旅馆"。他在那儿按照母亲的愿望给母亲和我订了一个房间，并且已经通知一些好朋友，他们将荣幸地接待我们，而且还要尽一切力量帮助我们。在旅馆里，他说他自己也住在这里，这是很自然的，可以少耽误时间，因为我们面临很多要共同去办的手续，这是很重要的，遗憾的是他一个星期后就得回维也纳，疗养院不准他离开更长时间。我立刻就看透了他，他想以只有六天时间为由来减弱他和我们住同一旅馆的影响，这个消息虽然对我犹如当头一棒，但绝没有把我打蒙。

　　没有人告诉我他的房间在哪儿，我猜想一定在同一层。我真怕它离我们的房间太近。我想知道他的房间，就在他向门房取钥匙时，我埋伏在一旁，他没说房间号，门房好像知道我的想法似的，直接把钥匙递给了他，还没等他发现我，我已经先溜了。我飞快地在他之前乘电梯到我们那一层，紧贴在墙边等着他跟上来。很快电梯门又开了，他手中拿着钥匙走出来，从我身边经过，却没看见我。我把自己变得更小，他的胡子遮住了他的视线，使他看不见我。我贴着墙边悄悄跟在他身后，这是一个很大的旅馆，走廊很长，我看见他离我们的房间越来越远，这才松了一口气。对面没人走过来，只有我跟在他后边，我加快脚步，一直紧跟着他，他又拐了一个弯，终于站在他的房门前。当他把钥匙插进锁孔时，我听见他叹了一口气。他大声叹气，我很惊讶，我从没料到，这样一个人也会叹气。我只听惯母亲的呻吟，知道这是什么意思，最近以来她叹气与她身体的虚弱有关，当她感觉不好时，就叹气，我就设法安慰她，担保她的力气很快就能恢复。现在他站在那儿，医生和献媚者,一个疗养院的主人,三卷精美医学著作的作者,他的作品几个月以前已经摆在了我们在维也纳的图书室里,只是我不得打开翻看。这样的人竟然也唉声叹气!接着他打开门,走进房间,把门在身后带上,没取下钥匙。我把耳朵贴在锁孔上偷听,我听见他的声音,他是一个人。母亲留在我们的房间里,她要在那儿休息休息,稍微睡一会儿。医生在独自说话,声音很响,但是我却听不懂,我怕他可能会说出母亲的名字,就更靠近锁孔,紧张地偷听着。在我面前他把母亲叫作"我的夫人"或"我最尊敬的夫人",但是我不相信这个称呼,决定等到他用了一个不得使用的称呼提到母亲的名字时再去质问他,我想象自己突然拉开门,冲到他的面前,严厉斥责他说:"你竟敢如此放肆!"我拉下他的眼镜,踩成碎片,"你是一个江湖骗子,不是医生!我要揭穿你!立刻离开这个旅馆,要不我就把你交给警察!"

但是他防备我这样干,没有什么不得体的称呼从他嘴里说出来,我终于弄明白了,他说的是法文,听起来像是诗,我立刻想起了波德莱尔——他送给母亲的那本诗集。他在她面前仍然仅仅是一个可怜的献媚者,猥猥琐琐,像一头水母,我恶心得作呕。

我飞快地跑回我们的房间,发现母亲还睡着。我坐在沙发上,守着她睡觉,她脸上每一点变化我都熟悉,而且知道她什么时候做梦。我熟悉所有有关的地点,对于这六天来说,也许不好过。只有当我把他俩分开时,我才安心一些,只要我听到他在自己的房间里,他就在我的控制之下。也许当他和母亲在一起时,他就背诵他的那些诗。我无数次站在他的门外,他一点没觉察我的秘密行动。我知道他什么时候离开旅馆,也知道他什么时候回来。我任何时候都能说出他是不是在房间里,我完全肯定,母亲从没进去过。有一次,他暂时离开房间,门却开着,我立即走了进去,四处察看有没有我母亲的照片。但是没有照片,我像来时一样迅速地溜走,并且还放肆地对母亲说:"我们离开时,你得给讲师先生留下一张我们漂亮的照片。""我们俩的吗?好吧。"她微微愣了一下又说,"他给了我们很大帮助,应该得到一张照片。"

他做了能做的一切,在所有由于战争常常拒绝为妇女办事的部门,他都陪着母亲,说明他在场是因为母亲体弱多病,他真的是她的医生,于是母亲到处受到客气的接待和照顾。我一直跟着,这样我可以进行所谓的现场观察,看他怎么抽出他的名片,漫不经心地划出一个优雅的弧形,然后递给女官员,同时说道:"请允许我自我介绍。"然后凡是写在名片上的内容,他都说了出来:疗养院院长、维也纳大学讲师等等。我奇怪,他竟然没有补上他最重要的事情:"我吻您的手,尊敬的夫人。"

中午我们一起坐在旅馆里,我的举止又客气又有礼貌,我问起他在大学学习的情况。他对我没完没了的问题感到吃惊,以为我真的想成为像他那样的人,把他当成我的榜样。他也懂得把这一点变成他的恭维话:"您没告诉我的东西太多,尊敬的夫人,您儿子的求知欲真令人吃惊。我相信他会成为维也纳大学医学系的一颗新星。"我并不想学他,只想揭露他!我注意他回答中的矛盾,当他详细地、摆开阵势给我讲时,我却只想着:"他根本没真正上过大学。他是一个江湖骗子!"

晚上是他的时间,这时他轻而易举地获胜了,正像他一点儿都不知道我暗地里反对他的行动一样,他也不知道他是怎样大大地战胜了我。每天晚上母亲都跟他去看戏,她如饥似渴地想去剧院,不满足于我们以前代替看戏的朗读表演,对她来说那些是死了的,她需要新的、真正的戏剧。他们俩出去时,我一个人留在旅馆房间里。事先我注意过她是怎样为这个晚上梳妆打扮,她毫不掩饰,她为此是多么高兴。两个小时以前，她就容光焕发地公开说起这事，每当她的全部思想都集中在那将要到来的傍晚时，我就怀着惊讶和钦佩的心情观察她：一切虚弱都不见了，在我眼前她变得精力充沛、思想丰富、美丽动人、还像以前一样。她提出新的赞美戏院的思想，表露了对不在舞台上演的剧本的轻蔑，仅仅读过的剧本是死的，一个蹩脚的代用品。如果我为了试试她并加深我的不幸的话，就问道："朗读过的也是死的吗？"她会毫不犹豫地说："朗读过的也是！我们朗读的能是什么东西呢？你不知道什么是真正的演员。"接着她不厌其烦地说到那些曾经当过演员的伟大的剧作家，列举他们的名字，从莎士比亚和莫里哀开始，一直发展到宣布其他剧作家根本不是真正的作家，应该叫作蹩脚货。她就这样一直说到穿戴整齐、满身香气地离开房间，同时她还给我下一个残酷的命令：为了免得我在这个旅馆里感到寂寞，我应该立即上床睡觉。

我失望地留下，我们最亲密的感情隔断了。后来要的一些小小计谋虽然给我一点安全感，但并没多大帮助。我先沿着长长的走廊跑到旅馆另一头，讲师先生的房间就在那儿。我客气地敲门，敲了好多次，直到我完全肯定他没有躲在屋里，我才回自己的房间。每过半个小时我又去重新检查一次，当时我什么也没想，我知道，他和母亲在剧场，但是我不能完全证实这一点。这加深了我对她走下坡路而感到的痛苦，但是这也给她规定了一个限度。他们过去在维也纳时也曾一起出去看戏，但那和这样一个晚上接一个晚上连续不断的活动，不能相提并论。

我凭经验得知戏什么时候散场，只要戏没散，我就穿着衣服等着。我试着猜想他们看的什么，可这是白费劲，他们从来不讲他们看的是什么戏，多半没有意义，是些我的确看不懂的现代戏剧。就在他们快要回来之前，我才脱衣服上床睡觉。我转身对着墙壁，佯装睡着,我把她床头桌上的灯开着,桌上给她准备了一只桃子。很快她就回来了,我感到她很激动,嗅到她的香水味。我们的床不是并排,而是沿墙摆的,这样她的动作和我有一段距离。她坐在床上,时间不长,然后又站起来在屋里走来走去,脚步并不特别轻。我看不见她,因为我侧身向里睡着,但是听得见她每一下脚步。我没有因为她在这里而感到轻松,我不相信这六天。我看到他们俩总是晚上去剧院,我认为讲师先生的每一句话可能都是谎言。

但是我错了,六天过去了,一切旅行准备工作都结束了。讲师先生送我们一直到林岛,送到船上。我感到了分别的庄重,在码头上他吻了母亲的手,时间比平时稍长一点,但是谁都没哭。后来我们上了船,站在船舷上,缆绳解开了,讲师先生站在岸边,帽子拿在手里,嘴唇抖动着,船慢慢离开岸,但我还一直能够看见他的嘴唇在颤动。我对他的憎恨使我相信,我还能猜出他说的话是"吻你的手,夫人"。讲师先生越变越小,帽子以一个优雅的弧线来回挥动,胡子还是乌黑的。我不看我的周围,只看见帽子,只看见胡子和越来越多的水把我们分隔开,我呆呆地望着,一动不动,胡子变得那么一点点小,大概只有我才认得出来。然后他突然消失了,讲师先生、帽子和胡子,我看见了我先前没有发现的林岛的废墟。我朝母亲转过身去,我怕她会哭,但是她没哭,我们扑向对方的怀中,拥抱在一起,她抚摩着我的头发,平时她绝不是这样的,而且用柔和的、我似乎从未听到过的口气对我说:"现在一切都好了,现在一切都好了。"她一再这么说,弄得我倒哭起来了,尽管我根本没想哭。我们生活的灾星黑胡子不见了,灭亡了。我突然从她怀中挣脱出来,开始在轮船上跳舞,然后又跑到她身边,接着又离开,我多想唱一支凯旋的歌呀,但是我只会唱我不喜欢的战争和胜利的歌。

我怀着这种心情踏上了瑞士的土地。

第 四 部

苏黎世—绍伊希策大街
（1916—1919）

誓　言

在苏黎世，我们搬到绍伊希策大街68号三楼的两间屋子里，房主是一位靠出租房屋为生的老姑娘。

她长着一副高颧骨的大脸，名叫海伦娜·福格勒。她喜欢说出她的名字，就算我们已经知道得很清楚了，她还常常告诉我们几个孩子她叫什么。她还总补充说，她生在一个很好的家庭，父亲曾经是音乐学院院长。她有好几个兄弟，其中一个很穷，没有吃的，就到她的住宅来干清扫工作。他比她大，是一个瘦骨嶙峋不爱说话的人，使我们惊奇的是她竟让他干家务活。我们看见他一会儿跪在地上，一会儿站起来，拖着"大长把刷子"，这是我们在这儿看到的最重的工具。他擦的镶木地板闪闪发亮，我们都可以在上边照见自己。福格勒小姐对她的状况像对她的名字一样感到自豪，她经常向她的穷哥哥发号施令，有时他不得不中断他刚开始干的活，因为小姐又想出什么更重要的事儿了。她总是想着他还必须干什么，总怕自己忘了什么重要的事情，她说什么，他就干什么，从没说过一个"不"字。我们接受了母亲的观点，认为干这些家务活对一个人来说太丢面子了，更何况他已到了这样的年纪。"假如我看见这情形，"母亲摇着头说，"我最好自己干。这个老头！"但是当有一次她暗示出这个意思时，福格勒小姐发火了。"都是他自己不好，他一生把什么都折腾光了，现在连他自己的妹妹都不得不为他害臊。"他从妹妹那儿一个钱也不挣，每次干完活就得到一顿饭吃。他每周来一次。福格勒小姐说："他每周可以有一次吃的。"她自己生活也挺困难，不得不出租房屋。这是真的，她的生活确实也不容易。但是她还有一个可引以为傲的兄弟，他像他们的父亲一样也是乐队指挥。每当他来苏黎世，就住在利马特河码头边的"王冠旅馆"，每当他来看她，福格勒小姐就感到格外光荣。他经常好久不来，但是她在报上读到他的名字，知道他的情况很好。有一回我从学校回家，她红光满面地迎接我，并且告诉我说："我兄弟来了，就是那个乐队指挥。"

他静静地、舒舒服服地坐在厨房里的桌子旁边，他和他那干瘪得满是皱纹的哥哥完全相反，保养得很好。福格勒小姐特意为他做了炒肝尖和烤猪肉，他一个人吃着，她给他上菜倒酒。那个可怜的哥哥就是通常想说点什么，也只是嘟嘟哝哝地含糊不清，这位富态的乐队指挥虽然说话不多，但是如果说什么，总是声音响亮，语气肯定。他大概知道他的拜访可以为他妹妹带来荣耀。他待的时间不长，每次一吃完饭，就站起身来，几乎让人察觉不出来地向我们几个孩子点点头，和他妹妹匆匆打个招呼就离开了。

福格勒小姐人不坏，虽然脾气古怪一些。她用阿尔戈斯[①]的眼睛看守着她的家具，每天用抱怨的语气向我们说上好多次："不许在我的椅子上划出道来！"每当她外出时——虽然她极少出门——我们就齐声重复她的叫喊，不过我们很注意她的椅子，她一回家就会立刻检查有没有新的划痕。

她偏爱艺术家，十分得意地提到，在我们之前这间屋子里住过一位丹麦作家和他的妻子儿女。他的名字叫阿盖·马台龙，她说这

[①] 神话中只有一只眼睛的巨人，被称为独目巨人。

个名字时语气加重，仿佛是她自己的名字似的。作家在向绍伊希策大街伸出去的阳台上写作，从高处观察街上来来往往的人流，他注意每一个人，一一向福格勒打听，一周之后他对人们的情况大概比在这里居住多年的福格勒小姐知道得还多。他把一本题词的小说《喧哗的人群》送给她，但是很遗憾，她读不懂。可惜她在年轻、头脑更好使的时候不认识阿盖·马台龙先生。

在母亲设法找到一个更大住所的两三周内，我们待在福格勒小姐这里。阿尔迪蒂外婆和她的女儿——我母亲的姐姐艾尔奈斯蒂娜——住在奥提克尔大街，那里离我们只有几分钟的路。每天晚上，我们几个孩子上床以后，她们就来串门。一天夜里，我从床上看见卧室的灯光，听见三个人用西班牙语谈话，谈话相当激烈，母亲的声音很激动。我起身溜到门口，通过钥匙孔往里看。外婆和艾尔奈斯蒂娜姨妈坐在那儿说话，姨妈正力图说服母亲，她劝母亲做什么对母亲来说本来是最好的事，可母亲好像对这桩好事根本不愿知道。我不明白说的是什么，但是一种忧虑告诉我，这可能正是我最担心的、以为自从我们到了瑞士已经摆脱了的厄运。母亲非常生气地大叫："Ma no loquiero casar（但是我不愿意嫁给他）！"这时我明白了，我的担心没有欺骗我。我拉开门，突然穿着睡衣站在她们中间。"我不愿意！"我火冒三丈地对着外婆大叫，"我不愿意！"我扑向母亲，使劲抓住她，她很轻地说了声："你把我弄疼了。"但是我不放开她。平时我知道外婆总是温和、懦弱的，我从没从她那儿听到过一句重话，可这会儿她恶狠狠地说："为什么你不去睡觉？你不害臊吗，在门外偷听！""不，我不害臊！你们想说动母亲！我不睡！我已经知道你们想干什么，我永远不睡觉！"主要的肇事者姨妈，刚才还那么积极地劝说母亲，这会儿却不作声了，狡黠地看着我。母亲温存地说："你来保护我。你是我的骑士。但愿你们现

175

在知道了,"她转向那两个人,"他不愿意,我也不愿意!"在那两个敌人起身离去之前,我一直没有挪动地方。我还没放下心来,威胁说:"要是她们再来,我就再也不去睡觉。我整夜守着,让你不能放她们进来。要是你结婚,我就从阳台上跳下去!"这是一种可怕的威胁,是认真的,我绝对肯定,我会这么干的。

这一夜母亲没能使我平静下来,我没回到我的床上,我们俩都没睡觉,她想讲故事把我的思绪引开。姨妈的婚姻很不幸,很早就和她的丈夫分开了,他得了一种可怕的病,疯了。还在维也纳时,他有时也去我们家,是由一个精神病院的看守把他带到约瑟夫-嘉尔巷。"这是给孩子们的糖。"他一边对母亲说,一边递给她一大袋糖果。如果他要对我们说话,总是望着别的什么地方。他的眼睛呆呆的,一直盯着门瞧,他的声音尖厉刺耳,听起来就像驴叫。他待的时间很短,看守拉着他,把他领出前厅,然后走出房子。"她希望我不要像她那么不幸。她以为这样好一些,她也不知道更好的办法。""那她想让你也结婚,也倒霉!她在她丈夫面前救出了自己,而你倒应该结婚!"最后这一个词像一把匕首,深深地插入了我的胸膛。给我讲这件事不是一个好主意。可是,根本没有什么能使我平静下来,母亲试了好多办法,最后她保证不再听那两个人的劝说,如果她们还要那样干,她就再也不见她们。她不止一遍地发誓,她不得不一再发誓,直到她发誓永远怀念我的父亲,我才放下心来,开始相信她。

一间装满礼物的房间

　　学校成了一个伤脑筋的问题，这里的一切都和维也纳不一样，学年不是秋季而是春季开始。小学——这儿叫初级学校——有六个年级，而我在维也纳从四年级直接就进了文科中学，因为在那儿我已念了一年，在这里我本应上初中二年级。但是一切努力都是白费，这儿严格卡年龄，不管我和母亲到哪儿请求接受我，得到的都是同样的回答。让我因为迁居瑞士而耽误一年或者更长时间的学习不合母亲的心愿，她不肯就此罢休。我们到处试，有一回甚至为此去了伯尔尼，回答简洁干脆，都是一样，因为这儿不说什么"仁慈的夫人"和维也纳的那些客套话，我们觉得回答很粗鲁。当我们又离开这样一个校长时，母亲绝望了。"您不想考考他吗？"她恳求着问道，"他的智力超过他的年龄。"可这正是人家不爱听的话。"我们没有例外。"

　　于是她只能采取她感到最难堪的决定。她收起她的高傲，把我送进高街小学六年级。半年之后毕业了，又将决定我是否成熟到可以进州立学校。我发现我又到了一个国民学校的大班里，又给放到维也纳的泰格尔老师的班里，只是在这儿他叫作巴赫曼。根本没什么可学的——在维也纳我已经待了两年了——为此我经历了一些更重要的事，尽管它的意义我要很晚才会明白。

　　老师是用瑞士德语喊同学的名字，其中有一个名字听起来那么怪，使我一直等着再听见这个名字。"泽格利希"这个拉长的元音"ä"可以组成鹅（Gänserich）或鸭（Enterich）的字头，但是没有一个小孩可以组成一把锯子（säge）。这个词对我来说感到费解。这个名字迷住了巴赫曼先生，他叫这个既不特别聪明也不特别蠢笨的学生比叫其他人的次数都多。这几乎是我在上课时注意的唯一的一件事，因为这时数数的癖好变强了，我就数喊泽格利希的次数。巴赫曼先生为这个迟钝、难以驾驭的班级很恼火，如果他依次叫了五六个学生都没得到回答，就满怀希望地提问泽格利希。泽格利希站起来，可大多数情况下他也什么都不知道，他叉开腿，结结实实地站在那儿，露出高兴的傻笑，头发乱蓬蓬的，脸上的颜色变得通红，像爱喝酒的巴赫曼先生一样。如果泽格利希回答出来，巴赫曼先生就轻松地舒上一口气，仿佛他喝下了一大口酒，又接着往下讲。

　　这种情况延续了一段时间，直到我弄明白了，这个少年叫泽根莱希（Segenreich），而这加强了泽格利希的影响。因为我在维也纳学会的祈祷都是以"主保佑你"开始，尽管这对我没有多大意义，可一个少年的名字里有保佑（segen）一词，而且还有富有（reich）①，总是有点奇妙的。巴赫曼先生生活很困难，在家里和在学校一样，所以总是抓住这点，一再叫这个学生的名字以期得到帮助。

　　同学中只讲瑞士德语，小学高年级的课则用书面德语。巴赫曼先生常常说错，他像其他所有学生一样习惯用方言，这样一来，我自然而然也就渐渐地学会了他的话。我一点都没感到别扭，尽管我很惊讶，这可能与在班上的谈话中从来不提战争有关。在维也纳，我最好的朋友马克斯·席伯尔天天玩玩具兵，我也一起玩，因为我

---

① segen 意为保佑，reich 意为富有。

喜欢他,特别是因为这样一来我每天下午就能看见他漂亮的母亲。为了席伯尔的母亲,我每天都去玩锡兵打仗,为了她,我也会真的去上战场。在维也纳的学校里,战争笼罩了一切,我学着反击一些同学欠考虑的、粗俗的话语,关于皇帝和战争的歌曲我也跟着唱了,在越来越强的反抗情绪中我喜欢唱其中两首悲哀的歌。而在苏黎世,好多与战争有关的词汇则没有侵入我的同学们的语言中,上课对我来说很无聊,在课堂上我学不到任何新东西,但瑞士孩子铿锵有力、不加修饰的语言却让我那么喜欢。我自己还很少和他们说话,只是好奇地听他们讲话,有时,如果有一个人,我已经可以和其他同学一样跟他讲话,又不显得生分时,我也会冒出一句来。不久,我放弃了把这样一些句子在家里重复的做法。母亲十分重视维护我们语言的纯洁,并且只承认文学语言,她担心我会毁掉我"纯正"的德语,当我激动起来敢于为我喜欢的方言辩护时,她就生气了,说:"我把你带到瑞士来,不是为了让你忘掉我对你说过的关于城堡剧院的那些话!也许你想像福格勒小姐那样讲话吧!"这可是一个尖锐的讽刺,因为我们觉得福格勒小姐十分可笑,但是我觉得这也有点不合理,因为我学校里的同学说的和她完全不同。我违背母亲的意愿,自己悄悄练习苏黎世德语,而且在她面前保守我已取得进步的秘密。就语言来说,这是我第一次表现出脱离她的独立性,当我在其他一切意见上还是绝对服从她、接受她的影响时,这是唯一一件让我开始感到自己是个"男子汉"的事情。

但是我对新的习俗还太没把握,不能与瑞士少年建立真正的友谊。和我交往的是一个像我一样来自维也纳的少年,第二个是卢迪,他母亲是维也纳人。在她生日那天卢迪邀请我去,在那里我被欢闹的人们包围了,那些人对于我完全是陌生的,比我听到用瑞士德语讲的话还要陌生。卢迪的母亲是个金发少妇,单身和儿子一起生活，有许多不同年龄的男人出席她的生日庆祝会，大家都向卢迪的母亲献媚，举杯祝她健康，柔情地望着她的眼睛，就好像卢迪有好多父亲似的。他母亲原先情绪挺好，见到我时却向我诉苦说卢迪没有父亲。她花枝招展地一会儿转向这个客人，一会儿招呼另外一个，她时而纵情大笑，时而又流下泪来，就在她擦去泪水的同时，又重新笑了起来，笑声越来越响。为了表示对她的祝贺，人们也说些我听不懂的笑话，但是每当这样的话被响亮的笑声打断时，我都十分吃惊。卢迪的母亲仿佛毫无缘故地看着她的儿子，伤心地说："可怜的孩子，他也没有父亲。"没有一位妇女出席，我还从没见过这么多男人和一个女人单独在一起，而且大家都在为了什么而感谢她，向她致敬。她显得并不是那么幸福，因为她哭比笑的时候多，说话也带哭声。不久我认出在那些男人中也有瑞士人，但是没有人讲方言，大家都讲书面德语。男人中的这个或那个站起身来，举杯向她走去，碰杯时讲一句充满感情的祝词，并给她一个生日的亲吻。卢迪把我带到另一个房间，指给我看他母亲收到的礼物。整间屋子摆满了礼物，我不敢好好看一看，因为我什么都没带来。当我又回到客人们中间时，她把我叫过去，问："你喜欢我的那些礼物吗？"我结结巴巴地道歉说，我感到很抱歉，什么礼物也没带来。她笑起来，把我拉到跟前，亲了一下，说："你是一个可爱的男孩，你用不着送礼，等你长大了，你来看我，再给我带礼物。那时就没人会再来看我了。"说着她又开始哭了。

在家里母亲问我这次生日庆祝会的事，母亲似乎并没因为这是一个维也纳女人过生日，在她的生日庆祝会上大家都讲"漂亮"的德语而显得温和一些。她采取了十分严厉的措施，直至用最庄重的称呼"我的儿子"，并且告诉我，那是些非常"愚蠢"的人，根本和我不相配。我不许再踏进那栋房子，卢迪摊上这么个母亲，叫她觉得很可惜，并不是每个女人都能独自把孩子抚养大的。我会怎么看这个又哭又笑的女人呢？"也许她病了。"我说。"怎么会病呢？还有好多礼物？屋子里堆满了礼物？"我当时并不知道，母亲指的是什么，可是我也觉得那间堆满礼物的房间特别不舒服。礼物堆得叫人都没法在屋子里走动，要是卢迪的母亲不是以那么温柔的方式在我很窘的情况下给我解围，我也不会这么为她说话的，因为我一点都不喜欢她。"她没病，她性格软弱。这就是一切。"这是最后的判决，因为只要谈到性格，其他一切都是次要的了。"你不能让卢迪发觉他是一个可怜的孩子，没有父亲，母亲又意志不坚定，他能长成什么样呢？"

我建议有时把卢迪带回家来，好让母亲照顾卢迪。"这没什么用。"她说，"他只会笑话我们简朴的生活。"

我们这时已有一处自己的房子，那房子确实很简朴。在苏黎世的这段时光，母亲一再提醒我，我们必须生活得十分节俭，这样我们才能过得下去。也许这是她的一个教育原则，因为就我现在所知，她那时肯定不穷，她的钱存放在她兄弟那儿，而他在曼彻斯特的企业像过去一样很赚钱，他越来越富。他把我母亲视为他的被保护人，我母亲十分钦佩他，他做梦也不会想到让我母亲吃亏。可是在维也纳战争期间没法和英国直接联系，这种困难给母亲留下了后怕，她愿意我们三人都受到好的教育，但不愿我们被钱惯坏了。她管我们管得很紧，饭菜烧得很简单，她有了一次自找麻烦的经验之后也不再用女仆了。她自己操持家务，慢慢地她发现，她给我们带来的是一种牺牲，因为她是在另一种环境里长大的。每当我想到我们在维也纳的生活，差别是如此之大，我就不得不相信节衣缩食之必要。

但是我更喜欢这种清教徒式的生活。这更与我对瑞士人的观念吻合。维也纳的一切都围着皇宫转,由皇帝向下排到贵族和其他的豪门望族。在瑞士既没有皇帝,也没有皇家贵族,我猜想——是什么原因促使我这样想,我自己也不明白——人们对于财富也不特别热衷。但是我肯定,每一个人都是宝贵的,每一个人都算数。我以极大的热情接受了这个观点,于是这种俭朴的生活也就能过下去了。当时我还没想到这样的生活给我带来了什么好处,因为实际情况是,我们完全占有了母亲,在新家里一切都与她紧紧连在一起,再没有人插足于我们之间,我们再也不会看不到她。这是最亲密、最温暖、最美好的共同生活,一切精神的东西占了优势,书籍以及关于书籍的谈话是我们生活的中心。假如母亲去看戏,听报告,听音乐会,我也积极地参与谈论,仿佛我自己真的也在场似的。有时她也带上我,不过不太多。我大多数时候都很沮丧,因为她讲述的这样的经历总是要有趣得多。

间谍活动

我们在绍伊希策大街73号三楼时住的是一个小房子，我记得我们在其中活动的只有三间屋子，也许还有第四间，细细长长的，曾经有个姑娘在我们这儿住过一阵子。

和那个姑娘相处并不容易，这里的女仆不像维也纳的，母亲对此很不习惯。女仆在这里叫女佣，和女主人们同桌吃饭。这是这个姑娘进门提的第一个条件，态度高傲的母亲觉得不能忍受，她说她在维也纳对待女仆总是很好的，但她们住在自己的小屋里，我们从不进去，而且她们在厨房吃饭。"夫人"是理所当然的称呼，但在苏黎世没有这样的称呼，由于和平的气氛，母亲对瑞士如此喜欢，可她却不能接受侵入与她关系最密切的家务中的民主化习俗。她试着在吃饭时讲英语，并且在女佣海蒂面前说明，使用这种语言是因为两个小弟弟渐渐把英语忘了，让他们至少在吃饭时重新温习一下是必要的。这虽然是事实，但也可以是把女佣和我们的谈话隔开的借口，当母亲向她解释时，她没有说话，但是她好像没有显出受到侮辱的样子。好几天她都沉默不语。可是一天中午当海蒂带着一种无辜的表情亲自纠正了最小的弟弟格奥尔格在一个英语句子里出的错时，母亲可着实吃了一惊，她本来听任格奥尔格说错而没纠正。"你怎么懂这个？"母亲几乎是暴怒地问，"你确实能说英语吗？"海蒂在学校学过，听懂了我们说的一切。"她是一个奸细！"母亲后来对我说,"她是混进来的!没有一个女仆能讲英语的!为什么她不早说?她偷听我们的谈话!这个卑鄙的家伙!我不能让我的孩子和一个奸细坐在一张桌子上!"她回想起来,海蒂不是一个人来的,和她同来的还有一个自称是她父亲的男人,他见了我们,看了我们的住宅,十分详细地询问了她女儿的工作条件。"我立刻就想到,这不可能是她父亲。他看上去是出身于上流家庭,他那样询问我,好像是我要找个工作似的。我要是他也不能比他更严格地调查了。这不是一个女仆的父亲,他们把一个奸细弄到我家来了。"

虽然一般说来我们家根本没有什么可刺探的情报,但这并不妨碍她,她在任何情况下都能给我们找到一种能解释刺探活动的理由。她小心地采取对付的措施:"我们不能立即打发她,那会引起别人的注意,我们必须再忍耐几天,但是我们必须小心,我们绝不能说任何反对瑞士的话,否则她会使我们被驱逐出境。"母亲没想到,我们中间没人说过任何反对瑞士的话,相反,每当我讲到学校,她总是赞不绝口,她心中对瑞士不满的唯一一件事是女佣制度。我喜欢海蒂,因为她不唯唯诺诺,她出生于曾经在一次战役中打败过哈布斯堡王朝的格拉鲁①,而且有时还读我的那本欧克斯利写的瑞士历史。虽然每当母亲说"我们"以及"我们必须这样,必须那样"时——仿佛我在她的决定中也被平等地包括了进去——我总是被争取过去,可我还是努力帮助海蒂,而且是用一种特别狡猾的办法,因为我知道用什么可以讨好母亲:只有精神的东西。"可是,你知道吗?"我说,"她那么喜欢读我的书,她总问我读的是什么,她也向我借书而且和我谈论那些书。"这下母亲认真了:"我可怜的孩子,为什么你不早告诉我?你还不了解世界,可是你必须学习。"

---

① 瑞士地名。

她沉默不语，我现在真有点坐立不安，我惊慌地问："怎么了？怎么了？"一定是什么我没想到的可怕的事情，也许正因为如此严重，她才根本不告诉我。她沉思着，同情地看着我，我觉得她经过犹豫快要说出来了。"她恰恰是受命打听我给你读些什么书，你难道不懂吗？人家就为这个把她派来的。一个货真价实的密探！看看一个十二岁的孩子有什么秘密，在他的书中到处乱翻。她不说她会英语，她肯定已经把我们所有从英国来的信都看了！"

我突然非常害怕地想起，我曾经看见海蒂收拾房间时手上拿着一封英文信，见我进来，她马上就丢开了。现在我一丝不苟地把这事报告母亲，并且受到郑重的提醒和警告，郑重的程度我是从以"我的儿子"开头看出来的。"我的儿子，你必须把一切都告诉我。也许你认为这不重要，但是一切都是重要的。"

于是，判决最终下来了，可怜的姑娘在我们家桌边又坐了十四天，和我们练习她的英语。"她装得多和善啊，"每天饭后母亲都对我说，"可是我早把她看透了，她骗不了我！"海蒂继续读我的瑞士历史，而且问我对这一段或那一段是怎么想的，有些地方她让我给她讲，而且认真友好地说："你可真聪明。"我本来很想提醒她，很想告诉她："请你别当奸细了！"但是这也不会有什么用，母亲决心解雇她，十四天后这样对她说：我们的经济状况出乎意料地变坏了，她没有能力再雇用一个女佣，她要求海蒂给她父亲写信，好让他把海蒂接走。他来了，告别时十分严肃地说："这下您得自己干活了，卡内蒂太太。"

他也许为此幸灾乐祸，因为我们的境况变坏了，他也许不赞成妇女不亲自料理家务。母亲则不这样看。"我让他的打算落空了，他这下可气坏了！好像我们这儿真有什么可监视似的！当然，现在是战争时期，邮政要受检查，他们奇怪我们有这么多从英国来的信，就突然给我们安上一个坐探。你知道吗,我明白这些,他们在世界上是孤立的,不得不保护自己,防备被人谋杀。"

她常说,一个单身女人带着三个孩子在社会上立足是多么不容易,事事都得格外小心。现在,当她一下子摆脱了女佣和奸细,大大松了一口气时,就把这种由于寂寞引起的多疑也套用到瑞士这个被许多交战国包围,又严格规定不能参战的国家头上,以为人们在这种困难条件下不得不这么想。

现在我们最美好的时光开始了,我们单独和母亲在一起,没有任何外人。她准备为她的高傲付出代价,自己操持家务,她在她一生中还从来没这么干过。她打扫房间,烧饭,弟弟们帮助擦干杯盘。我负责擦皮鞋,弟弟们在厨房里边看边嘲笑我:"擦皮鞋的!擦皮鞋的!"还像印第安人那样围着我跳舞,我只得拿着脏皮鞋到厨房的阳台上,关上门,用背抵住,继续擦全家的鞋。我独自干这件事,看不见那两个淘气鬼的舞蹈,当然,即使关着阳台的门,他们的歌声也不会完全听不见。

希腊的诱惑／认识人类的学校

　　从一九一七年春季开始，我进了莱米街上的州立学校。每天上学去和放学回来的路变得很重要了。在这条路的起点，刚刚穿过奥提克尔街之后，我总碰到一件给我留下深刻印象的事。一个长着一头美丽白发的先生在那儿散步，身板笔直，神情恍惚，他走一小段路，就停下来，寻找什么，然后又换一个方向。他有一条雪山救人犬，他总是对它喊道："绍多，到爸爸这儿来！"有时那条狗跑过来，有时它接着往前跑，它就是那个爸爸要找的东西。可是他刚刚找着它，就立刻又把它忘了，仍像先前那么精神恍惚。他的样子在这条相当平凡的大街上显得有点怪异，他不断重复的呼叫声惹得孩子们大笑，但是他们没当着他的面笑，因为他身上有某种令人肃然起敬的东西，他傲然前视，谁也不看。孩子们只是回到家中说起他来，或是当他不在场，或是他们在街上玩时才笑。他叫布索尼，就住在拐角的房子里，我后来才知道他的狗叫基欧托。这儿所有的孩子都谈论他，可不是作为布索尼，因为关于他他们一点都不知道，而是当作"绍多，到爸爸这儿来"来谈。那条雪山狗使他们着迷，但更主要的是因为这位英俊的老先生把自己说成是它的爸爸。

　　上学的路大约走二十分钟，我一天天接着编长故事，可以编几个星期。我讲给自己听，声音不太大，但是可以听见我喃喃自语，如果我碰到使我觉得不舒服的人，就压低声音。我对路很熟，可以根本不用注意我周围的事，不论是左边还是右边都没有什么特别的事情，但是也许在我眼前，也许在我的故事里却有许多特别的事情。故事编得非常动人，如果冒险经历十分紧张，出乎意料，使得我不能再保留在自己心中，我就讲给弟弟们听，他们急切地想知道下边怎么样了。这些故事都与战争有关，具体地说，和结束战争有关，要打仗的国家必须受到教训，即常常被打败，直到他们投降。其他的国家受到和平英雄的激励，团结起来，他们强大得多，最终胜利了。但是胜利来之不易，要经过无数艰苦卓绝的战斗，总有新的花招和阴谋。这些战役中最重要的是死者总会复生，为此发明并使用了特殊的魔法，每当所有的死者，包括不肯停止打仗的坏的一派的死者突然从战场上站起来，又复活了时，总给我的小弟弟们——一个六岁，一个八岁——留下深刻的印象。所有这些故事的结尾都是一样。在讲述冒险的战争故事的这几周内，我一再感到胜利后的欢乐和光荣，讲故事的人得到真正报酬的时刻，是所有人毫无例外地重新站起来，得到生还的时刻。

我的学校一年级人还不少，我谁也不认识，当然我一开始总注意和我兴趣相同的少数同学。如果他们掌握了什么我所缺少的本领，我就钦佩他们，密切注视着他们。冈茨霍恩的拉丁文特别优秀，虽然我从维也纳来已经占了优势，他可能还愿意和我较量一番，然而这是极少数，因为他是唯一一个掌握了古希腊字母的同学。他是为自己学的希腊文，因为他写了好多，就把自己看成诗人，希腊文成了他的秘密文字。他写满一本又一本，一本写完了他就交给我，我翻着本子，一个字也不认识。他不把本子在我这儿放太久，我刚刚说出钦佩他的才能的话，他就把本子从我手中拿走，飞快地把一本新的悄悄放到我的眼前。他像我一样迷上了希腊历史。给我们讲课的欧根·米勒是一个很好的教师，但是当我关心希腊的自由时，冈茨霍恩则想着希腊的诗人。他不愿意说他对希腊语言还什么都不懂，也许他为了自己也已经开始学了，因为每当我们谈到从三年级开始我们将分道扬镳——他想进文科中学——时，我总怀着崇敬而又有点嫉妒的心情说："那你就有希腊语课了。"这时，他总高傲地解释说："我更早就会念了。"我相信他，他不是个说大话的人，他宣布要做什么，总能干到底，还能做出许多甚至他没说过的事。他对于一切惯常事情的蔑视使我回忆起我在家里就看惯了的那种态度，他只是不说出来，如果谈到一个似乎不值得称作诗人的对象，他就转过身去，沉默不语。他的脑袋又细又长，好像挤扁了似的，抬得很高，歪着，有点像一把打开后没关上的折刀。冈茨霍恩从不会说一个下流的坏词，在班级里他显得和别人距离很远，大概没有一个抄他作业的人会想到，他是装得仿佛没有发觉，不把本子挪近一点，但是也不躲开，因为他允许这种行为，让别人随便抄。

当我们讲到苏格拉底时，全班都开玩笑，把苏格拉底当成我的外号，也许是为了轻松一下。这事就这么简单，没什么更深的意义，但就一直这么叫下去了，冈茨霍恩却把这个玩笑往心里去。有好长时间我看见他忙着写什么，同时还不时用考查的眼光打量我，并庄重地摇摇头。一周后他又写完一本，可这次却说他想念给我听。那是一个诗人和一个哲学家的对话，诗人叫克尔努托图姆，这就是他，他喜欢用拉丁文的翻译称呼自己，哲学家是我。他从后边开始念我的名字，于是成了两个丑陋的名字，赛勃·伊特纳库斯，这根本不像苏格拉底，而是一个恶劣的诡辩家，那些反对苏格拉底的人们中的一个。但这还是对话的副作用，更重要的是诗人从各个方面使可怜的哲学家难堪，最后终于把哲学家击败，把他驳得体无完肤。冈茨霍恩于是满怀胜利信心地给我朗读，我可一点也不觉得受到伤害。因为颠倒了的名字跟我毫无关系，要是涉及我真正的名字，那我会很敏感地做出反应的。我很满意，他从他的本子中找出一本读给我听，我觉得自己地位提高了，仿佛他向我透露了希腊神话的秘密。我们之间没有什么变化，当他过了些时候——就他的情况来说，是有些迟疑地——问我，想没想到写一篇反驳的对话，我实在是大吃一惊。他的确说得对，我站在他一边，一个哲学家站在诗人旁边是什么样呢？我好像也根本不知道应该在一篇反驳对话中写什么。

我受路德维希·艾伦博根的影响是通过另一条途径，他和母亲来自维也纳，他也没有父亲。威廉·艾伦博根是奥地利国会议员，一个著名的演说家，他的名字我在维也纳时就常听说，我向这位少年问起此人，他使我吃了一惊，他平静地说："那是我叔叔。"听起来好像对他来说无所谓似的。不久，我知道了他在各种事情上都这样，他显得比我大，不仅是个子高，因为差不多大家都比我年长。他对那些我根本一点不懂的东西感兴趣，可这是在偶然的机会顺带得知的，因为他不卖弄这一点。他不高傲也不谦虚，这样他的好胜心就不在班级里表现出来了。他比较健谈，参加每一次谈话，只是不喜欢把他的东西拿出来，也许因为我们中间没有人熟悉那些。我们的拉丁文教师毕莱特尔和其他教师样子不同，不光是因为他长了个甲状腺瘤。艾伦博根和他作特殊的简短谈话，因为他们读同样一些书，互相说得出我们当中没有一个人听过的那些书名，一起深入讨论、评价，而且常常意见一致。艾伦博根说得很客观、平静，没有年轻人的激动，倒是毕莱特尔情绪变化无常。每当这样的对话开始后，全班都听着，却一点也不懂，没有一个人知道他们谈的是什么。直到最后艾伦博根还像开始时那样无动于衷，毕莱特尔却可以看出对这些谈话是比较满意的，而且在艾伦博根面前有一种敬佩心情。对艾伦博根来说，在学校里学什么并不重要，我确信，艾伦博根反正什么都懂，毕莱特尔实际上并不把他算在学生之列。我喜欢他，可更多是像喜欢一个成年人那样，而且我在他面前有点害羞，因为我对于有些东西，特别是我们在欧根·米勒的历史课上学到的东西有那么强烈的兴趣。

在这个学校最初打动我的真正新的课程是希腊历史。我们有欧克斯利写的历史课本，一本是关于一般历史的，一本是瑞士史。我同时读两本历史，两本的课文衔接得这么紧，使我觉得完全是结合在一起的。瑞士的自由使我想到希腊的自由，对于在温泉关①的牺牲，摩尔加滕战役②的胜利为我作了补偿，瑞士的自由我是作为一种现实亲身经历了的，而且有切身感受。因为他们自己决定，不服从任何一个皇帝，所以他们做到了不投入世界大战。作为战争最高统帅的皇帝们我并不觉得可怕。其中的一个，弗兰茨·约瑟夫，几乎引不起我的注意，他很老，说话很少，每当他出来，一般只说一句话。我站在爷爷一边，觉得皇帝是个没生命的东西，无聊得很。我们每天给他唱颂歌"上帝养育""上帝保佑"，他显得好像非常需要这种保护似的。我们唱颂歌时，我从来不看挂在祭坛后墙上的皇帝肖像，而且脑子里也尽量不想他的模样。也许我从范妮——我们的波希米亚保姆那里接受了对他的反感，每当提到他时，范妮脸上都没有表情，仿佛他对于范妮不存在似的。有一天，我从学校回来，她嘲讽地问："又给皇帝唱颂歌了吧？"我看见画上的威廉，德国皇帝身披闪闪发光的盔甲，还听见他针对英国的充满敌意的言

---

① 希腊中部东海岸卡利兹罗蒙山和马利亚科斯湾之间的狭窄通道。公元前四八〇年，人数很少的希腊军队在此抵抗波斯大军达三天，此役作为勇对强敌的战例而载入史册。
② 一三一五年十一月十五日，瑞士联邦战胜奥地利哈布斯堡王朝的一次战役。

论。如果英国参战，我总站在英国一边，根据我在曼彻斯特理解的一切，坚定地相信，英国人不要战争，是他通过进攻比利时挑起的战争。我同样反对俄国沙皇，我十岁在保加利亚做客时听到过托尔斯泰的名字，人家告诉我，他是一个了不起的人，他把战争看成谋杀，而且不怕把这个看法对他的皇帝说出来。人们说起他来还像他没有真的去世一样，虽然他已经死去好几年了。现在我第一次在一个共和国里，远离一切皇帝统治，满怀喜悦地学习这个共和国的历史。不要皇帝是可能的，人必须为他的自由而斗争，早在瑞士人以前，希腊人很早就成功地起来反抗可怕的权势，宣布他们赢得了自由。

今天说这些我听起来也觉得平淡无奇，因为当时我正为这种新观点所陶醉，我用这个观点向和我谈话的每个人游说，我给马拉松①和萨拉米斯②的名字编出野蛮的曲调，我在家里无数遍地唱这些调子，总是只唱这样一个名字的三个音节，一直唱到母亲和弟弟头昏脑涨，逼我住口为止。我们的欧根·米勒教授的历史课，每次也有同样的效果。他给我们讲希腊人，他那双睁得很大的眼睛好像是一个陶醉了的先知的眼睛，他根本不看我们，而是看着他说到的内容，他的话说得不快，可是不中断，他的演说有一种犹如徐缓的海浪的节奏，拍打着海岸或涌向水中，使人总觉得像在海里。他用指尖抹抹渗出汗水的额头，有时也抚摸拳曲的头发，像一阵风掠过一样。时光就在他哑哑作响的激情演说中流逝，每当他换一口气达到新的兴奋时，都好像大口啜饮。

但是有时也浪费时间，也就是他提问我们的时候。他让我们写

---

① 公元前四九〇年希波战争中的一次战役。
② 公元前四八〇年希波战争中希腊联军获胜的决定性海战。

作文，给我们讲评，这使人感到遗憾，不然他就会把我们带到海上去了。我常常举手回答他的问题，这样那种不快很快就会过去，同时也为了向他证明对他讲的每一句话的热爱。我的回答听起来很像他自己激情演说的一部分，而且使其中有些反应稍慢的同学不高兴，他们不是来自一个帝国，希腊的自由对他们没有更多的意义，自由在他们看来是自然而然的事，用不着先由希腊人代表他们去赢得。

在这段时间里有这么多事情通过学校记在我心中，而往常只是通过书本。我从老师口中学到的东西始终保持着他讲出来时的生动形象，并且在我的记忆中一直属他所有。也有这样一些教师，我从他们那儿什么也没学到，然而他们通过他们自身，他们特有的形象、动作、说话的方式，特别是通过人们感觉到的他们的好恶，给我留下了印象。有各种程度的友善和温暖，我回想不起来有哪一个人不为正义而努力。当然并非所有人都善于使反感或友好完全隐蔽起来，再说，内在力量、耐性、敏感、期望也有所不同。欧根·米勒由于他讲授的对象已经表现出了高度的激情和讲故事的才能，另外他还表现出了超出这些义务之外的东西，因此我从第一节课起就迷上了他，每周都扳着手指数，渴望上他的课。

德语教师弗利茨·洪齐克尔碰到的困难要大些，他这个人比较枯燥乏味，也许是受了他那发育不良的身材的影响，稍稍有些嘎嘎作响的嗓音，也没能改善那样的身材引起的后果。他个子很高，胸膛狭窄，好像立在一条长腿上，每当他等着我们回答时，总是耐心地沉默不语。他不指责谁，也不干涉谁的事，他的保护措施是揶揄的微笑，他坚持这样笑，甚至在不合适的场合也常这样。他的学问四平八稳，也许是过于刻板，学生不会被他牵着走，但是他也不会把人引上歧途。他非常注意分寸和实际的行为举止，很少有亢奋状态，我觉得他是欧根·米勒的反面，这个看法不是没有道理的。后来，他离开一段时间后又来到我们中间时，我发现，他博学多识，只是他的博学缺少自信和激情。

拉丁语教师毕莱特尔更有个性，他每天带着那个大肿瘤出现在班上的勇气，迄今仍使我钦佩不已。他喜欢待在教室的左角，在那里他可以使头上有肿瘤的那边少朝着我们一些，左脚抬起来，放在一只矮凳上。他讲课很流利，声音柔和、轻盈，没有过分的激动，即便他生气了——有时他也有理由生气——也不提高声音，只是说得稍稍快点。他教的拉丁文基础课肯定使他觉得无聊，也许正因为如此，他的全部行为举止才这么富有人情味。懂得较少的人中没有一个人会有受到他的压力、甚至有全完了的感觉，拉丁文学得好的人也不觉得自己特别了不起。他的反应从来不能预测，可是也根本用不着害怕，一句短小、稍稍有点嘲讽意味的评语，实际上就是他给一个学生作的全部评价。有时学生不理解，那评语好像是他只为自己使用的含义丰富的一种私人措辞。他狼吞虎咽地读书，可是我从没听他说过他在读什么书，因此我没记住一个书名。他喜欢爱与他交谈的那个艾伦博根，艾伦博根也有和他一样的沉思、不动感情的习惯，只是没有嘲讽，而且不过高评价我们从毕莱特尔那儿学到的拉丁文的意义。毕莱特尔感到我走在全班的前边不合理，有一次他十分明确地对我说："你比别人学得快，瑞士人发展得慢点，可是以后他们会赶上来的，你将来会吃惊的。"他可绝不是排外，我在他和艾伦博根的友谊中已经看到了。我觉察到毕莱特尔对于人有特殊的开阔胸怀，他的思想是世界主义的一种，我相信，他必定也要——不仅为了私人目的——把它写出来。

教师性格的多样性令我吃惊，这是我头一次意识到一种生活中的多样性。他们如此长时间地站在我们面前，他们每一个行动都处在我们一览无余、不停顿的观察之下，一节课一节课的，总是我们注意的真正对象。他们在我们面前拥有的优势，这种优势使人眼光敏锐，有批判眼光和狡黠，我们必须对付他们，同时又不使自己太为难；他们平时生活中的秘密，在他们不作为表演者站在我们面前的全部时间里的秘密；他们换着登台，一个接一个地上台，在同一地点，演同一个角色，抱着同样的目的，这样使我们可以比较优劣——这一切合起来的作用是一所学校，完全不同于本来意义上的学校，即一种人的多样性的学校，如果再说得准确一些的话，就是第一所有意识的人的知识的学校。

研究这以后的生活可能并不困难，也许还挺吸引人，人们又碰上哪些叫其他名字的教师，学生喜欢什么样的人，哪些人由于过去的反感只被他们放在一边，由于早期的认识会做出什么抉择，要是没有早期的认识也许会做出另外什么事，等等。早年学到的幼稚的动物类型学一直还留在心中，现在又重叠上了新的教师类型学。每一个班上都能找到对老师模仿得惟妙惟肖的学生，他们给其他人表演。一个班级要是没有这种教师模仿者就有点死气沉沉的。

当我现在回想他们时，我惊讶那些苏黎世的老师性格竟然如此丰富多彩，各不相同。我从许多老师那里学到不少东西，这和他们的心愿相符。奇怪的是，五十年后我对他们的感激竟越来越强，而且，就是那些我从他们那儿没学到多少东西的老师，他们作为人的形象也如此清晰地出现在我面前，以至于我正为此对他们感到有点内疚。他们是我后来当作世界的本源和世界的居民接受下来的最初代表，他们是独特的，不会混淆的，在质量上属于最高一级的。他们同时也是人物形象，具有各自的不容抹杀的个性。在个性化和类型化之间的流动是诗人的真正要求。

大脑壳／与一个军官辩论

当我倾心于希腊自由战争时,我刚十二岁,这一年即一九一七年爆发了俄国革命。列宁坐着铅封的车厢出发之前,有传说他住在苏黎世。

母亲心里充满不可遏制的对战争的仇恨,她关注着可能结束战争的每一个事件,但并没有从政治上把各种事件加以联系。苏黎世成了各国和各种势力的交战中心。有一天,我们从一间咖啡厅旁边经过,母亲指给我看一个人的大脑袋,那人坐在窗子旁,旁边的桌子上放着一大沓报纸,他正抓起一张,举到眼前。突然,他转过头来,转向坐在他旁边的一个人,激动地说着什么。母亲说:"好好看看那个人。那就是列宁。你还会听到关于他的事情的。"我们停下来,她有点不自在,因为她这么呆呆地站着(这样不礼貌她通常是会说我的)。但是他突然的动作感染了她,他向另一个人转身时的活力传到了母亲身上。我对另一个人浓密的黑鬈发紧挨在列宁的秃头旁边所形成的强烈反差感到惊异,但是更奇怪母亲竟呆立不动。她说:"走吧,我们可不能总这么站着啊!"说着领着我朝前走。

几个月后她对我讲,列宁到了俄国,我才开始明白,这想必是为了一件特别重要的事。俄国人已经厮杀够了,她说,大家都杀够了,不管是拥护还是反对政府,现在很快就要到头了。她总把战争叫成"谋杀",自从我们到了苏黎世,她完全公开地和我谈到这事,而在维也纳时她有所保留,为了不使我在学校碰到麻烦。"你将来绝不会杀害一个没有伤害你的人。"她要我这样保证,而且为此自豪。她有三个儿子,我觉得她很担心,怕我们有一天也会成为这样的"谋杀者"。她对战争的仇恨使她有某种基本的信条,因为当她有一次给我讲《浮士德》的内容时——那时她还不想给我念这本书——她不赞同浮士德和魔鬼订约。订这样的条约只能有一个理由,即为了结束战争,为此也可以和魔鬼结盟,除此之外,别的都不行。

有一些晚上,母亲的一些熟人在我们家里聚会,他们是被战争赶到苏黎世的保加利亚的、土耳其的西班牙犹太人后裔。来得次数最多的是一对中年夫妇,我却觉得他们已经老了,我不太喜欢他们,觉得他们太东方化,光谈些没意思的事。有一个人总是单独来,他是鳏夫,名叫阿朱别伊。他和其他人不同,他穿着整齐,发表很有自信的见解,而且平和,有骑士风度,能够容忍母亲那种折磨人的激动和暴躁。他作为保加利亚军官参加了巴尔干战争,受了重伤,留下了不能治愈的痛苦。别人都知道他忍受着极大的疼痛,但是他自己从不流露出一点,如果忍受不了,他就站起身来,请求原谅他有一个紧迫的约会,在母亲面前躬身告别,步子稍有点僵硬地离开房子。然后其他人就谈论他,详细解释他那痛苦的天性,夸奖他,为他感到惋惜,他们做的正好是他骄傲地想避免的事。我发现,母亲是怎样努力结束这样的议论。他和她争论到最后一刻,因为她只要谈到战争,言辞就会很尖锐,含有敌意,她把一切揽到自己身上,说:"胡说八道!他根本不疼。他是因为我受到了伤害。他以为,一个没经历过战争的女人没有权利这样谈论战争。他是对的。但是如果你们中间没有人告诉他这个看法,只能由我来说。他受到了污辱,可是他恰恰很骄傲,而且总以宫廷姿态自我克制。"

然后,某个人就有可能开一个放肆的玩笑,说:"您看,玛蒂尔德,他爱上您了,而且准备向您求婚!""他敢!"母亲立即生气地用鼻子哼了一声说,"我可不想向他提这个建议。我尊重他,因为他是一个男子汉,仅此而已。"这句话对其他携夫人在场的男人是一个狡猾的打击。这场令人不快的关于阿朱别伊先生的痛苦的谈话就此停了。

我却宁愿他留到最后才走。从这些带有争吵性的谈话中我知道了许多对我来说是新鲜的东西,阿朱别伊先生处境困难,他眷恋着保加利亚军队,也许甚于眷恋保加利亚。他心中充满保加利亚人传统的对俄国的友好感情,他们为摆脱土耳其得到的独立而感谢俄国人。现在保加利亚人站在俄国的敌人一边,使他很不痛快。他本来肯定会为保加利亚参战的,可是参战会使他良心上痛苦,现在他的身体使他不能再打仗了,这也许对他来说更好点。由于俄国内部的变化,目前的局势更复杂了,像他想的一样,俄国人退出战争意味着中欧列强的垮台,这种传染病——他把这称为传染——在周围迅速蔓延,先是奥地利士兵,后来是德国士兵,大家都不愿打仗了。保加利亚会怎么样呢?也许他们不仅将永远带着对他们的解放者背信弃义的该隐标记,而且大家都会像在第二次巴尔干战争时那样扑到它身上,把这个国家瓜分。保加利亚完了!

可以想象母亲如何抓住他论据的每一点把他驳倒。其实她招来了大家的反对,因为如果说她欢迎即将到来的战争的结束——在俄国由于布尔什维克的努力做到了这一点——其他人则感到是一个可怕的威胁。这都是些资产阶级,多少有些产业,他们之中出生在保加利亚的人害怕革命传到那里,另一些来自土耳其的人还在君士坦丁堡就已经看见了他们的老对手,虽然穿着新的装束。母亲对这些倒无所谓,对她来说关键是谁想结束战争。她,一个出身于保加利亚富裕家庭的人竟维护列宁。她不像别人那样把列宁看成魔鬼，而是把他看成造福于人类的人。

和母亲争吵的阿朱别伊先生其实是唯一能理解母亲的人，他有他自己的想法。有一次他问母亲："如果我是一个俄国军官，夫人，我决定和我的人民继续和德国人打仗，那么您会让人向我开枪吗？"母亲毫不犹豫地回答："每一个反对结束战争的人，我都将打死，他是人类的敌人。"这是所有这些聚会中最富有戏剧性的一幕。

其他准备妥协的商人以及他们富于感情的夫人的惊愕没有动摇母亲的决心，大家七嘴八舌地说道："什么，您竟然忍心这么干？您忍心让阿朱别伊被打死？""他不胆怯。他知道死是怎么回事，他不像你们所有人。不是吗，阿朱别伊先生？"他承认母亲是对的。"是的，夫人，从您的立场出发，您也是对的。您具有一个男子的决断，您是真正的阿尔迪蒂家的人。"最后这一个转折，这一句表示崇敬的话涉及与我父亲的家庭相反的、一个我根本不喜欢的家族，我不大喜欢听，可是我必须说，尽管争论激烈，我对阿朱别伊先生从不忌妒，当他不久病又复发时，我们都为他悲伤。母亲说："这样对他来说也好，他不用再经历保加利亚的崩溃。"

日课与夜读／馈赠

也许过去的晚间朗读取消了,应该算是家中情况的变化。等到我们三人上床时,母亲已经没时间了,她坚决地履行着她的新义务,不管她干什么,总能找到她的根据,不加上解释说明,这样的话会使她非常无聊。她希望一切都沿着一条轨道进行,然而实际上根本就没有这条定规。于是她在她的语言中寻找并找到了这条定规。"组织好,孩子们!"她对我们说,"组织好!"而且常常重复这个词,我们都觉得滑稽,就齐声模仿她。可是她对待这个组织问题很认真,而且制止我们嘲笑。"你们会看到,如果在生活中没有组织,你们就没法前进。"她认为,凡事都要按部就班,就是最普通的家务事也没有容易和简单之分。讲话给她鼓了劲,她做一切事都找出一些话说,也许当时构成共同生活中真正亮点的就是什么都谈。

但是实际上她直到晚上才轻松下来,这时我们上了床,她终于可以读书了,这是她阅读伟大的斯特林堡的时间。我醒着躺在床上,从门底下看见隔壁卧室中透过来的微光。她在那边跪在椅子上,两肘支在桌上,右拳撑住头,面前放着一大摞黄皮的斯特林堡全集。每一次过生日和圣诞节时都增加一本,这是她希望从我们手中得到的。特别令我不安的是,我不许读这些书。我从来没试图往这些书中的任何一本上瞄一眼,我喜欢这个禁令,从这些黄皮的书中发射出一束光芒，我只有用这个禁令才能解释它，没有什么比我能递给她一卷我只知道名字的新书更使我幸福的事了。每当我们晚上吃过晚饭，收拾好桌子，弟弟们也上床睡觉之后，我就把一摞黄皮的书给她抱到桌上，堆在右边的位置上，然后我们再说上一会儿话。我觉得她已经等不及了，当我一看到这堆书，也就理解她了，安静地上床去，不再使她痛苦。我随手关上身后卧室的门，脱衣服时听见她还来回踱了一会儿。我躺下来，倾听她坐上椅子的嘎吱声，然后我感觉到她怎样把书拿在手中，如果我有把握肯定她已经翻开了书，我就把目光转向门底下透过来的微光。现在我知道，世界上再没什么事可以叫她离开书本了，这时我就打开我的手电筒，躲进被子下读我自己的书了。这是我不让任何人知道的秘密，而且这也保证了她的书的秘密。

她一直读到深夜，而我则不得不省着用手电筒的电池。只用少得可怜的一部分零用钱买电池，因为大部分钱我要省下来给母亲买礼物，因此我读书很少超过一刻钟。当我终于被发现时，闹了一场乱子，母亲最不能容忍的就是欺骗。我虽然可以换一个手电筒代替被没收的手电筒，可是为了保险起见，我不能那么做，小弟弟们被派来监视我，他们正急不可待地等着突然把我的被子掀开。如果他们醒着，从他们的床上很容易看见我是不是把头缩到被子底下了，然后他们就不发出一点声音地走过来，多半是两人一块。在被子底下我一点听不到，也没法防备，突然我没有了被子睡在床上，我还没明白过来出了什么事，耳边就响起了胜利的欢呼声。母亲为这种打扰很生气，从椅子上下来，找到一句给我致命打击的话："这么说，我在世界上没有一个可以信任的人！"说着把我的书没收一星期。

这个惩罚很严厉，因为这涉及狄更斯。这是她当时送给我的书的作者，我读任何一个作家的书都没有像对他的书那样怀着如此之大的热情。我从《雾都孤儿》和《尼古拉斯·尼克尔贝》开始读，特别是后一本书讲的是当时英国学校的情形，使我再也放不下。我读完后立即又从头到尾再读一遍，读了三四遍，也许更多。"你已经知道，"她说，"难道你现在不想读一本别的吗？"可是我理解越深，就越想再读，她认为这是我的一种幼稚行为，把我引回到读过去的那些我从父亲那儿得到的书，那些书中有的我熟极了，读了不下四十遍。她尽力要改掉我这个坏习惯，就用讲新书来引诱我，幸好狄更斯还有好多书，《大卫·科波菲尔》是她最喜欢的书，也被看成文学杰作，我得最后再读。她使我对新书的渴望大大加强，而且希望用这个诱饵戒掉我总是重读其他小说的习惯。对于已经熟悉的书的爱和她用各种办法在我心中煽起的好奇心同时牵着我的心。"关于这个问题我们不再谈了。"她不高兴地说，同时十分厌烦地向我瞥了一眼。"这本书我们确实已经说过了。还要我对你总重复同一件事吗？我不像你。现在我们来谈下一本！"因为和母亲的谈话总还是最重要的，因为我很难忍受不和她谈论一本奇妙的书的每一个细节，因为我发觉，她不愿意再说什么了，而且我的固执的确使她开始感到无聊，所以我渐渐屈服了，限制自己每一本狄更斯的书只读两遍。放弃一本狄更斯的书，而且亲自把书还到她把书借来的图书馆去，这使我十分痛苦（我们一切东西都留在维也纳，家具和藏书都存在那儿了，于是她大多是到霍廷根借阅协会借书读），但是和她谈论一本新的狄更斯的书将更有意思，这样母亲本人就是我该为一切美好事物感谢她的人，是使我和我的固执、我在这些事情上的最好品质决裂的人。

有时，她对她在我心中煽起的热情感到害怕，便企图把我引到别的作者身上，在这个意义上，她最大的失误是选择了瓦尔特·司各特①。也许当她第一次谈到司各特时没有表现出足够的热情,也许他真的那么干巴巴的,像我当时感觉的那样,我不仅没有重读,在读了他的两三本小说后我就完全拒绝再把他的书拿在手上,而且如此激烈反对,以致她为我的趣味方向的坚定性十分高兴,说出了我从她那儿听到的最高的赞赏:"你真是我的儿子,我也从没喜欢过他。我本来以为你会对历史很感兴趣。""历史!"我愤怒地喊起来,"那根本不是历史。那只是装备齐整的傻瓜骑士!"于是,我们俩都满意的这个短暂的司各特插曲结束了。

在所有关系到我的思想教育的问题上,她很少注意别的东西,但是有一次肯定有什么人给她留下了某种印象,也许在学校里有人对她说了什么;她也像其他家长一样,常常到学校去,也许是她听过的某些报告中的一个使她感到不安,不管怎么说,有一天她对我说,我必须也知道我这个年龄的其他孩子读什么书,否则不久以后我和我的同学就不能互相理解了。她给我订了《好朋友》,我到现在都弄不懂,我在读狄更斯的同一个时间里怎么也喜欢读这样的书。这里边有紧张的故事,像《萨克拉门托的黄金》,讲的是加利福尼亚的瑞士淘金者苏特尔,最动人心弦的是一个关于提比留②国王的宠臣赛耶努斯的故事。这是我第一次真正接触到罗马历史,我把这个十分讨厌的国王看作暴力的象征,他在我心里引起一种联想,使我想到五年前在英国已开始接触到的拿破仑的历史。

母亲阅读的不只限于斯特林堡一个,虽然他是她这个时期读得最多的作家。拉舍尔出版社出的反战书籍构成特殊的一组,拉茨

---

① 瓦尔特·司各特(1771—1832),英国历史小说家、诗人。
② 提比留(前42—37),古罗马皇帝。赛耶努斯为近卫军长官,皇帝的宠臣。

科①的《战争中的人》、莱昂哈德·弗兰克②的《人是善良的》、巴比塞③的《火线》是她最常对我说起的三本书。这三本书也像斯特林堡的书一样，是她希望从我们手中得到的礼物。我们的零用钱少得可怜，虽然几乎全攒起来为送礼用，但是光靠这一点也是不够的。我每天还能得到几个生丁④，是用来在学校里向校役买一个油煎包当下午点心的。我肚子饿，可还是把钱存起来，直到够买一本新书送给母亲，这要有意思得多。我先跑到拉舍尔出版社那里打听价钱，踏进这个位于利马特码头总是生意兴隆的书店，看到那些常常问我们下一次送什么礼物的人，已经是一种乐趣了，自然我还能一眼就看到我以后有一天将会读到的书。我倒不怎么觉得在这些成年人中我长大了一点，更有责任感，倒是永远不会减弱的、将要读到更多书的希望对我鼓舞更大。如果说当时我知道一点对前途的忧虑的话，那就仅仅是担心世界上图书的存在。要是我把什么都读完了怎么办呢？当然我最好一遍又一遍地读我喜欢的书，但总有新的东西读肯定也会使人高兴的。我一知道了计划送的礼物的价钱，就开始计算：我得省多少次午点钱才够？总要过几个月，一点一点凑到够买一本书。我也想有一天真的像有些同学那样买一只油煎包，在其他人面前吃，然而，这个念头和上述目的比起来几乎算不了什么。相反，我喜欢站在一个嚼着油煎包的同学旁边，同时，怀着快活的感觉——我不能说别的——想象着当我们把书递给母亲时，她的那副惊喜的样子。

她每次都大吃一惊，虽然一再发生这样的情形。她从来也不知

---

① 拉茨科（1881—1965），德国作家。
② 莱昂哈德·弗兰克（1882—1961），德国作家。
③ 巴比塞（1873—1935），法国作家。
④ 生丁系瑞士硬币，合百分之一法郎。

道可能得到的是本什么书，但是如果她托我在霍廷根阅读协会去为她借什么新书，而我空跑一趟，因为大家都谈论这本书，都想要这本书，如果这时她一再重复她的要求，而且等得不耐烦了，我就知道了，这应该是新礼物，要把它当作我的"政策"的下一个目标。我还搞了个计划得很巧妙的骗局，我继续到阅读协会打听，带着失望的表情回来，说："又没有拉茨科的书！"越临近令她惊喜的那一天，我的失望的表情就越厉害，在应该让她吃惊的前一天，我甚至十分恼火地跺着脚。母亲建议，为了表示抗议，决定脱离这个协会。"这个协会一点用也没有。"她沉思着说，"我们以后不会得到书了。"第二天她手中有了崭新的拉茨科的书，这还不令她大吃一惊吗！而我却不得不保证以后不再这样，从现在开始在学校吃油煎包子，但她从来没有用收回攒的钱来威胁我，也许这是她培养性格的方法，也许书给她带来特别的快乐，因为我是通过每天细小的克制行动积攒起来的。她自己是一个会吃的人，她对精美菜肴的口味是很高的，在我们吃很简朴的饭食时，她也不怕去谈论她失掉了什么美味，不怕说出在她决定让我习惯于简单、廉价的饭食的情况下，什么是唯一使她感到痛苦的事情。

也许这是一组特殊的书，起到某种把她的思想政治化的作用，她被巴比塞的《火线》吸引了好久。当她认为对时就一再跟我说起这本书，我缠着她要求允许我读这本书，她坚决不同意，为此我听她以某种缓和的形式讲了一切情节。她是一个独来独往的人，没有加入和平运动小组，她去听莱昂哈德·拉雷茨①演讲，心情激动地回到家中，使得我们俩都大半夜睡不着。但涉及她个人时，她对各

---

① 莱昂哈德·拉雷茨（1868—1945），瑞士神学教授，国际和平运动领导者之一，著有《宗教——社会运动的意义与生成》《从基督教到马克思——从马克思到基督教》等书。

种舆论的恐惧始终没有消除。因此她解释说，她只为我们三人活着，她自己没有能力去做那些事，因为在战争时期，在一个男人的世界里已经不听一个女人的了，为此她希望我们三个人每一个都最符合自己天性地成长起来，支持她的意见。

当时在苏黎世有许多聚会，她渴望了解她听到的一切事，不仅是反对战争的事。她没有人可以商量，在精神上她确实是孤单的，在平时来拜访我们的熟人中她显得是最开放和最聪明的，每当我想到，她什么都靠自己的力量做，我今天也不得不感到惊讶。即便涉及她最强的信念，她也保持着自己的判断，我记得她多么轻蔑地把斯蒂芬·茨威格①的《哀歌》搁置一旁。"废纸！空话连篇！可以看出，他什么也没经历过，他应该读读巴比塞，也别写这些东西！"她对真实的经验十分崇敬，她本来也怕在别人面前开口谈战争实际上是怎么进行的，因为她自己没有在战壕蹲过，而且她竟然主张，如果妇女也必须参加战争会更好些，因为她们会为坚决反对战争而斗争。如果谈到事情本身的话，这种恐惧也许会阻碍她找到志同道合的人。不论是口头的还是文字的饶舌，都是她最厌恶的，如果我敢于含含糊糊地说些什么，她会立即毫不留情地打断我的话。

在我自己开始思考的时候，我无条件地钦佩母亲，我把她和州立学校里我的老师相比，那些老师中我比较满意甚至很崇拜的不止一个，但只有欧根·米勒把母亲的那种热情和严肃结合在一起，只有他说话时像母亲一样睁大眼睛，目不转睛地看着自己面前，控制他的谈话对象。我把上他的课的一切情况都告诉母亲，这吸引了她，因为她只是从古典戏剧里了解希腊人。她向我学希腊历史，而且不耻下问。这次我们的角色换了，不是由她来读历史，虽然她有

---

① 斯蒂芬·茨威格（1881—1942），奥地利作家。

那么多关于战争的故事。但是也有这样的时候，我们吃完午饭以后，她立即向我问起梭伦①或地米斯托克利②的事，她特别喜欢梭伦，因为他没有以独裁者自居，而是退了位。她奇怪怎么没有关于梭伦的戏，她不知道任何关于梭伦的事。她觉得很不公平，希腊人根本没谈到这样一些人物的母亲，她毫不胆怯地把格拉古兄弟③的母亲当成她的榜样。

我觉得很难不把她所注意研究的一切都历数出来，因为不管什么事，总对我有些影响。只有对我她才说出一切细节，只有我才认真对待她的判断，因为我知道，这个判决是出自什么样的热情。她诅咒许多事，但是从来都详细论述她所反对的事，而且激烈地、令人信服地说清理由。诚然，一起阅读的时代过去了，戏剧和伟大的表演家不再是世界的主要内容，但是，另一种绝不少的"财富"代替了这个位置：当前发生的阴森可怕的事，它的影响的根源。她生性多疑，在她视为所有人中最聪明的斯特林堡那里找到了为这种多疑开解的理由，她已经习惯了多疑，也不想改掉。这时她突然发现，她走得太远了，告诉我的东西成了我自己幼稚的猜疑心的根源，她害怕了，为了平衡，对我讲了她特别欣赏的一种行为。大多数情况下有难以想象的困难，但是高尚、宽容总在起作用。在进行这种平衡的努力时我感到和她贴得最近，她以为，我从语调上看不透这种调换的原因，但是，我已经有点像她，练习去看透原因。我

---

① 梭伦（前 630—前 560），雅典的政治家，公元前五九四年任执政官，实行改革，制定了新宪法。
② 地米斯托克利（前 524—前 460），雅典海上强权的缔造者，公元前四九三年当选为雅典的执政官。
③ 指提比略·塞森姆普罗尼乌斯·格拉古（前 163—前 132）和盖乌斯·塞森姆普罗尼乌斯·格拉古（前 153—前 121），罗马人，他们曾利用保民官的职位和罗马共和国公民大会场的立法权力，发动罗马革命，最后被害。

装着天真地接受这个"高尚"的故事，我总是喜欢它，但是我明白为什么她正好现在讲述这个故事，并且我把这种识破保留在自己心中。于是我们俩都有点保留，因为实际上是同一个东西，我们每人在另一个人面前保守的都是一样的秘密。我觉得自己对她来说是默默地长大了——在这种时候，我觉得我最爱她——是毫不奇怪的。她相信，她把她的多疑已在我面前掩盖住了。我二者都觉察到了：她毫无怜悯心的苛刻和她慷慨大度的宽容。程度如何我当时还不知道，但是我感觉到了：一个人可以把这么多的完全对立的东西统一在一起，一切表面看来不一致的东西同时可以通行，一个人可以感觉，而不会因为害怕而不能自持，应该想到并且说出人类天性的真正荣光，这就是我从她那里学到的最根本的东西。

催眠术和嫉妒心／重伤员

母亲经常去听音乐会，音乐对她一直是重要的，虽然自从父亲去世后她难得碰钢琴。也许自从她有机会听她的乐器大师演奏以来，她的要求也更高了，那些钢琴大师中有的当时就住在苏黎世。她从未放过一次布索尼①的音乐会。布索尼就住在我们附近，这个消息把她弄得有点不知所措了。当我对她讲了我和布索尼的相遇时，她没有立即相信，直到她从旁人那儿听说真是布索尼时，她才相信，而且责怪我怎么像这一地区的孩子们一样不叫他布索尼，而叫他"绍多，到爸爸这儿来"。她答应带我去听一次音乐会，可条件是我再不能叫他那个不正确的名字。他是她听过的最优秀的钢琴大师，她认为别人也像他一样被称作钢琴家，简直是胡闹。她也定期去听根据第一小提琴手命名的夏舍特四重奏，而且总是怀着难以说清的激动心情从音乐会回家。有一次她生气地对我讲，我父亲本来也想当这样一个提琴手，他的梦想就是能在一个四重奏中表演，这时我才明白，她为什么激动。她曾问父亲为什么不单独在音乐会上登台，父亲摇摇头，说他永远不会拉得那么好，他知道自己才能的局限，要是他父亲不是那么早就不让他演奏的话，参加一个四重奏也许还行，或是当一个乐团的第一小提琴手。"你爷爷像一个暴

---

① 布索尼（1866—1924），意大利作曲家和钢琴家。

君，一个独裁者，他把提琴夺走了，而且一听见你父亲拉琴就打他。有一回为了惩罚你父亲，由他哥哥把他捆在地窖里关了一夜。"她一直说下去，为了减弱她的愤怒对我的影响，她又伤心地补充说，"而你父亲是那么知足、顺从。"她看出我不明白为什么爷爷打父亲，可他还那么顺从，但她并不告诉我这是因为父亲不再相信自己也许还能成为音乐会的台柱了，而是讽刺地说："你倒确实变得更像我了。"我不爱听这话，我不能忍受她说父亲缺少进取心，好像只是因为他没有奢望才是一个好人似的。

听了《圣马太受难曲》①之后，她陷入一种我不能忘怀的状态，因为她整天也不想跟我好好说一句话。一个星期她都不能读书，她打开书，可一句也读不进去，耳边总听见伊奥娜杜丽戈的女低音。一天夜里她含泪走到我的卧室，对我说："现在我的书完了，我再也不能读书了。"我想法安慰她，让她坐在我旁边读书，这样她就不会听见歌声了。出现这样的情况只是因为她是单独一个人，如果我靠着桌子坐在她旁边，我可以总跟她说点什么，那声音就会消失。"可是我的确想听，你不懂，我永远不愿再听别的什么！"她这么激动，吓了我一跳，但是我对那声音也很欣赏，就没再作声。随后几天我有时用询问的目光看着她。她懂得我的意思，带着一种混杂着幸福和绝望的情绪说："我还总听见她的声音。"

像她看守着我一样，我也守护着她，如果一个人对谁如此接近，那对他内心的一切悸动都会有敏锐的感觉。我被她的热情完全征服了，本来我是不能让错误的音调进入她的耳朵的。这不是非分要求，而是亲密感，它给了我守卫的权利，如果和一个陌生的、不习惯的影响赌赛的话，我会毫不犹豫地扑到她身上。有一个时期她

---

① 德国作曲家 J.S. 巴赫根据《圣经》中叙述的耶稣受难过程所作的清唱剧。

去听鲁道夫·施泰纳[①]的报告，她说起这些报告时，听起来完全不像她自己的声音，仿佛她是突然用一种外语说话似的。我不知道是谁鼓动她去听报告的，肯定不是她主动去的，她失口漏出一句，鲁道夫·施泰纳会点催眠术，这时，我开始不断地向她提问题了。因为关于这个人我什么也不知道，只能从她自己的叙述中得出一个印象。不久我知道了，他通过引用歌德的话赢得了她的信任。

我问她，这对她来说是不是新的，她肯定是已经知道那些话的呀，她说过，她把歌德的全部东西都读过了。"你知道，没有人全部读完了歌德，"她有点发窘地承认，"而且我一点也回忆不起来这些话了。"她显得心里很不踏实，因为我习惯了她知道她的诗人的每一个音节，正是她猛烈攻击别人对一个作者缺乏了解，而且把人家叫作"空谈家"、"把一切记得一塌糊涂的糨糊脑袋"，因为他们太懒，不肯寻根究底。我不满意她的回答，接着又问，她现在是不是愿意我也相信这件事？我们本来不能相信各不相同的东西，如果她听了几个报告后就信奉施泰纳，因为他能催眠，那么我就将强迫自己也相信她说过的每一件事，这样什么都不能把我们分开。听起来这多半像一种威胁，也许只是一个计策：我想知道，这种新方法对她有多大的控制力，这种方法对我完全是陌生的，我从来没想到过，却突然使用了这种方法，我有一种感觉，从这时起，它会改变我们之间的一切。我最怕的是母亲对我是不是和她亲近无所谓，那就意味着，我怎么样，发生了什么事，对她来说都根本不再重要了。但是绝对没到那种地步，因为关于我的"干预"她一点不想知道，她生气地对我说："你还太年轻，这儿没你的事，你不应该相信这些事。我再也不讲给你听了。"我正好存了一点钱，准备给她

[①] 鲁道夫·施泰纳（1861—1925），奥地利人类学家。

买一本斯特林堡的新书,这时,我果断地决定不买那本而买了一本鲁道夫·施泰纳的书。我郑重其事地把书递给她,故意说了几句言不由衷的话:"你确实对这书感兴趣,可又不能全都记住。你说,这不容易懂,必须好好研究,现在你可以静静地读了,而且可以更好地为听报告作准备。"

可这样做根本不合她的意,她一再问,我为什么买这本书,她还不知道要不要留下这本书,也许这书对她根本不合适。她还没读过施泰纳的任何东西,一个人只有肯定想保存这本书时才去买它,她怕现在我自己会去读它,这样正像她认为的,会过早地被诱入某一个方向。她最担心的是并非出于自己的亲身经验得出认识,而且也不相信那些过快地改变看法的人。她看不起那些朝秦暮楚的人,常常说他们是"墙头草,随风倒"。她为自己使用了"催眠术"这个词感到不自在,解释说,她不是把这个词用到自己身上,她感到新奇的是其他听众在那里像处于催眠状态之中。也许我们把这些事放到以后,等我更成熟了、更能理解时再谈更好一些。其实,我们之间能够不拐弯抹角,不用把并不真正是我们的东西拿出来装装样子地坦率商谈问题,对她来说也是最重要的。我不是第一次发觉她如何迁就我的猜忌心理,她自己说,她再也没有时间去听这些报告,也许时机对她不大恰当,而且她为此荒废了许多她已经比较理解的东西,于是她对我舍弃了鲁道夫·施泰纳,不再提他了。我不感到对一个学者的这次胜利不体面,我没有反驳过一句他的话,因为我一点儿也不熟悉他。我阻止他的思想在母亲的头脑里扎根,因为我发觉这些思想和我们之间谈到的内容毫不沾边,对于我来说,只想到一点,即把这些思想从她脑子里清除出去。

我应该对这种猜忌心理怎么想呢?我既不能赞同,也不能咒骂,我只能把它记录下来,它这么早就是我性格的一部分,隐瞒这一点是欺骗。每当有一个人对我来说成为重要的人时，猜忌心就冒出来了，只有其中少数人不总为此苦恼。这在我和母亲的关系中有很充分的表现，它使我能够为某种东西而奋斗，它从各个角度看都更优越、更强、更有经验，知识更丰富而且更有自我牺牲的精神。我完全没想到，我在这个斗争中是多么自私，要是当时有谁跟我说，我使得母亲不幸，我准会大吃一惊。她给了我这个权利，她在寂寞中和我最为亲近，因为她不认识任何能与她匹敌的人。要是她和一个像布索尼那样的男人交往的话，那就会失去我。我为此爱她，因为她不回避我，她把全部重要想法都告诉我，由于我年轻有些事要有所保留，那也是一种表面现象。她坚持在我面前隐瞒一切性爱的内容，她在我们的维也纳住宅的阳台上设下的禁区在我脑子里印象这么深，仿佛是上帝在西奈山上亲自宣布的似的。我不问，也不想这些事，在她热情、聪慧地用世界的全部内容来充实我时，省去了这可能把我弄糊涂的问题。因为我不知道，人是怎样需要这种爱情，我也就不会预感到，她缺少了什么。当时她三十二岁，单身，可这在我看来完全是自然的，就像我自己的生活一样。有时候当她对我们生气时，我们让她失望或惹她烦恼时，她也说，她为我们牺牲了自己的生活，要是我们不配她这么做，她就把我们交到一个男人的强有力的手中，他会教我们守规矩的。可是我不懂，我不能理解，她这时作为一个女人想到的是她孤单的生活，我看到的牺牲只是她为我们花了那么多时间，本来她一直是更喜欢读书的。

  对于这个在其他人的生活中常常容易酿成危险的逆反行动的禁区，我至今还感谢母亲。我不能说，这使我保持了我的纯洁，因为我有妒忌心，我根本不是天真无邪的，但是母亲使我对我想知道的一切保持了素朴的感情和清新的感觉。我用一切可能的办法学习，没有感到强迫或负担，因为没有什么更刺激我或让我不得不秘密进行的事。凡是接近我的东西，都扎下了坚实的根，一切在这里都有它的位置。我从没感到，有什么事瞒着我，相反，我觉得仿佛一切都展示在我面前，我只需去把握它。一件东西刚刚进入我心中，就联系到另一件事，与之结合起来，继续成长，制造一种气氛而且呼唤新的东西。正是这一点清新感，一切都有新的形象，不仅仅是增加而已。素朴也许就意味着，一切都呈现在眼前，永不休眠。

我们在苏黎世共同度过的年岁里，母亲向我表明的第二件善举有更重要的后果：她向我宣布了她的算计。我从来没听说过一个人出于实际的原因做什么事，没有什么事是为了可能对人有利才去做的。我想做的一切事都有平等的权利，我面前同时有成百条道路，不必听人说哪条道路走起来更舒服些，更有好处，更有收获；问题在于事情本身，而不是它有什么用处。一个人必须认真和细致，能够代表一种没有欺骗的意见，但这种细致是对于事情本身，而不是它可能给人带来的利益。一个人将来有一天会干什么，几乎还谈不上，职业问题还提不上日程，一切职业都可任人选择。成就并不意味着仅仅一个人自己向前跨了一步，成就对所有的人都有好处，要不就不叫作成就。一个出身于这种家庭，对家庭的商业威信充满自豪、从不否认的女性，怎么会自觉地有了一种自由、宽广、无私的眼光，这对我是个谜，我只能把它归之于战争的震惊，归之于对所有在战争中失去了宝贵亲人的人的同情。这使得她突然一下子越过了她的界线，自己也变得对于想到、感到、经受到的一切宽容大度了。

有一次我亲眼看到她的失态，这是我对她最缄默的回忆，也是唯一的一次我看见她在街上哭。平时她总是从容镇定，在公众场合不会举止失当的。我们俩一起在利马特码头散步，我想把橱窗里摆的拉舍尔出版社的某些东西指给她看，这时一队法国军官向我们走过来，他们的制服很显眼，其中一些人走得吃力，其他人合着他们的步子。我们驻足，让他们慢慢通过。"他们是受了重伤。"母亲说，"他们到瑞士休整，然后换防去对付德军。"从另一边已经走过来一队德国兵，他们中间也有拄拐杖的，其他人为照顾他们也走得很慢。我还记得，我当时吓得四肢发抖，现在会出什么事啊？他们会相互开火吗？我们惊呆了，没能及时让开。突然之间，我们就被包围在想要通过的两队人之间，就在拱门下，地方也许够通过，但是我们现在靠得很近，盯住他们的脸，看着他们怎样挤了过去。没有一张面孔像我估计的那样带着仇恨或愤怒的表情，他们平静、友好地互相看着，仿佛没事似的，有些人还相互致意。他们比别人走得慢很多，过了好长时间，我觉得好像他们永远过不完似的。一个法国兵还回过头来，把拐杖举到空中，挥动了一会儿，而且向已经走过去的德国兵呼喊："敬礼！"一个听见喊声的德国兵也学着他的动作，他也有一根拐杖，他挥动着拐杖，用法语回敬问候："敬礼！"别人如果看见，也许会以为挥动拐杖是一种威胁的意思，但是绝不是这样，在告别时他们相互证明，他们剩下的共同东西只有拐杖。母亲脚踩着人行道的边沿，背对着我站在橱窗前面，我看见，她的肩在抖动，我走到她身边，小心地从旁边看她，她哭了。我们装出好像是看橱窗的样子，我没说一句话，当她镇定下来时，我们默默地回家。后来我们从没谈到过这次遭遇。

戈特弗里德·凯勒① 庆祝会

我和同年级的瓦尔特·伍莱史纳结成了文学之友,他是心理学教授的儿子,来自布雷斯劳。他总是表现得很有"教养",从不和我讲方言,我们的友情产生得很自然,我们谈书,可是我们之间有天壤之别,他对人们现在谈论的当代文学感兴趣,当时的中心是魏德金德②。

魏德金德有时来苏黎世,在剧场里演出《地妖》。他是一个很有争议的人物,支持和反对他的人形成了两派,反对他的一派人多些,而支持他的一派更为有趣。就我自己的经验来说,我对他毫无所知,母亲在剧场见过他,母亲的讲述一般是精彩的(她详细描述他怎么拿着鞭子登台),但评论则没把握。她期待某些像斯特林堡那样的人,她没完全否认两人之间的近似,但认为魏德金德同时具有某些传教士和叛逆的记者的气质,他总想引起些反响,被人们注意,至于怎样被发现,对他来说无所谓,只要别人注意他就行。斯特林堡却保持着严厉和思考的特性,虽然他把一切都看透了。他有点像一个医生,但不是为了治病,也不是为了治身体上的病的医生。大概后来我自己读他的书时,我才理解了母亲的意思。不管怎

---

① 戈特弗里德·凯勒(1819—1890),瑞士作家。
② 弗兰克·魏德金德(1864—1918),德国剧作家。

么说，关于魏德金德我得到的是一个不完全的印象，而且因为我不想抢先行动，所以十分耐心，如果我被警告要提防一个正常的人，他就还不能吸引我。

伍莱史纳相反，总不住口地说到魏德金德，他甚至模仿魏德金德写了一个戏，而且读给我听。剧本里只有舞台上的到处放枪，既突然，又毫无理由，我不懂为什么，这种事我觉得很生疏，仿佛是发生在月亮上似的。这时候我正在所有的书店寻找《大卫·科波菲尔》，作为历时一年半的"狄更斯热"的顶峰和我的礼物。每次我去书店，伍莱史纳也一起去，到处都找不到这本书。对这样一本过时的、不时髦的读物，毫无兴趣的伍莱史纳嘲笑我，而且认为，哪儿都没有《大卫·科波菲尔》——他轻蔑地说出书名——是一个坏兆头，这意味着没人愿意读它。"你是唯一的一个。"他嘲弄地补充道。

我终于找到了这本书，是德文的袖珍本。而且我告诉伍莱史纳，他的魏德金德（我只是根据他的模仿了解的）在我看来有多愚蠢。

我们之间的分歧没有使我们不快活，每当我谈起我的书时，他总是全神贯注地听，就是讲到《大卫·科波菲尔》的内容时，他也听着；我则从他那里得知在魏德金德的剧中出现的最古怪、最特殊的事情。我总说："没有这样的事，这不可能！"而这一点并不影响他，相反，能叫我大吃一惊给他带来快乐。奇怪的是，今天我一点也想不起来，他究竟是用什么使我惊奇的。一切都对我不起作用，好像什么都没有存在过似的，因为在我心中没有任何可以与之联系得上的事，我就把一切都当成胡说八道。

我们两人的高傲合在一起，结成一派，反对一大群人的时刻到来了。一九一九年七月举行了戈特弗里德·凯勒一百周年诞辰庆祝会，我们全校为此在布道教堂集合。我和伍莱史纳一起从莱米大街走到布道广场。我们从没听说过凯勒多少事，他是一个苏黎世作家，生于一百年前，这就是我们知道的一切。我们奇怪的是庆祝会改在布道教堂，这样的事还是头一次。在家里我已问过母亲，凯勒是谁，可是没用，母亲也没读过一本他的书。伍莱史纳也没听到过一点关于凯勒的情况，只知道他是一个瑞士人。我们情绪很高，因为我们觉得自己不是故步自封的，因为本来只是大国文学使我们感兴趣，我是英国文学，他是新德意志文学。战争期间我们曾好像敌人一般，我坚信威尔逊的"十四点"纲领①，他则希望德国人胜利。但是自从中欧列强失败以来，我的立场离开了战胜者一方，当时我已感到对胜利者的反感，当我看到德国人没有受到像威尔逊预言的那样对待时，我就站到他们一方了。

这样，现在使我们有分歧的实际上只有魏德金德了，可是尽管我一点也不懂他的东西，我却没有一刻怀疑过他的荣誉。布道教堂拥挤不堪，充满了一种节日气氛，人们先奏起音乐，然后发表长篇演说，我不记得是谁主持的，大概是一位曾经是我们学校的教授，但不是我们自己的教授，他一再强调凯勒的意义和作用。伍莱史纳和我私下偷偷交换着嘲讽的目光，我们自以为知道什么是一个作家，如果我们对一个人一点都不知晓，那他就不是作家。但是演讲人对凯勒的评价越说越高，他讲到了如同我平时听到谈及莎士比亚、歌德、维克多·雨果、狄更斯、托尔斯泰和斯特林堡时用的词汇，一种几乎无法形容的恐惧向我袭来，好像有人亵渎了世界上最高尚的东西——伟大作家的声誉一样。我气坏了，真想高声喊叫打断演说。我相信自己感觉到了周围听众的虔诚，也许因为是在一个

---

① 威尔逊，美国总统（1913—1924）。"一战"中，曾提出过结束战争的"十四点"纲领。

教堂举行的。我立即也很快慰地意识到,我的好多同学对凯勒多么无所谓,因为对他们来说,他们在校要学的那些作家已经使他们感到负担很重了。大家都静静地表示出一种虔诚态度,没有人吭声,我感到拘束,或者是因为有教养,不敢在教堂中乱来。怒火转向内心,变成了誓言,我们刚一走出教堂,我就极为严肃地对伍莱史纳说:"我们必须发誓,我们俩都必须发誓,我们决不要成为地方名人!"他本来更想说几句挖苦嘲讽的评论,看我不是开玩笑,就也对我发誓,像我向他发誓一样。但是我怀疑,他说这话时不是全心全意的,因为他认为狄更斯——他读得如此之少,就像我没读过凯勒一样——是我的地方名人。

也可能那次演讲真的有些夸张,对此我早就有敏锐的感受。但是震动我幼稚的心灵深处的是,人们对一位就连母亲也从未读过的作家评价如此之高。我的报道使母亲起了疑心,她说:"我不知道,现在我一定得看看他的东西。"我下一次到霍廷根阅读协会时,请求把《塞尔德维拉乡下的人们》一书一直保留着。出纳台的小姐微笑着,一位来借书的先生纠正我的错误,像对待一个目不识丁的人。其实,我只把书名说错了一点,他本来大概要问:"你已经能读书了吗?"我很不好意思,以后再碰到凯勒时我态度得审慎一些。但是我还没预计到我有一天读到《绿衣亨利》[①]时会那么惊讶,当我又回到维也纳当大学生,完完全全被果戈理迷住了时,我觉得在我所了解的德语文学中,唯一一个和他的书相近的故事是《三个正直的制梳匠》。如果我有幸活到二〇一九年,得以荣幸地在布道教堂参加凯勒诞生二百周年纪念会,并发表演说纪念他的话,我将为他找到另外一篇本身就将征服一个十四岁少年的无知和自傲的颂词。

[①] 《绿衣亨利》为凯勒的代表作。

维也纳在危难中／来自米兰的奴隶

母亲和我们熬了两年这样的日子,她完全属于我们,我觉得她是幸福的,因为我自己挺快活。我没有料到她感到痛苦,也没想到过她缺少什么。先前在维也纳发生的事情又重演了,她把一切精力集中在我们身上两年后,开始身心交瘁了。她心中有什么东西在碎裂脱落,我却没发觉,不幸它又以一种疾病的形式出现。当时有一种疾病在全世界蔓延,即一九一八至一九一九年冬天的流行性感冒,因为我们三人像我们认识的所有人——同学、老师、朋友一样都染上了这种病,所以我们也没把母亲的病看成什么特别的事情。也许她缺乏很好的护理,也许她下床太早,她突然出现了并发症,形成血栓,不得不住了几周医院。等到她再回到家中时完全变了个人,她不得不经常躺在床上,保养自己,家务对她来说太繁重了,她觉得自己被禁锢起来,在这个小房子里感到压抑。

夜里她不再跪在她的椅子上,把头支在拳头上,我像过去那样给她准备的一大摞黄色封皮的书搁在那儿也没有动过。斯特林堡失宠了。"我非常不安,"她说,"他使我沮丧,我现在不能再读他的书了。"夜里,我已经在隔壁房间躺在床上了,她会突然坐到钢琴旁,弹起忧伤的歌曲。她弹得很轻,怕吵醒我,还有一种更轻的声音,我听见她在哭泣,并且和我那已死去六年的父亲谈话。

以后的几个月是她的身体渐渐垮下去的时期。由于越来越频繁出现的虚弱状态，她自己相信，也使我相信，不能再这么继续下去了。她必须摆脱家务。我们商量来商量去，小孩子怎么办我怎么办。两个小弟弟已经进了高街的学校，但是，如果他们再到洛桑进寄宿学校，他们也不会失去什么，那也是一个国民小学。一九一六年他们已经在那儿待过几个月，在那儿他们还能提高说得不太好的法语。我已经进了州立的实科中学①，在那儿我很舒服，大多数老师我都喜欢，其中一个老师我特别喜欢，以致我向母亲声明，我决不再上没有这个老师的学校。母亲了解这种强烈的激情，不管是正确的还是错误的，她知道我不是开玩笑。于是在整个漫长的考虑过程中说好我留在苏黎世，并且必须住到某处的膳宿公寓中。

　　她自己将尽一切力量使受到严重损伤的健康重新恢复，夏天我们还将一道在伯尔尼的高地度过，然后，在我们三人被送到各自的地方后，她去维也纳，让那里还留下的名医彻底检查一下。他们会建议她做认真的疗养，她会严格遵守他们所有的建议，也许一年后我们才能再相聚，也许要长些。战争结束了，她回维也纳，我们的家具和书籍都放在那里，三年过去了，谁知道现在是什么样子。有如此多回维也纳的理由，最主要的原因是维也纳本身。人们一再听到有人说维也纳的情形如何坏，除了一切私人的原因外，她还感到有某种义务，到那儿看看真实情况。奥地利四分五裂了，这个国家现在对她来说主要就是维也纳。在战争进行期间，她想到奥地利就感到痛苦，她曾希望中欧列强失败，因为她相信是他们挑起的战争，现在她感到自己有责任，几乎是对维也纳有罪，好像是她的思想把这个城市推入灾祸。一天夜里，她十分严肃地对我说，她为了自己必须亲自去看看那儿怎么样了，她无法忍受。我开始理解维也

---

① 实科中学着重教授自然科学和现代语言。

纳可能已完全毁灭了的想法，虽然还不大清楚，她健康的恶化，她的精明、坚定，她对于我们的关心的减弱和她如此狂热地盼望战争的结束，都与奥地利的覆灭联系在一起。

我们又一次一起到坎德尔小径避暑，我们勉强接受了即将分离的打算。我习惯了和她一起住在大旅馆里，自打她年轻时起她就没去过别的旅馆。她喜欢那里抑郁的气氛，服务周到，过往的客人在大家一起用餐时可以从自己的桌子上不引人注意地观察别人。她喜欢对我们谈所有这些人，对他们做出猜测，试图确定他们出身于什么阶层，轻轻批评或赞赏他们。她认为，我可以用这个方法了解大千世界，不必靠得太近，因为这对我还为时尚早。

夏天之前我曾到过塞里斯山，在乌尔纳湖①上空的一块平台上。在那里我们常和母亲穿过树林向吕特利草场走下去，开始是为了纪念威廉·退尔，但不久就是为了摘那芳香四溢的阿尔卑斯紫罗兰，这花的香味她特别喜欢，不香的花她看都不看，好像它们不存在似的。她对铃兰、风信子、紫罗兰和玫瑰的偏爱更甚，她总爱说起这些花，而且和她的童年时代父亲花园中的玫瑰做比较。她把我从学校带回来又在家里勤奋填写的自然史图本——对于一个蹩脚画家来说这是一种真正吃力的工作——推到一边，我从来都没能让她对这些图画发生兴趣。"死的！"她说，"都是死的！没有香味，只能使人伤心！"可是她被吕特利草场陶醉了："毫不奇怪，瑞士在这里诞生！在这些阿尔卑斯紫罗兰的香气下，我也会对一切发誓的。他们已经明白，他们保卫的是什么，为了这种花香我也会准备献出我的生命。"突然她承认，她曾觉得《威廉·退尔》中总缺点什么，现在她知道那是什么了——缺少花香。我不同意地说，当时也许那儿

---

① 瑞士地名。

还没有紫罗兰呢。"当然有，要不然就没有瑞士。你以为，否则他们会起誓吗？这儿，这儿就是，这种香气给了他们起誓的力量。你以为别处没有受他们主人压迫的农民吗？为什么正好是瑞士？为什么是这两个内陆州？瑞士诞生在吕特利草场，现在我知道他们从哪里得来的勇气。"她第一次流露出对席勒的怀疑，本来为了不把我弄糊涂，她不会流露这个想法，现在这种香气的作用使她说出了她对席勒的疑虑，吐露出长久以来压抑她的东西——席勒的烂苹果。"我相信，当他写《强盗》时，他不是这样，当时不需要烂苹果。""那唐·卡洛斯呢？华伦斯坦呢？""是啊，是啊，"她说，"你认识到这点已经很好了，你还会看到，有的作家的生活是借来的，有的作家有生活，像莎士比亚。"我们在维也纳晚间阅读时，席勒和莎士比亚，两个作家都读，她对于那时的晚间阅读的背叛使我十分恼火，以致我不尊重地说："我相信，你是被紫罗兰迷醉了，因此你才会说平时没想过的事。"

这件事她就让它这样算了，她想看看，这事情上有什么正确的东西。她喜欢我能得出自己的结论，不受别人摆布。面对旅馆的生活我也保持着清醒的头脑，决不让自己被那些"高贵的客人"迷住，即便真的是高贵的客人。

我们有时住在"豪华饭店"，至少在假期里，她认为必须过一种与身份相符的生活。早早地就习惯于环境的变化，这也没什么不好。在学校里我也与各种各样的同学在一起，所以我确实喜欢上学，她希望我不是因为比别人学习轻松而愿意去学校。

"可那是你要求的呀！要是我在学校学习不好，你要看不起我了！"

"我指的不是这个，我从没这么想过。但是你喜欢和我聊天，不愿意让我觉得无聊，为此你必须懂许多东西。我可不能和一个榆木疙瘩脑袋聊天，我必须认真对待你。"

这一点我已经看清楚了，但是这与在一个豪华旅馆中的生活的联系我却还没完全弄明白。我很清楚地认识到，这与她的出身有关，与她称作"一个上流家庭"的出身联系在一起。在她家里也有些不好的人，不止一个，她完全公开地对我说起他们，当着我的面骂她的堂兄弟，即姐夫是"贼"，大声骂，而且用最严厉的语气谴责他。那个人不也是出自同一个家庭吗？这个家庭什么是好的呢？"他想要拥有更多的钱。"她最后这么向我解释。每当谈到她的"上流家庭"时，我总是碰壁，这时她就仿佛被钉住了，毫不动摇，听不进不同意见。有时我为此陷入一种完全绝望的心情，以致我抓住她拼命大喊："你就是你！你比任何一个家庭都宝贵。"

"你太放肆了！你这样都把我弄疼了，放开我！"我放开她，但是在放开之前，我还说了一句："你比世界上任何一个人都宝贵得多！我知道的！""你说点别的吧，我不会让你再提这事。"

我不能说我住在"豪华饭店"觉得不幸福，其间发生了太多的事，人们可以和从远处来这里旅行的人谈话，虽然是逐渐谈起来的。当我们在塞里斯山时，一个从西伯利亚来的老人和我们搭话，过几天我们又认识了去亚马逊河旅行过的一对夫妇。然后，夏天在坎德尔小径，我们自然又住在一家"豪华饭店"，在我们旁边桌子那儿坐着一个沉默的英国人，他一直在读一本用薄纸印的书，他是牛顿先生。母亲直到打听出这是狄更斯的除了《大卫·科波菲尔》外的另一本书才肯罢休。我心里喜欢他，但没有让他感觉到，他连续几个星期沉默寡言，然后他带我和另外两个同样大小的孩子做了一次远足。我们在路上走了六个小时，他没有发过一个音节——不管在哪里。但是当他回到旅馆把我们交给各自的父母时，他说："伯尔尼高地的风景无法与西藏相比。"我呆呆地望着他，仿佛他是斯文·赫定本人似的,但我没听到他说更多的话。

在这儿,在坎德尔小径,母亲有一次感情突然爆发,我觉得这次比她的虚脱、比所有我们在苏黎世所担心的她身心发生的可怕变化都更严重。由米兰来的一家人到了旅馆,妻子是一个美丽丰满的意大利交际花,丈夫是一个瑞士工业家,已经在米兰居住很久了。他们带着一个隶属于他们的画师——米歇莱蒂,他是一位"名画家",他只能为这个家庭作画,而且总被这个家庭监视着。这个小个子男人看起来好像身上戴着枷锁似的,他屈从于工业家是为了工业家的钱,屈从于那女人,则是因为她的美色。他很赞赏母亲,一天晚上离开饭厅时向她献殷勤,他虽然没敢对她说想给她画一幅像,可母亲却认为肯定是的,而且当我们乘电梯上楼时,母亲说:"他要给我画像!我将永存!"然后她在楼上旅馆房间里走来走去,一再重复:"他要给我画像!我将永存!"她没法安静下来,"孩子们"早已经去睡觉了,我却还和她一道又熬了好长时间,她坐不下去,就好像在舞台上似的,在房间里不停地走来走去,朗诵,唱歌,实际上什么也没说,只是用各种语调重复:"我将永存!"

我试着让她安静下来,她的激动使我诧异、惊讶。"可是他根本没说他想画你。""他用眼睛说了,用眼睛,用眼睛!他确实不能说出来,那女人就在旁边,他怎么会说呢?他们看着他,他是他们的奴仆,他把自己'卖'给他们了,为了一笔养老金把自己卖给人家。他画的一切都属于他们,他们强迫他画他们要的东西。一个大艺术家,可又如此软弱!但是他想画我。他将找到勇气并告诉他们,他将会威胁他们,以后再不给他们画什么了,他会强迫他们的。他会画我的,我将永存!"然后又从头开始,最后一句就像念经一样。我为她害臊,觉得她可怜,当第一阵惊骇过去之后,我发怒了,拼命抓住她,只是为了使她冷静下来。她本来从没说过绘画，这是一种她几乎毫不感兴趣、一点都不懂的艺术，她一下突然觉得绘画那么重要了，这就更令人丢脸。"你可没看过他的画啊！也许他的画你根本不喜欢，你根本还从没听过他的名字，你从哪儿得知他那么有名？""他们亲口说的，他的主人，他们不怕说出他是来自米兰的著名肖像画家，而且把他扣住！他一直盯着我看，他从他的桌子那边一直朝我看，他的眼睛在追寻我，他不能不这样。他是一个画家，这是一种较高的威力，我给他以灵感，他必定画我！"

她曾被许多人盯住看过，而且从不是用无聊的或不知羞耻的方式看，这对她不意味着什么，因为她从没说起过。我想，她没发觉，她总在想随便什么别的事情，可我确实发觉了这一点，我从不放过一个投向她的目光。为什么我一个字也没跟她说过？也许这不仅是敬重，而且是一种妒忌。但是现在她在用一种可怕的方式追补，我为她害羞，不是因为她想永存。我已经理解了，尽管我从没预料到她心中的愿望如此强烈，她会如此激动，但是把实现愿望的希望交到别人手里，而且还是一个卖身的、她自己也认为是毫无身份的奴隶手中，这个愿望的实现将取决于这个家伙的胆量，听凭他的主人——来自米兰的富人的高兴，他们把他像条狗似的牵在手上，只要他和谁说话，他们就在大庭广众之下公然打口哨把他招回来。我觉得这太可怕了，是对母亲的一种侮辱，我不能忍受。我怀着被她一再煽起的怒火把她的希望彻底打碎了，我冷酷地向她证明，那个人在离开餐厅时对身边碰到的每个女人都献殷勤，而且只是一会儿工夫，然后他的主人抓住他的胳膊，把他拽走。

但她没有立即认输，而是像一头母狮那样维护她得到的米歇莱蒂献的殷勤，反驳我刚刚证明的事情，毫无顾忌地对我列举他投向她的每一次目光，她没错过一次，也没忘记一次。自从米兰人来到这儿的不多几天里，正如结果表明的那样，她对别的任何事都不理会，只等待着他献殷勤，而且特意安排好和画家在同一时刻到达餐厅出口。她虽然对他的女主人，那个漂亮的社交夫人像对瘟疫那么憎恨，却承认她理解那女人的动机，她自己也正希望尽可能多地被他画。而他，一个有点浪漫的人，了解自己的性格，为了不致穷困潦倒，为了对他来说至高无上的艺术，自愿充当这样的奴仆。他做得对，这恰恰是他的明智之举，像我们这样的人已经从对一个天才的诱惑中知道这种情形，我们在这样的情况下最有可能做的一切就是站在一边，安心地期待着，看他是否对我们感兴趣，我们是否能对他的发展有什么好处。此外她还完全有把握他是想画她，并且想让她永存。

自从维也纳那个讲师先生来喝茶以来，我再没感到过对母亲这样的憎恨，这时突然爆发了。米兰来的瑞士人在他到达的晚上就在一群客人面前对小个子米歇莱蒂做出评论，他指着米歇莱蒂，摇着头说："我不知道别人和他有什么风流事，米兰的每个人都想让他画像，他也只有两只手啊，是不是？"

也许母亲觉察了我的憎恶，她当时在维也纳那倒霉的几周中已经有经验了，尽管她现在被一个疯狂的念头缠住了，她还是感到我的敌意，先是觉得讨厌，后来觉得危险。她顽固地坚持要那幅她不得不相信的肖像，当我发觉她的力量已经减弱时，她还一再重复那些话。她在穿过屋子时突然在我面前威胁地停住脚步，用嘲讽的口气说："你不是羡慕我吧？要不要我对他说，他只能把我们俩画在一起？你就这么等不及吗？你想自己也弄到一幅吗？"

这种指控是这么低级，这么毫无道理，我无话可答。这也许堵上了我的嘴，可禁止不了我想，因为她在说这话时最后看着我，在我脸上看出了这些话的效果。她垮下来了，暴躁地大声抱怨起来："你以为我疯了，你面前还有整个生活，可我的生命已经到头了。

等你老了,你还不理解我吗?是不是你祖父的魂儿附到你身上了?他一直仇恨我。可是你父亲不恨,你父亲不是这样的。要是他还活着,现在他会在你面前保护我的。"

她叫得精疲力竭,开始哭起来。我拥抱着她,抚摩她,出于同情我认可了她那么渴望得到的画像。"会很美的,必须你一个人在画上,就你自己,所有人都会称赞。我去对他说,他必须把画送给你,但是摆在一个博物馆更好。"这个建议使她高兴,她渐渐平静下来,可是她觉得很虚弱。我扶她上床,她的头无力地倒在枕头上。她说:"今天我是孩子,你是母亲。"说着便入睡了。

第二天她畏惧地回避米歇莱蒂的目光,我关切地注意着她,她的亢奋已经过去,不再期望什么了。画家又对别的女人献殷勤,被他的看守人拉走了,她没注意到。几天以后,这几个米兰来的人离开了旅馆,那女人不知对什么不满意。当他们离开后,旅馆主人罗斯里先生来到我们桌旁,对母亲说,他不喜欢这样的客人,画家根本没那么著名,他打听过了,东家显然是在给那人揽定货。他开着一家规规矩矩的旅馆,这里不是干冒险生意的合适地方。坐在旁边桌子上的牛顿先生把头从他的书上抬起来,含含糊糊地咕哝了一句话,这对他来说已经不少了,罗斯里先生和我们把这理解为厌恶的表示。母亲对罗斯里先生说:"他的举止不是无可指摘的。"旅馆主人继续沿着桌子走过去,在别的客人面前表示歉意。大家都显得为米兰人的离去松了一口气。

第 五 部

苏黎世—蒂芬布鲁伦
（1919—1921）

雅尔塔公寓心地善良的老处女／魏德金德博士

我并不知道雅尔塔这个名称的来历，可是听上去却感到熟悉，因为它带有一点儿土耳其语的味道。公寓坐落在蒂芬布鲁伦城郊，紧靠湖边，房子和湖泊仅由一条公路和一条铁路隔开。这里地势较高，房子围在一个树木繁茂的院子中间。经过一段很短的车道，来到房子的左侧，在它的四角各有一棵高高的白杨，它们紧靠着墙根，就像是在支撑着房子，分担着这栋矮小的建筑物的重量。从很远的湖面就可以看见这几棵白杨，它们标出了这座建筑的位置。

屋前的花园被常春藤和长在公路一侧的常青树遮掩着，那儿有足够的地方玩捉迷藏。在靠房子较近的地方有一棵高大的紫杉，树枝叉得很开，好像故意方便人们攀缓似的，一眨眼的工夫就能爬上去。

屋后有几级石阶通向一个旧网球场。人们已经不再对它进行保养，地面坑坑洼洼，凸凹不平。它能派任何用场，只是不宜再打网球，所有的公开活动都在这里进行。石阶旁边长着一棵苹果树，这是一棵多产的奇树，当我搬来的时候，树上挂满了苹果，以至于不得不给它加了许多支撑。每当有人踏上石阶，总会有果实落到地上。公寓的左侧还有一幢小屋，墙上爬满了攀缓植物。房客是一位大提琴师和他的妻子，在网球场就可以听见他练琴的声音。

再往后去才是真正的果园，果树的品种很多，产量也很高，但是，果园并不像那棵苹果树那么引人注目，由于地理位置，人们看见的始终只有那棵苹果树。

　　人们从车道进入公寓,首先要穿过一个宽敞的客厅,这里没有什么陈设,宛如一间搬空了的教室。通常,总有几个年轻姑娘坐在一张长条桌的旁边,做作业或者写信。雅尔塔公寓过去有很长时间是一所女子寄宿学校,不久以前刚刚改成膳宿公寓,居住者仍然还是来自世界各地的年轻姑娘,但是她们已不再在这栋房子里面上课,而是去外面的学校。她们还是一起吃饭,由女士们照管生活。

　　长方形的餐厅在地下室,这里总有一股霉味,里面的陈设比客厅还要少。我睡在三楼的一间紧靠屋顶的小屋里,房间很窄,陈设简陋,透过院子里的树叶可以望见湖面。

　　蒂芬布鲁伦火车站离这儿很近。公寓紧靠湖滨路,这里有一座栈桥架在铁轨上方通向对面的车站。一年里总有一些时候,当我走上栈桥时,太阳正好升了起来。虽然我上学已经晚了,必须抓紧时间,可我却从未错过停下脚步向太阳表示敬意的机会。随后,我就飞快地冲下通向站台的楼梯,跳上列车,穿过隧道,朝施塔德尔霍芬方向坐一站。我顺着雷米路跑步去州立学校,无论哪儿有好看的东西,我总要停下脚步,因此,我上学总是迟到。

　　我总是沿着地势较高的措里克路步行回家,大多是与一个家住在蒂芬布鲁伦的男同学结伴而行。我们全神贯注地谈论一些重要的事情,每当我们到了院墙外面必须分手时,我总会有言犹未尽的缺憾。我从未跟他提起过和我住在一起的那些女士和姑娘,我担心他会轻蔑地说我太女人气。

　　巴西姑娘特鲁迪·格拉多施已经在雅尔塔公寓住了六年,正在音乐学院学习弹钢琴。她已经成为这栋房子的一部分。凡是走进来的人,要想不听她在楼上弹琴的声音是很难办到的。她的房间在楼上,她每天练习至少六个钟头,经常还要长一些。大家对她的琴声习以为常，以至于当她停下来的时候，都会觉得缺了点什么。冬天她总是穿着好几件毛衣，因为她怕冷怕得要命，她始终没有适应这里的气候，为此吃了不少苦头。假期对她是毫无用处的，她的父母在里约热内卢，两地相距太远，六年里她从未回过家。她思念里约热内卢，但仅仅是因为阳光的缘故。她从来不谈她的父母，最多是在家里来信时才提到他们，而这种情况也很少出现，每年只有一两次。格拉多施这个姓氏是捷克语，她的父亲是从波希米亚移居巴西的，时间并不太久。特鲁迪本人出生在巴西，她的嗓门很高，声音有些嘶哑。我们喜欢讨论问题，几乎没有任何问题我们未曾讨论过。她常常喜欢激动，这对我很有吸引力。我们俩有许多共同的看法，我们都鄙视受贿行为，但是，我坚持认为自己比她知道的事情要多。她比我大五岁，来自一个几乎可以说是野蛮的国家，每当她出于感情的缘故反对知识，认为知识是有害的，使人堕落，而我则为知识的必要性进行辩护时，我们俩就不可避免地发生争吵。我们甚至真的动手打起架来，我抓住她的双手，试图把她按到地上，我总是伸着两个胳膊，不让她靠我太近，因为她身上总有一股叫我实在难以忍受的气味。当我们发生口角时，味道特别难闻，她也许根本就不知道自己身上的味儿是多么让人受不了。在她进入中年之前，我恐怕是不敢对她解释我们打架时那种身体互不接触的方式。夏天她爱穿一件白色的样子像衬衫的连衣裙，她称之为梅丽达裙，领口是圆的，每当她弯下身子，别人就可以看见她的乳房。我当时虽然也看见过，但这对我来说并不意味着什么。直到有一天，当我看见她的乳房上长着一个硕大的疖子，我才突然对她产生了一种强烈的同情感，仿佛她是一个麻风病人，被人赶了出来似的。她的确是被赶了出来，因为她家已有好几年没有为她支付膳宿费用了，他们总是一而再、再而三地敷衍米娜小姐，答应下一年补交。特鲁迪觉得她是在过着一种依赖别人救济的生活，出于这种原因她和恺撒有了一种特别密切的关系。这个上了年纪的圣·伯尔纳①的信徒大多数时间都在睡觉，身上总有一股臭味。我很快就产生了一个联想——颇有几分害臊——特鲁迪和恺撒发出的气味十分相似。

　　但是，我们俩是好朋友，我很喜欢她，我们相互之间无话不谈。其实，我们在一定程度上起着示范作用：她是由于没完没了地练琴和在这里住了六年的经验，而我则是作为最年轻的成员和唯一的男性。她在这些寄宿女生中间年龄最大，而我则是年龄最小的。她了解公寓里几位女士的各个方面，而我则只知道好的方面。她憎恨虚伪，她要是对哪一位女士有什么不满的话，总是直言不讳。她既不阴险奸诈，也不尖酸刻薄，她是一个听话的、却又有些缠人的女孩子，好像天生就该受到冷落和轻视，看来她的父母很早就使她习惯于这种命运。我想起来总感到非常难过的是她不幸的爱情。彼得·施佩泽尔是一个比她出色的钢琴学生，从他的外貌举止来看已经是一个成熟而充满自信的钢琴演奏家，她是在音乐学院认识他的。彼得也在上州立学校，和我在同一个年级，他是特鲁迪和我谈论得最多的人。我当时太幼稚，以至于没有看出她为什么这么喜欢把谈话引到他的身上。直到半年以后，当我偶然发现并且读了她写给他的一封信的草稿之后，我才恍然大悟。我质问她，她承认自己不幸地爱上了他。

　　在这段时间里，我一直把特鲁迪看成是一种天然的财产，人们对此无须付出特殊的努力，它始终在这儿，属于某某人，这种"属于"包含着一种不怀恶意的含义。直到她公开承认她的爱情之后，我才发现，她根本就不属于我。这时我感到就像是失去了她，她

---

① 圣·伯尔纳（1090—1153），法兰西人，天主教西多会修士，神秘主义者。

作为一样失去的东西对我来说变得重要起来了。然而，我对自己说，应该轻视她，因为她关于企图引起彼得对她感兴趣的述说听起来让人感到可怜。她仅仅想到低三下四地乞求，她的天性是女奴的天性。她心甘情愿任他践踏，她以写信的方式拜倒在他的脚下，他却高傲自大，对她根本不加理会。她并不是那种没有自尊的人，她珍视自己的感情。对待感情问题她总是很认真，她主张在感情上的独立，这是她的爱国主义。我的爱国主义是对瑞士、对学校、对我们俩居住的这栋房子的。她不赞同我的观点，认为那是幼稚的。对她来说，彼得比整个瑞士更加重要，他们俩受教于同一位老师，在他们学音乐的同学中间，他是最优秀的，他的前程是有保障的，他的家庭以各种方式为他做好了安排。他娇生惯养，总是穿得漂漂亮亮，他留着艺术家的那种蓬乱的头发，嘴巴很大，吹起牛皮来，也并不显得不自然。他对人也友善，在他这种年龄可以算得上和蔼可亲。他从不忽略任何人，对每一个人都能够慷慨地给予掌声，然而，他却不能容忍特鲁迪那种带有强烈感情色彩的掌声。她给他写过许多情书，但都没有发出，而且粗心大意地忘了销毁，最后她眷抄了一封寄给了他。当他知道她对自己的感情之后，就再也不与她说话，只是从远处跟她打个招呼。特鲁迪向我吐露了她内心的痛苦，当时正是夏天，她仍然穿着那条梅丽达裙，当她朝前弯下身子，表明她在彼得的意志面前低三下四的程度时，我看见了她乳房上的那个硕大的疖子，我对她的同情像火一样地燃烧起来了。

米娜小姐写自己的名字总是用一个"n"，她说，她与明娜·冯·巴尔赫姆[①]毫无关系，她的全名是赫尔米娜·赫尔德。她

[①] 明娜·冯·巴尔赫姆是德国十八世纪剧作家莱辛的喜剧《明娜·冯·巴尔赫姆》中的女主人公。

是管理公寓的四人小组的头儿，也是四人中间唯一有固定职业的，她为此颇有几分自豪。她是画家。她的脑袋滚圆滚圆，架在两个肩膀之间，她的身材很短，脑袋直接架在上面，仿佛从来就没有过脖子这个纯属多余的摆设。脑袋很大，与躯干相比大得有点过分，脸上布满了无数红色的毛细血管，面颊上尤其密集。她已经六十五岁，可是看上去精力充沛，谁要是恭维她精神矍铄，准会听到绘画使她永葆青春的回答。她说话很慢，吐字清晰，她走起路来也是这样，她总是穿深色的衣服，裙子垂及地面，只有当她走上通往二楼的楼梯，去她的画室"雀巢"作画时，才能够看见她的脚。除了花她什么都不画，她把花称作她的孩子，她为植物学书籍绘制插图，因擅长表现花的特征赢得了植物学家们的信赖，他们愿意请她为他们的书籍作画。她谈起他们就像是谈起一些好朋友，她经常提到的两个名字是施勒特尔教授和舍伦贝格教授。施勒特尔的《阿尔卑斯小植物志》是她画插图的那些著作中最出名的。舍伦贝格教授在我住在那里的时候还来过公寓，他带来了一种有趣的藓类，或者是一种特殊的苔藓，他像讲课似的用书面德语向赫尔德小姐做了详细的解释。

米娜小姐那种悠闲从容的风格大概与绘画有关。当她开始有点儿喜欢我时，就邀请我去"雀巢"看她作画。我感到非常惊奇的是，绘画竟然如此缓慢。单单画室的气味就使它成为一个奇特的没有任何东西可以比拟的地方，我刚一跨进画室，就使劲儿闻起味儿来，正像这里发生的一切那样，闻味儿也是一桩悠闲从容的事。米娜小姐一旦拿起画笔，就开始谈起她的事情："现在我取一点儿白色，就一点点白色。是的，我用白色，因为这里别的颜色不行，我必须用白色。"每次只要可能，她总是再三重复颜色的名称，实际上这也是她说的全部。其间，她还总是提到她在画的花，而且说的总是它们的植物学名。她总是仔仔细细地单独画出每一种花,不喜欢把它们混在一起,因为她已经习惯于这样绘制植物插图。我从她那儿学会拉丁文名称的同时也知道了它们的颜色。除此之外,她什么也不说,既不讲植物的生长环境,也不讲植物的构造和作用,所有我们从自然史老师那儿学来的东西,所有我们感到新鲜和迷人,不得不画在练习簿里的东西,她却连问也不问。因此,在"雀巢"的访问具有某种宗教仪式的味道,它是由松节油的气味、调色板上的颜料以及花的拉丁文名称组成的。米娜小姐认为这份工作具有某种庄严神圣的成分。有一次,在一个庄严的时刻,她向我透露她是一个女祭司,因此没有结过婚,谁要是把自己的一生奉献给艺术,就必须舍弃普通人的幸福。

米娜小姐心地善良,从未伤害过任何人,这恐怕与花有些关系。她对自己的评价也不坏,希望在她的墓碑上刻上一句话:"她是个心地善良的人。"

我们住的地方离湖很近,我们常去划船。基尔希山就在湖的对岸,有一次,我们划船过去看康拉德·费迪南德·迈耶尔[①]的墓。在这段时间里,他成了我崇拜的作家。我对墓碑上简洁的铭文感到吃惊,上面没有任何与"作家"有关的文字,没有任何人的悼词,没有人对他永志不忘,碑上只有一句话:"这儿安息着康拉德·费迪南德·迈耶尔(1825—1898)。"我知道,多加任何一个字都只会使得姓名变小,我在这儿才第一次意识到,最主要的仅仅是姓名,只有姓名能够流传久远,其余的一切都将逐渐消失。在回去的路上,我没有划桨,我一句话也说不出来,默默无言的墓志铭感染了我。然而,后来证明我并不是唯一在想着那座墓的人,米娜小姐突

---

① 康拉德·费迪南德·迈耶尔(1825—1898),瑞士小说家。

然说道:"我只想在我的墓碑上刻一句话:她是个心地善良的人。"此时此刻,我一点儿不喜欢米娜小姐。因为我觉得在她眼里我们刚刚看过那座墓的那位作家无足轻重。

她经常谈起她熟悉的意大利。从前,她曾在拉斯波里伯爵家里当过家庭教师,年龄较小的那位女伯爵,即她当时的学生,每两年邀请她去一次圣·阿坎吉罗岩洞,就在里米尼附近。拉斯波里的家人很有教养,常到他们家来的都是些知名人士,在那些年里,米娜小姐遇到过许多这样的人。但是,对那些真正的知名人士,米娜小姐总是吹毛求疵。她更欣赏那些在默默无闻地辛勤创作的艺术家,也许她此刻联想到了自己。值得注意的是,不仅她,罗茜小姐和公寓的其他女士都承认任何只要发表过作品的作家。每次只要有中青年瑞士诗人露面的作品朗诵会,至少罗茜小姐总是要去参加的,她对文学比对绘画更感兴趣。等到第二天,她就在客厅里详详细细地向我们介绍这位诗人的特点。大家的态度极为严肃,即使有的人听不懂这位诗人的诗歌,也会喜欢他的某些方式,比如鞠躬时的忸怩腼腆或者说错话时的语无伦次。对于那些人人皆知的诗人的态度是各种各样的,大家用完全不同的、批评的眼光看待他们,特别是抱怨他们身上那些与自己形成鲜明对照的特点。

在好些年以前,当这栋房子还是女子寄宿学校的时候,女士们时常邀请诗人来此为姑娘们朗读他们的作品。卡尔·施皮特勒[①]特地从卢塞恩来到这里。在姑娘们中间他感到很愉快。他喜欢下棋,总是选择保加利亚姑娘、我们中间最好的棋手拉尔卡作为对手。年逾七旬的老人坐在客厅里,用手托着头,眼睛注视着这个姑娘,慢慢地说道:"她真美,她真聪明。"虽然不是在她下每一步棋之后

---

① 卡尔·施皮特勒(1845—1924),瑞士诗人,一九一九年获得诺贝尔文学奖。

都要说上一遍,但是次数也多得不合时宜。他从来不同女士们说话,压根儿就对她们视若无睹,他给她们的印象是不懂礼貌、寡言少语。他坐在拉尔卡的对面,久久地盯着她看,一遍又一遍地重复道:"她真美,她真聪明。"人们不会忘掉此事,常常有人提起,而且一次要比一次更加激愤。

在四位女士中间,有一位真是心地善良的人,但是恐怕她从未自己这么说过。她不会绘画,从来也不去朗诵会,她最喜欢的是在花园里干活,只要季节适应,人们通常总能在花园里找到她。她总是说上一句友好的话,仅仅是一句话,而不像是上课。我已经记不得是否从她那儿听见过任何一种花的拉丁文学名,尽管她整天都是在同植物打交道。西格里斯特夫人是米娜小姐的姐姐,她已经六十八岁了,看上去确实老态龙钟。她有一张饱经风霜、布满皱纹的脸,她是寡妇,有一个女儿。这个女儿恰恰就是好为人师的罗茜小姐,她与母亲正好相反,说起话来总是没完没了。

人们绝不会想到,她们一个是女儿,另一个是母亲。有的人虽然知道,却不能把平时对她俩的印象与此统一起来。这四位女士形成了一个集体,人们无法将她们与任何男人联系在一起,人们绝不会想到,她们也曾有过父亲,事情就是这样,好像她们没有父亲就来到这个世界。西格里斯特夫人在四个人中最像母亲,也最宽厚大度,我从未听见她有过任何偏见和诅咒,但她也从未表露过一个母亲的要求。我从来没有听她说过"我的女儿",在四位女士中,母性受到严格的限制,几乎就像是不允许的、不正派的行为似的。西格里斯特夫人是四人中最文静的,她从不引人注目,从不发号施令,人们也许从她那儿只能听见赞成,而且仅仅是当人们在花园里遇见她一个人的时候。当她们四人晚上一块儿坐在起居室里时,她大多是一声不吭。她坐在比较靠边的地方,脑袋也是圆圆的,没有米娜小姐的那么大，稍微有些歪，始终保持同样的角度。深深的皱纹使她看上去就像是一位老奶奶，但是谁也没有这么说，就连她和米娜小姐是姊妹俩也从未有人谈起过。

  第三位女士是洛蒂小姐，她是西格里斯特夫人和米娜小姐的表妹，也许是一个可怜的表妹，因为她是最没有权威的。她长得苗条，最不起眼，个子和两个表姐一样矮小，年龄也差不了多少，她的脸型轮廓分明，举止谈吐完全是老处女式的。她有点儿受歧视，因为她没有任何精神上的需要。她从来不谈绘画或书籍，她把这些都让给了别人。人们总是看见她在缝纫，这是她擅长的事。当我站在她旁边等她给我缝上一只纽扣时，她总要说上几句铿锵有力的话。她在这些渺小的日常琐事中比其他人在伟大的工作中显露出更多的能量。她很少出远门，仅仅与城市近郊还有一些联系。她有个堂妹住在伊茨纳赫的一个村庄，我们经常徒步去那里做客。洛蒂小姐在公寓里有许多事情要做（她还要帮厨房干活儿），所以从不跟我们一起去。她严肃地、毫不忧伤地说，我没有时间，因为她身上突出的个性就是她的责任感。她对能够放弃自己特别重视的事情感到自豪，每当我们又一次谈起去伊茨纳赫远足，公寓里总有人要说：她这回也许会一块儿去，只是不要勉强她。如果到了那一天，她看见我们在院子里集合，她也许会突然加入我们的行列。她的确每次都要到我们这儿来，但仅仅是为了请人向堂妹转达非常详细的问候。她是不是又不一块儿去啦？是的，我们想到那儿去啦！公寓里有三天的活儿，得要干到明天！然而，她自己虽然从未被怂恿成行，但对这种访问却很认真。她非常看重我们从她堂妹那儿带回来的问候以及按照分配的角色对那儿发生的事情的一次详尽的汇报。如果她觉得什么不合适，就会提出问题或者摇摇头。这是洛蒂小姐生活中的重要时刻，实际上也就是她提出的唯一要求。假如人们很久不让她谈起她的堂妹,她说起话来就会尖酸刻薄,让人无法忍受。但是,这种情况很少出现,人们总会想到此事,用不着公开提及,这已经成了公寓的惯例。

我前面已经提到过罗茜小姐是四人中最年轻的,也是身材最高大的。她正值壮年,尚不到四十岁,体格健壮,精力充沛,她是个日耳曼语言文学家,负责组织我们在网球场上做游戏。她是个地地道道的老师,喜欢说话,话也很多,语速均匀,无论说起什么,总是详而又详。她兴趣广泛,尤其关心年轻的瑞士作家,因为她也曾经教过德语。无论她说什么都是无关紧要的,因为听上去总好像是一码事。她把考虑所有问题看成是自己的职责,几乎不存在任何她没有回答过的问题。然而,人们却很少向她请教什么,因为她随时都准备主动详细地阐述任何问题,她的主动性是无穷无尽的。人们从她那里得知自从雅尔塔公寓开张以来发生的事情,认识了所有来自世界各地的寄宿女生,甚至认识了那些并非经常、只是偶尔前来进行礼节性拜访的父母;了解到他们的工资收入,他们的不足之处,他们未来的命运,他们忘恩负义的行为,以及他们的耿耿忠心。有时也会发生这种事情:人们听了一个小时,根本不想继续听下去了,但是罗茜小姐压根儿就没有察觉,因为每当她出于某种原因停顿一下,她总是准确地记着在哪儿停下的,然后又坚定不移地从适当的地方继续讲下去。她每月休息一次,每次两天,她待在自己的房间里,就连吃饭也不下楼。她患有"脑壳痛"的毛病,这是她对"头痛"的粗俗的说法。人们也许会想,这两天可以放松放松,但是,恰恰相反,她不在使我们大家感到寂寞,也使我们感到遗憾,因为要是我们听不见她那单调的说话,那就意味着她不再说话,因为整整两天她都是独自一人,默不作声地在自己的房间里度过的。

她不像米娜小姐那样把自己看成是有权享有最高权力的艺术家。米娜小姐每天大部分时间都待在"雀巢",并认为这是自然而然的事,而其他三个人则永远在做着某种实际的工作。米娜小姐也负责管理寄宿公寓的账目,定期将账单寄给寄宿学生的父母。她总是附带写上一封较长的信,她在信中强调,她是如何不喜欢开账单,因为她所关心的事情是她要画的花,而不是钱。她也写一些关于寄宿学生的行为和进步的话语,并且让人们明显地感觉出这才是她更感兴趣的东西。这一切都是充满感情的,不谋私利的,高尚圣洁的。

人们把这四位女士统称为"赫尔德小姐",尽管其中的两位这时已有另外的姓氏,但是,按照母亲血统来说,这还是对的。她们总是一块儿在起居室里喝不加牛奶的咖啡,如果天气好,就在起居室外面的阳台上,晚上则一块儿喝上一杯啤酒。下班以后,她们总是静悄悄的,人们有任何要求也不得来找她们。我获准走进起居室,被看作是特殊的优待。这里散发着靠垫、女士们穿在身上的旧衣服、半干了的苹果的味道,按照季节变化还会有一股花香。花的香味经常变化,就像住在公寓里的寄宿女生。但是,这四位女士的基本味道始终不变,并且永远保持优势。我对这种味道并没有反感,因为我受到亲切友好的接待。虽然我对自己说,这种家务管理有一些滑稽可笑的地方:全是女人,除了西格里斯特夫人之外全是老处女。但是,这是十足的假话,我作为她们所有人——无论老的还是少的——当中的唯一男性根本不可能享受更好的待遇了。我对于她们是有些特殊,仅仅因为我是一个像瑞士语所说的"小伙子",我没有考虑过,另外任何一个"小伙子"处在我的位置上也会同样特殊。其实,我想干什么就干什么,我按照自己的爱好读书学习,即使是晚上我也可以进女士们的起居室。那儿有一个书橱,我可以在里面随心所欲地翻寻，带有插图的书，我在那儿立刻就看，其余的就带到客厅里去读。那儿有默里克①的书，他的诗歌和短篇小说让我心醉神迷，那儿还有几卷深绿色封皮的施托姆②的书和红色封皮的康拉德·费迪南德·迈耶尔的书。有一段时间，迈耶尔是我最喜欢的作家，湖把我和他联系在一起。所有的白天和晚上，经常鸣响的钟声，水果丰收，历史题材，尤其是意大利，我这时才终于了解了意大利的艺术，而从前则只是听人讲过许多。在这个书橱里，我最先遇见的是雅各布·布克哈特③，我读了他的《意大利文艺复兴时期的文化》，然而，当时根本就不可能读懂。对于一个十四岁的孩子来说，这是一本博大精深的书，它需要许多生活方面的经验和思考作为前提，而其中许多是我完全没有接触过的。但是，这本书在当时对我就已经是一种激励，激励我向广度和多样性发展，同时也加强了我对权力的怀疑。我惊奇地看到我的求知欲与这样一个人相比是多么的微不足道，多么的可怜，世上有一些我连做梦都没见过的东西。我觉得，作者自己作为一个角色不可能出现在这本书的后面，他消失了，溶化在书里。我还记得，我当时不耐烦地把书重新搁回书橱，就好像它从我身边逃开，逃进了另外一种几乎无人熟悉的语言。

我真正羡慕的著作名叫《自然的奇观》，这是一种"豪华本"，总共三卷，看上去价格昂贵，以致我都不敢奢望自己有读它的权利。我也不敢问问是否允许把它带到客厅去，姑娘们对此不感兴趣，这恐怕是一种亵渎神灵的行为，因此，我只能在女士们的起居

---

① 爱德华·弗里德里希·默里克（1809—1875），德国诗人、小说家。
② 特奥多尔·施托姆（1817—1888），德国小说家、诗人。
③ 雅各布·布克哈特（1818—1897），瑞士文化艺术史家，一八六〇年出版的《意大利文艺复兴时期的文化》是他的代表作。

室里阅读。我时常在那儿静静地坐上个把钟头，仔细端详着放射虫、变色蜥蜴和海葵的图片。因为女士们已经下班了，所以我从不提问打扰她们，即使我发现了什么特别激动人心的东西，我也绝不拿给她们看。我把它们留给自己单独欣赏。这对我来说并不是一件容易的事，至少我也愿意突然发出一声惊呼，再说，能够亲眼看见她们对于已经拥有了许多年、一直放在书橱里的东西一无所知，恐怕也会给我带来许多乐趣。

但是，我在那儿不能待得太久，因为这可能会使在外面客厅里的姑娘们想到我受到优待。其实，我的确受到优待，但是，如果只是涉及好感和重视，她们对我并不会见怪，仅仅在一件事上会引起强烈的不满，这就是吃饭。当时吃得不好，也不丰盛，女士们每晚喝啤酒时还可以吃上一块面包。谁也不应该觉得，我在她们那儿会额外地得到一点儿，绝对没有这么回事，因为我对这种优待感到耻辱。

关于姑娘们可以讲上许多，然而我并不准备现在对她们所有人作一番描述。巴西姑娘特鲁迪·格拉多施我已经做过介绍，她是最重要的，因为她总在公寓，而且在我们之前她就已经在此住了很久。其实，她并不典型，也并不比其他人更有特点，只不过没有任何人像她来自那么遥远的地方。姑娘们来自荷兰、瑞典、英国、法国、意大利、德国以及瑞士法语区和德语区。一名女大学生是从维也纳来的，她作为"抚养孩子"的客人（当时正值第一次世界大战后的饥馑时期），以后又陆陆续续地从维也纳来了一些孩子。这些寄宿女生并不是所有的人都同时在此，人员在这两年中不断更换，只有特鲁迪始终不动。我已经说过，因为她父亲一直拖欠食宿费用，她的处境相当尴尬。

大家都坐在客厅里面的长桌子旁边，做作业或者写信。如果我不愿别人打扰，可以使用公寓后面的一个小教室。

在我搬进雅尔塔公寓之后不久，就从女士们那里听到魏德金德这个姓氏，只是在这个姓氏前面加有"大夫"两个字，这把我弄得有点糊涂①。大家好像跟他很熟，他常来公寓。我曾经从伍莱史纳和母亲以及其他人那里听说过关于他的许多事，他的名声当时已经不怎么样了。我不明白他在这儿想寻找什么。他在不久以前死了，可是人们仍然像在谈论一个活着的人。这个名字包含着一些使人产生信任的东西，它听上去像是一个值得信赖的人的名字。人们都用崇敬的口吻说："他在最后一次拜访时留下了一些至理名言；如果他下一次再来，一定要向他打听一些重要的事情。"我好像双目失明似的，这个在我眼里仅仅属于**一个人**的名字灼瞎了我的眼睛。我平时能说会道，可这会儿却甚至不敢询问一下详细情况。我反反复复地考虑了这件事，这想必是一桩双重生活的案件。女士们显然不知道他曾经写过什么东西，我对此也只是听说而已。如此说来，他实际上并没有死，而且在我们住的湖滨路靠近城区的那一部分开业行医，只有他的病人认识他。

不久，有一个姑娘生了病，派人去请魏德金德大夫。我好奇地在客厅里等着他。他来了，看上去很严厉，也很普通，模样很像我不喜欢的一位老师。他上楼去看病人，很快就下来了，态度坚决地向在楼下等着他的罗茜小姐发表对姑娘病情的看法。他在客厅里的那张长桌边上坐下，开了一张药方，然后起身继续同罗茜小姐交谈。他说起瑞士德语就像是一个瑞士人，双重角色的欺骗简直完美无缺，尽管我对他没有一点儿好感，但也渐渐开始为这种高超的演

---

① 这里提到的魏德金德大夫实际上是以《青春的觉醒》著称的德国剧作家弗兰克·魏德金德的哥哥。

技而感到钦佩。我不记得他是怎么说起来的,反正我听见他语气肯定地说,他弟弟一直就与家里的人格格不入,别人根本想象不出他曾给他的职业带来了多大的损害。许多病人由于害怕他弟弟,再也不来他的诊所,有的人甚至还问他,这样一个人竟是他的兄弟,简直是不可能的事。他对此的回答总是那么一句话:你们是否从未听说过在一个家庭里也会有人变坏。世上有骗子、伪造支票者、伪君子、流氓、无赖等,这些人常常是出自一些最最体面规矩的人家,他行医多年的经验可以为此提供证明。监狱正是为他们准备的。他主张人们不必考虑他们的出身,应该对他们采取最严厉的处罚。现在这个兄弟已经去世了,他完全可以讲上他的几件不会使他在正派人眼里形象变得更好的事情,但是,他宁可沉默。他可能在想:他走了,真是太好了,假如他从未存在过,那就更好了。他稳稳当当地站在那里,怨恨地说着。我禁不住朝他走了过去,气愤地忘了说辞,挑衅地站在他的面前,说道:"但是,他毕竟是一位作家!""这正是我的意思!"他冲着我大声呵斥道,"他做出了错误的榜样!你记住,小伙子,世上有好作家,也有坏作家,我弟弟是一个坏作家。最好你今后不要当作家,去学点有益的东西吧!我们的这位小伙子到底怎么啦?"他转向罗茜小姐问道,"他过去也这么胡说八道吗?"罗茜小姐为我辩护,他把脸转开了,走的时候也没有同我握手。他成功地使我在读魏德金德的书之前就有很长时间对这个作家充满了好感和敬佩。为了不让他这个目光短浅的兄长给我看病,我在住在雅尔塔公寓的两年里没有生过一次病。

菠菜的种系／尤尼乌斯·布鲁图[①]

这两年的大部分时间母亲都是在阿罗萨[②]的森林疗养院度过的。每当我给她写信的时候，我仿佛就看到她飘浮在苏黎世的上空，每当我想念她的时候，都会不由自主地仰望天空。我的两个兄弟分别在日内瓦湖畔和洛桑，这样一来我们全家在住进绍伊希策大街那套又窄又小的住宅之后又分散得相当遥远，形成了一个三角形：阿罗萨—苏黎世—洛桑。虽然每周都有书信往来——至少我在信里谈到了周围的一切——但是大多数时间我与家人毫无联系，代替他们的是新的东西。在日常生活中，代替母亲的是四位女士组成的委员会，这是大伙儿的叫法。我从未想过要把她们安在母亲的位置上，但是实际上她们的确占据了这个位置，每当我想要得到外出的许可，总要去找她们。我比以前自由得多，她们了解我的要求，从不拒绝我的任何请求。只有当我的要求太多，只有当我连着三天外出参加报告会时，米娜小姐才会产生疑惑，几乎是犹犹豫豫地说声"不行"。但是，这种情况很少见，因为我可以去听的报告会根本没有这么多。再说我自己也更愿意在业余时间待在家里，因为每次报

[①] 琉西乌·尤尼乌斯·布鲁图（活动时期为公元前六世纪末），罗马古代历史中的传说人物。据说公元前五〇九年他把伊特里亚暴君"骄横的"卢齐乌斯·塔奎尼乌斯逐出罗马，建立了罗马共和国，同年当选为第一任执政官。
[②] 瑞士格劳宾登州地名。

告会之后——不管是什么内容——都得读上一大堆书。无论人们谈论的是什么，都会引起新的波澜，它们向四面八方散开。

我觉得任何一种新的经验都是天生的，是身体的延伸的感受，这需要人们事先知道另外一些与新的经验毫无联系的东西。

某种与其余的一切分离的东西，定居在过去从未出现的地方，在人们绝对猜想不到之处，突然打开了一扇门，人们凭借自己的亮光适应一个一切都有着新的名字、逐步向无穷无尽延伸的环境。这时人们就像突然产生一种愿望似的惊奇地到处移动，仿佛从未到过别的地方。"科学"当时对我来说是一个具有魔力的字眼，它不像后来那样意味着人们必须有所节制，通过放弃其余的一切而获得对某物的一种权利，恰恰相反，它意味着延伸，意味着突破界限和限制，意味着占据全新的地区，科学不是像童话和故事那样虚构出来的，当人们提到它时，它是不容否认的。而在那些古老的故事里，我遇到了困难。我深信那些故事，就好像它们具有生命，但在同学们的面前我却不能承认这一点。故事受到了嘲笑，所有故事对他们中间的某些人都已经过时了，长大的标志就是对故事做出讥讽的评论。我对这些故事进行了改编，为自己创作出了新的故事，从而把它们统统记在脑子里，但是，知识的各个领域对我的诱惑力也是同样大的。我设想学校里除了旧专业之外还有些新专业，并为其中的一些想出了名称，这些名称非常奇特，以致我从不敢大声说出来，只能作为秘密保留在心里。当然，它们中间有的并不能令人满意，仅仅对我一个人适用，而对其他任何人都无足轻重。每当我为自己编造故事，我也清楚地感到，我不可能再添加任何自己不知道的东西。对新知识的向往实际上并没有由此而得到满足，人们只有在那些不依赖于任何人的地方才能如愿以偿。当时，具有这种功能的就是"科学"。

生活状况的变化也使得长期受到束缚的力量得到了解放。我不再像在维也纳和绍伊希策大街那样"监视"母亲，也许这也是导致她患上间发性疾病的一个原因。只要我们生活在一起，我们彼此就有责任解释清楚，每一个人不仅知道另一个人在做什么，而且也感到另一个人在想什么，这种意义的幸福和关系密切是一种专制。现在这种监视简化成为写信，在信里人们可以凭借个人的才智把自己隐藏起来，至少母亲从不把有关自己的事全部写信告诉我，我相信并且仔细研究的只有病情报告。她向我提到她认识的几个人，他们去拜访她，信里对这些写得相当少。她这样做是对的，因为只要我得知在她住的那所疗养院某一个人的事，我就会调集全部力量扑将过去，把他撕成碎片。她生活在许多新认识的人中间，他们中有一些对她在精神上是重要的。这是一些成熟的病人，绝大多数比她岁数大，但也都是通过特殊方式的闲情逸致表现自己和吸引别人。在与他们的交往中，母亲觉得自己真的有病，开始对自己进行特殊方式的严格的自我观察，然而她从前则是因为我们的缘故才放弃这样做的。这样她也摆脱了我们，就像我摆脱了她和两个兄弟一样，两方面的力量各自独立地发展着。

然而，我对所获得的美好的东西从不向她隐瞒，我客观而详尽地向她报告我所听过的并且使我思索的每一场报告会。她听到了一些她从不感兴趣的东西，例如：卡拉哈里沙漠[①]的布须曼人，东非的动物，岛国牙买加，苏黎世的建筑史以及意志自由的问题。意大利文艺复兴时期的艺术还比较容易接受，她准备春天去佛罗伦萨，从我这里她得到了有关她无论如何也得看看的东西的详细指导。她大概对自己在造型艺术领域的微不足道的经验并不满意，因此愿意

---

① 位于博茨瓦纳。

让我不时地在这一方面给她一些教诲。然而,她回赠给我关于未开化民族和自然发展史的报告的则是讥讽。她出于慎重向我隐瞒了许多事情,所以她以为我也是这么做的。她深信,我是想假借讲述一些使她感到极其无聊乏味的事情来掩饰某些我个人的经历。她总要我讲讲自己生活中的事情,而不是"菠菜的种系",她戏谑地把所有听上去像科学的东西称作"菠菜的种系"。她愿意接受我把自己称作诗人的说法,对于我给她看的一些剧本和诗歌的提纲以及一部我给她寄去的题词献给她的剧本,她也没有发表反对意见。她把对于这部拙劣作品的价值的怀疑保留在自己的心里,也许因为此事关系到我,她评价起来就可能缺乏自信。然而,她断然拒绝所有听上去像"科学"的东西,她甚至压根儿就不愿意我在信里提起这些。我根本无意向她传授科学,仅仅是想捉弄她一下罢了。

当时,我们之间已经出现了一些导致我们后来相互疏远的最初因素。当她以各种方式加以促进的求知欲朝着她所不熟悉的方向发展时,她便开始怀疑我的诚实和我的品性。她担心我会变得像我的爷爷,她把他看成是一个老奸巨猾的喜剧演员,她的势不两立的敌人。

当然,这毕竟是一个缓慢的过程,经过了相当一段时间,我想必听了不少报告会,我对此的叙述以及对她产生的影响也有了一定的积累。一九一九年圣诞节,即我来到雅尔塔公寓之后的三个月,她仍然停留在献给她的那部戏剧《尤尼乌斯·布鲁图》的印象之中。自十月初以来,我写了一个又一个晚上,每天我在后面那间提供给我学习用的教室里,从晚饭以后一直待到九点甚至更晚。所有的作业我早就做完了,实际上,被我蒙骗的是那几位"赫尔德小姐"。她们丝毫也没有察觉我每天都要花上两个钟头去写一部献给母亲的剧本,这是一个秘密,任何人都无权知道。

尤尼乌斯·布鲁图推翻了塔奎尼乌斯成为罗马共和国第一任执政官。他执法严格，甚至他的几个参与反对罗马共和国密谋活动的亲生儿子，也被判处了死刑并执行处决。我有李维的《罗马史》[①]，这部书给我留下了不可磨灭的印象。我敢肯定，我父亲要是处在布鲁图的位置，一定会宽恕他的儿子们的，然而，他自己的父亲却能够因为他不听话而诅咒他。在此之前的几年里，我亲眼见到了祖父是如何摆脱不了母亲对他的尖刻指责和咒骂。关于这种事李维的书里并没写多少，只有短短的一段，因此我杜撰了布鲁图的一个妻子，她为了救儿子们的性命与他进行了斗争，她从他那儿一无所获，她的儿子们仍被处决了，她出于绝望从山岩上跳入了台伯河。全剧以对母亲的赞美而结束，最后几句台词是借布鲁图本人之口说出来的，他在得知她的死讯时说道："诅咒那个杀死自己儿子的父亲吧！"

这是对母亲的一种双重敬意。第一种敬意是我意识到的，在写作的那几个月里，它一直支配着我，以致我以为她会因为对此的喜悦而康复。她的病神秘莫测，医生也说不准她到底患的是什么病，毫不奇怪，我是想以这种方式对付她的疾病。至于潜藏着的第二种敬意，我丝毫也没有觉察出来：最后一句台词是对爷爷的谴责，家里的一部分人，特别是母亲确信，正是他的咒骂杀死了他的儿子。在维也纳，我曾见过爷爷和母亲争吵，在他们之间，我坚定不移地站在母亲一边。她也许已经接收到了这种潜藏着的信息，我们从未谈过此事，所以我对此也不敢断言。

世上的确可能有在十四岁时就显露天赋的年轻诗人，我肯定不

[①] 李维（前59—前17），古罗马历史学家，主要著作为《罗马史》，全名为《罗马自建城以来的历史》，共一百四十二卷。

属于他们之列。那个用抑扬格写成的剧本糟糕得无法形容，用词笨拙，文笔不畅，自高自大，受席勒的影响倒不算大，每个细节都很准确，但是全剧很可笑，充满了道德说教和侠义精神。台词枯燥乏味，平淡无奇，就好像是经过了数次修改，而后者总是要比前者缺少天分，以致再也看不出它的原貌。对于一个孩子来说，穿着成年人的衣服昂首阔步是不合适的。假如它的核心不是表现某种真诚的东西，即表现对一次死刑判决以及执行这一判决的命令的恐惧，我恐怕绝不会提起这部拙劣的作品。命令与死刑判决之间的相互关系——它虽然与我当时所能懂得的天性截然不同——在后来的数十年里始终萦绕在我的脑际，直至今天仍然没有离去。

在伟人们中间

我按时写完了这个剧本,在圣诞节前的几周里把它誊写清楚。这项时间较长的工作从十月八日开始,到十二月二十三日结束,在此期间我心里充满了一种新奇的欢欣。早在很久以前,我就连续几个星期醉心于编造故事,并且断断续续地讲给几个兄弟听,因为我当时没有把它们写下来,所以现在已经记不起来了。《尤尼乌斯·布鲁图》是一部五幕悲剧,它写在一本漂亮的浅灰色的练习簿上,总共一百二十一页,两千两百九十八行,是"无韵抑扬格五音步诗"。我能够在雅尔塔公寓的女士们和姑娘们的眼皮底下,甚至在我的知心朋友特鲁迪的眼皮底下隐瞒这项至少在十个星期中对我来说是最重要的工作,大大提高了这项工作本身的重要性。在许多新的、完全不同的东西向我袭来,并且被我狂热地接受下来的同时,我感到我生活的真正意义仿佛潜藏在每天用来赞美母亲的那两个钟头之中。每个星期写给她的信谈到了所有可能涉及的事情,最精彩的是那个花体字署名,在签名的下面还有一行字:"in spepoeta clarus"。① 母亲虽然没在任何学校学过拉丁语,但是凭借她对罗马语言的知识也能猜出大概意思。然而我担心她会把"clarus"误以为是"klar",还在下面注上了德语译文。

---

① 拉丁文,意即:希望中的名诗。

同时用拉丁语和德语把我当年深信不疑的一件往事回忆两遍，想必是一件令人愉快的事。我想起自己的笔迹，想起写给对作家崇拜之至的母亲的一封信，但是，这已不再仅仅是向她表示曾经助长了这种虚荣心的爱。真正的过失，如果能称之为过失的话，应该归于裴斯泰洛齐①的学生日历，三年来，它一直陪伴着我。当我阅读日历时——人们从中可以获得大量有趣的知识——里面的一些东西就成了我的戒条，这就是日历中伟人们的画像。画像共有一百八十二幅，平均每两天一幅，这是一种绘制精细的肖像，下面有生卒日期和几句论及功绩和著述的文字。早在一九一七年，当我第一次拿到这本日历时，它就使我心往神驰，他们中间有我钦佩的环球旅行家，如哥伦布、库克②、洪堡③、利文斯敦、斯坦利、阿蒙森；也有作家，当我翻开年历第一眼看见的是狄更斯，这也是我见到的第一幅他的画像。在二月六日这一页的左上方，在生卒日期的下面有他的一句名言："朝人群中最矮的人看上一眼吧！"这句话对我来说是那样的不言而喻，以至于我今天想象它曾经对我是新鲜的东西时都要花点力气。日历里也有莎士比亚和笛福，后者的《鲁滨孙漂流记》是父亲必读的最早的英国书籍之一，当然还有但丁、塞万提斯以及母亲经常谈起的席勒、莫里哀、维克多·雨果；还有荷马和歌德，前者我是从《古代经典传说》中熟悉的，至于后者的《浮士德》，我虽然在家里听过许多叙述，但一直也没有读过。还有黑贝尔④，他的《小宝盒》是我们在学校上速记课时采用的课本。还

---

① 约翰·海因里希·裴斯泰洛齐（1746—1827），瑞士教育家。
② 詹姆斯·库克（1728—1779），英国海军上校和航海家，太平洋和南极海洋的探险家。
③ 亚历山大·冯·洪堡（1769—1859），德国自然科学家，曾对南美洲做过长期考察。
④ 约翰·彼得·黑贝尔（1760—1826），德国作家，代表作《莱茵家庭之友的小宝盒》是一部脍炙人口的民间故事集。

有其他许多人是我通过德语课本里的诗歌认识的。我不喜欢瓦尔特·司各特，起初想把这一页撕掉，后来用墨水把他的画像涂黑了。当时我并不觉得这有什么不妥，并且在这么做了之后立即就宣布了我的意图。母亲说："这是一种淘气行为。他不可能进行反抗，你这样做不可能把他从地球上消灭，他是最著名的作家之一，无论在哪儿他都将继续屹立在他们中间。然而，当有人看你的日历时，你却会为自己感到羞愧。"在有人看我的日历之前，我就感到羞愧了，并且立即停止了这种破坏性的行为。

我和这些伟人一起经历的是一种美好的生活。所有民族、所有地区均有各自的代表。我当时对音乐家略有所知，我开始上钢琴课，也常去听音乐会。日历里有巴赫、贝多芬、海顿、莫扎特和舒伯特，我在母亲身上体验到了《圣马太受难曲》的作用。其他人的作品我自己也开始弹奏或欣赏。画家和雕塑家的名字直到搬进雅尔塔公寓之后才得到了"丰富"，有两三年我总是敬畏地注视着他们的肖像，在他们面前我会产生一种负债的感觉。那里有苏格拉底、柏拉图、亚里士多德和康德；还有数学家、物理学家和化学家，这些自然科学家的名字我以前还从未听过。我们曾经住过的那条绍伊希策大街，就是根据他们中间的一位命名的。这里简直可以说是发明家云集的地方，几乎无法说清这座奥林匹斯山是多么富有。我向母亲介绍每一位医生，让她感到他们都高高地居于讲师先生之上。最美妙的是，我使征服者和统帅们在日历中仅仅扮演了非常可怜的角色。日历制作者的宗旨是召集人类的造福者，而不是人类的毁灭者。亚历山大大帝[①]、恺撒、拿破仑的画像大概也有，但其他属于这一类的人物我却再也记不起来了。我之所以还能记得这三位，是因

---

① 亚历山大大帝（前356—前323），马其顿王国国王。

为一九二〇年他们被从日历里赶了出去。母亲说:"这只有在瑞士才是可能的,我很高兴能够生活在这里。"

日历里的伟大人物有大约四分之一是瑞士人,其中绝大多数我还从未听说过。我没有花力气去了解他们,只是怀着一种奇怪的中立态度去接受他们。裴斯泰洛齐——这本日历就是以他的名字命名的——足以说明许多,不过,也许因为这是一本瑞士的旧历,所以才有那么多的瑞士人出现在这里。我对瑞士人的历史充满崇敬的心情,他们作为拥护共和制的公民就像古希腊人一样使我感到亲切,因此,我尽量避免怀疑他们中间的任何一个人,并且希望他们每一个人的功绩都能证明我是对的。

毫不夸张地说,我是和这些名字共同生活的。没有一天我不翻看这些画像,里面的文字我都能够背诵出来。这些字句听上去愈肯定,我就愈喜欢。这里充斥着形容词的最高级形式,数不清的"最伟大的这个"和"最伟大的那个"一直保留在我的记忆里。还有一种更高级的形式,这就是"古往今来最伟大的",例如:勃克林[①]是古往今来最伟大的画家之一;霍尔拜因[②]是古往今来最伟大的肖像画家。我对探险旅行比较熟悉,我认为把斯坦利视为最伟大的非洲探险家是不够妥当的,我更喜欢利文斯敦,因为他同时还是一位医生,他也反对奴隶制度。在所有其他方面,我对所读的东西统统是生吞活剥。引起我注意的是,有两个人是用"强有力的"代替了"伟大的",米开朗琪罗和贝多芬的地位因此而显得与众不同。现在很难断定这种刺激是否有益,毋庸置疑的是,它促使我产生了一些过高的奢望。我从来没有问过自己是否有权利跻身于这些

[①] 阿尔诺德·勃克林(1827—1901),德国画家。
[②] 汉斯·霍尔拜因(1497—1543),德国肖像画家和装饰艺术家。

伟人之列。我翻看日历，找到这些伟人，他们属于我，是我心目中的圣像。无论如何，这种交往不仅仅增强了我主要是从母亲那儿得到的虚荣心，它还是一种纯粹的崇拜，从中可以得到满足。对于这种崇拜不能等闲对待，与这些受人崇拜的人物的距离似乎是不可估量的。人们对他们艰难生涯的赞叹并不比对他们的成就少。尽管有人擅自以神秘莫测的方式想要与他们中的某一个并驾齐驱，但是绝大多数人仍然还在根本不为人们所知的领域工作着，人们只能对这些领域的工作过程感到惊讶，而绝不可能对其本身有所了解，恰恰出于这种理由，他们才是真正的奇迹。这些伟人的聪明才智，他们各式各样的成就，他们各自所体现的一种平等权利，他们不同的出身，他们的语言，他们生活的时代以及寿命的长短（他们中间有一些人年纪很轻就已去世）……我不知道还有什么东西能比这一百八十二位最优秀的人物的汇聚使我对人类的广博、财富和希望产生更加强烈的感受。

食人怪物的迷惑

十二月二十三日，《尤尼乌斯·布鲁图》踏上了去阿罗萨的旅途。与它同行的还有一封长信，信里告诉母亲应该如何阅读：首先一口气读完，以便获得一个总的印象，然后再逐字逐句地读第二遍，手里拿着一支铅笔，对每个细节进行评点，并且将这些意见告诉我。这是一个伟大的时刻，要求和期待都很急迫。回想起来，这部"作品"是多么的拙劣，它甚至没有理由使人对其抱有一丁点儿希望。我自己很快就意识到了这一点，从这个时候起，我不得不对自己后来自负而傲慢地写下的所有文字持怀疑态度。

这个跟头是在第二天栽的，母亲当时还没有收到那个剧本。那天，我约好去看外婆和艾尔奈斯蒂娜姨妈，她们仍然住在苏黎世，我每周都要去看望她们一次。自从在福格勒小姐家里发生了那场激烈争吵之后，我与外婆和姨妈的关系就发生了变化，当时，我从某种程度上来说是在为争夺母亲而战并且得到了她。她们知道，劝说母亲再次结婚是毫无用处的，因为她坚决拒绝去做任何可能会彻底毁了我的事。在母亲的这个姊妹和我之间甚至产生了类似于同情的东西，她开始明白，我不像阿尔迪蒂家的人，而且已经下定决心，决不去从事任何挣钱的工作，我要谋求一种"理想的"职业。

我只遇到外婆，她告诉我一个重要消息：萨洛蒙舅舅从曼彻斯特来了，姨妈很快就会和他一块儿回来。原来是他到苏黎世来了啊！这个英国童年时代的食人怪物，自从我们离开曼彻斯特以来，我已经有六年半没有见到他了。在此期间，我们在维也纳住过，还有那场以抱着对威尔逊及其"十四点建议"的希望而结束的世界大战。现在，就在不久之前，人们却感到巨大的失望，那是由于《凡尔赛和约》。我们过去经常谈起舅舅，母亲对他的钦佩丝毫不减当年，但这仅仅针对他在商业方面的成功。后来，在母亲和我之间发生了许多更加重要的事情，在我们读书的晚上出现了许多伟大的人物，我竭力追踪这个世事纷繁的现实世界，舅舅和他的权力在我的眼里逐渐缩小了。我也许仍然把他看成是一个怪物，看成是一切卑鄙无耻的化身，他的形象在我看来变成了某种野蛮和丑陋的东西，这真是太合适不过了。但是，我不再认为他是一个危险人物，我已经能够对付他了。当姨妈回来告诉我们，舅舅在楼下等着，准备带我们出去游玩时，我感到一种激情，我，一个十四岁的剧作家——剧本已经付邮——愿意站到他的面前，与他一试高低。

我根本认不出他来了。他的气色比我想象的要好，他的脸乍看上去并不难看，至少不像一个食人怪物。我很惊奇，他在英国待了那么多年之后居然还能说一口流利的德语——这在我们之间还是一种新的语言。我觉得他并不强求我用英语同他交谈，这是他有教养的表现。我已经有一段时间不怎么练习说英语了，对于可以预料到的这次严肃的谈话，我觉得用德语进行更为妥当。

"苏黎世最好的点心店是哪一家？"他问道，"我想带你们上那儿去。"艾尔奈斯蒂娜姨妈说是"施普伦格里"，她天生节俭，不敢讲是"胡贵宁"，其实，大家公认后者更好一些。我们步行穿过火车站大街去"施普伦格里"，姨妈忧心忡忡地落在后面，我和舅舅像男人们聚在一起时那样，立刻就谈起了政治。我抨击协约国，对英国抨击得尤其厉害，因为他就是从那儿来的。我说，《凡尔赛和约》是不公正的，它违背了威尔逊的全部许诺。他让我考虑这一点或者那一点，语气相当平和，我觉得，我的激动让他非常开心，他想从我的话里听出我是怎样一种孩子，因此他让我尽情地讲。但是，尽管他说得很少，我也觉察出他不大愿意对威尔逊发表看法。关于《凡尔赛和约》，他说："经济因素也起着重要的作用，在这一方面你尚一无所知，没有任何一个国家会毫无所图地进行四年之久的战争。"但是，真正打中我的要害的是他的提问："你对《布列斯特—立陶夫斯克和约》[①] 怎么想？你以为德国人假如获胜了的话会不这样做吗？胜利者毕竟是胜利者。"这时，他第一次正眼瞧我，他的眼珠是蓝色的，目光冷峻，我又认出他来了。

艾尔奈斯蒂娜姨妈随后也到了"施普伦格里"，舅舅以他那种高傲的方式为我们要了巧克力和糕点，他自己一点儿也没有吃，它们摆在他的面前，却又像根本就不存在似的。他说，他正在进行重要的旅行，时间很少，但仍然准备在今后几天里去阿罗萨看看母亲。"她得的是什么病？"他问道，紧接着又说，"我从来不生病，我没有时间生病。"他已经有很久没有见到我们大家了，现在他要补上。"你们家里没有一个男人，这样不行。"他的话虽然有点唐突，但听起来并不怀有恶意。"你在做什么？"他突然问我，就好像我们俩根本没有谈过话似的。重音落在"做"上，似乎只有"做"才重要，其余一切对他来说都无足轻重。我觉得，他的话是认真的，稍稍迟疑了一下。姨妈帮我作了回答，她的眼睛像天鹅绒一样，如果需要的话，她也能说会道。"你知道吗？"她说，"他想上大学。""这毫无用处，他应该成为一个商人。"虽然他的德语说得很棒，但他

[①] 德奥与乌克兰共和国、苏维埃俄罗斯于一九一八年二月至三月间在布列斯特—立陶夫斯克分别签订的和平条约。

却用英语说的"一个"而不是德语,"商人"也少发了一个"e"的音。他更加坚决地跨进了自己的势力范围,紧接着又是一大段说教,援引了我们家族与商业的关系,所有的人都当了商人,在这一领域可以大有作为,他本人就是一个活生生的例子。唯一想试试别的行当的是他的表兄弟阿尔迪蒂大夫,但他很快也就后悔了,医生一钱不值,只是有钱人的听差罢了,他们有一点儿小毛病,医生就必须忙不迭地跑来,其实,他们根本就没有什么。"例如,你的父亲,"他说,"现在还有你的母亲。"因此,阿尔迪蒂大夫很快就放弃了医生职业,重新像他们所有的人那样当了商人。这个笨蛋失去了十五年,为了上大学,为了给那些与他毫不相干的人看病。不过,他现在干得不错,也许还可以成为一个富翁,尽管失去了那十五年。"你去问问他吧!他也会这么对你说的!"这个阿尔迪蒂大夫与家里的其他成员格格不入,他始终妨碍我实现自己的计划。我对他的蔑视是无法形容的,这个背叛了一项真正职业的家伙,我得留神别向他询问什么事情,因为他这会儿也住在苏黎世。

姨妈觉察出我是怎么回事,她也许因为舅舅这样冷酷地提到我父亲而吓了一跳。"你知道吗?"她说,"他的求知欲很强。""这很好!普通教育,商业学校,再经过一段时间商业实习,然后他就可以正式开业了。"他随意朝四下里张望,再也不屑看上我一眼。然后,他转向姨妈,像是仅仅冲着她一个人似的,微笑着说道:"你知道吗,我要把我所有的外甥都召集到我的公司里来。尼西姆要当商人,格奥尔格也要当商人,等到我的弗兰克长大以后,他们可以在他的率领下去赚大钱!"

在弗兰克的率领下!我去当商人!我真想朝他扑过去揍他几拳。我竭力控制住自己,然后向他们告辞,尽管我还有时间。我来到大街上,脑袋里像燃着一团火。我跌跌撞撞、怒气冲冲地回蒂芬布鲁伦，我走得很快，就像"做买卖"这几个令人讨厌的字眼一直在跟着我似的。我的第一种较为成形的感觉是自负。"在弗兰克的率领下，我是一个伙计，我，我……"我接着又说出了自己的名字。我每次遇到危险的时候，总会念叨着自己的名字。我很少用这个名字，也不愿意别人叫我这个名字，它是我的力量仓库，也许每一个仅仅属于某人自己的名字都是这样。但是，这个名字现在不再是力量的仓库了，我一再暗暗地重复那句令人气愤的话，然而，最后剩下的仅仅是自己的名字。当我来到郊外时，我已经把它念叨了成百上千次，从中汲取了无穷的力量，然而却没有任何人能够觉察出来。

那是二十四日的晚上，雅尔塔公寓里正要举行圣诞庆祝活动，几个星期以来，人们除此之外别无所谈。准备工作是悄悄进行的，正像特鲁迪对我说的那样，这是一年中最大的事情，激烈反对虚伪的她向我保证，庆典将是极其美妙的。在家时我们虽然也总是互相赠送礼物，但仅此而已，母亲不信教，她弄不清各教之间的差别；在城堡剧院看的一场《智者纳旦》①的演出永远地决定了她在这种事情上的态度。她对家里的风俗习惯的记忆，也许还有她天生的尊严，妨碍了她整个地接受圣诞节，微不足道的让步就是互赠礼物。

雅尔塔公寓里面，一切都装饰一新，我们通常待在那里的大厅，平时空荡荡的，没有什么陈设，现在却在暖色调中闪闪发光，空气中散发着冷杉树枝的芬芳。庆典是在一间非常小的屋子里开始的，即在大厅后面的"会客室"。那儿有架举行家庭音乐会用的钢琴，在它的上方墙上挂着一幅画，由于屋子太小，我总觉得它巨大无比，这是勃克林的《神圣的海因》。我起初以为它是真品，畏惧

---

① 莱辛的名剧。

地看着它，把它当成我所见到的一座私人住宅里的第一幅"真正的画"。然而，有一天，米娜小姐告诉我，那是她画的，是她亲手临摹的一幅复制品。这是她早期的作品，那会儿她还没有完全献身于她的花卉。这幅画非常逼真，所有来参观这所房子的人，要是不被告之实情，都以为它是真品。这会儿米娜小姐正坐在她的作品前面，为我们唱圣诞歌伴奏。她肯定不是公寓里最优秀的钢琴师，但是，她对这些歌曲所怀有的感情具有很强的感染力。我们大家你挨着我、我挨着你地站在屋子里（屋里没有多少地方），精力充沛地唱着歌，在《平安夜、圣诞夜》和《噢，你，快乐的夜！噢，你，幸福的夜！》之后，每一个人还可以提议唱一支自己认为合适的或自己喜欢的歌。庆祝活动持续了很久，所有人的唱歌的愿望都得到了满足。我感到格外满意的是，庆典持续了很长时间，而且没有任何人着急。从任何人的脸上也看不出来，礼物——自己的礼物以及为别人想出来的出乎意料的礼物——在等待着。然后，我们在公寓最后面的那间屋子里列队，我们排成一列纵队，大家这时开始有些着急了。最矮的是一个从维也纳来度假的男孩，他站在最前面，我紧随其后，在这几个星期里，我的年龄是倒数第二。我们按年龄顺序从小到大一直排到最后一个。我们终于站在了那张大桌子前面，每件礼物都有漂亮的包装，在每个人的礼物上面都有我写的打油诗——我从来不放过任何写诗的机会。我得到一个很小的图阿雷格人的雕像，他身材高大，骑着一匹骆驼，动作独特别致，下面刻着我的名字和一句话："献给非洲旅行家"。那些书籍也迎合了我对一个更加美好的未来的憧憬：南森[①]的《爱斯基摩人的生活》、印有许多古代图片的《古代苏黎世》、《西斯托与塞斯托》、《来自翁布里亚

---

① 弗里德约夫·南森（1861—1930），挪威北极探险家、海洋学家和政治活动家。

的旅行速写集》。许多当时吸引着我，并且使我着手去做的东西就这样聚在一起了。舅舅对所有这些毫无所知，在唱圣诞歌曲时，我还能听见他那些冷淡而难听的话语，但是，他最终也被迷住了，闭上了嘴巴。

宴席之后，音乐会一直持续到深夜。从前的一位寄宿女生如今成了歌唱家，她也来此做客。加姆佩尔先生，即和妻子住在公寓旁边那幢小房子里的市立交响乐团的大提琴手即席演奏，为他伴奏的是我们的钢琴家特鲁迪和一位荷兰姑娘。音乐真是太美了，以至于我梦见了巴赫。我把舅舅捆在一张椅子上，强迫他坐在那里，他在曼彻斯特待得已经不能忍受音乐了，他没有安静多久就试图站起来。但是，我把他在椅子上捆得很紧，使他不可能走开。最后，他忘了自己是个绅士，背着捆在背上的椅子，一蹦一跳地朝屋外走去，这真是一幕可笑的情景，而且是当着所有姑娘、加姆佩尔先生和女士们的面，我希望母亲也看见了他这副模样，我打算明天就把这一切都写信告诉她。

遭人憎恨

在同母亲和兄弟们分手的第一年冬天，学校里发生了一场危机。在过去的几个月里，我从几个同学的身上察觉出一种异常的审慎态度，虽然他们中间只有一两个人说过一些冷嘲热讽的话。我压根儿不知道这是怎么回事，我也没有想到，自己的行为举止竟会激怒了某些人。任何变化也没有出现，除了少数例外情况之外，同学们仍然还是我已经认识两年多的那些人。一九一九年春天，我们班大大缩小了，愿意学希腊语的一些人去了文科中学，另外一些选择了拉丁语和其他语言的人被分散在实科中学的四个平行的班级里。

在这次调整中，我们班里来了几个新同学，其中有一个名叫汉斯·韦尔里，他也住在蒂芬布鲁伦，我们回家要走同一条路，彼此渐渐熟悉了起来。他的脸看上去就像皮肤紧绷在骨头上似的，上面有一些凹陷和皱纹，因此他显得比其他人要大一些。但我觉得，他并不仅仅因此而显得较为成熟，他爱动脑筋，有判断能力，从来不对姑娘们品头论足，而其他一些人则已经开始谈论姑娘。在回家的路上，我们总是只谈"现实的"东西，我当时对它的理解就是所有与知识、艺术及社会有关的东西。他习惯先平静地听，然后再激动地说出自己的观点，并且巧妙地加以评论。我很喜欢这种由平静转向激动的变换，因为我做不到心平气和，我在人前人后总是好激动。我感到敏捷是他最有个人色彩的特征。他立刻就能明白指的是什么，然后信手拈来他的回答——可能是赞成的意见，也可能是反对的意见。他的反应是无法预料的，这活跃了我们的谈话。但是，他的自信并不比这种谈话本身更少引起我的思考，我不知道这种自信的根源。关于他的家庭，我只知道他家经营着蒂芬布鲁伦的大碾磨厂，他们为苏黎世人提供做面包的面粉。我觉得这是一种有益的事情，是另外一种工作，它与威胁着我的"做买卖"毫无共同之处，我既害怕又仇视舅舅说的那种工作。我一旦对某人有所了解，就会立刻不掩饰自己对所有与做买卖和赤裸裸的个人利益有关的东西的鄙视。他似乎理解我的意思，因为他平静地听着，从来也没有为此而对我进行抨击。与此同时，我也注意到，他从来也没有说过任何反对他们家的话。一年以后，他在学校作了一个关于瑞士在维也纳会议①上作用的报告，这时我才知道，他的一个祖先曾经在维也纳会议上代表瑞士的利益。我开始明白，他是一个"历史性"的人物。我当时虽然不能把这个意思清楚地表达出来，但是我已经感到，他生活在与他的出身保持和谐的状态之中。

在我身上，这种事要复杂得多。父亲在我生命之初是作为善神；我对母亲的感情是不可动摇的，我对她几乎负有全部义务。但是，他们家里的人很快就来了，尤其是母亲方面的，我对他们极不信任，首先是母亲那个在曼彻斯特事业上成就卓著的堂兄弟。一九一五年夏天，我们在鲁斯丘克做客，母亲的这个令人讨厌的、疯疯癫癫的堂兄弟也来了，他确信家里的每一个成员都在偷他的东西，他在寿终正寝之前只能在诉讼过程中呼吸。接下来是阿尔迪蒂大夫，当时我想，他是亲戚们中间唯一选择了一个"美好的"职业的人，这是一种为他人而活着的职业，然而，他背叛了医生这个

---

① 一八一四至一八一五年间，欧洲列强战胜拿破仑之后在维也纳召开的旨在改组欧洲的会议。

职业，现在也像其他人一样去做买卖了。父亲家里的人的性格也并不都是赤裸裸的，爷爷就曾多次证明了他的精明，在某些情况下还证明了他的严厉，他具有多种性格，以致他的整体形象变得更加复杂，更有魅力。我从来没有他要强迫我从商的印象。他造成的不幸已经发生了，我父亲的死吓得他毛骨悚然，他在这件事上做的坏事，如今全要补偿到我的身上。但是，尽管他给我的印象很深，我仍然不会钦佩他。对我来说，由他开始向前追溯的一段祖先历史正在延伸，这些祖先曾经在巴尔干山区过着一种东方的生活，他们与四五百年前生活在西班牙的母亲的祖先截然不同。人们也许会为后者感到自豪，为医生、诗人、哲学家，但是关于他们仅有一般性的报道，它们与这个家庭并没有任何特别的联系。

在这段与自己的出身处在一种敏感的、棘手的、没有把握的关系之中的时间里，发生了一件在别人看来无足轻重的事。但它为我后来的发展产生了具有深远影响的后果。无论我是多么不愿意提起这件事，我也不能闭口不谈，因为这是我在苏黎世的五年中唯一的一件不愉快的事，除此之外，我回想起这五年则怀有一种溢于言表的感激之情。这件事所以没有被大量的欢乐淹没，完全是因为它与世界上后来发生的一系列事件联系在一起。

孩提时代，我从未感到人们对犹太人怀有敌意，我相信，在保加利亚，在英国，这种事情当时还不为人知。我在维也纳觉察到的敌意，绝不是冲着我来的。无论什么时候我把听到的或者看见的告诉母亲，她总是用等级自豪感的无礼来解释一切，仿佛敌意仅仅是针对别人的，而绝不是针对西班牙犹太移民的。更加奇怪的是，我们的全部历史恰恰是建立在被逐出西班牙之上的。人们以为通过如此强调地追溯遥远的过去也许可以更容易与现实保持距离。

在苏黎世，拉丁语老师毕莱特尔有一次指责我在回答问题时手举得太快,当我抢在一个来自卢塞恩的反应迟钝的男孩埃尔尼之前回答完问题时,他坚持认为埃尔尼也已经想出了答案,并且鼓励他说:"考虑一下,埃尔尼,你已经想出来了。我们不能让一个维也纳的犹太人把一切都统统抢走。"这番话有些刺耳,我当时肯定觉得受到了伤害。但是,我知道毕莱特尔是个好人,他只是想在一个反应敏捷的孩子面前保护一个反应迟钝的孩子。虽然这是针对我的,但我归根到底还是喜欢他的,并且试图对我的热情稍加节制。

人们应该怎样理解这种好出风头的热情呢?生性活泼肯定是原因之一,还有西班牙语的速度。我从小就讲西班牙语,它使我即使是讲较慢的语言如德语或英语时也保持着奇特的速度。当然这也不是全部原因,最重要的原因是在母亲面前的考验。她总是要求立刻回答问题,不能随时随地迅速做出回答,在她那儿是不行的。当年住在洛桑的那几个星期里,她就是用这种速度教我说德语的。由于这种方法的成功,这种速度在她看来是完全合理的,以后,一切都是以这种速度进行。其实,我们俩就像在舞台剧中一样。这个提问,那个回答,长时间的停顿不仅是例外情况,而且有着某种特别的含义。我们俩之间没有这种例外情况,在我们演出时,一切都是相互衔接地进行的,这个话音还没落下,那个就已经开始回答,我正是在母亲面前经受了这种熟练技巧的考验。

为了应付母亲的考验,就必须提高落落大方、反应敏捷的能力,在学校,环境虽然变了,我的举止仍然还像在家里一样。我对老师的态度,就好像他是母亲,唯一的区别是,我在回答问题之前必须举手。我回答得很快,可是其他的同学就会觉得受到亏待。我从未想过这一举动会使他们神经紧张,甚至可能伤害他们。老师们对这种敏捷的态度不尽相同,有一些人认为,总有几个学生随时做出反应可以使讲课变得轻松,这有利于他们的工作,课堂气氛也不那么沉闷。如果他们很快能够引起相应反应，他们就会觉得自己的课讲得不错。另外一些人则认为，这是不公正的，他们担心某些天生反应迟钝的学生会因为始终目睹这种情景而做出截然相反的反应，他们有可能失去达到某一目标的希望。这些并非完全没有道理的老师对我的态度很冷淡，认为我是一种弊端。但是，也有一些人为知识受到了尊敬而感到高兴，他们很早就注意到了我在课堂上思想活跃的动机。

我以为，知识本身是希望得到表现的，它不会仅仅满足于一种隐蔽的存在形式。沉默的知识在我看来是危险的，因为它会变得越来越沉默，最后变成秘密。知识一旦变成秘密，就会造成恶果。通过传给别人而显露出来的知识是有益的知识，它也许需要人们给予重视，但它绝不反对任何人。从老师和书本那儿得到的东西希望得到传播。在这种纯洁的演变过程中，知识是不应受到怀疑的，它很快就会站稳脚跟，慢慢传开，它放射着光辉，希望一切都和它一起得到扩展。人们说知识具有光的特征，它传播的速度是最快的，人们尊重它，称之为启蒙。在知识被亚里士多德塞进小盒子之前，希腊人就已经认识到它的这种传播形式。人们不可能相信，它在被从盒子里拿出来并且保存起来之前会带来灾祸。我觉得，希罗多德[①]关于知识是清白无辜的，它必然要得到传播的论述是对知识的最地道的表述。他认为，知识的分配是按照语言不同、生活方式各异的民族进行的。谈到这种分配，他并不强调这种分配本身，而是在自己身上为不同的知识提供场所，同时也在那些通过他而获得知识的人们那儿拓展地盘。在每一个听说过各种各样事情的年轻人身上潜藏着一个小小的希罗多德，重要的是人们不要试图把他抬得过高，

---

① 希罗多德（前484—前430），古希腊历史学家。

因为人们对他的期望是能够恪守一种职业。

人在一生中最先获得知识的场所是学校，它是年轻人的第一次公开的体验。他也许想出类拔萃，但是他一旦获得了知识，就更想传播知识，使它不仅仅成为他个人的财产。比他反应稍慢的同学准会认为他是在拍老师的马屁，把他视为一个追求虚荣的家伙，然而，他的眼里并没有任何他想要争取的目标，恰恰相反，他要越过这些目标，把老师也拉入他对自己的渴望之中，他并不是在与同学进行较量，而是在与老师。他梦想让老师们改掉总爱指点别人的习惯，他要战胜他们。只有对他们中间那些不再醉心于指点别人，只是为了自己而传授知识的人，他才怀有无限的爱戴。他尊敬这样的老师，对他们的提问迅速做出反应，他对他们永不停止地传授知识表示永不停止的感激。

然而，他把这种尊敬与当众表露出来的尊敬加以区别。当他表现自己的时候，他是目中无人的，他对别人并不怀有恶意，但是却把他们撂在一边，不让他们干预，仅仅让他们作为观众。因为他们并不像他那样理解老师的实质，所以他们不可能真正明白他是怎么回事，他们一定会以为他是为了卑鄙的目的在戏弄他们。他们为一出没有给他们分配角色的戏而怨恨他，也许还对他能够坚持到底颇为妒忌。但是，他们主要还是觉得他是个拨弄是非的家伙，他激起了他们对老师天生就怀有的敌意，而同时又在他们的眼前将这种敌意变成了尊敬。

申请书

　　一九一九年秋天,当我搬到蒂芬布鲁伦时,我们班又进行了一次调整。我们只剩下十六个人。费尔贝尔和我是班上仅有的两个犹太人。我们在一个特殊的大厅里上几何与制图课,每个人都有自己的抽屉,可以锁起来,上面分别有个人的姓名牌。十月的一天,也就是在我豪情满怀地写剧本期间,我发现在大厅里我的姓名牌上被涂写了一些污辱性的文字:"亚伯拉罕①、以撒②、犹太人滚出学校,我们不需要你们!"在费尔贝尔的姓名牌上也写着类似的文字,内容并不完全相同,我也可能把骂他的话同骂我的话混了起来。我非常惊讶,简直难以置信,迄今为止还从未有人辱骂或者反对过我,两年半以来,我同班上的绝大多数同学相处得不错。惊讶很快就变成了愤怒,我觉得受到了极大的污辱。从童年时起,我耳朵里听见的全是"体面"和"荣誉",特别是母亲在"荣誉"这一点上总是唠叨个没完,也不管是针对西班牙犹太移民,或者我们这个家族,或者我们中间的某一个人。当然,没有任何人承认。别的班级也在这里上几何和制图课。当同学们看见我的拳头落下来是多么沉重时,我从他们中间的一两个人身上感到了某种洋洋自得的满足。

　　从这时起,一切都发生了变化。从前我可能会对一些讽刺挖苦

---

①② 亚伯拉罕和以撒均为《圣经·旧约》中所记载的犹太人的祖先。

不太重视，可是从现在开始我对它们也保持清醒的意识，哪怕是再小的反对犹太人的评论我也不放过。讽刺挖苦越来越多，过去只是某一个人这么做，现在却似乎来自更多的方面。从前的那些聪颖过人的男孩都不在我们班里了。同我较量过多次，并且在许多方面胜我一筹的冈茨霍恩选择了文科中学，按照我的爱好，我也应该上那儿去。艾伦博根在智力上是最成熟的，他转到了另外一个年级。我同汉斯·韦尔里一起待了半年，他这会儿也调到另外一个平行的班级去了。我们仍然一起回家，但是他这时已经不再参与我们班里的内部事务。理夏德·布洛伊勒是一个想象力丰富、喜欢幻想的男孩，我曾经想和他交朋友，可是他却有意回避我。我觉得，事情是由另外一个人引起的，他属于班里智力较低的那种人，他也许对我的"活跃的装腔作势"——这是后来的说法——有一种特别强烈的反感。他也有自己的聪明之处，只是它们与学校需要的没有吻合罢了。他比较成熟，已经开始对那些我尚毫无所知的东西产生兴趣，在某种程度上可以说是些生活方面的事情，正像他所想的那样，它们从长远的观点来看要更加重要。我觉得，自己是那些多少有些相似的、看重知识而又很少卖弄知识的人中间唯一剩下来的，我没有考虑过，这种"垄断"肯定会惹恼其他一些人。

由于别人抨击费尔贝尔，我也觉得自己受到了抨击，其实，我和他毫无共同之处。他认识别的班里的犹太人，向我谈了他们那里的情况。大家都在传着相似的消息：对犹太人的反感似乎正在增加，并且越来越公开地表现出来。费尔贝尔也许对他告诉我的事情进行了夸张，他这个人就是欠考虑，而且容易冲动。他觉得自己不止受到一种方式的威胁，他生性懒惰，是一个成绩很差的学生。他身材高大，体重很重，那里只有他一个人是红头发。他很显眼，全班合影时他要是站在前面，准会把后面的人遮住，在一张全班合影上,他的脸被班里的人涂掉了。表面上看,这好像是他们不喜欢他站在那么前面,其实这是一个信号,表明他们想要把他从班里彻底清除出去。他是瑞士人,他父亲是瑞士人,他的母语是一种瑞士方言,他无法想象自己曾经在其他地方生活过。他担心升不了级,因为他总是在老师面前卡壳,就觉得老师对他的不满是同学们对他的敌视态度的一部分。他在告诉我的关于别的班里犹太人的消息里添加了他个人的激愤,是不足为怪的。我不认识那些犹太同学,也无意与他们进行个别交谈。这种联系从一开始起就是他所热心并怀有不断增长的恐慌照管的事情。有一次,他向我谈起一个男孩,他说:"德赖福斯告诉我,他已经绝望了,不想再活下去了。"这时我也慌了起来,惊骇地问他:"你认为,他想自杀吗?""他坚持不住了,他想自杀。"我并不真的相信事情如此糟糕,我根据自己的经验判断,并不是这么回事,这只是由于一星期比一星期增多的讽刺挖苦。但是,对德赖福斯有可能自杀的想法以及"自杀"这个词本身使我失去了最后一点平静。"杀人"[①]就已经是一个可怕的词,在战争时期,它已经受到极端的厌恶。但是,现在战争已经结束一年了,我生活在对永久和平的希望之中。我自己和我的小弟弟们编造出来的为了结束战争的故事——它们都是以死者的复活作为结束——不再只是故事,永久和平在美国总统威尔逊身上找到了一个绝大多数人都信赖的代言人。对于这种当时已经感动了整个世界的希望的力量,人们今天已经不可能有着足够的想象力,这种希望也曾感动了孩子们,我就是活着的见证人,而我肯定不是唯一的见证人。在回家的路上同汉斯·韦尔里进行的谈话充满了这些内容,我们俩都有这种看法。我们谈话过程中的严肃和庄重在很大程度上是

[①] 德语"杀人"这个词加上反身代词就变成了"自杀"。

由此而决定的。

比"杀人"使我内心充满更大恐惧的就是自杀。我不明白，苏格拉底是怎样平静地喝下了毒酒。我不知道我怎么会想到任何一次自杀都有可能被阻止，但我知道，我当时对此已经坚信不疑，人们只要及时了解到这一意图，然后立刻采取行动阻止。我想出一些要对自杀的人讲的话：如果他在一段时间之后能够了解此事，他就会感到遗憾，但是一切都已经太迟了。他更应该等待，然后他就能够明白。我认为这个理由是不可抗拒的，我自言自语地反复练习，等待着遇到一次使用它的机会，但是，机会始终也没有出现。德赖福斯的事完全是另外一回事，也许是一些人也有类似的想法。我知道希腊和犹太历史上的一些集体自杀事件，虽然他们通常都是为了自由，但是这方面的报道留下了复杂的感情。我想起一次"公开的行动"，这是那几年里第一次也是唯一的一次。我们年级平行的五个班里总共有十七名犹太人，我们大多数彼此都不认识，我建议大家聚会一次，商量一下应该做些什么。我考虑应该写一份申请书，提交校长，因为他也许对我们处于怎样的压力之下毫无所知。

我们在苏黎世山上的利吉布里克饭店聚会，六年前，我就是在这儿第一次俯瞰苏黎世。十七个人全都来了，申请书的提议获得通过并且当即起草。在寥寥几句朴实无华的词句里，我们三年级所有犹太学生提请校长注意在这几个班级日益增长的反犹情绪，并且请求对此采取措施。大家都在申请书上签了名，我们感到如释重负。我们相信校长，他虽然严厉而使人敬畏，但他也被公认是非常公正的。我被指派去校长办公室递交申请书。我们期待着申请书的作用产生奇迹。德赖福斯说，他渴望活下去。

我们等了好几个星期。我原想我们大家准会被叫到校长办公室，我考虑应该怎么说。话应该说得郑重其事，我们不能失去尊严，一切都要简明扼要，不卑不亢。谈话内容必须有关荣誉，因为这件事就是关系到荣誉的问题。然而，什么事也没有发生，我担心申请书是不是被扔进了字纸篓。任何反应甚至就连对我们擅自采取这一行动的指责也会使我觉得好一些。然而，更加使我感到奇怪的是，讽刺挖苦暂时有所减少。如果那些同学在我们背后受到过训斥，我无论如何也会从他们中间某个与我关系比较好的同学那里得知。

过了五六个星期，也许还要更长时间，我被单独叫到校长办公室。接待我的不是那位严厉的阿姆贝尔格校长。副校长乌斯特利站在那儿，手里拿着那份申请书，就像他刚刚才得到申请书，刚刚才读完第一遍似的。他个子矮小，那两道高高扬起的眉毛使人觉得他总是在兴高采烈地微笑。然而，他此刻并不兴高采烈，他问道："这是你写的吗？"我回答："是的。"这是我的笔迹。实际上，这也是我起草的，而不仅仅是抄写。"你手举得太多了！"他说着就当着我的面把那张有许多人签名的纸撕碎，把碎纸片扔进了字纸篓，好像这件事仅仅关系到我一个人似的。然后我就被打发出来。这件事发生得如此之快，我甚至没有可能做任何解释。我说的唯一的话就是回答他提问时说的"是的"。我站在校长办公室的门前，就像还没有敲过门似的，假如不是被撕成碎片扔进字纸篓的申请书给我留下了深刻的印象，我准会以为自己是在做梦。

班里的"禁猎期"结束了，讽刺挖苦又像过去那样重新开始，所不同的是更加肆无忌惮，而且几乎从未停止过。每天都会出现一些有针对性的讽刺挖苦。我感到迷惑不解的是，这些讽刺挖苦从整体来说是针对犹太人的，从个别来说是针对费尔贝尔的，它们把我排除在外，就好像我并不是犹太人似的。我认为这是一种蓄意离间我们的做法。我想得更多的是，副校长说的"你手举得太多"到底是什么意思。我在他说这句话之前根本不曾想过,如果我连续不断地把手举到空中,是做了一件错事。实际上,我在老师提出问题之前就已经准备好了回答。洪齐克尔老师反对这种敏捷,从不注意我,直到我把手放下。也许这是最聪明的方法,但是它很少改变我积极活跃的反应,不管人们是否允许我回答,我总是连续不断地举手。在那些年里,我甚至连一次都没有想过,这样做可能会激怒其他同学。他们并没有对我说这些,而是很早——大约在二年级的时候——就送给我一个绰号:苏格拉底。这种荣誉——我认为这个绰号是一种荣誉——更加鼓励了我。直到听到乌斯特利这句干巴巴的话:"你手举得太多了!"我的胳膊才瘫痪了,是到时候了,现在我该尽力让胳膊待在下面。我渐渐变得兴趣索然,学校不再给我带来乐趣。我不再等着回答课堂上的提问,而是等着对付课间休息时的讽刺挖苦。任何一次贬低犹太人的议论都会使我产生相反的想法。我真想对所有这些议论进行反驳,但是我没有这样去做,这并不关系到一次政治性的争论,而是涉及一群歹徒的文化教养——这是我今天对此的称呼。在我的大脑里形成了一种新的思想要素,威尔逊承担了从战争中解救人类的重任,我把这一重任托付给他,自己也未失去对此的兴趣。所有公开的谈话始终围绕着这件事,但是,我对这些秘密的想法从不吐露,因为它们关系到犹太人的命运。我应该跟谁谈谈这些呢?

  费尔贝尔的情况要比我更糟,因为他总是回答不出老师的提问。他本来就反应迟钝,现在干脆完全放弃学习。他浑浑噩噩地等待着下一次侮辱,然后突然发作一场。他暴跳如雷,进行还击,他也许根本就没有觉察到,他的这种发怒反应恰恰使他的敌人感到开心。这是一种内部的争论,因为他是用标准的瑞士的骂人话回击对他的侮辱,在这方面,他并不比任何人逊色。在几个星期以后,他决定采取一次严肃的行动。他在课间休息时找到洪齐克尔,向他抱怨班里的敌视行为。他父亲让他正式请求洪齐克尔将这个意见转告校长,如果仍然没有什么变化,他准备亲自去找校长。

现在我们又在等待答复,然而又是一无所获。我们一块儿商量,费尔贝尔如果被叫到校长办公室应该怎么说。我鼓励他不要失去耐心,他必须保持镇静,简明扼要地汇报情况。他请我和他一起练习怎么说,我们练习了不止一次。甚至是和我在一起,他一开始讲话,也会闹个大红脸。

他说起话来颠三倒四,对那些敌对者骂不绝口。我经常去他家,帮助他做作业,每次补课结束之前,我们总是练习准备对校长讲的话。经过了一段时间,他终于学会了要说的话,当我最终对他说"现在可以了"的时候,我想起狄摩西尼①。我用狄摩西尼的困难来安慰他。我们做好了准备,继续等待着。没有任何反应,校长保持沉默,洪齐克尔也仍然像往常一样。我们在上他的课时密切注意着他最微小的变化,他变得更加乏味、无聊。他让我们写一篇作文,我不能忘记他给的题目:《致友人的一封信》。我们在信里要请这位朋友为我们预定一个房间,或者一辆自行车,或者一架照相机。

班里的气氛渐渐发生了变化。二月,也就是那场反犹太运动开始以后的四个月,讽刺挖苦突然减少了。我不相信这是真的。我敢肯定,很快又会重新开始,但是这一次我错了。同学们转眼之间又像过去那样,又像很久以前那样。他们不再抨击我们,也不再嘲讽我们,我甚至觉得,他们好像故意回避说出那个高度浓缩的侮辱性的字眼。使我感到最奇怪的是那些引起我们这次行动的真正的敌对

---

① 狄摩西尼(前384—前322),古希腊政治家、雄辩家,他克服口吃、咬词不清等先天缺陷,掌握了雄辩艺术。

者。当他们跟我说话时,他们的声音听起来也带有一些发自内心的东西。每当他们问我一些他们不知道的东西,我总感到极其幸福。举手的次数仍然保持在最低限度,我成功地经常将自己知道的东西完全保留在心里,表情冷漠地坐在那里,即使我的四肢发痒。这是自我断念的顶峰。

复活节的时候,旧的学年结束了,这时出现了许多重要的变化,其中最重要的是老师们用"您"来称呼我们。我们班搬出了学校那幢正方形的、筑有墙垛的教学主楼。这幢楼盖在向上延伸的雷米路的拐角处,稍稍有些倾斜,外表很一般,是这一片城区最高的建筑物。我们迁到了"堡垒山",这座房子紧靠着一个古怪的小山丘,看上去像是私人寓所。最初,这里并不是用作教学的。教室有一个朝着花园的玻璃阳台,上课的时候,我们总是开着窗户,树木和鲜花送来阵阵芳香,鸟儿的鸣啭伴随着拉丁语的书声,在这儿有点像是在蒂芬布鲁伦的雅尔塔公寓的花园里。费尔贝尔留级了。按照他的成绩这是公正的,留级的也并非他一个。这个班更小了,班里的气氛也变了。大家都按照自己的方式上课,我避免过多地举手,其他人的抱怨似乎消失了。人们所能想象出来的一个班集体,在这儿得到了实现。每个人都有自己的特性,每个人都在起作用,我不再感到自己受到威胁,我发觉,这些同学并不是俗不可耐,也并非在任何学识方面都不出众。我注意听他们的谈话,认识到自己在许多学校以外的领域的无知,因此,我失去了一些肯定对过去的那个冬天的不幸负有责任的傲慢。很显然,一些智力发展较慢的人赶上来了。在当时出现了一个棋类俱乐部,我经常一败涂地,我落到了一种其他人过去在我面前的地位,我佩服比我下得好的对手,开始对他们进行思考。我对理夏德·布洛伊勒的一篇作文感到非常钦佩,这篇作文写得好,以致被当众朗读。它摆脱了所有作文定规，颇有独创性，笔调轻松自如，充满奇思异想，似乎没有任何书本里这样写过。我为布洛伊勒感到骄傲，课间休息时我去找他，我对他说："你是一个真正的诗人。"他不会知道，我想以此告诉他，我不是一个诗人，因为在此期间我已经对那个"剧本"有了清醒的认识。他想必在家里受到良好的教育，因为他谦虚地谢绝赞扬，说："这没有什么特别的。"他的本意也是这样，他的谦虚是真诚的。因为，在他之前，我也朗读过我的作文，里面充斥着莫名其妙的、自相矛盾的自信。当我回到座位上时，他拿着他的作文走上前去，从我身边经过时，迅速地低声对我说道："我的要更好一些。"他知道这一点，我也看出的确是这么一回事。现在，当我真诚地向他表示敬意时，他也同样真诚地对我说："这没有什么特别的。"我想起，他在家里是生活在诗人们中间的：他母亲及其母亲的女友莉卡尔达·胡赫[①]。我想象，当她们朗读自己的作品时，他一定在场。我问自己，她们是否也这么说"这没有什么特别的"。这是一个教训：人们能够做出与众不同的事来，但是绝不能够为此而自高自大。在写给母亲的几封信里反映了这种新体验的谦虚，它虽然持续的时间不长，但是，在自高自大之中已经有了一条阻止我继续实行这一类戏剧计划的蠕虫。正是这个布洛伊勒在前一年冬天拒绝了我交朋友的请求，因而深深地伤害了我的感情。我始终很喜欢他，然而现在我才清楚，他完全有理由不喜欢我身上的许多东西。

总而言之，这是一个影响深远的冬天：适应雅尔塔公寓没有男性的生活，在这儿我可以想干什么就干什么，受到盲目的好感，即一种被各种年龄的女性捧为偶像的崇拜；舅舅的严厉批评，他想让我在他的生意经中窒息；班里日复一日的反犹运动。在这场运动过

[①] 莉卡尔达·胡赫（1864—1947），德国女作家。

去之后，三月，我在给母亲的信里写道：我曾经有一段时间仇视这些人，不再有生活的乐趣，但是，现在已经全然不同，我谅解了他们，根本不想再进行报复。在"堡垒山"这段幸福的时期，虽然有一些事情仍然使人疑虑重重，但是这种疑虑是全新的东西，它是针对我自己的。

我后来得知，攻击是以一种聪明的方式自上而下地制止的，没有引起任何轰动，也没有出现任何纷乱。虽然我引以为自豪的那份申请书被扔进字纸篓，人们还是把几个学生叫到校长办公室。乌斯特利附带说的那个意见"你手举得太多了"实际上也是他们的意见。这句琢磨不透、毫无关系的话深深地震动了我，正是由于它我才改变了自己的行为举止。这样一来肯定在我的对立面产生了有利的评语，否则他们绝不会突然停止了他们的运动。因为一切都是无声无息地进行的，所以我在这个屈辱的时期产生了一种印象：人们根本就不关心此事。然而，实际情况却恰恰相反。

禁　令

　　在我童年的记忆里，最早的禁令是一个空间的禁令，它涉及我们家的院子，我在那儿玩耍，但不许离开。我不准到大门外面的街上去。现在我已经不能确定是谁下达的这个禁令，也许是整天拄着拐杖的爷爷，他的房间最靠近大门。几个年轻的保加利亚女佣和一个男佣负责执行他的禁令。我经常听说，外面的大街上有吉卜赛人，他们会把没人照管的孩子装进麻袋弄走，这种想象可能有助于禁令的执行。当时肯定还有其他与此类似的禁令，但我已经忘记了，因为它们都为一件裹挟着火焰朝我袭来的事情让了路。那是一个可怕的时刻，我差点儿成了杀人犯，那会儿我才五岁。当时，我举着斧头，唱着杀气腾腾的"现在我要宰掉劳里卡"，冲向我的女伴，因为她一再用令人难以容忍的方式拒绝我看她写的字。当时，我只要成功地靠近了她，就肯定会砍了她的。爷爷像上帝一样怒气冲冲地朝我扑来，高举着拐杖，夺下了我的斧头。众人惊恐万状地看着我，家里严肃地商量如何处置我这个企图杀人的孩子。父亲从不宽恕任何过失，他当时不在场。母亲悄悄地代替了他，这是不常有的事情，她不顾最严厉的惩罚，试图安慰经受了这场惊吓的我。这一切，尤其是爷爷的行为——他事后一边恶狠狠地教训我，一边用拐杖揍了我一顿——对我产生了持久的印象，以至于我不得不把它作为我一生中真正的、最早的禁令：禁止杀人。

我不仅被禁止再碰斧头，而且不准再进厨房的院子，我就是在那儿拿的斧头。那个亚美尼亚男仆是我的朋友，他也不再为我唱歌了，我甚至就连大起居室的窗前也不准去，过去我总是在那儿看他唱歌。为了使我再也看不见斧头，还禁止我朝厨房的院子里看，有一次，我因为想念那个亚美尼亚人，悄悄地溜到窗前。斧头不见了，尚未劈开的木头堆在地上，亚美尼亚人无所事事地站在那儿，用责备的目光看着我，他做了一个手势，叫我赶紧离开。

我始终感到宽慰的是，我并没有砍到劳里卡。过了几个星期以后，爷爷还在责备我，要是我的计划成功了的话，劳里卡就已经死了，她躺在血泊里，脑浆从裂开的头颅里流出来，她再也站不起来了，再也不会说话，而我将要受到惩罚，被关进一间很小的狗窝，被众人所抛弃，独自一人度过余生，再也不能去上学，再也不能学习读书写字，我徒劳地乞求、痛哭，希望劳里卡能够复活，能够宽恕我，然而谋杀是不能宽恕的，因为死者再也不可能宽恕任何人。

这就是我的西奈山①，我的禁令。我真正的宗教就是这样产生于一次完全确定的、个人的、无法弥补的事件。它尽管没有成功，但始终跟随着我，只要我在院子里遇到爷爷。在以后的几个星期里，无论我什么时候见到爷爷，他总是威胁地晃晃拐杖，让我想起那次恶劣行为。要是他不在最后关头及时干预，我真有可能铸成大错。虽然不可能得到证实，我也确信，几个月以后，在我们迁居英国之前，他骂我父亲肯定与他孙子的野蛮行为有关，仿佛正是我促使他惩罚和威胁我们。然而，他最终还是没能控制住我们。

我是在这个禁止杀人的禁令的控制下长大的，以后，再也没有

---

① 埃及西奈半岛中南部的花岗岩山峰，被犹太教、基督教和伊斯兰教视为圣地。

任何禁令像它这么有力，这么重要。一切都从中汲取了力量，把什么东西说成是禁令，这就足够了，不用再进行新的恐吓，过去的依然在起作用。最有效的是人们为我描绘的一次成功的谋杀事件的可怕图画：裂开的脑袋，流出来的脑浆。即使在父亲去世之后，爷爷在我面前变成了所有暴君中最温和的人，也不可能对他唤起的恐惧心理有丝毫的改变。直到现在在回忆这些往事的时候我才明白，我为什么从来不吃动物的脑袋和内脏。这是我给自己规定的食物禁忌。

另外一个食物禁忌来自于在曼彻斯特时早期的宗教课，由于母亲的一次无情的行动，它被扼杀在萌芽状态。在巴洛莫路弗洛伦蒂的家里，我们几家熟人的男孩聚在一块上宗教课，老师是杜克博士，一个留着山羊胡子、来自荷兰的年轻人。我们总共不过六七个人，我最好的朋友、房主的儿子阿瑟也在听课。只有男性才准参加，即使是阿瑟的姐姐米莉出于好奇或寻找什么东西走进我们上课的房间，杜克博士也会停下讲课，默默地一直等到她离开房间。他要给我们讲的想必是些非常神秘的东西。他讲的挪亚的故事和方舟的故事对我来说并不新鲜，但是，所多玛与蛾摩拉[①]的故事却叫我感到惊奇。也许这有些神秘，因为当罗得的妻子刚刚要变成盐柱的时候[②]，我们的英国女佣进屋来餐柜的抽屉里取东西，这时杜克博士的话刚说了一半："罗得的妻子轻率地回头一看……"我们焦急地等待着对她的惩罚，可杜克博士却脸色一沉，皱了皱眉头，用不加掩饰的厌恶目光注视着女佣的动作。对罗得妻子的惩罚被延缓了。当女佣出去以后，杜克博士走到我们跟前，几乎是耳语似的说

---

① 《圣经》中记载的两座著名的罪恶之城，据说这两座城因罪大恶极而被"燃烧的硫磺"焚毁。
② 据《圣经》记载，罗得是亚伯拉罕的侄子。所多玛被焚灭时，他得到天使的救援而幸免。出逃的时候，神告诉他不可回头看，也不要在平原上站住，要往山上跑，但是他的妻子不听，回头一看，立刻变成了一根盐柱。

道："她们不喜欢我。最好别让她们听见我对你们说的话。"停顿了一会儿，然后庄严地说道："我们犹太人不吃猪肉，她们不喜欢这样。她们早餐爱吃熏猪肉，你们可不许吃猪肉。"这就像是一个密谋，虽然罗得的妻子还没变成盐柱，这个禁令却深深地钻进了我的心里。我决定无论如何也不吃猪肉了。然后，杜克博士清了清嗓子，重新回到罗得的妻子，向我们这些紧张倾听的孩子宣布了让她变成盐柱的惩罚。

我带着这个新的禁令回到了伯顿路。我不能再问父亲，却向母亲汇报了发生的事情。所多玛的毁灭与猪肉联系在一起，当我说我们被禁止吃家庭女教师早餐时吃的熏猪肉时，母亲笑了起来。她没有反驳我，只是点了点头。因此我认定，她虽然也是一位像杜克博士所说的女士，但也属于"我们"。

此后不久，有一天，我们三个人——母亲、家庭女教师和我——一块儿在餐厅里吃午饭。菜肴中有一种我从未见过的略呈红色的肉，肉很咸，味道很好，我很喜欢吃，便又夹了一块。这时母亲毫无恶意地说："你觉得很好吃，是吗？""是的，非常好吃，我们今后还能吃到吗？""这是猪肉。"她说。我想她是在嘲笑我，但她是严肃的。我感到一阵恶心，跑出餐厅，呕吐起来。母亲对此毫不理会。杜克博士说的事不合她的心意，她决定要冲破清规戒律。她成功了。这件事发生以后，我再也不敢在杜克博士跟前露面，这种形式的宗教课也就此结束了。

母亲感兴趣的也许是她自己要成为发布禁令和戒律的唯一机构，因为她决心把自己的一生完全奉献给我们，担负起对我们的全部责任，所以她不能容忍任何外来的更深的影响。她认为重要的并不是各种宗教的教育，她想，人们必须找出一些人所共同的东西，然后按此行事。她怀疑所有导致宗教之间激烈的流血争斗的东西，她认为这样就偏离了人类尚需去做的更加重要的事情。她深信人类可以干出最恶劣的事，他们当时正在进行相互残杀的战争，这就是一个无可辩驳的证据，它证明所有宗教都是失败的。此后不久，当所有教派的神职人员竭力为武器——从未见过面的人们正是手持武器扑向对方——祝福时，她的厌恶变得如此强烈，就连在我的面前也不可能完全掩饰住。在维也纳的时候就已经是这样了。

她无论如何也要保护我免受这些外来的影响，但她没有发觉自己却因此而成为所有启示的最后一个源泉。现在，最高禁令的威力在她那里。她从未陷入过精神错乱的状态，以致把自己看成是神一般的人物，因此，如果有人对她说，她身上承担的是多么巨大的责任，她会感到非常惊讶的。她很快就能胜任杜克博士那个可怜的神秘差事，对她来说，跟爷爷作对比这困难得多。爷爷的权威地位由于他对父亲的咒骂而动摇了，他不得不承认，他的咒骂产生了副作用，使他在我们面前失去了他的自信。他每次吻我，为我是孤儿表示抱歉时，总感到自己有罪。无论他什么时候使用"孤儿"这两个字，总会使我感到难堪，因为听起来就像是母亲也不在人世了似的。但是，他是针对自己才这么说的——这我并不知道——这是他指责自己过错的方式。他在与母亲争夺我的这场战斗中只是半心半意的，要是母亲并不感到自己也有过失的话，她完全可以轻易取胜。他们俩的力量都受到了削弱，但是，因为爷爷的过失要大得多，所以他失败了。

所有的权威集中在了母亲的身上。我盲目地相信她，对她的信任使我感到一种幸福。只要是关系到一件会产生许多后果的、比较重要的事，我总要期待她的裁决，就像他人在期待某个神或者先知的裁决。在很久以前由爷爷规定了的禁止杀人的禁令之后，母亲在我十岁的时候给我规定了第二条重要的禁令。这条禁令是针对所有与性爱有关的东西：她想在我面前把性爱尽可能地隐藏起来，并且使我确信，我对此毫无兴趣。实际上，我当时并非毫无兴趣，但是，在苏黎世的那段时间里，她的禁令始终保持它的威力。在我快满十六岁的时候，每当同学们谈起他们最关心的那些事情时，我还总是把头扭开不听。我当时并不是感到厌恶——充其量也只有偶尔几次，尤其是在他们讲得粗俗露骨的时候——而是感到"无聊"。我从不知道什么是无聊，却认定，听人谈论这些根本就不存在的东西是无聊的。十七岁时，我在法兰克福使一位朋友感到惊讶，我当时声称，爱情是诗人的发明，它根本就不存在，实际上并不是这么一回事。在这段时间，我怀疑那些长期以来支配着我的思想的抑扬格诗人，也把"崇高的"爱情包括了进来，由此进一步扩大了母亲的禁令范围。

这个禁令自然而然地就崩溃了，而禁止杀人的禁令则坚定地继续存在着。我整个一生的经验更加充实了这条禁令，以致我不可能对它的合理性产生任何怀疑，即使我不是由于自己的一次谋杀企图早在五岁时就已经得到了它。

老鼠疗法

母亲见了老鼠就四肢发软,失去自制能力。她一见到这种哧溜哧溜乱窜的玩意儿,就会惊叫起来,不管正在干什么,都得马上停止,扔掉手里的东西,尖叫着跑开。大概是为了躲开它,她总是以奇特的"之"字形路线运动,我对此已经习以为常,我自从开始记事起,就见过这样的情景。但是,只要父亲在场,这就与我没有什么关系,他愿意当她的卫士,懂得如何使她平静下来。他会立刻把老鼠吓跑,把母亲搂在怀里,把她从地上扶起来,像搀着一个孩子似的搀着她在屋子里转来转去,找出一些安慰的话来使她平静。我还想说的是,他的脸上有两副完全不同的表情:一副是严肃的,通过这副表情他认识并且分享着她的恐惧;另一副是欢乐的,这副表情是他进行启发工作的先兆,也许还是为我们这些孩子准备的。然后,他不慌不忙、慢慢吞吞地安设好一个新的捕鼠器。他先把捕鼠器拿给她看,吹嘘一番它的效果,又赞扬几句放在里面的那块极有诱惑力的乳酪,然后展示几次它的关闭系统如何保险。母亲的恐惧是来得快,去得也快,这时已重新缓过气来的她笑着说:"我要是没有你该怎么办啊,雅克!"接着她又叹了一口气,"唉,太傻了!"这个"唉"字刚刚出口,我们就认出她来了。她又恢复了原样。

后来在维也纳的时候,父亲已经不在世了,我试图承担他的角色,但是很困难。我无法把母亲搂在怀里,我的个头太小,不会说父亲的那些安慰的话,也不像他那样能对老鼠施加影响。在我把老鼠赶走之前,它们总是在屋子里窜来窜去闹腾好长时间。我总是先把母亲吓得躲进其他房间,这能否成功,取决于她的惊慌程度。她并非每一次都非常惊慌。有时她吓昏了头,以致在老鼠出没的房间待上好一阵子。这样一来我的工作就格外艰巨,因为她那呈"之"字形的运动线路与老鼠的运动线路相互交叉,两者一会儿来回奔跑,一会儿相互碰撞,就好像他们都不肯放弃吓唬对方似的。范妮已经熟悉这种喊叫,她会拿着一只新的捕鼠器从厨房里出来,这是她的任务。其实,总是她找到对付老鼠有效的招儿:"这是为你准备的肥肉,愚蠢的畜生!现在我要逮住你!"

我后来问过母亲害怕老鼠的原因,她没有解释,只是讲了一些她还是姑娘时的故事:她总是跳上桌子,再也不肯下来;她的恐惧传染了两个姐姐,她们也吓得在屋子里来回奔跑;有一次她们全都逃上了一张桌子,三个人紧挨着站在桌子上面,这时,她们的一个兄弟问道:"我是不是也应该到你们那上面去呢?"没有任何解释,她也没有试着去寻找一个解释,她想重新变成过去的那个姑娘,她唯一的机会就是当一只老鼠出现的时候。

以后是在瑞士的时候,我们都是住在旅店里,她总要专门摇铃把女服务员叫来,问的第一个问题就是这里有没有老鼠。她不满足于简单的回答,总是以多种使回答问题的人难以应付的方式提问,直到引起对方的抗议。她特别重视的是了解旅店里最后一次看见老鼠是在什么时候,在哪一层楼,在哪一个房间,离我们的房间有多远。因为,在我们的房间里任何时候也不会有老鼠出没,这是可以想象出来的。非常奇怪的是,这种盘问给了她许多安慰,盘问刚一结束,她就安定下来,打开行李。她带着行家的神情,在房间里来回走上几圈,对屋里的陈设发表自己的看法,然后又来到阳台上,赞叹远处的景色。她又变得如此独立和自信,这正是我所喜欢的她。

随着我渐渐长大,我对她害怕老鼠的行为越来越感到羞愧。在雅尔塔公寓的那段时间,我进行了一次善意的尝试,企图使她摆脱对老鼠的恐惧。每年她都要来看我两次,而且要在雅尔塔公寓住上几天。她住在二楼的一间漂亮、宽敞的房间,她从不放弃向赫尔德小姐们提出她的问题。在这件事情上,她们并非问心无愧,因此她们根本不配合这种盘问,支吾其词,嘻嘻哈哈,并不怎么重视这件事情。母亲为了能够睡得安稳,只好接着盘问我,甚至要问上整整一个钟头。因为我对我们的重逢感到非常兴奋,准备对她说的话又非常之多,于是,盘问就成为一种很不相称的开端。为了安慰她而捏造谎话并不合我的胃口。我小的时候是奥德修斯的拥护者,我喜欢虚构故事,在这些故事里,人们把自己隐藏起来,变成了另外的人,但是,我不喜欢无须任何创作积极性的短腿的谎言①。因此,有一次,她刚刚到了我们那儿,我就按照奥德修斯的方式处理此事。我语气肯定地说,我经历了一件奇妙的事,必须讲给她听听:在我这间顶层小屋里,老鼠曾经举行了一次聚会。在满月的月光下,它们一一到来,为数不少,至少有一打。它们开始旋转、跳舞,我从床上就可以看见它们,每一只都看得清清楚楚。光线很亮,这真是一次舞会,大家都朝着一个方向旋转,速度不像它们平时运动时那么快,更像是在拖着步子行走,而不是哧溜溜地乱窜。一只老鼠妈妈也在场,她用嘴衔着她的孩子翩翩起舞。无须多说这个半截身子被衔在鼠妈妈嘴里的小家伙看上去是多么的窈窕妩媚,但是,我有一种印象,觉得它母亲和其他老鼠一起旋转让它感到不舒服,它开

---

① 德语中有一句谚语:谎言腿短。

始凄惨地尖叫。然而，鼠妈妈这时已经被跳舞吸引住了，不想中途停下，所以它越叫声音越高，直到鼠妈妈犹犹豫豫地、很不情愿地离开队伍，来到离开跳舞圈子不远的地方——仍然是在月光下——给小老鼠喂奶。真是太可惜了，母亲没有亲眼看见这个场面，它们就像人类一样。妈妈将乳房伸到婴儿面前，我忘了它们是老鼠，这跟人类太相似了。直到我的目光重又落到跳舞的老鼠身上，我才意识到这一点。而且，它们的舞蹈也没有任何与老鼠相似的特点，它们秩序井然，沉着镇定。

母亲打断了我的话，急切地问我是否对别人说起过此事。没有，当然没有，这种事是不能说的，没有人会相信。住在雅尔塔公寓的人准会以为我发疯了，我也许得谨慎小心，千万别对她们说出来。"你大概也知道，你讲的故事听起来是多么奇妙。这是你的梦幻。"尽管她表示怀疑，但是我觉得，她更情愿这是真的。哺乳的老鼠妈妈深深地触动了母亲，她一再询问细节，我在她面前回答得越详细，我就越感到这件事是真实的，尽管我知道这个故事完全是我杜撰出来的。母亲的情况也与此相似，她告诫我不要对住在公寓的人说起此事。我越是坚持自己不是做梦，列举出来的证据越多，她就越觉得，我对此什么也不说更加重要，我最好应该等待下一次满月，看看会发生什么事情。我继续进行描述：舞会持续了很久，直到亮光渐渐移开，再也照不到我的房间。老鼠妈妈没有再回到跳舞的行列中去，她一直在照料着她的小宝宝，不是用她的爪子，而是用她的舌头为它擦脸。月光刚刚移出我的房间，老鼠就全部消失了。我赶紧打开灯，仔细地查看地面，我找到了老鼠的脚印。我感到很失望，舞会是如此隆重，人们在这种场合是不应该说走就走的。"你这是不公平的，"母亲说，"你期望的东西太多了。即使它们是在举行一场舞会，它们也不是人类啊！""但是，它们给婴儿喂奶的样子很像我们人类。""这当然,"她说,"的确如此,我敢肯定,那只哺乳的老鼠妈妈并不自由散漫。""是的,它不是。其他几处也有脚印。"我用诸如此类的细节描绘使她更加相信了这件事。我们达成协议,对这件事保守秘密。但愿我不会忘了把下一个满月的情景写信告诉在阿罗萨的母亲。

母亲对老鼠的恐惧感就这样解除了。在以后的几年里,我仍然避免向她承认一切都是我杜撰出来的。她采用多种方式试图修改这个故事,或者通过嘲笑我那把自己也欺骗了的想象力,或者通过对我那好说谎的特性表示担忧。我仍然坚持说自己看得很真切,但是仅此一次,以后,再也没有一个满月引来过老鼠,也许它们觉察到在我的房间里有人注意它们,因此就把它们的舞会转移到一个危险较少的地方去了。

有标记的人

我们一起在公寓底层一张长条桌吃过晚饭之后,我悄悄地溜进了苹果园。它离公寓不远,一道篱笆将它与雅尔塔公寓原来的地产隔开,人们只是在收获苹果的时候才到这里来,平时它是被人遗忘的角落。隆起的一道土坡遮住了住在公寓里的人们的视线,谁也不会猜到那儿有人,更不会上那儿去找人,就连从公寓传来的喊声也低得几乎听不见了。只要悄没声儿地钻过篱笆上的那个小洞,就可以独自一人在暮色之中去做任何秘密的事情。坐在一小片高出来的草坪上的那棵樱桃树旁边是很惬意的事,从这儿可以无遮无挡地看见湖面,追踪湖水的颜色持续不断的变化。

在一个夏天的傍晚,湖面上出现了一艘灯火通明的船,它走得很慢,我甚至都认为它停下来了。我盯着它看,就好像从未见过船似的。它是湖面上唯一的船,除此之外,什么也没有。暮色和渐渐浓重的黑暗笼罩着它,船上灯火通明,它的亮光形成了一个水上独立的星辰,人们感到它在无声无息地滑行。它的无声无息像是一种期待,渐渐扩散开来。灯光亮了很长时间,并不闪烁。它完全吸引了我,仿佛我就是为了它才到苹果园来的。我过去从未见过这艘船,但是我觉得自己认识它。它在明亮的灯光中消失了。我回到公寓,对谁也没有说起过。我能够说些什么呢?

我接连几个晚上都到那儿去,看看它是否还会出现。我不敢相信时间，也不放心钟表的指针。我肯定它还会出现的。但是，它改变了时间，再也没有出现。它没有再次出现，这是一桩并不那么令人生疑的奇迹。

老师中间有一个叫人害怕的人物，他就是教过我们一段时间法语的尤勒斯·福多茨。他早在教我们之前，就引起了我的注意：他无论走到哪儿，即使是在学校的走廊里，也总是戴着一顶帽子，脸上挂着阴沉、呆滞的微笑。我不知道他是谁，但又羞于向别人打听。他脸上毫无血色，看上去过早地衰老了。我从没见过他与别的老师讲过话，他好像总是一个人，不是出于高傲，亦非因为受人歧视，而是由于一种极端入迷的心境，他似乎听不见也看不见自己周围的一切，像是置身于另外一个地方。我把他叫作"假面具"，但是我把这个外号一直当成秘密。有一天，他头上戴着帽子出现在我们班上，当了我们的法语老师。他说话的时候始终面带微笑，声音低沉，速度很快，带着法国口音。他从来没有正眼瞧过我们中间的任何人，好像总是在专心致志地倾听远方的声音。他焦躁不安地来回踱步，戴着那顶帽子，看起来就像是随时准备离开这里。他走到讲台后面，摘下帽子，又走到讲台前面，向全班作自我介绍。原来，在他前额的上半部有一个深色的伤疤，起先是让帽子给遮住了。现在我们才明白，他为什么总是戴着帽子，不愿意把它摘下来。

这个伤疤引起了全班的好奇。人们很快就弄清了福多茨究竟是什么人，这到底是怎么回事。他对我们的调查毫无所知，但是他头上有标记。他不再隐藏头上的伤疤，想必是以为我们已经了解他的命运。在许多年以前，他和另一位老师带着一个班级去山里郊游，途中遇到了一场雪崩，他们全都被埋在下面。九名学生和另外那位老师当场丧生，其余的人被挖出来时一息尚存。福多茨的头部受了重伤，当时他能否得救还成问题。我也许把数字记错了，但是，毫无疑问，这是学校所遇到的最可怕的一场灾难。

福多茨带着这个该隐标记[①]继续生活，并且仍在这所学校任教。他究竟是怎样对待责任这个问题的呢？那顶帽子可以挡住好奇的目光，但是无法使他免受内心的谴责。他从来不把帽子摘下很长时间，他马上又把它从讲台上拿起来戴在头上，重新又像是被人追赶着似的踱来踱去。他在课上讲的话与他毫无关系，就像是另外一个人说的。他的微笑是他的恐惧。他就是这样一个人。我总想到他，他常常出现在我的梦里，我像他一样听见雪崩渐渐临近。他当我们老师的时间不长，他离开我们的时候，我感到如释重负。我想，他一定经常变换班级。他也许不能忍受与一个班的学生一起待得太久，否则他很快就会把他们跟那些蒙难者混为一体。我有时在走廊里碰到他，总是小心翼翼地向他问候，可是他并未觉察。他觉察不到任何人。班里不再谈他的事了，他是唯一没有人试图效仿的老师。我把他忘了，再也没有想过他，直到见到那艘灯火通明的船，他的形象才重新出现在我的眼前。

[①] 据《圣经·旧约》记载，该隐是亚当的儿子，因嫉妒而将其弟亚伯杀死，上帝给他立了一个记号，令其四处流浪。

动物的出现

卡尔·贝克是一位人们所期望的教师,精力充沛,机灵聪明。他像一阵风似的走进教室,站到讲台前面,立刻开始讲课。他的腰板笔直,身材瘦削,举止恰到好处,丝毫不显得拘谨。他的数学课讲得条理清晰,人人都听得懂。他对我们一视同仁,每一个人对他来说都是合理的。但是,如果有人理解迅速、反应敏捷,他也会格外高兴。他有一种表现这种高兴的特有方式,使人觉得这并不是偏爱,同时,他的失望也不会让人感到是受到了亏待。照他的年龄来看,他的头发并不算多,是黄色的,有着丝一般的光泽。每当我看着他,总会产生受到阳光照射时的愉快感觉,但是,他并不是通过热情来征服别人的,而是通过一种勇敢无畏的方式。他给我们的印象是既不讨好我们,也不压制我们。他的脸上始终带有一丝淡淡的嘲笑,但没有任何讽刺的成分。他并不是有意显得比别人优越,恰恰相反,他现在作为老师必须竭力克制自己,不使这种在学生时代就有的嘲笑表露出来。他过去肯定是个受人批评的人。我仍然记得,他与别人保持的距离是一种精神上的距离。他并不采用教师们都喜欢的强调重要性的方式来施加影响,而是通过他的活力和清醒。全班同学都不怎么怕他,起初甚至还对他进行过一次突然袭击。有一天,大家以吵闹吼叫来迎接他,当他推门进来时,全班仍在吵闹乱叫。他观察了片刻,气愤地说:"课我不上了!"然后"砰"的一声把门带上走了。没有任何惩罚,没有任何谴责,没有任何调查,他就这么一走了之。全班人和他们的吵闹吼叫都留在了那里。最初被认为胜利的事情,最后令人可笑、毫无结果地结束了。

我们的地理课本是埃米尔·赖奇写的,他也是我们的老师。在他教我们之前,我就已经读过这本书,甚至可以背出一半内容。书里有许多数字,山的高度,河的长度,国家、专区、城市的人口……所有用数字标出的东西,我都铭记在心,并且因为始终记着这些大多早已过时的数字而吃了不少苦头。我对这本书的作者寄予很大的希望,凡是写过书的人,对我来说总是一位神祇。然而,后来证实这位作者从神那儿得到的只有怒火,别无他物。赖奇发号施令远远比他授课要多,对他提到的任何东西,他总要标上价码。他非常严肃,甚至从来没有笑过一次,他很快就使我感到厌倦,因为他从未讲过任何在他那本书里没有的东西。他浅薄得令人吃惊,同时又希望我们也同样浅薄。坏分数像棍棒似的劈头盖脸地落在全班的头上,大家恨透了他,在他的许多学生的心里,对他的唯一的记忆就是这种仇恨。我还从未见过一个如此激愤的人,因为其他激愤的人总是更加详细地表现出来。也许这是一种发号施令的习惯,也许与其说是激愤,倒不如说是语言贫乏。但是,从他身上传出的那种冷静态度却具有一种令人瘫痪的效果。他个子很矮,留着一撮山羊胡子,这可能有助于他的坚定、果断。

我从未放弃有一天会得知他的消息的希望。他参加了考察队,我希望有什么能证明他干地理学这一行是正确的。我对他的看法的转变是另外一种性质的,米娜小姐把我带到某个行业公会听了一个关于卡罗琳娜-玛丽安娜岛的报告,当时他也在场。报告人是来自慕尼黑的豪斯霍费尔将军,他是一位博学多识的政治地理学家,绝不仅仅是在头衔上胜过我们的赖奇。报告内容丰富，材料翔实，条理清晰，使得我后来曾经专门去从事过南太平洋岛屿的研究。但报告人的那种倾向性使我感到不快，我想，他是我不喜欢的那种类型的军人。关于他的详细情况，我是以后才得知的，然而，在这短短的一个钟头里，我学到了许多东西。当赖奇教授突然问候米娜小姐时，我正沉浸在一种在这种场合通常会有的膨胀的愉快心境之中。他俩是在去克雷塔旅行时认识的，现在已是老熟人了。他住在措里克，我们回去是同路。当我听见他在与米娜小姐交谈时，简直不敢相信自己的耳朵。他连续讲了三句、四句、五句，他微笑着，甚至笑出了声。他对我住在雅尔塔公寓表示惊讶，至今他还以为那儿是女子寄宿学校。他说："我们这位小伙子的地理知识，原来是从那儿得来的，是从您这儿得来的，赫尔德小姐！"他至少还问起了其他几个知道姓名的女士。他问米娜小姐是否经常去意大利，他一年前曾经在吉尔巴岛遇到过拉斯波里伯爵夫人。回家的路上，他们仍然这样闲聊，他是一个知识广博、彬彬有礼的男人，最后还用强调的语气衷心地——即使声音有些沙哑——向我们道别。

米娜小姐说，在那次旅行中，他对所有价钱了如指掌，绝不允许任何欺诈行为。这个人把价钱看得……她至今仍然没法理解。

赖奇的课对我毫无意义，他的那本书换了别人也能写成这样。但是，我的那次突然转变要归功于他，这恐怕是我对他所期望的最后一件事。

关于自然史教师卡尔·芬纳，可以谈些更好的事情，他现在已经消失在广阔无垠的自然界，正是他在我的面前打开了自然的大门。他讲授的不是我在家里已经有点基础的东西，而是全新的东西。母亲对自然的认识是传统方式的，她谈起日落并不令人那么信服，我们每次搬家选择新居时，她总喜欢那种房间朝西的住所，我们大部分时间在那些房间里活动。她喜欢自己童年时的果园,她喜爱吃水果,喜欢玫瑰的香味。她认为,保加利亚是甜瓜、蜜桃、葡萄之乡,这是她那大大发展了的味觉和嗅觉的问题。我们家里没有养过动物,她也从未认真地跟我讲过动物,她仅仅把它们视为美味佳肴。她叙述童年时如何喂鹅,大谈这种肥鹅如何香甜可口,我却因气愤和同情而不能自制。她大概意识到了那种填饲方式的残酷;女仆无情的拇指成为我梦中一幅可怕的图画,拇指连续不断地把玉米粥塞进小鹅的嘴里——这是我从母亲的叙述中知道的,我自己在梦中变成了小鹅,女仆塞呀塞呀,直到我惊叫着醒了过来。母亲说起这种事情时竟然还能够面带微笑,我想,她接着就会想到肥鹅的味道。只有一种动物她对我进行了真正的讲解,那就是被冻在多瑙河水面上的狼。她对狼很钦佩,因为她害怕它们。在曼彻斯特,父亲带我去过动物园,次数不多,因为他时间太少。母亲从来没有一起去过,她之所以不去,也许是觉得无聊,她是全心全意地献身于人。多亏了父亲,我才开始有了与动物接触的体验,没有这种体验,童年就算是白过了。他装成各种动物来吓唬我,他甚至能够变成小乌龟,我们在英国时曾经在花园里养过一只。不久以后一切都突然中断了,有六七年我一直生活在母亲那个没有动物的世界里。我们家里有许多高大的雕像,但是没有一个具有某种动物的面孔。她熟悉希腊人的英雄和神祇,她宁可把他们看成是人类,关于埃及人的双体神祇,我直到成年以后才得以了解。

我们住在绍伊希策大街时,从厨房的平台可以看见下面的一个没有建筑物的空地,住在附近的居民建起了一个个菜园子,其中有一个菜园子是一位警察的,他养了一只小猪仔,并且想方设法地喂它。夏天,学校七点开始上课,我六点就起床了。我亲眼看见警察跳过邻居菜园的篱笆,急急忙忙地为他的猪仔收罗食物。他先小心翼翼地张望一下窗户，看看是否有人在注意他。大家都还在睡觉，他没有发现我，也许因为我个子太矮小。他尽可能迅速地拔点菜叶，然后就跳回自己的菜园，去喂他的苏姬——我们都这么叫那只猪仔。他穿着警察制服裤，裤缝处的长条饰带好像对他的行动并无妨碍。他从一个小菜圃跳到另一个小菜圃，真是一名出色的跳跃运动员。他四处采撷，以这种方式保护自家的植物。苏姬从来没有吃饱的时候，我们喜欢听它的叫声。每当馋嘴的弟弟格奥尔格又一次偷吃了巧克力，我们总要嘲笑他是苏姬，同时乐此不疲地学着它的叫声。他马上就会哭起来，保证再也不这么做了，可是，警察的榜样对他产生的影响是不可抗拒的，就在第二天，巧克力又不翼而飞了。

　　清晨，我叫醒两个弟弟，我们三人躲在厨房的平台上，屏息敛气等待着警察的出现。过了不一会儿，我们就不声不响地观看一场他的跳跃表演，等他走了之后，我们就起劲地学猪叫。苏姬成了我们的家畜，遗憾的是，它活的时间并不长，在它消失了之后，我们又变得寂寞孤单，心里充满了对动物的渴望。然而，我们根本就不知道苏姬究竟长得什么模样。在这段时间里，只有母亲对苏姬毫无兴趣，她所关心的唯一的事就是那个不诚实的警察，关于他，我们听到了许许多多的教诲。母亲津津有味地详细论述了虚伪，甚至联系到了答尔丢夫[①]，她向我们发誓，这个伪善者也终将逃脱不了应有的惩罚。

　　我们当时与动物的联系就是如此可怜，直到芬纳在学校里讲授自然史，才发生了变化，这是一种翻天覆地的变化。他极其耐心地向我们讲解植物和动物的构造，让我们看一些彩色的图画，回到家

---

① 法国剧作家莫里哀的名剧《伪君子》中的主人公，现已成为伪善者、伪君子的代名词。

299

里我们又照着这些图画进行极为认真的描绘。他从不轻易对我们的图画表示满意，总要指出每一个缺憾之处，用温和但执拗的语气要求我们再做修改。他经常建议我最好把旧的扔掉重新再画一幅。我做家庭作业的时间几乎全都花在这些自然史作业簿上了，因为它们花费了我许多精力，我格外眷恋它们。我非常赞赏其他同学的画，我觉得它们好看极了，这些作业簿里画的是些多么轻松自如、多么美妙动人的画啊！我每次看到这样的作业簿时，并不感到妒忌，而是感到惊奇，对于一个在学习上轻松自如的孩子来说，再也没有任何东西要比在某个领域完全不行更为有益的了。我在绘画方面总是班里最差的，差得连我自己都感受到了芬纳的怜悯。他是一个亲切热心的人，个子不高，身体肥胖，声音又软又细，讲起课来考虑得又实在又详细，这种详尽缜密真是一种乐趣，我们只能慢慢地循序渐进，人们从他那里听来的东西再也不会忘记，它们永远留在了记忆之中。

  他带领我们参观游览，我们大家对此兴趣很高，参观游览进行得愉快而平静，任何东西也没有被忽略。我们在鲁门湖边采撷了各种各样的小水生植物，把它们带回了学校，他在显微镜下向我们展示了最小的空间里奇妙的生命，我们看见的一切随后统统被画在纸上。要使我不去寻根究底，仅仅沉迷于一门自然史课程，是很勉强的。我几乎不可能要求那些已经知道一切的读者再听这种课程。我必须提及的是，在当时出现的关于动物的吃和被吃的问题上，他并没有同意我的敏感的态度，他按照事物的本来面貌接受它们，自然界发生的事情并不从属于我们的道德判断。他过分质朴，也许还过于谦虚，以致不可能带着他的观点深入这些残酷的变化过程中去。在这些参观游览的过程中，只要有机会交谈，我总会说出一些在这一方面带有感情色彩的话来，每次他都沉默不语，什么也不回答，他平时并不是这个样子。他想使我们在这种事情上习惯于一种男子汉的淡泊超脱的姿态，但是他没有任何说教和废话，仅仅通过他的行动。因此我不得不感到他的沉默意味着指责，所以竭力克制自己一些。

他计划带我们去参观一个屠宰场，并且为我们做了一些准备。在参观之前的几个钟头里，他一再地解释说，人们为了不让动物受罪，想方设法让它们死得尽量迅速，而且没有痛苦，这同过去完全两样。他甚至在这种场合使用了"人道"这个字眼，并且再三嘱咐我们，每一个人在他所处的范围里应该如何对待动物。我非常尊敬他，对他抱有好感，因此听从了他对参观屠宰场所做的过于谨慎的准备，而没有对他产生反感。我觉得，他是想让我们习惯于某种不可避免的东西。他为此花了许多力气，并且在参观开始之前就谆谆告诫，我喜欢这样。我假设，赖奇要是处在他的位置上准会命令我们走进屠宰场，用最生硬的方式解决棘手的问题，丝毫也不考虑任何人。参观的这一天临近了，我睁大眼睛迎接着它。芬纳是一个出色的观察者，任何人身上的情况都不会轻易逃过他的眼睛，虽然我顽强地把一切都潜藏在心里，对任何同伴——他们的笑话使我不寒而栗——也未吐露过一个字，他大概还是觉察到了。

这一天终于来到了，当我们参观屠宰场时，他不让我离开他一步。他讲解每一台设备，好像它们都是为了讨动物的喜欢才这么设计的。他的话像是横在我和我所看见的一切之间的隔离层，致使我无法清楚地描述所看见的东西，今天回想起来，我觉得他就像是一位驱赶死神的祭司。这是唯一的一次，我觉得他的话有些油腔滑调，尽管它们是为了让我不要害怕。他的目的达到了，我静静地毫无感情冲动地接受了一切。他可能对自己感到满意，直到他的学识难以抑制：他向我们讲了一些可以毁灭一切的东西。我们从一只刚刚屠宰的母羊旁边走过，已被剖膛开肚的母羊躺在我们面前，在它的胎膜囊里游动着一只极小极小的羊羔，长度几乎不到拇指的一半，头脚已经可以清晰地辨认出来，它的身体的各个部分似乎都是透明的。我们本来也许不会注意到它，是他指点我们看的，他用柔和的、无动于衷的声音向我们讲解我们看见的东西。我们大家聚集在他的周围，他没有再注意我，这时，我盯着他，轻声地说道："谋杀。"自从战争结束以来，我的嘴里轻易地就会吐出这两个字，我相信，当我说出这两个字的时候，我正处于一种神志恍惚的状态。他肯定听见了，因为他打住了话头，说道："现在我们都看完了。"然后就径直把我们领出了屠宰场，再也没有停留过一次。也许我们真的把他想让我们看的都看完了。但是，他走得比平时快得多，对他来说，重要的是把我们领到外面去。

　　我对他的信任动摇了，画图的作业簿被搁置一旁，我再也没有画过任何新的东西。他心中有数，课堂上再也没有提问过我。每当他从我们身边走过，评点或修改图画时，我的作业簿总是合上的。他没有看我一眼，我在上他的课时始终保持沉默。以后的参观游览，我都装病请假，除了我们俩，谁也没有觉察到发生了什么事，我相信，他是理解我的。

　　我现在明白，他是想帮我摆脱那些我自己无法摆脱的东西，他按照自己的方式选择了屠宰场。假如屠宰场对他以及绝大多数人毫无意义，那么他绝不会这么快就把我们领到外面去的。要是他还活在世上，总有九十岁，或者一百岁了，但愿他能得知，我在此向他深深地鞠上一躬。

卡尼特弗斯坦／金丝雀

早在上二年级的时候，速记就是我们的选修课。我想学会速记，可这对我来说实在太难，这一点我从邻座冈茨霍恩在这方面的进展情况就可以看出。我不愿意用新的符号去代替我非常熟悉并且使用了很久的拉丁字母。我当然希望能够写得快一些，但是我希望能有一种既不改变拉丁字母，又可以达到目的的方法，可惜这是不可能的。我竭力记住这些速记符号，可是常常是刚刚记住，却又马上忘掉了，就像是我匆忙把它们赶走了似的。冈茨霍恩对此感到惊讶，速记符号对他来说就像拉丁语、德语以及他写诗使用的希腊语一样容易。他并不反对用其他的符号来说相同的话，而我则觉得每一句话都像是永恒的，它们的可见的形态对我来说是一些不可侵犯的东西。

我从小就习惯于各种不同语言的存在，但是却不习惯于各种不同的字体。令人讨厌的是，拉丁字母还有一种哥特体写法，然而这两种字母却有同样的范围、相同的用法，而且在写法上也颇为相似。速记的音节带来一种新的原则，它可以使书写减少到最低程度，对此我深感怀疑。我跟不上听写，错误多得惊人。冈茨霍恩看见这种糟糕的事，挤眉弄眼地指点我改正错的地方。这种情况也许就会这么延续下去，我恐怕最终会将速记看成是一件不适合我的事而完全放弃，然而，朔赫老师——他也教我们书法课——有一天给我们带来了一本速记课本：黑贝尔的《小宝盒》。我读了其中几个故事之后，便继续读了下去，当时我并不知道这是一本如此不寻常的名著。这只是一个选本，我一口气就把它读完了，读完之后，我无可奈何地又从头再读一遍。反复读了几次之后——我根本没有想过这是速记文本，还以为是正常字体——速记就这样自然而然地被我所接受了。我经常读这本书，最后它都散了页。即使后来我有了各种版本的普通印刷体的全本，我仍然最喜欢读那些残缺不全的散页，直到它们在我的手指之间彻底化为虚无。

第一个故事《东方回忆录》是这样开始的："在土耳其，有时会发生一些奇怪的事。"我始终觉得自己是土耳其人：祖父在那儿长大，父亲也出生在那儿。在我出生的城市有许多土耳其人，他们在家里全都讲自己的语言。虽然我小时候没有真正地学过土耳其语，可是经常听人讲，而且知道一些已经进入西班牙语的土耳其格言，对其中的绝大多数还了解它们的来源。此外，我还知道许多古老的传说：当我们的祖先被迫离开西班牙的时候，土耳其苏丹邀请他们到土耳其去，从那以后，土耳其人对我们格外关照。我在《小宝盒》里读到的第一段文字就让我感到温暖，其他读者也许会觉得它具有异国情调，我却感到熟悉得就像是来自家乡故土。因此，我对"人们不应该把石头装进敌人的口袋，人们也不应把复仇记在心头"这个故事的道德寓意也就格外易于接受，但当时，我还不可能将它付诸实践。在我早年的生活中有两个人被我视为仇敌，他们是维也纳的那个长着大胡子的讲师和曼彻斯特的外号叫作"食人怪物"的舅舅。我对他俩的不可调和的仇恨一如既往。然而，一种"道德寓意"只有在与人们的感觉和行为完全相反的时候才能引起人们的注意：它在找到机会振作精神开始行动之前，必须长期蛰伏等待。

黑贝尔的书里有许多使人永志不忘的教诲，每一个都与一个难以忘怀的故事联系在一起。我的生命是从父母用一种我不熟悉的语言交谈卡尼特弗斯坦的经验开始的，在不了解其中原委的情况下，引起我注意的有：窗台上摆满郁金香、翠菊、紫罗兰的漂亮房子；大海从船上冲上陆地的财富；长长的送葬队伍和裹着黑布的马匹。这一切加深了一种语言对我产生的影响。我不相信会有任何一本书能给我留下如此全面而详尽的印象，我希望去追寻它在我身上留下的所有踪迹，以一种仅仅对它的敬意证明我对它的感激。当那些年里支配着我外表的浮华的诗人道德崩溃瓦解化为尘土的时候，我从这本书里得到的每一句话都完好无损。凡是我写的书，我都偷偷地与这本书的语言进行了比较；我写的每一本书，最初都是用速记形式写下来的。我对速记方面的知识完全得益于此书。

卡尔·朔赫给我们带来了《小宝盒》，但是他对自己和学生都颇为不满。他有一个鹅蛋形的小脑袋，皮肤略微发红，他的头发和胡子是黄色的，就像金丝雀的羽毛，尤其是那撮小胡须。他的毛发真的是黄色的，抑或仅仅是我们感觉如此呢？他的动作拖泥带水，有时一蹦一跳，这也许就使他得到了一个绰号：金丝雀。这个绰号从我们认识他之后不久，一直伴随到他去世为止。他年纪很轻，说起话来很费力，就像舌头运动起来有困难似的。他在说出想要说的话之前，总要先来一段开场白，然后才言归正传，每次总是寥寥几句，听起来干巴巴的，枯燥乏味；他声音低沉，很快就又归于沉默。他最初是给我们上书法课，在这个专业方面我毫无所获，而他却过于认真。他非常看重漂亮的书写，就像一个刚刚学会写字的小学生。因为他说得很少，所以，他的每一句话都具有重大的意义，即使有些不必要的地方，他也总是再三重复。他想让我们记住的东西，自己必须先去掌握。无论他对谁讲话，总是用同一种腔调，我们不禁怀疑他在课前一定预先练习过要对我们说些什么。然而，他还是经常莫名其妙地说不出话来，所有预先练习都变成徒劳的了。他的能力不算低，但是他并不适合这项工作，他被安排在不合适的位置上，这一点他自己也知道，也许始终在想这个问题。

关于书法课成绩，他总是用勉强及格的分数来严格考查学生，有一些人为书写花了许多力气，从他这儿学到了一手好字。他们必须做的一切就是工工整整地模仿他写在黑板上的字，这是一个对智力要求最少的专业，它给予那些尚不太发展的人一个证明自身价值的机会。当他在黑板上写字的时候，他获得了沉默的时间，他面对着的是字母，而不是活生生的学生。他写得又大又清楚，是为所有人写的，而不是为个别的人。暂时背对他所害怕的这些目光，他一定会得到一些宽慰。

他后来接替赖奇上地理课，这真是一桩灾难。他对地理学并无把握，班上的同学颇有兴致地利用这个机会，为长期受赖奇的压制而向朔赫报复。在当过上校之后，朔赫又成了一名新兵，现在他必须连续不断地讲课。他来上课时，欢迎他的是像金丝雀叫声似的轻声的叽叽喳喳，他下课离开时是高声的叽叽喳喳，他还没有把身后的门带上，叽叽喳喳的声音就已经发出了。他从未对此加以理会，也从未对此说过一句话。现在无法弄清，他当时是否知道叽叽喳喳的含义。

我们当时正学到南部非洲。巨大的地图挂在他的身后，他让我们单个到前面指出地图上的河流，并且说出它们的名称。有一次轮到我了，在我必须指出的几条河流中有一条叫作德萨瓜德罗河。我的发音完全正确，这也不算什么本领，只不过是我从小就听过并且经常使用的一个词罢了，agua 的意思是水。他纠正我的发音并且说，应该读作"德萨加德罗"，不应该发出 u 的音。我坚持要读德萨瓜德罗，他问我是从哪儿知道的。我不承认错了，坚持说道："我当然知道，西班牙语是我的母语。"我们两人在全班人的面前针锋相对、互不相让。我生气的是，他竟然不承认我西班牙语所拥有的权利。他目光呆滞，脸上毫无表情，但比我见过的任何时候都要坚决地反复说道："应该读德萨加德罗河。"我们俩面对面地把两种发音重复了好几遍，他的面部肌肉越来越僵硬，要是我用来指东西的教鞭握在他的手里，他准会劈头盖脸地朝我打来。后来，他想出了一个解围的办法，说道："在南部非洲，人们有另外一种说法。"然后就把我打发下去了。

若是换了另外一位老师，我不以为我的这种刚愎自用是过头的行为。他在这种出丑的情况下肯定值得人们同情，但我对他没有一点儿同情。我们后来又上过他的几节课，有一天，我们等着他来上课，叽叽喳喳的预备曲已经开始，然而来的却是另外一位老师。他说："朔赫老师以后不来上课了。"我们以为他是生了病，但是不久就得知了真情，他死了。他割断了动脉，因失血过多而死。

307

醉心者

在堡垒山的那一年,即和解之年,我们又有了几位新的老师。他们用"您"来称呼我们,这是一般的习惯,这些"新来的人"觉得,与那些熟悉我们的人相比,人们更容易听他们的话。在我们初次认识的人中间,有一位年老的和一位年轻的。年老的叫埃米尔·瓦尔德,他是那本我们借助学习拉丁语的语法书的作者。除了赖奇,他是我们这所州立学校的老师中唯一写过教科书的,我对他怀有对每一位"作家"都有的好奇和尊敬。他脸上有一个巨大的肉赘,现在只要一想到他,肉赘就会出现在我的眼前,但是我已经不能确定它的具体位置,记不清是靠左眼还是靠右眼,我想好像是靠左眼吧,但是它有一种恼人的特性:它在我的记忆中总是根据我同他进行谈话的位置进行变动。他说德语喉音很重,他的瑞士方言也比其他老师刚劲有力,这就使得他说起话来带有加强语气的味道,尽管他已上了年纪。他非常宽厚,课上也听任我读其他的书籍,拉丁语对我来说非常容易,所以我已经习惯一种一心二用的方法,耳朵在听课,要是提问到我,也总能答得出来,眼睛却在看一本夹在桌子下面的书。当他从我的桌子旁边走过时,他感到很惊奇,把书从桌子下面拿出来,凑到眼前细细端详,直到明白是怎么回事,然后他把书翻开还给了我。他什么话也没有说,我以为这是对我的默许。他一定读过很多书,有两次我们就一位他不喜欢的作家进行简短的交谈，我当时正埋头读罗伯特·瓦尔泽①的《散步》，这是一本令人惊讶的书，它与我过去读过的东西全然不同，使我难以释手。我觉得它并无内容，全是华丽的辞藻，但我还是被它吸引住了，不愿中断阅读，尽管这违背了我的意愿。瓦尔德从左侧朝我走来，我感觉到那个肉赘的出现，但是仍然没有抬头，我一贯轻视的华丽辞藻牢牢地吸引着我。他把手搁在这本书上，打断了我的阅读，我这会儿正读到一个长句子的中间，因此感到很恼火。他把书拿到眼前，看到了作家的名字。那个肉赘——这一次是在左侧——像一截青筋似的暴了出来，他问我："您认为这本书怎么样？"他的语气像是考试时的提问，但又很亲昵。我觉察到他有些生气，可又不想承认他是正确的，因为这本书对我毕竟很有吸引力。因此，我就模棱两可地说道："用词过于华丽。""华丽？"他说，"这太拙劣了！毫无价值！人们不需要去读它！"——一个发自肺腑的诅咒和判决。我做出了让步，不无抱怨地把书合上。后来我真正产生了好奇，才把这本书读完。对罗伯特·瓦尔泽的偏爱最初就是这样游移不定，要不是瓦尔德教授，我也许当时就把它给忘了。

  瓦尔德尽管有些粗暴，我还是挺喜欢他的。与他对应的那个年轻人名叫弗里德里希·维茨，他也许刚满二十三岁，我们是他任教的第一个班级。他刚大学毕业，来教我们历史课。我当时还怀念着欧根·米勒，我偷偷地把他叫作"希腊人米勒"，他已经有一年多没给我们上课了，后来的人上的课完全不能与其相比。我甚至说不出在他之后给我们上过历史课的是谁——这是记忆对这一重大损失的抗议，弗里德里希·维茨就是在这个时候来的。他是我中学时代最喜爱的第二个老师，我永远也忘不了他。过了很长时间，我再次

---

① 罗伯特·瓦尔泽（1878—1956），瑞士作家。

见到了他，他几乎没有任何变化。

这是怎样的一所学校啊！这儿的气氛是那么自由活跃，这里有把纪律视为不得强迫的东西的老师，例如卡尔·贝克，只有当人们不反对的时候才有纪律。这里也有试图把教育作为未来生活实践的老师，他们客观冷静，谨小慎微，弗利茨·洪齐克尔就是这种老师的典范，对于他想灌输给我的客观冷静，我进行了一场坚韧不拔的斗争。这里还有颇具才能、想象力丰富的人，他们给人们以鼓舞，为人们带来欢乐，例如欧根·米勒和弗里德里希·维茨。

维茨并不看重教师的高高在上的讲台地位，他讲起课来热情洋溢，充满想象力，使大家忘记了他站的位置，以为是在户外与他交谈。他甚至会来到我们中间，坐在长凳上，就好像我们在一起散步闲聊。他对大家一视同仁，接近每一个人，他说话没有任何客套，他所讲的一切，我都感到新鲜。世界上所有隔膜都被打消了，他引起的不是畏惧而是纯真的爱。没有任何人凌驾于他人之上，没有任何人是愚昧的，他绕开了权威，他没有动用权威就放弃了权威，他比我们大八岁，可是对待我们就像是对待同龄人。没有一节课是死板教条的，他教给我们的是他自己感受到的东西。我们的历史课正讲到霍亨斯陶芬王朝①，我们从他那儿得到的不是数字而是人物形象。权力对他来说显得并不重要，这不仅仅同他的青年时代有关，他所考虑的恐怕是权力从内部对权力的拥有者所施加的影响。其实，他真正关心的只是作家，他利用每一个机会同我们谈论作家。他口才很好，讲得生动活泼，但又没有预言者的口气。我感到了创作的发展过程，我当时还不知道怎么来称呼这种过程，但是，这种早期的起步阶段也是我自己的发展过程。维茨立即成了我的榜样，

---

① 神圣罗马帝国王朝，统治时期约在十一世纪至十三世纪。

这并不奇怪,他与欧根·米勒并不相同,没有他那么坚定的性格,但是更易于接近,就像一个朋友。

他不罗列某个皇帝的桩桩业绩,也不列举这些业绩的日期,而是在我们的面前扮演这个皇帝,他最喜欢的是引用一个距离我们较近的作家的话。正是他使我对于一种活的文学的存在坚信不疑。我曾经拒不接受这种文学,流传下来的丰富的文学遗产使我眼花缭乱,我着迷于母亲早年的戏剧活动,她从全部文学作品中给我取来的滋养,我可能已经耗尽,我追踪对那些作品的记忆,我迷恋母亲的评价,当我自己发现的东西在她的眼前不复存在的时候,分化瓦解了。现在我明白,魏德金德并非仅仅引起公民的恐惧,也不是弗雷施纳手枪事件的原因。当我们学到亨利希六世[①]时,维茨干脆根本不用自己的话讲了,他觉得自己不能胜任这种与他的天性格格不入的亵渎行为。他打开一卷李利恩克龙[②]的作品,为我们读起《亨利希在特里费尔斯》。他坐在我们中间,右脚搁在我的凳子上,胳膊肘撑着膝盖,书拿在合适的高度,从头至尾把小说读了一遍。他读到亨利希满怀激情地求爱:"希腊的伊林娜,我爱你!"这时,他额头的鬈发耷在了书上——这是他激动的一个信号——我不禁感到一阵惊慌,因为我还从未有过这样的爱。他读得很有感情,今天我也许可以说,这是表现主义的激情,它与我从小就熟悉的维也纳十九世纪八十年代和九十年代的那种激情完全不同,但是,我对他的激情并不觉得陌生,相反却感到非常熟悉。当我看着他以一种不耐烦的动作把影响继续朗读的头发从前额捋向一边时,我——在家

[①] 亨利希六世(1165—1197),腓特烈一世(红胡子)的儿子,一一九〇年就任神圣罗马帝国皇帝。
[②] 戴特特夫·冯·李利恩克龙(1844—1909),德国作家。

里始终是最大的——真的觉得自己突然之间有了一个哥哥。

可以想见，维茨的地位并非是无可争议的，他有时也被认为是个差劲的老师，因为他竭力打破所有界限，并且不把外在的权威视为具有不朽价值的东西。与其他任何课相比，他上课时班里有一种故意制造的混乱。当他在场的时候，大家始终生活在一个感情的力场之中，给予我活力和勇气的东西，对其他人来说也许是一种骚乱。经常会出现这种情况：一切都乱七八糟，好像人们不再喜欢他在场似的，然而，他不善于发布命令来建立那种死气沉沉的秩序。他反对别人害怕他，也许真的存在一些上帝福佑的、不会引起别人敬畏的人。这种情况导致年纪大的教师前来检查，他们向上面打的报告想起来就令人不快。

好景不长——对我来说的确是一番好景，他是春天来到我们班的，十月就离开了。尽管我们根本不了解个中实情，但在我们中间，也在那些与他很少交往的人中间，流传着这样的说法：他被学校解聘了。

维茨太年轻了，以至于除了以自己的青春活力来感染我们之外不知道该怎样去做，当然，这并不是说，生活之路对所有的人都有着相同的特点。有的人上学时年龄很大，也许他们很早就已经成熟，也许他们生来就练达老成，无论在学校遇上什么事，他们也不会感到新鲜。另外有些则随着年龄的增长，渐渐地补上了耽误了的岁月。对于他们来说，维茨是一位理想的老师，但是他们当然为数极少。还有一些人在学校困难重重，以至于他们在学校的影响下开始老化，落在他们身上的压力过于沉重，他们前进得过于缓慢，于是他们用尽全力抓住刚刚增长的年龄，再也不肯放弃任何东西。但是，也还有一些人，他们既年老又年轻，他们在对待所有已经理解了的东西时的韧性方面是年老的，他们在对待所有新的东西时的好奇方面是年轻的。我可能就属于这些人之列，并且因此而容易受到完全相反的老师的影响。卡尔·贝克由于他那严格而守纪律的授课方式给我一种安全感。我从他那儿学到的数学成了我性格中的一个内在部分，例如坚定性和类似于勇敢的气质。从一个无可怀疑的也许非常小的竞技场出来，始终朝着同一个方向走去，不问可能会走到什么地方，也不朝左右两边看，好像是朝着一个目标运动，却不知道任何目标，只要脚下不失足，始终保持步子的连贯性，就不会出任何事，人们可以一直向前走到未知的地方，这是逐步占领未知的东西的唯一方法。

由于维茨的原因，在我身上发生的却恰恰相反。我心里的许多仍然是黑暗的地方同时被触及，且豁然亮堂起来了，但是并无任何目的。一个人不向前走，一会儿在这儿，一会儿在那儿，他没有目标，也没有任何未知的东西，他肯定已经知道许多，但是，他学会的对待遭到冷落或者隐藏起来的东西的敏感性要比他得到的东西多得多。他要加强的首先是对变化的乐趣：无论有多少人们尚且一无所知的东西，为了了解它们，只要听一听就足够了。这与从前童话故事给予我的是同样的，只不过现在是另外一些并不那么简单的东西，也许是一些人物形象，是的，现在这些人物形象就是作家。

我已经说过，维茨打开了我对现代的、活的文学的视野，他提过一次的名字，我就再也不会忘记。他成为一层奇特的大气层，他要把我带到里面去，为了这样的旅行，他给我插上了翅膀，而我自己则毫无察觉。直到他离开我们之后，这些翅膀仍然保留在我身上。现在我可以自己飞了，我惊奇地四处寻觅。

我不想一一举出每一个最初是由于他而进入我心里的姓名，他们中间有一些是我以前就听过的名字，只是他们并没有触动我，例如施皮特勒。其他一些人也仅仅引起过一些被动的好奇，就好像把他们留下为今后做准备就足够了似的,例如魏德金德。他们中的绝大多数人如今已经是流传下来的文学的理所当然的组成部分,再从中间找出一个特殊的典型显然是可笑的,但是,绝大多数——我现在不想——列举——与我从小接受的东西截然相反。即使我仅仅掌握了很少一点儿,也使我对所有这些不久前刚刚去世或者还活在人世的人的成见都彻底地打消了。维茨在他教我们的那短短的四五个月里,带领我们进行过两次远足,一次是去特里希滕霍斯磨坊的"果汁闲逛",另一次是去基堡的"历史郊游"。关于"果汁闲逛",他考虑了一个简直具有革命性的计划:他预先告诉我们要带上他的表妹,一个小提琴家,她将要为我们演奏。

他因此在班里受到了真正的欢迎。那些对他沉醉于文学毫不理解的人,那些因他不注意课堂纪律又疏于处罚而瞧不起他的人,由于有望见到一位女性,一个有血有肉的表妹而欣喜若狂。姑娘当时已经成为班里谈论得越来越多的话题,我们学校已同女子高中建立了联系,但是这种联系仅仅限于节日祝贺以及大言不惭的自吹自擂。一部分同学已经进入了青春骚动时期,有些个头高大、身材发育已经成熟的小伙子几乎除了姑娘别无所谈。这种时候免不了会有傻笑和对身体的影射,要想不被卷入这种谈话是困难的。我对这些事情总是退避三舍,母亲当年在维也纳发布的阳台禁令仍然在继续产生作用。我在忍受了妒忌的折磨之后,甚至从被卷入的多次争斗之中作为"胜利者"脱颖而出之后,仍然对男人和女人之间发生的真正的事情毫无所知。在芬纳的自然史课上我学到许多关于动物的知识,我亲手把它们的性器官画在我的本子上,但是我并没有想过这与人类也有某些关系。人类的爱情是崇高的,它只能用无韵诗和戏剧加以表现,爱情的全部经过是一首抑扬格诗歌。我一点儿也听不懂同学们那些含沙射影的话,在我身上也不可能引起任何反应,即便是通过具有挑逗性的玩笑也无济于事,在哧哧冷笑和吹牛炫耀面前我也始终保持严肃。由此说来,无知往往也有可能产生反对的作用。

实际上,这是一种荒谬可笑的情况:其他的人为了同一位有血有肉的姑娘讲几句话可以献出自己的灵魂,而我则每天都要回到雅尔塔公寓,回到几十名姑娘中间。她们都要比我岁数大,也像我的同学那样,正在偷偷地琢磨同样的问题。她们中间有些人要比所有被人围着的女招待漂亮得多,其中有两个瑞典人,名叫海蒂和古丽,至今我还觉得她们极富魅力。她们用瑞典语交谈,不停地咯咯笑,甚至放声大笑,她们在谈年轻的男人,就连我都能够感觉出来。安格莉来自日内瓦湖畔的尼翁,她既漂亮又害羞,身材和我差不多,但要比我年长两岁。尼塔是日内瓦人,在所有人当中,她的智力最成熟,她是训练有素的舞蹈演员,是达尔克龙策的弟子,她总是负责在雅尔塔公寓为我们举办晚会。皮娅来自卢加诺,她是一个身体丰满的黑人,十分性感,这是我的记忆中对性感的最初认识。所有这些上帝的创造物,以及那些魅力较少的年轻姑娘,总是和我一块儿连续几个钟头待在大厅里,或者在网球场上做游戏。我们尽情地嬉闹玩耍,在激烈的扭打中,我们的身体靠得很近,大家都在争夺我的耳朵和我的兴趣,因为无论她们问起什么——绝大多数是关于德语的语言规则——我总能回答出来。有些人——绝非全部——也问一些私事,比如同我商量父母来信中的指责。没有任何一个同龄男孩像我这样受到这些漂亮姑娘的娇惯,可是身在幸福之中的我却忧心忡忡,考虑的是如何不让同学们了解一丁点儿这里的家庭生活。我确信他们准会因为这样一种纯女性的环境而歧视我,然而实际上他们只会对我妒忌万分。我想尽办法使他们远离雅尔塔公寓,我不记得曾经允许过任何同学到这里来看我。同样也住在蒂芬布鲁伦的汉斯·韦尔里也许是他们中间唯一能够想象出我的住处是何等样子的人,但他也是唯一从不参与任何关于姑娘的谈话的人,他始终非常严肃,在这个问题上也保持他的尊严。我现在不敢肯定,或许他也像我一样处于某种类似的禁令之下,或许他还没有其他人的那种迫切的需要。

维茨把他拉小提琴的表妹引进了全班的话题,从这时起人们对她要比对他谈论得多得多。人们向他询问她的情况,他不厌其烦地一一回答。然而,"果汁闲逛"一周又一周地向后推,原因大概在他竭力争取的那个表妹。也许他的愿望是鼓起她当小提琴家的勇气,不是将鲜花而是把一些怀着喜悦的心情迎接她的观众献到她的面前。她先是说没有时间,然后又生了病,全班的期望达到了狂热的程度。人们对"希腊的伊林娜"的兴趣日益减少。我也被这种气氛所感染,我们雅尔塔公寓没有人会拉小提琴,小提琴作为父亲喜欢的乐器在我的心目中早已被神化了,我也像其他人一样缠着维茨问这问那。我感到他越来越有所保留,最后甚至有些尴尬。表妹是否能来已经说不准了,她正面临考试。当我们进行"果汁闲逛"的那天,他没有把表妹带来,她让他转告她不能来了,并且向我们表示歉意。凭着对这些我甚至还一无所知的事情的不可捉摸的直觉,我觉得维茨一定是在什么事情上弄糟了。我看得出来,他很失望,情绪沮丧,不像他上课时那样开朗健谈,但是,后来他开始详细地谈论起音乐,也许是想到自己的损失。表妹勇敢地去参加了贝多芬作品小提琴音乐会。当他这次不是沉迷于一位作家而是沉迷于贝多芬时,我感到满足。当"强有力的"这几个对贝多芬必不可少的字眼出现并且被重复多少次时,我感到幸福。

我问自己,假如表妹当时来了会怎么样呢?我绝不怀疑她演奏小提琴的才能,她一定演奏得很好,全是合适的乐曲,以便抑制全班对她的狂热的兴趣。她也许再也不敢停止演奏,她一边拉琴一边领着我们穿过树林回城。维茨默不作声,作为一名随从紧跟在她的身后,为她安排座位。最后,我们欢呼着把她扛在肩上,她继续演奏着,帝王般地回到城里。

当然,她没有来的确是一件令人失望的事。作为补偿,我们又去参观了基堡,这时已经没有人再提起她了,更多的是谈论历史。维茨面对这座保存完好的城堡,以他特有的生动形象的方式给我们讲述历史。这次远足的高潮是在回程的列车上,我们俩坐在同一节车厢里,我正好在他的对面。我读着一本在基堡买的导游指南,他用手指轻轻碰了一下我的胳膊说:"这里大概有个年轻的历史学家。"我非常希望引起他注意我在做什么,然后把头转向我,但是现在发生的却是包含着一丝尖刻的讽刺,他把我看成是未来的历史学家而不是未来的作家。当时我一句话也没有说。他怎么可能知道我是怎么想的呢?他预测我会成为一个历史学家,然而他当时对此并未寄予多少希望,这是对于我在他的课上也表现出来的广博学识的公正的惩罚。我感到非常狼狈,为了把他从历史引开,我向他问起一位作家,人们当时都在谈论他,可我却还从未读过他的作品,他是弗兰茨·韦尔弗[①]。

维茨谈了弗兰茨·韦尔弗那些充满对人类的爱的诗歌,或许没有任何人是他不了解的,就连女佣、孩子,甚至动物在他看来也不是微不足道的。神圣的弗兰茨,这个名字就像是为他指出了一条道路。他不是一个说教者,而是一个具有把自己变成任何有生命之物的能力的人,他的目的是为了以自己为例教会我们如何去爱。

我对此仍然像对他过去所说的一切那样深信不疑(我直到后来

---

① 弗兰茨·韦尔弗(1890—1945),奥地利作家。

才对这件事有了一种完全不同的、独立自主的看法），但是，这并不是在火车上发生的真正不寻常的事。在我犹豫迟疑、没有把握、充满敬慕的询问下，他开始谈起自己。他说得非常真实，根本没有想过要防范别人会怎么想，以至于我感到迷惘困惑，形成了对一个人的印象：他还正在成长，对今后的道路毫无把握。他说话真诚坦率，不带任何我从小就熟悉的鄙视和诅咒，他的话我也许根本没有真正听懂，但是我把它们记住了，就像是一个秘密宗教的公告。他对事业充满了急迫感，然而却又完全绝望，他始终都在寻找，但什么也没有找到，他不知道要干什么，怎样去生活。坐在我面前的这个人引起了我对他的爱戴，我愿意闭着眼睛跟他走到天涯海角，然而他却根本不知道自己应该走向何方。他一会儿转向这边，一会儿转向那边，他身上只有一点是确定无疑的，这就是他喜欢这样飘忽不定。这对我太有吸引力了，原因在于从他的嘴里说出的那些话，它们以一种神奇的方式使人不知所措。然而，我究竟应该跟着他走向何方呢？

历史和忧郁

"自由"在那个时候成为一个重要的单词，希腊人的种子发出了芽。自从我们失去那位给我们送来希腊人的教师以来，那个由于希腊和瑞士而在我的心目中形成的奇怪的形象得到了加强。在这一方面，山起了一种特殊的作用。我若看不见山，就不会想起希腊人。这也很奇怪，我每天看见的都是同样的山。根据大气情况，它们看起来或远或近，如果它们不被云遮雾障，人们都会感到高兴的。人们谈论它们，歌颂它们，它们是崇拜的圣物。有雾的时候，它们最好看，从附近的于特里山望去，一座座山峰变成了一个个岛屿，闪闪发光，伸手可及，令人崇拜至极。它们都有名字，其中有些听起来很简练，没有什么意思，如托蒂山；有的则颇有意味，如少女山和僧侣山。我真想给每一座山都起上一个新的、有特点的、不可能雷同于任何其他东西的名字。在这些山中间没有任何两座是高度相同的。山的岩石非常坚硬，它们若是发生变化，那才是不可思议的。对于这种恒定不变性我有一种深刻的印象，我想象它们是不可触摸的，假如人们谈到占领它们，我会感到不快，假如我自己准备攀登它们，我会觉得这是一件不允许的事。

湖畔的生活是丰富多彩的，那里会发生令人振奋的事情，我向往湖泊，就像向往希腊的海洋，当我生活在苏黎世湖畔的时候，它们在我眼里融为了一体。这并不是指它的形态发生了变化，任何地方都有它的意义，都保持着它的特征，诸如海湾、山坡、树木、房屋，但是在梦中一切都成了"湖泊"，在其中一个地方发生的事，也适用于其他地方，人们宣誓效忠的联盟对我来说是一种由大小湖泊组成的联盟。当我听说人们在这儿或那儿发现了古代木桩建筑，我就会产生一个念头：这些建筑的居住者彼此毫无所知。他们保持相同的距离，彼此毫无联系，别人生活在哪儿无关紧要，对他们来说重要的只是一点点水，而水可能在任何地方。人们也许永远不知道他们是什么人，而他们也不知后人找到了他们多少碎片、多少箭头、多少骨头……他们不是瑞士人。

这对我来说就是历史：湖泊的联盟。从前根本没有什么历史，因为我了解它的真正的史前史，即希腊人，它才波及我。其间有用的东西很少，我怀疑罗马人，瓦尔特·司各特的骑士在我眼里是他们的后裔，身戴甲胄的人体模型使我感到无聊，只有当他们被农民打翻在地，他们才是有趣的。

在这段湖泊产生魔力的时间里，我得到一本《胡滕的末日》[①]，康·费·迈耶尔的这部处女作肯定深深地触动了我，对此我并不奇怪。胡滕[②]是一位骑士，但也是一位诗人，他扮演的是一个与虚伪势力进行斗争的角色。他身患疾病，遭人指责，被众人所抛弃，最后孤独地在乌费瑙依靠茨温利[③]的恩惠生活。他借以证明自己的倔强性格的行为出现在他的记忆里，他越是感到被记忆的火焰灼烧，就越是难以忘记眼前在乌费瑙的处境。人们始终看见他在同一个优于自己的对手作战。由于甲胄的种类而感到自己更强大的骑士，即

[①] 《胡滕的末日》(1871)，瑞士作家康拉德·费迪南德·迈耶尔的长篇叙事诗。
[②] 乌尔利希·冯·胡滕（1488—1523），德国作家、诗人。
[③] 胡尔德里希·茨温利（1484—1531），瑞士宗教改革运动的领袖。

使是他们中间最勇敢的，对人们产生刺激的东西也已经消失殆尽。

我为罗耀拉[①]来岛上的拜访感到振奋，这个罗耀拉是一个任何人、包括胡滕也还不认识的人。胡滕在暴风雨之中把这个朝拜者迎进他的小屋，把自己的被子让给他睡觉，把自己的大衣给他御寒。夜里，一阵雷声把胡滕惊醒，他在闪电的光亮之中看见了那个朝拜者，他的脊背被鞭挞得血流不止，胡滕听见了他愿为侍奉玛利亚献身的祈祷。早晨，朝拜者的床空了，胡滕认识到，现在，当他的日子完结之时，最可恶的敌人出现了。这个对立者的临近，一个生命的结束，有人在窥视着他，而他却全然不知那是何人，他终于认识到了自己的奋斗徒劳无益，因为真正的敌人现在才刚刚出现，迟到的感情冲动，现在已经太迟了："我要是杀了这个西班牙人该有多好！"我在这个虚构出来的情节上真的不应该感到距离"真是"很近吗？

乌费瑙位于湖滨，这个湖一直延伸到我的面前，作家就生活在对岸的基尔希山上。我感到自己被他的作品所环抱，感到周围被它所照亮，其中有一句话以最简单的形式表明了对人类问题的认识程度："我不是一本挖空心思想出来的书，我是一个包含着矛盾的人。"书与人之间的对照，在预先知道的情况下做的事与人的不可理解性之间的对照，已经开始折磨我。我体会到了敌对情绪，在我没有想过的地方，从外部施加的敌对情绪不合乎那种独特的感情冲动，我不知道它的原因，对此我思索了许多。我没有找到答案，因此这个人的观点作为一个矛盾的观点成为暂时的答案。我迫不及待地抓住它，经常引用这句话，直到它在母亲的一次毁灭性的进攻中彻底破灭。

---

① 圣依纳爵·罗耀拉（1491—1556），西班牙人，天主教耶稣会创始人。

但是，起初我有一年多不受它支配的时间，我跟随迈耶尔走入圣巴托罗缪之夜①，走入三十年战争。我遇见了但丁，诗人述说流放经历时的样子深深地印在我的脑海里。在漫游途中，我认识了格劳宾登的峡谷。来瑞士之后的头几年，我连着两个夏天是在多姆莱施克的海因岑山度过的，罗昂公爵②称其为"欧洲最美的山"。在附近的里特贝格城堡，我看到一块与乔治·于尔克·耶纳奇③联系在一起的血渍，但它留给我的印象并不深。但是现在当我读到有关他的文学时，我感到自己是研究他的足迹的行家。我遇到了佩斯卡拉的妻子维多利亚·科琳娜④，由于米开朗琪罗，她被神化了。我来到了费拉拉，这个意大利是多么恐怖，多么可怕，关于意大利我从前只听过田园诗一样的描述。这里涉及的全是激动人心的事件，它们由于其"重要性"而在我的日常生活中显得格外突出。我没有看见古代服装，看见的是时代和场所的不断更变。我没有注意到任何通过装束来进行的美化，因为绝大多数地方都显得阴沉昏暗，所以我觉得是真实的。

那些年里在这种目标专一的、狂热的求知欲的支配下，我一直认为，吸引我去读迈耶尔的恰恰就是因为他使历史变得丰富多彩和充满活力。我非常认真地想过，我从他那儿得到了什么。我毫不怀疑，我心甘情愿相信他的描述，我想象不出它们的背后隐藏着什么，发生的一切都显而易见。在其背后还可能有什么与这种丰富多彩的描述相比并非微不足道、并非不值一提的东西呢？

今天，我已不再相信这些虚构的历史，我自己也在寻找历史的

---

① 一五七二年八月二十四日的夜晚，巴黎天主教徒屠杀胡格诺派教徒，史称圣巴托罗缪惨案。
② 罗昂公爵（1579—1638），法国军人，宗教战争期间胡格诺派的领袖。
③ 乔治·于尔克·耶纳奇（1590—1639），三十年战争时期瑞士格里松的政治和军事领袖。
④ 维多利亚·科琳娜，希腊维奥蒂亚省塔纳格拉的女抒情诗人，生卒年月不详。

渊源，寻找对它们的纯真的叙述和坚定的思考。我以为，这可能与那些对我产生了较深影响的东西完全不同，这是对收获和硕果累累的果树的一种情感。"足够也是不够。"这是他咏赞湖泊的诗篇里包含的忧郁。其中有一首诗的开头是这样的：

  郁闷的夏日阴霾昏暗，
  我的船桨发出深沉忧伤的响声。
  ……
  远方的天空与近旁的深谷，
  星辰，你们为何还不降临？
  一个可爱的、可爱的声音在呼唤着我，
  持续不断地，从水底的墓穴。

  我不知道这是谁的声音，但是我觉得他是一个濒临死亡的人，来自水中的呼唤感动了我，仿佛是我的父亲在呼唤着我。在苏黎世的最后几年，我不再经常想起他，因此他从这首诗里归来就更加出人意料，更加充满神秘色彩。他就像潜藏在湖里，因为我喜欢这个湖。

  我当时对迈耶尔这个作家的生平一无所知，也不知道他的母亲是在湖里自杀溺死的，假如我知道这些，那么当我傍晚独自一人泛舟湖上时，恐怕就绝不会想到我听见的是我父亲的声音。我很少独自到湖上划船，只有在这种时候我才自言自语地念叨这两行诗，屏息敛气地细细倾听。正是为了这几句话，我才希望独自来到湖上，没有任何人会知道这首诗，它对我是多么重要啊！它的忧郁情调攫住了我，这对我来说是一种新的情感，它与湖联系在一起，即使不是郁闷阴霾的天气，我也能感觉到这种忧郁，它渗透了每一个字眼。我觉得，作家迈耶尔也是被这个湖所吸引。虽然我的忧郁仅仅是从别人那里接受来的，但是我仍然感到诱惑力，我急不可耐地期待着星辰的降临。我欢迎它们——按照我的年龄——不是以轻松的心情，而是以热情的欢呼。我以为，把我与摸不到够不着的星辰连在一起的压力当时就开始了，并且在以后的几年里逐渐上升为一种星辰的宗教，我把它捧得太高，以至于不可能恰当地评价星辰对我一生的影响。我仅仅是为了看上一眼才转向它们的。当它们从我身边离去时，我感到害怕，当它们在我所希望的地方再次出现时，我感到自己的强大。我对它们所期待的仅仅是它们归来的规律、相同的地点以及与其他星辰保持的始终不变的联系，它们共同组成了奇妙的星相图。

募　捐

关于苏黎世这个城市，我当时熟悉的只有邻近湖区的地方和去学校的道路。我去过少数几个公共建筑，如音乐厅、艺术之家、剧院，还在大学听过几次报告。有关民族学的报告是在利马特大街的一个行业公会举行的。旧城对我来说好像是由书店组成的，我在那里看见了许多"科学"书籍，它们很快出现在教学大纲上面。在火车站附近有许多旅馆，亲戚们来苏黎世做客时就住在那里。我们曾经住过三年的奥伯施特拉斯区的绍伊希策大街几乎已被遗忘了，它能够给予的东西太少了，它离湖区很远，每次我想起它来，总感到我当初是生活在另外一个城市。

对于其他一些地区我仅仅知道名称，因此我不加反抗地就同意人们对它们的偏见，我对那里的人们长得怎么样、怎么活动、如何相处毫无所知。遥远的地方需要我；凡是在半个钟头可以到达的地方和非我所愿的方向就像月亮的背面都是看不见的，不存在的。有人认为自己是对整个世界敞开的，并且以对近处的盲目作为对此付出的代价。高傲是不可思议的，人们以这种态度来决定什么与己有关，什么与己无关。经验的全部路线都是事先确定的，人们不知道，什么东西没有字母是不可能理解的，什么东西尚未被人看见。对狼吞虎咽的食欲——又称求知欲——我没有发现它忽略了什么。

有一次也是唯一的一次，我得知自己经过的是什么地方。我来到当时仅仅听人讲过的市区，原因是为了慈善事业进行一次募捐，我去询问谁愿意为此尽力。每一个报名参加募捐活动的人都可以得到一名"高级女服务员"作为随从，我的那一位个头比我高一些，年龄也比我大，但是她似乎对此事并无兴趣。她捧着钱匣子，我背着我们要卖的东西——大块大块的巧克力。她低头看我时总是以那种安慰的目光，说起话来也知书达理。她穿着一条看上去做工精细的白色百褶裙，我还从来没有从这么近的地方看过这种裙子，我发现，其他人也对这条裙子颇为重视。

此事开始很糟，许多人成双成对地围了上来，打听价格，然后又气愤地走开。我们不能降价，在一个钟头里，我们才卖掉了一块。我的女神感到受了侮辱，但又不甘心失败，她认为，我们必须上人们家里或者到饭店去，最好是到奥瑟西尔区。那里是工人居住区，我从未去过那儿，我觉得，期待那里的穷人给予我们富人已经拒绝给予的东西是荒唐的。她却不这么认为，并且感情冲动地解释了自己的观点："他们从不积蓄，他们立刻就付出一切。最好是在饭店，他们在那儿喝光口袋里的全部钞票。"

我们出发去这个地区。我们走进一幢大楼，敲开所有住宅的门。那里也有一些住户是从事高级职业的，在三楼的一套住宅的姓名下面就写着"银行经理"。我们按响门铃，一位红头发、留着络腮胡子的先生开了门。他有些疑心，但态度和蔼，先是问我们是不是瑞士人。我沉默不语，那位姑娘回答得非常客气，她既把我也包括进她的回答，却又没有说假话。询问这个姑娘，使这位先生感到愉快，他又问起她父亲的职业，她父亲是医生，这很合乎我们的募捐目的。那位先生对我父亲的职业不感兴趣，他的注意力仅仅集中在这个善于用聪明的风度说话的姑娘身上。她把钱匣捧在合适的高度，并不强求，防止让这个几乎还是空的匣子发出响声。问话持续了相当长的时间，那位先生脸上的微笑变成了一种心满意足的奸笑，他接过一块巧克力，放在手心掂了掂分量，看看是否太轻，然后把硬币投进钱匣，同时还补充了一句："这是为了一项善良的目的，我们有的是巧克力。"然而，他还是留下了那块巧克力，心安理得地觉得是做了一件好事。他关上房门之后，我们又待了片刻，陶醉在如此多的善意之中，然后才步履蹒跚地来到二楼，看也没看门上的姓名牌就摁响了门铃。门开了，站在我们面前的是楼下的那位先生，他满脸涨得通红，怒气冲冲。"怎么又来了！简直厚颜无耻！"他用手指着与一楼姓名相同的姓名牌，说道，"你们难道不识字！你们马上离开，否则我就叫警察了！也许要我把钱匣没收吗？"他在我们面前"砰"的一声把门关上，我们可怜地悄然离去。想必在这两层楼之间有一道楼梯，而且是建在住宅内部的，谁会知道这些呢？我们为成功地推销出产品而陶醉，却忘了看看姓名牌。

　　我的女伴现在对挨户兜售感到厌倦了，她说："现在我们去饭店吧。"我们情绪沮丧地走了一段路，最后来到了真正的奥瑟西尔区。我们看见在一个拐角处有家大饭店，她让我别过去，自己先静静地观察起来。一股令人窒息的烟草味扑面而来，饭店里人声鼎沸，所有的桌子都坐满了顾客，从帽子可以看出，他们都是工人，各种年龄的都有。他们正坐着喝酒，许多人说着意大利语。我的女伴一点儿也不害怕，她从桌子之间穿过，这里没有一个她可以求助的女性，但是这似乎反倒增强了她的自信。她把钱匣捧到那些男人的面前，因为他们都是坐着的，这对她来说并不困难。我匆匆跟在她的身后，以便及时地递上巧克力。但是，我立刻发现，巧克力是多么无足轻重，重要的是这个姑娘，更重要的是她的那条百褶裙，它在这个昏暗的空间熠熠生辉。大家都盯着这条百褶裙，为它感到惊讶。一个看上去挺腼腆的小伙子撩起裙子的一角，然后赞赏地让它在手指之间慢慢滑动。他的举动似乎仅仅是针对精美的衣料,而不是针对姑娘。他脸上没有笑容,郑重其事地凝视着站在他面前的姑娘,说道:"Bellissima。①"她接受了对百褶裙的敬意。小伙子立即掏出一枚硬币投入了钱匣。钱对他来说似乎算不了什么,他没有注意我迟缓地递上的巧克力,心不在焉地把它搁在桌子上,他为因捐赠而接受东西感到羞耻。姑娘朝前走到下一个男人的面前,这人头发花白,和蔼地冲着她微笑,二话不说就把钱掏了出来。他把口袋里所有的硬币摊在桌上,找了一枚两法郎的硬币,用手指捂了片刻,然后迅速投入钱匣。随后,他盛气凌人地示意我过去,从我手里抽了一块巧克力,将它硬塞给了我的女伴。这是属于她的,这是献给她的,她应该自己留着,最后他又补了一句:"这一块不得出售。"

这样开始,也这样继续。凡是有钱的,都捐了一些,不过后来的人都把巧克力留了下来。没有钱的表示抱歉,这是一些发自内心的客套话。只要姑娘走过去,每张桌子都静了下来,我担心有人会说粗话,然而得到的只有赞赏的目光和惊叹的呼声。我感到自己完全是多余的,但是这对我并无妨碍,在这些人的敬慕情绪感染下,我心里不禁暗暗赞叹,我的女伴真美。我们走出这家饭店时,她摇了摇钱匣,掂了掂分量,现在已经超过一半,再走一两家这样的饭店,就会装不下了。她大概也意识到了她所赢得的尊敬,然而,她也很实际,念念不忘什么是重要的事情。

---

① 意大利语:美极了。

巫师的登场

通过爷爷的几次来访，我发现自己发生了多么大的变化。他一得知我独身一人，立刻就来到了苏黎世。他和母亲之间的紧张关系日益加剧，有好几年他都回避母亲，不过，他们倒是定期通信。战争期间，他经常收到一些告知我们新地址的明信片，后来他们就保持形式上的不带感情色彩的通信联系。

他刚刚得知我在雅尔塔公寓，就来到了苏黎世，他住在中央饭店，通知我上他那儿去。无论是在维也纳还是在苏黎世，他的房间看上去都很相似，里面总是弥漫着同一种气味。我去的时候，他正系着皮带在做晚祷。他热泪盈眶地吻过我之后，又继续祈祷。过了一会儿，他指了指抽屉，让我拉开，并且说里面有一个装着许多邮票的信封，那是他为我搜集的。我拉开小柜子的抽屉，然后仔细察看那些邮票。有的我已经有了，有的还没有，他那一双敏锐警觉的眼睛审视着我脸上的表情变化，这种迅速交替的变化向他透露出高兴与失望。我不想打断他的祈祷，所以什么话也没有说，但是，他却忍不住了，中断了希伯来语的庄严祈祷，问道："怎么样？"我含糊不清地赞叹了几声，他感到很满意，于是又继续祈祷起来。祈祷持续的时间相当长，一切都是有规定的，况且他又一丝不苟，一句不省，因此，即使是以最快的速度进行，也不会提前多少。他终于祷告完了，他考问我是否知道这些邮票都是哪些国家的，对我的正确回答赞不绝口,好像还是在维也纳那会儿,我才刚刚十岁似的。这就像他那又流下来的欢乐的眼泪,同样使我感到厌烦。他一边流泪,一边和我说话,他为我还活着感到激动,我是他的嫡亲长孙,又长高了一截子,也许他也为自己还能活着看到这一切而感到激动。

当他对我审查完毕,也哭够了之后,就领着我来到一家不提供酒精饮料,由女招待服务的餐馆。他热情地盯着女招待,甚至不进行一次冗长的谈话都无法点菜。他是这样开始的:他指着我说:"这是我的孙子。"然后逐一列举了他会说的所有语言,总共有十七种之多。正在服务的这名女招待不耐烦地听完这份没有瑞士德语的清单,然后准备离去。这时,爷爷安慰地把手放到她的屁股上,让她等一等。我为他感到羞耻,但是,姑娘却能够容忍。当我把低下的头重新抬起,他的话已经说完了,他的手仍然放在那个地方,直到开始点菜,他才把手抽了回来。他得和女招待一块儿商量点菜,为此他需要两只手。经过一个较长的程序,他点了和往常一样的东西:为自己要了一杯酸奶,为我要了一杯咖啡。女招待走开之后,我告诉他,这儿不是维也纳,瑞士的情况完全不同,人们的举止行为不能这样,否则将可能得到女招待的一记耳光。他什么也没有说,也许他认为知道这些当然更好。女招待端着酸奶和咖啡回来了,友好地冲他微微一笑,他加强语气地谢了一声,再次把手放到她的屁股上,许诺下次来苏黎世时一定再次光顾。我匆匆喝完咖啡,以便能尽快离开这里,每一个亲眼看到的人都会确信,他侮辱了女招待。

我不够谨慎,跟他谈起了雅尔塔公寓的事。他坚持要上我那儿看看,并且预先通知了雅尔塔公寓。米娜小姐不在家,接待他的是罗茜小姐,她领着他看了房子和花园。他对一切都很感兴趣,提了许多问题,在每一棵果树跟前他都要问这棵树结果多少。他询问住在这里的姑娘们的情况,比如她们的姓名、出身和年龄。他把人数加在一起——当时总共住了九个姑娘——认为这个公寓不能住这么多人。罗茜小姐说,几乎每个人都有自己的房间,他提出要看看房间。在他的兴致和问题的吸引下,罗茜小姐领着他看了每一个房间。姑娘们都在城里或者大厅里,罗茜小姐认为让他看看空着的卧室并无不妥。这些卧室我也从未看过。爷爷对凭窗可见的景致赞不绝口,并且还一一查看了床铺。他按照自己的身材来估计每间屋子的大小,认为至少还可以放进一张床铺。他还记着姑娘们的国籍,想知道哪儿是法国姑娘、荷兰姑娘、巴西姑娘睡觉的地方,尤其想知道那两个瑞典姑娘在哪儿睡觉。最后他问起米娜小姐的画室"雀巢",我事先提醒他必须仔细看看那些花卉插图,有的还得赞扬几句。这件事他是按照自己的方法来做的:他像一个行家似的先站在离画有一段距离的地方,然后再凑到跟前,仔细观察绘画技法,然后摇头晃脑地赞赏技法如何高超,而且总是使用热情洋溢的夸张言词。他很精明,不说西班牙语,而是说罗茜小姐听得懂的意大利语。他认出许多花卉在自己家里的花园里也有,如郁金香、丁香、玫瑰,他请罗茜小姐向女画家转达他对她高超技法的赞扬:这么精致的绘画他还从未见过;她是否也画果树和水果?他很遗憾没能看见画的果树和水果,建议增加能够绘画的对象。他的这番话真叫我们感到吃惊,大大出乎罗茜小姐和我的意料。当他问起这些绘画的价格时,我严肃而又无可奈何地望着他。他坚持要知道,罗茜小姐只好取出上次展销会的清单,把标价告诉了他。其中有一些以几百法郎售出,画幅较小的略微便宜一些。他让罗茜小姐依次报价,并且立刻用心算将价格相加,最后说出了出乎我们意料的可观的总数,罗茜小姐和我根本没想过这个总数。然后,他有些故作姿态地补充说明,这个数目并不重要,重要的是这些绘画"lahermosura①"。罗茜小姐因为不懂这个词,所以摇了摇头。没等我翻译,他就迅速地用意大利语说道:"la bellezza, la bellezza, la bellezza!"② 此后,他还想再看看花园,这一次更加仔细,在网球场,他问起属于公寓的地产有多大。罗茜小姐也不知道,显得有些尴尬。他用步子测量了一下网球场的长度和宽度,计算出它的面积,然后哈哈大笑一声,开始思索起来。他比较了一下网球场和花园的大小,又同邻近的草坪作了比较,做了一个鬼脸,说出整个面积是多大多大。罗茜小姐被震住了,我一直担心的这次拜访大获成功。晚上,他带我去森林剧院看了一场演出。当我回到公寓时,女士们还坐在她们的房间里等我。米娜小姐不能原谅自己当时外出了,我足足听了一个钟头她们对祖父的赞扬,甚至连地产的大小他也算对了。他真是一个道道地地的巫师。

---

① 西班牙语:美丽。
② 意大利语:美丽。

黑蜘蛛

对我来说，瓦利斯山谷是谷中之谷，这与山谷的名称有一些联系，在拉丁语中，山谷这个词成了州的概念。瓦利斯山谷是由罗纳山谷和周围的许多小山谷组成的，在地图上，没有哪个州像它这么联系紧密，这里没有任何东西不是自然生成的。读了关于瓦利斯山谷的一些资料之后，我对它有了很深的印象：这里通用两种语言，有德语区和法语区，两种语言仍然像很久以前那样，保持了较古老的形式，在瓦利尼维区使用一种非常古老的法语，在勒奇山谷使用一种非常古老的德语。

一九二〇年夏天，母亲带着我们兄弟三人又回到了康德斯特克。当时我经常看地图，所有的希望都集中在勒奇山谷，那里是最有趣的地方，有许多值得一看的东西，而且也很容易去：乘火车穿越世界第三长隧道——勒奇山隧道，从隧道那头的第一个车站格彭施坦因徒步穿过勒奇山谷，走到最后一个小镇布拉滕。我怀着极大的热情去完成这一计划，我结交了一批将结伴同行的伙伴，并且坚持让两个弟弟这一次留在家里。母亲说："你已经知道自己该干什么了。"我毫无顾忌地把两个弟弟排除在外，并没有使她感到惊讶，相反，她对此感到很满意。她一直担心我一味埋头读书会变成一个优柔寡断、没有男子汉气概的人。她在理论上赞成体谅弱小，但在实践上则失去了自制力，尤其是当这种体谅妨碍一个人达到目标的

333

时候。她支持我的意见，为两个弟弟安排了其他的活动。出发的日子已经确定了，我们将乘早上的头班火车穿越勒奇山隧道。

　　格彭施坦因比我想象中的还要贫瘠荒凉。我们沿着那条与外界保持联系的唯一的羊肠小道朝勒奇山谷攀登。我得知，这条小道在不久以前还要更加狭窄，只有为数不多的动物在这里出没。不到一百年以前，这一地区还有狗熊，可惜现在已经见不到了。当我还在缅怀早已销声匿迹的狗熊时，山谷突然展现在眼前，只见它在阳光下闪闪发光，明亮耀眼，一直向上延伸，爬上了白雪皑皑的山峰，最后消失在一片冰川之中。在不长的时间里就可以到达山谷的尽头，但是小道却蜿蜒迂回。从费尔登到布拉滕要经过四个小镇，一切都是古色古香的，无一雷同。女人们头上都戴着黑色的草帽，不仅仅是成年妇女，还包括小姑娘，甚至就连三四岁的小女孩也戴着这种富于节日气氛的帽子，好像她们自打出世就意识到了她们的山谷的特点，而且必须向我们这些闯入者证明，她们并不属于我们之列。她们紧跟着一些上了年纪的妇女，这些脸上皮肤干枯、布满皱纹的老人始终伴随着她们。这里的人说的第一句话，在我听来就像是几千年以前。一个胆大的小男孩朝我们走近了几步，一个老年妇女招呼他到她那儿去，要他避开我们。她说的那两句话很好听，我简直不敢相信自己的耳朵："过来，Buobilu！"这是什么样的元音啊！对"小男孩"这几个字，我常听到的说法是"Büebli"，可是她却说"Buobilu"，一个 u、o 和 i 三个元音的组合。我突然想起一些在学校读过的古高地德语[①]诗歌。我知道瑞士德语方言接近中古高地德语[②]，但是有些词汇听上去像古高地德语，我还从未想

[①] 古高地德语是德国中部和南部自八一〇年至一一〇〇年使用的方言。
[②] 中古高地德语的使用时间为十二至十五世纪。

到过。我自认为这是我的一个发现。因为这是我所听到的唯一一个单词,所以它在我的记忆中更加牢固。这里的人沉默寡言,似乎都在回避我们,在我们整个漫游过程中从未与人有过交谈。我们看见古老的木头房屋、全身黑衣的妇女、窗前的盆花、牧场草地,我竖起耳朵倾听远处的说话,所有的人都沉默不语,也许仅仅是巧合。然而,"过来,Buobilu!"作为山谷的唯一的一句话留在了我的耳朵里。

我们结伴同行的这伙人来源混杂,有英国人、荷兰人、法国人、德国人,可以听见各种语言的说笑叫喊,就连英国人也显得爱说话起来了。面对沉默的山谷,大家都感到震惊,表示赞叹。我并不为这些住在旅馆里的自命不凡的客人感到羞愧,然而,过去我总是对他们说些尖酸刻薄的话。这儿一切都相互适应,生活趋于统一,寂静、悠闲、适度冲掉了他们的高傲自大,他们对这些自叹弗如、不可捉摸的东西做出的反应是惊奇和羡慕。我们穿过四个村庄,我们像是来自另外一个星球,没有任何与这里的居民接触的可能,这里的人也得不到任何一点儿关于我们的信息,我们甚至看不到一丝好奇。在这次漫游中发生的一切,仅仅就是一个老年妇女把一个尚未走到我们跟前的小男孩从我们身边叫走。

我再也没有去过那个山谷,在半个世纪里,特别是在六十年代以后,那里一定发生了很大的变化。我要避免触及自己心中对它保留的印象,我要感谢恰恰是它的陌生带来的一个后果:对古代生活方式的熟悉感。我说不出当时在那个山谷生活着多少人,也许五百人吧。我只是看见单个单个的人,很少看见超过两个人聚在一起。他们生活很艰苦,这是显而易见的,我没有想过,他们中间是否有人在外面干活挣钱,但我觉得,哪怕是仅仅离开这个山谷很短一段时间,对他们来说也是绝对不可能的。要是我能更多地了解他们,这种印象恐怕就会消失,他们也会成为我们这个时代的人,就像我在世界各地见过的人一样。幸运的是,这些体验的力量来自于他们的独一无二和孤立隔绝,后来,每当我读到关于部落和民族的书籍,心里总会产生对勒奇山谷的回忆。我还想读到这样奇特的事情,我认为这是可能的,并且接受了下来。

像我在这个山谷所体验的对单音节或四音节的惊奇,当时是比较罕见的现象。大约与此同时,我已被戈特赫尔夫[①]所吸引。我在读他的《黑蜘蛛》,我感到黑蜘蛛在追踪着我,它仿佛就藏身于我的脸上。我不能容忍在顶楼小屋的上方挂有镜子,而这会儿我只好羞愧地请求特鲁迪借我一面镜子,然后偷偷地溜到楼上,把门闩上——这在公寓里是不常见的——在自己的两颊寻找黑蜘蛛爬过的痕迹。我没有找到。难道我应该找到吗?魔鬼并没有吻过我,但尽管如此,我还是感到脸上发痒,就像是黑蜘蛛的脚在蠕动。白天我经常洗脸,以便确信它的确不在我的脸上。我在它最不可能出现的地方看见了它,在火车天桥上面,我觉得它就像是代替了正在上升的太阳。我飞快地跑上火车,它就在我的对面落了座,旁边的一位老年妇女丝毫也没有发现它。"她是盲人,我得提醒她。"然而,我仅仅是想想而已。当我在施塔德尔霍芬站起来准备下车时,蜘蛛已经偷偷溜走了。老年妇女独自坐在那里。这样多好啊!我没有提醒她,否则她会吓死的。

蜘蛛失踪了好几天,它避开某些地方,从不出现在学校,也不去打扰大厅里的姑娘们,至于赫尔德小姐们,她们单纯、清白,根本就不值得蜘蛛光顾。它就盯着我,尽管我并没有意识到自己有什

[①] 那雷米阿斯·戈特赫尔夫(1797—1854),瑞士德语小说家,《黑蜘蛛》是他的一篇有名的短篇小说。

么劣迹，每当我单独一人的时候，它就堵住了我的路。

我打算不对母亲提黑蜘蛛一个字，我为它可能对她产生的影响感到惴惴不安，好像它对病人尤其危险似的，要是我有力量坚持这个决定，也许情况就大不相同了。在母亲第一次来访时，我就说漏了出来，向她详细地讲了这个故事，包括每一个可怕的细节。我省略了愉快的婴儿洗礼及所有给人安慰和有道德教育意义的东西，而戈特赫尔夫正是试图以此来减少黑蜘蛛的影响。母亲一次也没有打断过我，她注意地听着我的述说，我还从未成功地使她如此入迷过。我们俩就像是交换了角色，她向我问起这位戈特赫尔夫——这时我已经快讲完了——究竟是谁，她怎么可能还从未听过一个如此叫人害怕的故事。我自己讲着讲着也害怕起来，为了加以掩饰就把话题引到我们之间经常争论的一个话题：方言的优点和缺点。戈特赫尔夫恰恰又是一位出生在伯尔尼的作家，他的语言是埃门山谷的方言，许多地方几乎让人听不懂。没有方言对戈特赫尔夫是不可想象的，他从方言中得到了他全部的力量。我暗示，假如我不是始终对方言敞开大门的话，我就会错过了《黑蜘蛛》，就绝不会找到通向它的入口。

我和母亲都处于一种由此事引起的激动状态，甚至我们相互怀有的敌视也与这个故事有关。母亲不想知道有关埃门山谷的事，她认为，这件事关系到《圣经》，它是直接从《圣经》中来的，黑蜘蛛是埃及的第九祸害，方言的过错在于世界上的人们很少知道它，最好还是把这个故事译成文学德语，以便大家都能够理解。

她一回到疗养院，立刻就向她那些几乎全是来自德国北部的谈话伙伴打听戈特赫尔夫，她得知，他除了一些叫人看不下去的、很长很长的、主要是由说教布道组成的农民小说之外什么也没有写过，《黑蜘蛛》是绝无仅有的例外，即使它，也写得不够熟练，许多地方略显多余，没有任何懂行的人今天还会认真对待戈特赫尔夫。在她写给我的信里，她还附带提了一个讥讽的问题：我现在想要成为什么样的人，传教士还是农夫；为何不将二者集为一身，我应该做出决定。

但是，我坚持我的观点，在她下一次来访时，我大谈她深受影响的美学观。在她的嘴里，"唯美主义者"始终是一个贬义词，在上帝的土地上的最后一块领地是"维也纳唯美主义"。这个词组触痛了她，我选用得很恰当，她为自己辩护，流露出为她的朋友的生活所感到的担忧，这种担忧非常严重，以至于我感到它直接来自于《黑蜘蛛》。人们不能够用唯美主义者去骂那些面临死亡威胁的人，因为他们不知道自己还能活多久。我是不是相信，人们在这种状况下不可能正常思考他们阅读的东西呢？有些事情就像流水，也有些事情人们每天都记忆犹新。这可以用来说明我们的身体或精神状况，而不能说明作家。母亲说得很肯定，尽管《黑蜘蛛》如何如何，她也绝不愿再读一行戈特赫尔夫的东西。她决心抵制这个方言的罪人，并且用权威人士为引证。她提到了特奥多尔·多伊布勒尔[①]，他曾在森林疗养院朗读过自己的作品，当时有不少作家曾在那儿朗读过自己的作品。母亲借此机会与他成了朋友，虽然他也朗读了他的诗作，而母亲实际上根本就不喜欢听人朗读作品。她说，多伊布勒尔对戈特赫尔夫也是颇有微词的。"这不可能！"我感到很气愤，我怀疑她的话是否真实。她显得有些张皇失措，赶紧把她的断言稍微缓和了一些："反正当他在场时有人这么说过，他并没有反驳，因此可以说他是赞成这个观点的。"我们的谈话变成了纯粹的刚愎自用，双方都固执地坚持各自的观点。我感到，她渐渐地把我

---

① 特奥多尔·多伊布勒尔（1876—1934），德国诗人。

对所有瑞士东西的偏爱视为危险。"你太狭隘了。"她说,"这点毫不奇怪,我们彼此见面太少,你过于自负。你生活在老处女和小姑娘们中间,你被她们吹捧坏了,狭隘而又自负,我不愿为此献上我的生命。"

米开朗琪罗

一九二〇年九月,也就是我们的历史教师欧根·米勒走了一年半以后,他宣布将要主持一个关于佛罗伦萨艺术的系列讲座。讲座在苏黎世大学的一个报告厅举行,我准时到场,虽然我当时还不是大学生。讲台的高度意味着报告人与听众保持的某种距离。我坐得很靠前,他看见了我。听众比我们全校的人还要多,来自各个年级,坐在我们中间的还有成年人,我认为这是欧根·米勒受人欢迎的标志。他说话仍然是那种热情的、瓮声瓮气且带有哑哑响声的声音,我已经好久没有听到过了,只有当他放幻灯片的时候,他的声音才暂时中断。他对艺术品怀有无限的崇敬,以至于他都说不出话来了。当一幅幻灯片出现时,他总是只说两三句话,而且尽可能简短。然后他就沉默不语,以便不打扰他期待我们流露出的那种专心致志的神情。这对我来说并不合适,在哑哑的响声消失的每一秒钟,我都感到悲伤,进入我心里的和我想要听的仅仅是他说的话。

在第一堂课上,他把我们领到许多浸礼堂门前,吉贝尔蒂[①]为此工作了二十多年,这要比我在这些门上所看见的东西对我触动更

[①] 罗伦佐·吉贝尔蒂(1378—1455),十五世纪前期佛罗伦萨重要的青铜雕刻家,代表作有一四〇二年为佛罗伦萨大教堂浸礼堂制作的青铜双扉大门,此后二十多年中为佛罗伦萨许多浸礼堂制作过青铜大门。

深。我这时才知道，有的人可能毕生创作一种或两种作品，我一贯钦佩的耐性在我眼里显得格外高大雄伟。在不到五年之后，我找到了自己心甘情愿毕生从事的工作。我可以立即说出这一工作，不仅仅是为了我自己，我也并不羞于以后再告诉那些值得我重视的人，我感到这多亏了欧根·米勒关于吉贝尔蒂的信息。

第三堂课我们来到了梅迪奇礼拜堂[①]，这座礼拜堂是专门为梅迪奇家族建造的。躺着的女人雕像忧郁深沉，深深地触动了我。她们一个在昏昏欲睡，另一个似乎永远不会醒来。仅仅拥有美丽外表的美人在我看来是空洞的，拉斐尔对我来说并不重要，但是，抱着婴儿因激情、不幸和不吉利的预感而心情沉重的美人则征服了我。她似乎不可被别人所替代，她不受时代变迁的影响，相反，她经历了不幸的考验，顶住了巨大的压力，如果她没有扭曲变形，保持镇定刚毅，她就有权利被称作是美丽的。

使我感到激动的不仅仅是这两个女人雕像，还有欧根·米勒述说的关于米开朗琪罗的事迹。米勒老师在做报告之前一定看过孔迪维和瓦萨里[②]写的传记，他引用了许多具体的细节，若干年以后，我在他们写的传记里找到了这些细节。在他的述说中，这些人物栩栩如生，形象逼真，人们都会以为他是刚刚通过口头述说得知这些细节的。岁月的流逝似乎也没有使它们有丝毫缺损，我很喜欢那个早已破损的鼻子，似乎米开朗琪罗正是由此而成了雕塑家。他又讲述了米开朗琪罗对萨伏那洛拉[③]的爱戴，虽然萨伏那洛拉坚决反对

---

① 梅迪奇礼拜堂，又称梅迪奇墓，是曾经统治佛罗伦萨和托斯卡纳的意大利家族成员的石棺墓，由米开朗琪罗受教皇克雷芒七世之聘建造，他死后由其弟子完成。
② 格奥吉奥·瓦萨里（1511—1574），意大利画家、建筑师和作家，以研究意大利文艺复兴时期美术史最为出名，著有《意大利杰出建筑师、画家和雕塑家传》（三卷，1550）。
③ 吉罗拉莫·萨伏那洛拉（1452—1498），意大利天主教传教士、改革家和殉教者。

艺术的偶像崇拜,并且是罗伦佐·梅迪奇[①]的死敌,米开朗琪罗在耄耋之年仍然捧读他的讲道文。罗伦佐发现了神童米开朗琪罗,并且把他叫到自己家里,叫到他的书桌跟前,他的死使这个未满二十岁的青年深感震惊。但是,这并不意味着米开朗琪罗没有认识到他的继任者的卑鄙。朋友们想让米开朗琪罗离开佛罗伦萨的梦想,是我搜集和思考的一系列流传下来的梦想中的第一个,我在课上立刻把它记了下来,经常找出来读读。十年以后,当时我正在写《迷惘》,当我在孔迪维写的传记里找到这个梦想时,我不禁又回想起了这一时刻。

我喜欢米开朗琪罗的高傲以及他敢于反抗尤利乌斯二世[②]的精神,他作为一个冒犯者逃出了罗马[③],作为一个真正的共和主义者,他反对教皇,有几次,他曾当面顶撞教皇,就好像他与教皇是完全平等的。我永远也忘不了在卡拉拉附近的那孤独的八个月,他当时让人凿出了准备为教皇雕刻墓碑的石料。他突然感到某种诱惑,试图制作巨大无比的雕像,纵然是从正在海上航行的船上也可以看见。然后,是西斯廷教堂的天花板[④],他的那些从不认为他是画家的敌人想以此来诋毁他。他为此工作了四年,产生的是怎样的杰作啊!性急的教皇威胁要把他从脚手架上扔下去,因为他拒绝用金色来装饰湿壁画。米开朗琪罗的这几年给我留下了很深的印象,他的那件作品本身也进入了我的心里,从未有过什么东西像西斯廷天顶

[①] 罗伦佐·梅迪奇(1448—1492),佛罗伦萨政治家、统治者和文学艺术保护人,他开设了一所雕塑学校,米开朗琪罗自十五岁起就在那里学习。
[②] 尤利乌斯二世(1443—1513),罗马教皇。
[③] 米开朗琪罗曾受教皇宣召赴罗马建造宏伟的圣墓,包括雕刻四十个等身石像,因缺乏石料、经费和助手,未完成雕刻而被迫逃回佛罗伦萨。
[④] 米开朗琪罗曾经历时四年,在西斯廷教堂八百平方米的天花板上,创作了《创世记》的巨型天顶画。

画这样对我产生如此重要的影响。我懂得了固执如果与忍耐结合在一起,将会具有无限的创造力。绘制《最后的审判》花了八年的时间,虽然我直到后来才懂得这件作品的伟大,但是当我听到他画的人物因为赤身裸体而被要求覆盖时不禁感到愤愤不平,他当时已经年近八旬。

米开朗琪罗在我心里成了传奇人物,他为自己创作的伟大作品备受折磨,但是他挺了过来,我觉得,我所敬爱的普罗米修斯来到了人间,这个神话中的英雄所做的事情米开朗琪罗也做到了,而且无所畏惧。当一切都结束了之后,他成了受人折磨的大师。米开朗琪罗是在恐惧中工作的,梅迪奇礼拜堂的石像产生的同时,他也被统治佛罗伦萨的梅迪奇视为敌人。他对梅迪奇的恐惧或许可以这样解释:他的情况很糟,压在石像上的压力就是他自己承受的压力。但是,这并不是说,这种感情决定了我对其他一些从那时起一直伴随了我许多年的作品的印象,譬如西斯廷天顶画上的人物形象。

当时在我心目中树立的不仅仅是米开朗琪罗的形象。我钦佩他,而自从进行了一系列考察旅行以来,我还没有钦佩过任何人。他是使我产生痛苦的第一个人,这种痛苦不能在内部消失,而要生成某种为其他人存在并且延续的东西。这是一种特殊的痛苦,它不是所有人都知道的那种肉体上的痛苦。当他在绘制《最后的审判》时从脚手架上摔下来,折断了腿之后,他把自己关在房间里,不让人护理,也不让医生进来,独自躺在床上。他不承认这种痛苦,不让任何人来看他,也许他会因此而死去。他的一个朋友是医生,非常艰难地从后楼梯进到他的房间,见他面容憔悴地躺在屋里,这位朋友白天黑夜寸步不离地守在他的身边直到他脱离了危险。这完全是另外一种折磨,它融进了他的作品,决定了他的雕像的非同寻常。他对侮辱的敏感使得他只有去做最困难的事。他对我来说不仅仅是一个榜样,他是骄傲的上帝。

正是他引导我找到了先知:以西结、耶利米和以赛亚①。因为我追求一切距我遥远的东西,所以我当时唯一从未读过并且回避的东西就是《圣经》。爷爷受到这些先知定期出现的时间约束的祈祷使我反感,他用一种我听不懂的语言胡诌一通,我也不想知道他说的是些什么。当他停下祈祷,用滑稽的手势指着他为我带来的邮票时,他的祈祷究竟意味着什么呢?我并不是作为犹太人遇到先知们的,也不是听到了他们的说话,他们是作为米开朗琪罗的雕像向我走来的。在我提到的那次系列讲座之后的几个月,我得到了一件我最希望得到的礼物:一个印有西斯廷天顶画的书包,凑巧的是,图案正好是众先知和众女巫。

我同他们亲密相处了十年,谁知道这段少年时代是多么的漫长。我对他们比对周围的人更加熟悉,我把他们挂了起来,让他们始终在我的眼前。我站在以赛亚半张着的嘴巴前面,脚下好像生了根似的,我猜测着他传达给上帝的恶毒的话语,我感到他那举起的手指的斥责。在我了解到他要说的话之前,我先设想一番,他的新的造物主使我对它们有了思想准备。

这也许有些不自量力,我想象着这些话语和创造它们的先知的姿势,我觉得没有什么必要从他们确切的外形中去获悉这些话语,我并不试图在比较容易得知的地方探求他们的原话。雕像的姿势包含着丰富的含义,以致我不得不始终转向这些雕像,这是压力,这是真实,这是西斯廷天顶画永不枯竭的所在。耶利米的悲伤、以西结的怒气和暴躁吸引着我,我从未仔细观察过以赛亚,也没有去寻

---

① 均为《圣经·旧约》中记载的先知。

找过他。这是一些我无法摆脱的年老的先知,以赛亚在人们的描绘中实际上并不算老,但我也把他归入年老的先知之列。年轻的先知对我来说如同众女巫一样无足轻重。我听说过一些删减得很多的关于女巫们的赞美,比如特尔斐的女巫和利比亚的女巫是如何美丽,然而,我把这些仅仅作为读过的东西保留在记忆里,我是通过为我进行描述的文字了解这些的。但是,他们始终是一些幻象,他们不可能像高大的巨人矗立在我的面前。我并不以为像年老的先知一样听见了他们的说话,先知在我的眼里是有生命的——这种事我还从未听说过——我将其姑且称作是"着了魔的生命",除此之外,什么也不存在。需要说明的是,我觉得他们并没有成为神,这一点很重要。我觉得他们并不是凌驾在我头上的力量,每当他们跟我说话,或者我主动跟他们说话,每当我来到他们的面前,我并不害怕他们,而是钦佩他们,我也敢向他们提问。我对他们是有思想准备的,这也许是因为早年在维也纳时已对戏剧人物习以为常。当初我觉得这些就像是湍急的河流,我好像是以一种稀里糊涂、麻木昏眩的方式在许多我尚不懂得如何分辨区别的东西之中游泳。如今,我感到它们具有了差别明显、令人倾倒、清晰明确的形象。

堕落的天堂

一九二一年五月,母亲来看我,我领着她来到花园,看看这里五彩缤纷的花卉。我觉得她情绪低沉,试图借花朵的芬芳来缓和自己的心情。但是,她没有吸入花朵的芬芳。她始终保持沉默,沉默得令人害怕,她的鼻孔始终静止不动。在网球场的尽头——这里没有任何人可以听见我们的谈话——她说:"你坐下。"说着她自己先坐下了。"现在该结束了。"她的话使我感到非常突然,我感到心跳加快了。"你必须离开这里,你都变傻了!"

"我不想离开苏黎世。我们留在这儿,在这里我知道自己为什么活在这个世界。"

"你为什么活在这个世界!马萨乔① 和米开朗琪罗!你以为这就是世界!供作画用的小花,米娜小姐的'雀巢',这些年轻的姑娘,她们和你一起做的那些事!她们一个比一个恭敬,一个比一个忠诚,你的练习簿上画满了'菠菜的种系',裴斯泰洛齐日历,这就是你的世界!你在这些名人中间徜徉,难道你从未问过自己,你有这种权利吗?你乐于知道他们的荣誉,但你是否问过自己,他们是怎么生活过来的?你以为,他们也像你现在这样坐在花园里,坐在花间树下?你以为,他们的生活就是花朵的芬芳?你读的那些

---

① 马萨乔(1401—1428),意大利画家。

书,你的康拉德·费迪南德·迈耶尔,这些历史故事,这些与今天的现实有何关系?你以为,只要知道圣巴托罗缪之夜,知道三十年战争,就算知道了一切!你什么也不知道!毫无所知!一切都不是这么回事,这样下去真可怕!"

该发生的终于发生了,母亲不喜欢自然科学,而我则喜欢世界通过动物和植物的构造表现出来的构成,并且在给她的信中声明了我的见解。她要是看出在这背后的一种意图,那就好了,我当时还坚定不移地认为,这是一种美好的意图。

母亲不相信世界的构成是合理的,她从不信神,从不屈服于任何过去的东西。战争对她的震动永远也不会消失,它贯穿于她在疗养院期间的所有经历。在疗养院,她结识了许多可以说是在她眼前死去的人,此事她从未向我提起,这是她一直向我隐藏的那一份阅历。这种震惊始终存在于她的身上,并且发生作用。

她更不喜欢我对动物的同情心,她对此厌恶之极,甚至容许自己拿我开最残酷的玩笑。在我们住的旅馆前面的大街上,我看见一头很小的牛犊正被人牵着过天桥,它每走一步都要挣扎一下,我很面熟的那个屠夫对它使出了很大力气。我不明白将要发生什么事,母亲站在一边,平心静气地告诉我,小牛将被拖去屠宰。紧接着是用餐时间,我们坐下吃饭,我拒绝吃肉。有好几天我都坚持不吃肉,这使母亲很生气。我只吃芥末加蔬菜,她笑着说:"你知道应该怎么做吗?吃芥末还需要加鸡血。"她的话把我搞糊涂了,我没有听出她是在嘲弄我。当我明白过来,她已经挫败了我的抵抗,说:"就是这样。你跟那头小牛一样,最终还是得屈服。"她采用的手段并非十分精明,她的信念在起作用:人道的感情冲动仅仅是针对人类的,如果用于一切有生命的东西,便会失去它们的力量,变得目标不明确,也产生不了效果。

另外一点就是她也怀疑诗歌。她对诗歌唯一流露出兴趣的是波德莱尔的《恶之花》，这是由于她与那位讲师先生的特殊关系的缘故。她对诗歌的短小形式很反感，她觉得诗歌结束得太快，有一次，她说："诗歌催人入睡，其实，诗歌就是摇篮曲，成年人必须对摇篮曲保持警惕，如果仍然对摇篮曲忠贞不渝，是会受人轻视的。"我以为，在她看来诗歌中的激情是一种过于低级的激情，激情对她来说是非常重要的，但是她认为仅仅在戏剧中才能找到。她认为莎士比亚的作品表达了人的真实本性，而且没有丝毫减少或者削弱。

必须考虑到的是，死亡的打击以同样的力量影响着她和我。父亲突然去世时，她才二十七岁，她一生都在思考这件事，也就是说在此后的二十五年她一直在想。虽然有多种变化，但它们的根源始终都是同一个。她凭着感情成了我的榜样，虽然我当时并没有意识到。战争使得这种死亡多次重复，导致了无谓的大批牺牲。

最近一段时间，母亲终于开始对我的生活中过多女性的影响表示担忧，在这种影响下，我怎么可能仅仅通过对我吸引力越来越大的知识成为一个男子汉呢？她鄙视女性，她心目中的英雄不是一位女性，而是科里奥兰纳斯①。

"我们离开维也纳，真是一个错误举动。"她说，"我使你的生活变得过于轻松，我见过战后的维也纳，我知道那儿以后会变成什么样子。"

她试图摧毁自己经过多年辛勤耐心的努力在我心中建立起来的一切。按照她自己的方式，她是一个有变革精神的人。她相信突发事件，相信它们会突然发生，毫不留情地改变一切，包括人的内心

---

① 具有神话色彩的罗马英雄人物，莎士比亚以他为主人公写了历史剧《科里奥兰纳斯》。

世界。

　　她极为气愤地读了我写的关于不久前我们的两架水上飞机坠入苏黎世湖的报告。那是一九二〇年秋天，两架水上飞机坠落的时间相差八天。我慌恐而震惊地写信告诉她这件事，我与这个对我非常重要的湖的联系使她感到愤慨。这两次死亡事件在我看来具有某种诗意，她嘲弄地问我是否已经为此写了赞美诗。"要是写了，我一定会给你看的。"我回答说。她的指责是没有道理的，我把一切都告诉她了。她接着又说："我想，默里克①一定给你不少启迪。"她使我想起曾经给她读过的那首诗：《思考吧，心灵》。"你埋头于苏黎世湖畔的田园生活，我要把你从这儿带走。一切都让你心满意足，你会像那些心地善良的老处女一样变得温和仁慈，多愁善感。你也许真的想当一名花卉画家？"

　　"不，我只喜欢米开朗琪罗画的众先知。"

　　"喜欢以赛亚，这我知道，你对我说起过。你认为这个以赛亚怎么样？"

　　"他与上帝争吵。"我说。

　　"你知道这是什么意思吗？你是否想过，这意味着什么？"

　　不，这我不知道。我沉默不语。我突然感到十分惭愧。

　　"你以为，这是因为他半张着嘴，目光阴沉严峻。这是绘画的危险之所在。对于那些不停地、长期地、经常地发生变化的东西，绘画成了僵化的装腔作势。"

　　"耶利米也是装腔作势？"

　　"不，有两个人除外，即以赛亚和耶利米。但是，对于你来说他们仍然是装腔作势。每当你看见他们，你就心满意足了，这样一

---

① 爱德华·默里克（1804—1875），德国诗人。

来你就省去了可以亲自体验的一切。这是艺术的危险之所在，托尔斯泰就知道这一点。你尚一事无成，自以为凡是从书本里和绘画中得知的，你都可以胜任，我真不该让你读这些书。现在由于雅尔塔公寓又加上了绘画，偏偏又是这些东西，你成了一个博览群书的人，一切对你来说都是同等重要的：菠菜的种系和米开朗琪罗。你还没有为自己的生活挣过一天的钱，对于涉及挣钱的一切，你都使用一个词：生意。你鄙视金钱，你鄙视人们挣钱的劳动，你知道，你这个寄生虫就不是你所鄙视的那种人吗？"

这次糟糕的谈话也许就是我们关系破裂的开端，但是，当时我绝对没有这种感觉，我只想在她面前为自己辩解。我不想离开苏黎世，我感到她是在这次谈话的过程中做出了决定，要带我离开苏黎世，把我领到一个她可以亲自监督的"更加冷酷无情的"环境中去。

"你将会看到，我不是一个寄生虫。为此我会非常自豪的。我想做一个真正的人。"

"一个自相矛盾的人！这就是你给自己寻找的借口！你真该听听你都说了些什么，好像是你发明了火药，好像你确实干了些什么你现在必须后悔的事。你什么也没有干！你没有亲自为住在那间顶层小屋里挣过一个晚上的房钱，你读的那些书是别人为你写的，你挑选一些合自己心意的东西，而鄙视其余的一切，难道你真的以为自己是一个真正的人了吗？只有那些与生活进行搏斗的人才是真正的人。你只听自己喜欢的话，只接受合自己心意的东西，这样对你是不合适的。你是一个自相矛盾的人，还算不上是一个真正的人，你一事无成。牛皮大王不是一个真正的人。"

"我不是牛皮大王，如果是我说的，那我就准备去做。"

"你怎样去做呢？你什么都还不会，你只会读书本上的东西。

关于你说的'生意',你毫无所知,你以为,做生意就是捞钱,然而,在捞到钱之前,必须想出一些点子,必须想到要做些什么事情,对此你一窍不通。另外,还得了解人,并且使他们相信你的话,否则,没人肯掏腰包的。你以为,这都是依靠欺诈坑骗办成的吗?远不是这么回事儿!"

"你从未对我说过,你佩服做生意。"

"我也许是不佩服这些,也许有些东西我非常佩服。但是,我现在是讲你。你根本没有权利鄙视或者佩服什么事情。你必须首先知道真实情况究竟是怎么回事儿,必须去亲身体验,必须四处碰壁,并且证明你有能力进行自卫。"

"我已经这样干了,而且是和你一起干的。"

"你干得太轻松了。我是一个女人,在男人们中间,情况完全不同。没有人会免费赠送给你东西。"

"那么老师呢?他们不都是男人吗?"

"是的,他们是男人。可是,这是一种人造的环境。在学校,你处于保护之下,他们并没有把你当回事儿。对于他们来说,你不过是个还需要别人帮助的小家伙,不能算数。"

"我曾经反抗过舅舅,他没有把我说服。"

"那是一次简短的谈话。你和他一起待了多久?你真该上他那儿去,一天又一天地,一个钟头又一个钟头地,待在他的商店里,到那时你就可以证明你是否能够自卫。你在'施普伦格里'点心店吃了他的巧克力,然后从他身边一跑了之,这就是你的全部成绩。"

"在他的商店里,他也许更加强大,他可以命令我,把我赶出去。他的卑鄙行径每时每刻都在我的眼前,他在那儿更别想获得我,这一点我可以告诉你。"

"这是可能的。但是,这只是你嘴上说的,你什么也无法证明。"

"我的确什么也无法证明,但这并不是我的过错,我才十六岁,能够证明什么呢?"

"能够证明的东西不多,这是事实,但是,其他人在这个年龄已经被安排去工作了。按照正常的情况来说,你现在已经是有两年工龄的学徒了,是我没有让你这样去做。我注意到,你对此并不感激,你有的只是骄傲自大,而且一天比一天更加严重。我必须对你讲实话,你的骄傲自大使我很生气,你的骄傲自大让我受不了。"

"你一直要求我认真对待一切。难道这就是骄傲自大?"

"是的,因为你瞧不起其他和你想法不同的人。你很精明,把自己舒适的生活安排得好好的,你唯一真正关心的,就是能否有足够的书籍可读!"

"这都是从前在绍伊希策大街时的情况。我现在根本就不这么想了,现在我什么都想学。"

"什么都想学!什么都想学!这是不可能的。你必须停止学习,开始去做事,因此,你必须离开那里。"

"在中学毕业之前,我可以去做什么呢?"

"你什么也不想去做!你很快就将中学毕业,然后你想去上大学。你知道,你为什么想上大学吗?仅仅为了能够永远学下去。这样成不了伟大人物,也成不了一个真正的人。学习本身不是目的,人们学习是为了能够在其他人中间经受得起考验。"

"我将永远学习,无论我是否能够经受得起考验,我也将永远学习下去。我要学习。"

"但是,怎么学呢?怎么学呢?谁给你提供学习用的钱呢?"

"我将自己挣钱。"

"你学到的那些东西可以干什么呢?你只会被它们憋死。没有任何东西比死的知识更加可怕。"

"我的知识将不死,即使现在它们也不是死的。"

"因为你还没有拥有它们,一旦你拥有了,它们就变成死的了。"

"我将用它们做些事情,不是为我自己。"

"是的,是的,这我知道,你会把它送给别人的,因为你现在还一无所有。只要你还什么都没有,这话说起来就很容易。一旦你真的拥有了什么,就可以看看你是否真的愿意送给别人,其他的一切都是废话。你现在愿意把你的书送人吗?"

"不!我需要它们。我说的不是'赠送',而是说我将会做些事情,不是为我自己。"

"但是,你还不知道做些什么。这是故作姿态,全是空话。你喜欢这样,因为听起来很高尚,但是,重要的是人们实际上做了些什么,其他的一切都是不算数的。你能够做的事情将不会剩下多少,你对自己周围的一切感到如此满意,心满意足的人是无所作为的,心满意足的人始终做着同样的事,就像一个公职人员。你是如此心满意足,乃至你最喜欢的就是永远待在瑞士。你尚不了解这个世界,刚刚十六岁就想在这里退休,因此你必须离开这里。"

我想,一定是有什么事激怒了她。难道还是那只黑蜘蛛吗?她的话沉重地击中了我,使我不敢立即把话题再转到此事上来。我对她讲起我和姑娘一起募捐时那些意大利工人的慷慨大方,她喜欢听这些。"他们干的活一定很重,"她说,"然而心肠倒没有变得冷酷无情。"

"我们为什么不去意大利?"我的话并不是当真的,而是试图分散她的注意力。

"不行,你想在博物馆里漫步,你想阅读每一座城市的古老历史，这事不用急，你以后可以去做。我现在谈的不是旅游，你必须到一个对你来说不是消遣娱乐的地方。我要带你去德国，现在那里人们的情况很糟，你应该亲眼看看，如果输掉了一场战争将会发生什么事情。"

"你原来是希望他们输掉这场战争的，你说过，是他们发动了这场战争，谁发动战争，谁将输掉战争。我这是从你这儿学来的。"

"你什么都没有学到！否则你就会知道，当人们陷入不幸时，就不应该再这么想。我在维也纳亲眼见到的，永远也不会忘记，它们始终在我的眼前。"

"你为什么也想让我亲眼去看看呢？我可以想象得出来。"

"就像是在一本书里读到的那样，是不是？你以为，读了一些帮助人们知道是怎么回事儿的书就足够了吗？这远远不够。现实是独立存在的东西，现实是一切。谁要是逃避现实，他就没有理由生活下去。"

"我不想逃避。我对你讲过《黑蜘蛛》的故事。"

"可惜你挑选了一个最糟糕的例子。当时我就看出了你的真实意图，这件事引起了你的思索，因为它发生在埃门山谷，你脑袋里只有山谷，自从你走过勒奇山谷之后，你简直变傻了。你在那里听到两个词儿，这两个词儿是什么呢？'过来，小男孩'！而且是按照当地的说法。那里的人不善辞令，什么话也不说，他们应该说什么呢？他们与世隔绝，一无所知。在那里他们绝不会说什么的，关于他们你倒说了一大堆。假如他们听到你说了些什么，他们肯定会大为惊奇的。你从这次旅游回来以后，成天说的都是古高地德语，古高地德语！在今天！他们也许还吃不饱肚子，可你对此倒毫无兴趣。你听见两个词儿，认为这是古高地德语，因为它们使你想起曾经读过的东西。你对此比对亲眼所见还要激动，那个老年妇女一定知道这些，要不她为何持怀疑态度？她对像你们这样的人已经有过体会，你们喋喋不休地穿过山谷，幸福而文雅地穿过他们的贫穷，你们把他们留在身后，让他们继续与生活搏斗，而你们回到旅馆里就像是征服者一样。晚上是舞会，你对此毫无兴趣，你带回来了更好的东西，你学到了许多，是什么呢？两个据说是古高地德语的词儿，你自己也吃不准是不是这么回事儿。我真该不管你，看着你羞得无地自容。我要把你带到通货膨胀的德国去，在那儿你就会忘掉那个操古高地德语的小男孩。"

我曾经对她讲过的事情，她一点儿都没忘。一切都被谈到了，她故意曲解我的每一句原话，我都找不出任何动摇她的决心的话来。她还从未这样教训过我，这涉及我的整个生活，然而，我却非常佩服她。要是她知道我对她的话是多么认真，她准会不再说下去了，她的每一句话都像针扎似的深深地刺痛了我，我感到，她对待我是不公正的，同时我也感到，她的话是非常正确的。

她一再提起《黑蜘蛛》。她对《黑蜘蛛》的理解和我的理解完全不同，我们从前对此的交谈是不真实的，她不想否认《黑蜘蛛》，却又想使我改变原来的想法。她说起戈特赫尔夫真像是进行一场小小的争论，她对戈特赫尔夫丝毫也不感兴趣，她不愿意由他来谈论她认为是她自己的真实的东西。这是她的故事，不是他的故事，黑蜘蛛的位置不在埃门山谷，而在森林疗养院。在曾经跟她就此谈过话的人当中，有两个已经去世了，她过去从来不向我提起在他们那儿并不少见的死亡事件，每次我们见面时，她甚至都不让我看出发生了什么事。我知道，每当她不再提到某人的名字，便是意味着什么，我竭力避免向她询问。她对"山谷"的反感仅仅是作为心胸狭窄的幌子。她指责我向往田园生活，对世事毫无所知以及心满意足，这些全是由她助长起来的。她想救我脱离危险，可是这种危险

355

要严重得多，它自古以来就给我们的生活打上了烙印。"通货膨胀"这个与德国联系在一起的词，我从未听她说过，听起来就像是忏悔。我不知道它的确切含义，但是她还从来没有谈过这么多关于贫穷的话，这给我留下了很深的印象。尽管我不得不全力进行自卫，但是对于她用其他人的情况如何之糟糕来说明自己的指责，我还是感到满意的。

这是事情的一部分，我感到把我从苏黎世带走的威胁越来越大，一年多以来学校平安无事，我开始渐渐地理解同学们，考虑他们的利益，我感到自己从属于他们，从属于许多老师。现在我意识到，我在蒂芬布鲁伦享有的位置是一个强行占领的位置。我作为那里唯一的男性行使统治权，这多少有些可笑，但是感到安全和不必始终受到危害还是舒服的。在这种有利情况下的学习过程变得越来越丰富多彩，没有哪一天不发生点儿什么事，就像没有终结似的。我想象整个一生都将这样下去，任何指责也不可能使我有所改变。这是一段无所畏惧的时间，它与扩张联系在一起，人们向四面八方扩展，但是没有意识到一丁点儿过错，所有的人都会有这种体验。现在，当母亲试图因为我对勒奇山谷的走火入魔和鄙薄勒奇山谷的居民而指责我的时候，我不禁目瞪口呆，不知所措。

她的嘲讽这一次不是突然冒出来的，而是随着每一句话逐渐增强的。她过去从未说过我是寄生虫，也从未提到过我现在已经应该自食其力，我把她当面对我说的"学徒"这两个字与一种实践的或机械的工作联系在一起，这是她给我的最后一个建议。我沉湎于字母和词汇之中，如果这就是骄傲自大，那么正是她把我教育成这样的。这就是"现实"。她以此来指所有我还没有体验过的、可能毫无所知的东西，实际上她好像是想把巨大的压力推到我的身上，从而把我彻底压垮。当她说"你尚一事无成"时，我觉得自己似乎真的什么都干不成了。

我对这种突然的变化即这种大发雷霆的自相矛盾并不陌生,我经常遇到她惊奇和赞叹的时候,这也能说明她所不承认的我对现实的认识。我也许对她过于信赖,在我们关系破裂的那段时间,我也始终给她写信。我不敢肯定她对我的报告反应如何,所有主动权都掌握在她的手里,我希望她反驳我,我也急切地要求她反驳我。仅仅对于那些涉及她已经承认的弱点的地方,我才通过虚构来蒙骗她,就像当初虚构月光下的老鼠舞会那样。但是,每次我都会感到,她总是乐于让人蒙骗。她是活生生高一级的裁决机构,她的判决如此出人意料,如此难以置信,如此细致详尽,以至于它们必然会引起许多反抗情绪,从而赋予人们申诉的力量。她总是高一级的裁决机构,但绝不是最后一级,尽管她似乎有这个资格。

但是,这一次我感到她是真想彻底把我消灭。她说的事情几乎都是不可动摇的,其中许多我马上就明白了,它们解除了我反抗的能力。要是我觉得还有什么可以加以解释,她总是跳到另外一件毫不相干的事情上去。她抱怨过去两年的生活,好像刚刚才对生活中的事有所体会似的。从前她对此一直保持沉默,似乎持赞成态度或者是感到厌倦,现在这些却在突然之间被证明是不法行为。她什么也没有忘记,她在记忆方面有自己的方式,可是又在自己和我的面前把它隐藏起来,这就是她现在对我大张挞伐的方式。

谈话持续了很久。我内心充满了恐惧,我感到害怕。我不再问自己她为什么要说这些话。只要我寻找她的动机,对她进行反驳,我就感到较少受到拘束,就好像我们是两个自由的人,彼此站在同一高度,每个人都以自己的判断力为依据。这种安全感渐渐地土崩瓦解,我在自己身上再也找不到任何可以有足够的力量加以说明的东西,我仅仅是由许多碎片组成的,我终于承认了自己的失败。

在这次谈话之后,她并没有像以往那样,在谈过她的病情、虚弱的身体以及悲观失望的精神状态之后显得精疲力竭,恰恰相反,她显得强壮、狂放、无情,就像我在其他一些场合最喜欢她的那样。从这时起,她不再做任何让步。她要带我迁居德国,正如她所说的那样,这是一个带有战争印记的国家,她想让我去那儿上一所要求更加严格的学校,在一些经历过战争、了解最坏情况的男人中间生活。

我全力反抗这次迁居,但是她什么话也听不进去,还是把我带走了。仅有的十分幸福的几年,即苏黎世的天堂生活,就这样结束了。假如她不把我带走,我也许一直会感到幸福的。但是,我也经历了一些与我在天堂里所了解的截然不同的东西,这也是事实。我就像是人类的始祖亚当,由于被逐出了天堂才真正得以成长。